HEYNE ‹

Bettina Storks

KLARAS
SCHWEIGEN

Roman

Wilhelm Heyne Verlag
München

Von Bettina Storks sind erschienen:
Das geheime Lächeln
Leas Spuren
Klaras Schweigen

Zitat auf S. 341 von Bertolt Brecht,
Textauszug aus »An die Nachgeborenen«, in: Bertolt Brecht, Werke.
Große kommentierte Berliner und Frankfurter Ausgabe, Band 12: Gedichte 2.
© Bertolt-Brecht-Erben / Suhrkamp Verlag 1988.

Penguin Random House Verlagsgruppe FSC® N001967

2. Auflage
Neuausgabe 11/2024
Copyright © 2021 by Diana Verlag, München,
Copyright © 2024 dieser Ausgabe by Wilhelm Heyne Verlag, München,
in der Penguin Random House Verlagsgruppe GmbH,
Neumarkter Straße 28, 81673 München
produktsicherheit@penguinrandomhouse.de
(Vorstehende Angaben sind zugleich Pflichtinformationen nach GPSR)

Dieses Werk wurde vermittelt durch
die Literarische Agentur Schlück, 30827 Garbsen
Redaktion: Cathérine Fischer
Umschlaggestaltung: t.mutzenbach design, München
Umschlagmotive: © Shutterstock.com
(Dragon_Fly; hxdbzxy; SusaZoom; YesPhotographers);
Ildiko Neer / Trevillion Images
Herstellung: Magdalena Gerblinger
Satz: Leingärtner, Nabburg
Druck und Bindung: GGP Media GmbH, Pößneck
Printed in Germany
Alle Rechte vorbehalten
ISBN 978-3-453-42834-8

www.heyne.de

Was gebeichtet werden kann, das kann verziehen werden,
aber die verborgene Schuld, vor niemand eingestanden,
das ist die schwerste Strafe.

THEODOR FONTANE

PROLOG

Freiburg,
27. November 1944

Dieser Wintertag ist viel zu schön für Krieg.

Klara blickt zum Himmel. Die letzten Sonnenstrahlen streifen die Dächer der Häuser, und die Dämmerung schluckt das Blau.

Über der Stadt kreisen Aufklärungsflieger der Royal Air Force. Klara erkennt sie an ihren roten Punkten. Das dumpfe, schaurige Geräusch der Motoren klingt wohlbekannt.

Die Mutter greift nach Klaras Hand. »Komm jetzt endlich, Klara! Wir müssen nach Hause.«

Ihr Ziel ist die Kartäuserstraße, gerade einmal eine halbe Stunde Fußweg – bei Alarm eine Ewigkeit.

Zu Hause wartet der Vater mit Klaras kleiner Schwester Lotte.

»Schneller, Klara. Was träumst du denn wieder?« Ihre Mutter zerrt die Vierzehnjährige über die Adolf-Hitler-Straße in Richtung Münsterplatz. »Höchste Zeit, dass wir heimkommen.«

Klara stolpert über eine Ritze im Kopfsteinpflaster und fängt sich im letzten Augenblick ab. Eigentlich möchte sie lachen, weil sie so ungeschickt ist.

Aber in diesen Zeiten lacht man nicht.

Um sie herum verschwinden Menschen in Richtung Schlossberg zum Schutzbunker.

»Wenn du dich ein bisschen beeilst, schaffen wir es noch nach Hause«, sagt die Mutter und beschleunigt ihren Gang.

Auf der Höhe der Schwabentorbrücke über der Dreisam heulen die Sirenen zum ersten Mal auf. Als sie endlich die Kartäuserstraße erreichen, ist es bereits stockfinster.

Der Vater sitzt in der Küche und raucht. Die Vorhänge sind zugezogen. Eine flackernde Kerze spendet Licht. Lotte spielt auf dem Boden mit einer Puppe.

Das war ein ganz normaler Alarm, denkt Klara.

»Wir müssen sofort in den Keller«, drängt die Mutter, holt die Notfallration aus dem Küchenschrank und zieht Lotte das abgetragene Mäntelchen von Klara an. Mit zitternden Händen packt sie anschließend eine Kerze und Streichhölzer ein.

Klara bleibt stehen, als seien ihre Füße mit dem Boden verwachsen. *Ein ganz normaler Alarm.*

Im Flur stehen die Schuhe in Reih und Glied für alle bereit, so als warteten sie wie kleine Soldaten auf ihren Einsatz. Warme Kleidung hängt am Haken. Mütze. Schal. Handschuhe.

Sie kennt diesen Ablauf auswendig, doch in diesem Moment, da Klara ihren Schal zubindet, kommt die Angst. Sie setzt sich in ihrer Kehle fest, umklammert ihr Herz.

»Klara«, mahnt die Mutter. »Komm endlich!«

Der Vater öffnet die Wohnungstür und humpelt mit dem Gepäck voran zur Kellertreppe. Ein stabiler Keller mit Eisenträgern.

Lotte streckt Klara ihre kleinen Hände entgegen und schaut sie mit großen Augen an.

»Huckepack«, sagt sie und macht einen Kussmund.

Klara bückt sich und nimmt das Kind auf den Rücken. Als sie die Wohnungstür hinter sich zuzieht, schwillt das Geräusch der sich nähernden Flieger an. Klara spürt das Brummen am ganzen Körper, stärker als je zuvor.

Es sind mehr Flieger als sonst. Viel mehr.

Vor der Eingangstür bleibt sie stehen und hält den Atem an.

Durch eine kleine Fensterscheibe sieht sie ein grelles Licht, so grell, dass es blendet. Leuchtraketen!

Die Bäuche der schweren Flugzeuge scheinen die Dächer der Häuser zu berühren, so tief fliegen sie.

Der ganze Himmel ist beleuchtet.

»Vom Himmel fallen Christbäume«, sagt Lotte und zeigt mit dem Finger auf das schauderhafte Schauspiel, das draußen zu sehen ist.

Wie hypnotisiert starrt Klara hinaus.

»Guck nur«, sagt Lotte. »Der Weihnachtsmann.«

»Nicht hinsehen«, befiehlt Klara und drückt ihre kleine Schwester dicht an sich.

Sie zwingt sich, ihren Blick vom glühenden Himmel abzuwenden, und läuft die Stufen hinunter zu den anderen.

»Du tust mir weh«, jammert Lotte und beginnt zu weinen.

Alle Bewohner des Hauses haben sich bereits im Keller auf ihren Plätzen eingefunden. Die Mutter nimmt Klara das Kind ab und schaukelt es hin und her.

Klaras Blick geht über die Köpfe der Schutzsuchenden. Die vielen Fliegeralarme haben die Hausgemeinschaft gelehrt, aufeinander zu achten. Jeder zählt, ob alle da sind.

Aber heute kann Klara nicht zählen. Sie hat die Zahlen vergessen.

Die Sirenen heulen zum Hauptalarm, gefolgt vom dumpfen tiefen Brummen der Bomber. So unerträglich laut, das Trommelfell will ihr platzen.

Die Erde bebt.

Klara drückt ihre flachen Hände gegen die Ohren und kauert sich neben ihre Mutter. Als die Bomben fallen, sieht sie Angst und Entsetzen in den Gesichtern, die bei jeder Erschütterung im Kerzenlicht aufflackern.

Die Frau vom zweiten Stock sitzt in der Ecke auf ihrem Stammplatz, die Beine angezogen, das Kinn auf die Knie gestützt. Dabei schaukelt sie mit leeren Augen hin und her.

Ihre Lippen zittern.

Das muss das Ende sein.

»Heilige Maria, bitte für uns Sünder«, dringt das monotone Flüstern der Mutter an Klaras Ohr.

Längst schon betet sie nicht mehr zum Vater im Himmel, sondern bemüht den Schutz der heiligen Mutter Gottes.

»Diesmal machen sie uns kaputt«, presst der Vater hervor.

»Das ist das Jüngste Gericht«, stammelt eine andere Frau.

Klara wird diese Nacht für immer in Erinnerung behalten. Die Nacht, in der sie vergessen hat, wie man zählt.

Irgendwann, nachdem es ruhig geworden ist, gehen sie gemeinsam nach oben. Einem Wunder gleich steht ihr Haus noch. Ihre Straße hat nicht einmal einen Steinschlag abbekommen. Aber ihre Heimatstadt, so wie sie Freiburg kannten, ist ausgelöscht.

Die Mutter bekreuzigt sich mehrmals. »Maria, Mutter Gottes, im Himmel, ich danke Dir.«

Ohne nachzudenken, läuft Klara Richtung Innenstadt.

»Bleib hier«, ruft die Mutter hinter ihr her.

Aber Klara geht wie eine Traumwandlerin weiter.

In der Ferne sieht sie brennende Straßen. Der scharfe Rauchgeruch setzt sich in den Lungen fest und verursacht Hustenreiz.

Trotz tiefster Nacht ist die Stadt hell erleuchtet. Feuer. Rauchschwaden. Heulende Sirenen. Und Stimmen. Menschen laufen schreiend durch qualmende Ruinen. Einige bleiben unvermittelt stehen und weinen.

»Sie sind alle tot«, schluchzt eine Frau mit einem Bündel auf dem Arm.

Es ist ein Säugling. Klara wagt nicht hinzusehen, ob er lebt.

Aus den heruntergerissenen Gebäudefassaden hängen die Fetzen einstiger Träger. Nur das Freiburger Münster steht wie ein Wächter beinahe unversehrt auf dem Marktplatz, umgeben von brennenden Häusern. Dass das Gebäude noch da ist, tröstet Klara für einen Augenblick wie die unerwartete Umarmung eines Fremden.

Wie in Trance steuert sie den Schlossberg an, läuft zu ihrem Kindheitsort hinauf, als könne sie nur so all den schrecklichen Bildern entfliehen.

Auf halber Höhe blickt sie hinab auf die immer noch brennende Altstadt. Die Sirenen der Löschfahrzeuge hallen zu ihr herauf.

Sie weiß nicht, wie lange sie dort verharrt, aber sie bleibt einfach stehen, hört menschliche Laute neben und hinter sich, Weinen, Schreie, Wimmern. All diese Menschen leihen Klara ihre Stimme, denn sie bleibt stumm.

Dann plötzlich entdeckt sie etwas Helles unten auf der Straße, das sich bewegt.

Sie stutzt, reibt sich die Augen, wartet, bis das Bild in ihrem Kopf ankommt.

Ihr ist, als schwirrten kleine Glühwürmchen über dem Boden. Oder sind es Engel in Nachthemden?

Kinder, denkt Klara und spricht laut aus: »Kinder!«

Ihre eigene Stimme klingt fremd und kalt.

Es müssen herumirrende Kinder aus dem nahe liegenden Waisenhaus sein.

MIRIAM

1

Freiburg,
März 2018

»Sie spricht wieder.«

Miriam hielt das Handy dicht an ihr Ohr und spürte, wie ihr Herz schneller schlug. Achtlos warf sie einen Blick aus dem Fenster, sah auf das gegenüberliegende dunkelrote Backsteingebäude der ehemaligen Universitätsbibliothek und atmete tief durch.

Was für eine wunderbare Nachricht! Eine, die Miriams Panik vor Hiobsbotschaften im Zusammenhang mit ihrer Großmutter für einen Moment verdrängte. In der Bibliothek des Deutschen Seminars der Albert-Ludwigs-Universität schien es mucksmäuschenstill zu sein.

»Wirklich?«, flüsterte Miriam ungläubig.

Schräg hinter ihr raschelte jemand mit Papier.

»Ja«, sagte Miriams Großtante Lotte. »Die Stationsleitung hat angerufen. Sie konnten dich nicht erreichen. Klara spricht wieder.«

Gleich nach der Diagnose vor sechs Wochen hatten die Ärzte Miriam erklärt, man müsste Geduld haben, und ob

Klara nach ihrem Schlaganfall jemals wieder sprechen würde, sei ungewiss.

»Was sagt sie?«, fragte Miriam leise und sah sich um.

In der Präsenzbibliothek hatten sich an diesem kalten Märztag nur einige Studierende eingefunden.

Miriam hatte ihren Lieblingsplatz am Fenster bekommen, vor ihr lagen drei aufgeschlagene Bücher mit Post-its, ein Notizbuch, ein Füllfederhalter. Wann immer es ging, ließ sie den Laptop im Büro und schrieb von Hand.

Fontane. Die Berliner Romane. Effi Briest. Eine literaturgeschichtliche Abhandlung über die Standesunterschiede im ausgehenden 19. Jahrhundert und der fragwürdige Versuch, ihn durch amouröse Abenteuer zu überwinden. Nahezu ausschließlich waren Frauen die Verliererinnen dieser Grenzüberschreitung und die Schöpfer jener Werke Männer.

»Ist sie bei klarem Verstand?«, flüsterte Miriam weiter, klappte ihre Bücher zu, klemmte sie zusammen mit den anderen Unterlagen unter den Arm und stand auf.

»Warum sprichst du denn so leise? Ich verstehe dich kaum«, hörte sie die vorwurfsvolle Stimme ihrer Großtante.

»Ich bin an der Uni«, flüsterte Miriam, während sie an den meterhohen Bücherregalen vorbeiging.

Der Geruch von bedrucktem Papier streifte ihre Nase.

Im Flur empfing sie die Geräuschkulisse eines aus dem Winterschlaf erwachenden Universitätsbetriebs. In zwei Wochen war Semesterbeginn. Das Echo der Stimmen mischte sich mit Geraschel, Schritten und Zurufen der Studierenden. Miriam nahm ihren Rucksack, verstaute ihr Arbeitsmaterial darin und lief mit dem Handy am Ohr in Richtung der Treppe.

»Ich war in der Bibliothek, Tante Lotte, ein Seminar vorbereiten. Was genau hat sie denn gesagt? Ist sie bei klarem Verstand?«

»Das weiß ich nicht. Das Wichtigste ist, dass es Hoffnung gibt. Ab 17 Uhr hat der behandelnde Arzt Zeit für ein Gespräch mit dir. Er wird dir sicher mehr erklären können. Gibst du mir Bescheid, nachdem du dort warst?«

Miriam sah auf die Uhr – kurz nach drei. Ihre Schritte hallten auf den breiten Steintreppen, die sich durch die Mitte des Betonbaus, wo das Deutsche Seminar lag, zogen. Draußen holte Miriam tief Luft und hielt Ausschau nach ihrem Rad.

Über ihr ein strahlend blauer Himmel.

»Ja, gerne, Tante Lotte. Ich mache mich direkt auf den Weg und melde mich später bei dir.«

Sie schlüpfte in die Träger ihres Rucksacks, öffnete das Schloss ihres Rads und schob es auf den Gehweg, vorbei am Kollegiengebäude I, dem ältesten Gebäude der Philosophischen Fakultät, an dessen Seite in goldenen Lettern der Bibelspruch *Die Wahrheit wird euch frei machen* prangte – ein schlichter Satz, an den Miriam stets geglaubt hatte.

Schräg gegenüber beschien die Mittagssonne das gläserne futuristische Gebäude der neuen Universität.

Mehr als sechs Wochen war Miriams Großmutter kein Wort über die Lippen gekommen. Ende Januar, mitten in einem Telefonat mit Miriam, war es passiert. Plötzlich hatte Klara gelallt, anschließend wahllos Silben aneinandergereiht und dann einfach den Hörer aufgelegt. Ausgerechnet an jenem Tag war Klara allein zu Hause gewesen. Klaras Schwester Lotte, die im selben Haus lebte, war für ein paar Tage im Schwarzwald.

Miriam hatte blitzschnell reagiert, den Notarzt gerufen und war wenige Minuten nach dem Vorfall zeitgleich mit dem Rettungsdienst vor der Wohnung ihrer Großmutter eingetroffen. Nahezu apathisch hatte Klara die Behandlung über sich ergehen lassen und auf keine einzige Frage reagiert.

»Bei einem Schlaganfall zählt jede Minute«, war die Erklärung der Notärztin gewesen, und Miriam hatte starr vor Angst und Entsetzen dabei zugesehen, wie das Rettungsteam ihre Großmutter für den Transport ins Krankenhaus vorbereitet hatte.

Dem vorausschauenden Handeln jener Ärztin war es zu verdanken, dass Klara sich verhältnismäßig schnell erholte. Die einseitigen Lähmungen der linken Körperhälfte hatten sich zügig verbessert. Schon bald, so hieß es, würde Klara wieder gehen können. Nach einer Intensivbehandlung im Krankenhaus war die Verlegung in eine Reha-Einrichtung etwas außerhalb der Stadt erfolgt.

Seitdem war kein Tag vergangen, an dem Miriam nicht die Zeit auf sich genommen und ihre Großmutter besucht hatte. Dort war sie so oft wie möglich mit ihr im Rollstuhl ins Freie gefahren oder hatte ihre ersten Schritte auf dem Flur begleitet. Schon bald konnte ihre Großmutter wieder gehen. Nur gesprochen hatte sie seit jenem verhängnisvollen Tag bis heute kein einziges Wort.

Und so wurde die Angst, ihre Großmutter endgültig zu verlieren, Miriams ständiger Begleiter. Aber weit vor Miriams Ängsten stand der Wunsch, Klara möge die letzten Jahre in Würde und Selbstbestimmung verbringen. Dazu musste sie sich ausdrücken können, brauchte ihre Sprache.

Miriam hatte ein besonders enges Verhältnis zu ihrer Großmutter, seit sie ihre Eltern bei einem Autounfall im Alter von zwei Jahren verloren hatte. Miriam besaß keinerlei Erinnerungen an ihre Eltern. Alles, was sie über sie wusste, speiste sich aus Erzählungen und Fotos.

Mit klopfendem Herzen betrat Miriam das Zimmer ihrer Großmutter. Es war kurz vor vier.

Klara lag in ihrem Bett, den Blick zur Decke gerichtet. Das grau gewellte Haar war zurückgekämmt. Erneut bemerkte Miriam, wie dünn und zerbrechlich sie in den letzten Wochen geworden war.

Langsam ging Miriam zum Krankenbett, während sie einen Blumenstrauß in die Höhe hielt.

»Hallo, Omi. Wie geht es dir denn heute?«

Miriam küsste ihre Großmutter auf die Wange und nahm ihre Hand.

Auf Klaras Lippen legte sich ein zaghaftes Lächeln, das sofort wieder verschwand.

»Ich habe dir Tulpen mitgebracht. Schau nur!«

Klara lächelte und schloss seufzend die Augen.

»Ich bringe dir den Frühling, Omi, deine Lieblingsblumen in drei Farben. Sind sie nicht wunderschön?«, fragte Miriam noch einmal und streichelte die Hand ihrer Großmutter. »Sie sagen, du sprichst wieder. Das ist wunderbar! Jetzt geht es aufwärts. Du wirst schon sehen!«

Es war, als spräche sie sich selbst Mut zu.

Eine Ewigkeit schien zu vergehen, bis Klara die Augen wieder öffnete. Miriam versuchte den Blick ihrer Großmutter zu deuten und ihm etwas Positives abzugewinnen – aber da war nur eine seltsame Mischung aus Resignation und Aufruhr.

Hatte sich das Pflegepersonal getäuscht?

Wie so oft in den letzten Wochen fragte sich Miriam, ob ihre Großmutter mit fast neunzig Lebensjahren gehen wollte, ob sie einfach genug hatte. Sie, die ein Leben lang beweglich gewesen war, geistig und körperlich. Sie, die gerne gesprochen und Geschichten erzählt hatte. Sie, die Miriams Vorliebe für Romane schon in frühen Jahren mit Buchgeschenken und Empfehlungen gefördert und Miriams Berufswahl als Literaturwissenschaftlerin stets unterstützt hatte.

Dieselbe Frau schwieg nun schon so lange.

Miriam ließ Klaras Hand los, stand auf, nahm eine Blumenvase vom Regal, ging damit zum Waschbecken und füllte die Vase.

Sie warf einen Blick in den Spiegel, der über dem Waschbecken hing, und beobachtete ihre Großmutter, wie sie ausdruckslos dalag.

»Man hat mir gesagt, du hättest gesprochen, Omi.« Miriam bemühte sich um einen belanglosen Ton. »Sag was, Omi! Auch fluchen ist erlaubt«, sagte sie aufmunternd in ihr Spiegelbild, während das Wasser in die Vase plätscherte. »Möchtest du wiederholen, was du heute gesagt hast?«

Sie zwinkerte ihrer Großmutter zu, dann drehte sie den Hahn zu, löste die Blumen aus dem Papier und steckte sie in die Vase.

Plötzlich hörte sie undefinierbare Laute hinter sich. Abrupt drehte sie sich um.

Klara lächelte wieder.

Eilig stellte Miriam die Blumen auf den Tisch und trat zurück an das Bett ihrer Großmutter. Sie setzte sich und nahm erneut ihre Hand.

»Möchtest du das noch einmal sagen?«

Klara bewegte die Lippen und zog ihre Hand weg. Dann

tippte sie mit den Fingerspitzen auf die Decke. Immer wieder im gleichmäßigen Takt, als übe sie eine Tonfolge auf dem Klavier.

Klara hatte nie ein Instrument gespielt.

Plötzlich hielt sie inne, und ihre Lippen bildeten Laute, unzusammenhängendes Kauderwelsch. Leise, ganz leise, kamen Töne aus ihrem Mund.

Miriam lauschte und bemühte sich, die Silben zusammenzusetzen.

War es das, was die Ärzte Aphasie nannten? Genau wie vor Wochen am Telefon reihte Klara lallend und zusammenhanglos Silben aneinander.

Klaras Mimik verriet Unruhe, als ginge in ihrem Inneren etwas Gewaltiges vor. Das Tippen mit den Fingerspitzen hörte auf, um dann von Neuem zu beginnen. Dann noch einmal eine Wortmelodie. Sie klang fremd und doch vertraut.

Erst verzögert begriff Miriam: Das war kein Deutsch. Ihre Großmutter sprach Französisch. Französische Worte mit einem ausgeprägt süddeutschen Akzent.

»Sag es noch einmal, Omi«, bat Miriam.

»*Quatre-vingt-dix-neuf. Merci bien. Au revoir. Pa-*«

Neunundneunzig. Danke. Auf Wiedersehen.

Die Aussprache klang dialektgefärbt. Ihre Großmutter hatte ihr Leben lang Badisch gesprochen mit der Betonung auf der ersten Silbe. Die Silbe, die nach *Pa* folgte, hatte sie verschluckt.

Klaras Gesicht hellte sich auf, als sie erneut ansetzte.

»*Quatre-vingt-dix-neuf.*«

Miriam nickte ihrer Großmutter aufmunternd zu, während sie sich insgeheim die Frage stellte, woher sie in der Lage war, diese Worte zu formen. Die höheren zweistelligen französischen Zahlen bildeten eine Welt für sich. Miriam wusste, dass es lange dauerte, bis man die Kombinationen fließend beherrschte.

»Wenn du mühelos, ohne nachzudenken, die zweistelligen Zahlen auf Französisch kannst, bist du in der Fremdsprache angekommen«, behauptete Miriams ehemaliger Freund Claude immer. Claude musste es wissen, er war Franzose.

Das Problem war nur, dass Klara Schilling mit Ausnahme von Schulenglisch keine Fremdsprache gelernt, geschweige denn auch nur ansatzweise gesprochen hatte. Sie war eine brillante Handwerkerin gewesen und hatte viele Jahre eine kleine Schneiderei in der Freiburger Innenstadt betrieben.

»Ich wusste bis heute überhaupt nicht, dass du Französisch sprichst«, sagte Miriam mit einer Mischung aus Anerkennung und Befremdung. »Wo hast du das gelernt, Omi? Hier in Freiburg? Hast du heimlich einen Volkshochschulkurs besucht? Oder kommt es von Konstanz, wo du als junge Frau gelebt hast? Erinnerst du dich an den Bodensee? Möchtest du mir davon erzählen?«

Miriam biss sich auf die Lippen. Das waren eindeutig zu viele Fragen auf einmal.

Ruckartig griff Klara hinüber zu ihrem Nachtschränkchen, öffnete die Schublade und tastete nach einem Gegenstand. Schließlich fischte sie eine lange Kette heraus, an der eine Taschenuhr hing.

Verblüfft sah Miriam zu, wie ihre Großmutter ihre Hand nahm und ihr die Uhr in die Mulde legte. Unwillkürlich streichelte Miriam die Wange ihrer Großmutter.

»Es wird alles gut, Omi. Beruhige dich, bitte. Ich habe viel zu viele Fragen gestellt. Alles wird gut.«

Das kalte Edelmetall lag in ihrer Hand. Woher kam diese

Uhr? Als Miriam ihrer Großmutter Kleidung und Nacht-
wäsche für die Rehaklinik zusammengesucht hatte, war
keine Taschenuhr im Gepäck gewesen.

Eine Uhr. Zeit. Welche Bedeutung besaß das Phänomen
Zeit mit knapp neunzig Jahren?

Wie viel davon würde Klara noch bleiben?

Langsam öffnete Miriam ihre Hand und sah auf das wunderschöne antike Stück. Hatte es einst ihrem Großvater gehört?
Nein, Miriam hatte diese Taschenuhr nie zuvor gesehen. Vorsichtig klappte sie den Verschluss auf und entdeckte auf der
Innenseite eine Gravur mit geschwungenen Buchstaben:

Le temps est un bien précieux.

»Die Zeit ist kostbar«, sagte Miriam leise und schluckte ihre
Tränen hinunter. »Was für eine wunderschöne Uhr.«

Klara mochte schweigen, aber sie hatte angefangen zu
kommunizieren. Vor Miriams innerem Auge warf der Zeit-
messer zusammen mit den französischen Wortfetzen viele
Fragen auf.

Was wollte ihre Großmutter ihr mitteilen?

Aber heute würde Miriam keine Fragen mehr stellen.

Sie würden es langsam angehen, genau wie mit Klaras ersten Schritten vor Wochen auf dem Flur der Reha-Einrichtung. Einen nach dem anderen.

Mit einem Seufzer schloss Klara die Augen. Miriam begriff
instinktiv, dass ihre Großmutter jetzt nichts mehr sagen konnte,
selbst wenn sie gewollt hätte.

Lange saß Miriam einfach nur da, lauschte Klaras regelmä-
ßigem Atem, während sie die jüngsten Ereignisse in ihrem
Kopf zu sortieren versuchte. Sie betrachtete das ihr vertraute
Gesicht, das sich zunehmend entspannte. Selbst die Falten
um Klaras Mund schienen weich.

Welchen Zusammenhang gab es zwischen dem, was ihre Großmutter gerade gestammelt hatte, und der Uhr?

Zahlen. Die Silbe »Pa«, die verloren im Raum stand. Eine Taschenuhr mit einer Gravur in französischer Sprache.

Vom Flur aus hörte man gedämpft Stimmen, das Öffnen und Schließen von Türen. Vermutlich wurde gleich Abendessen serviert.

Miriam warf einen Blick auf ihr Handy: kurz vor fünf. Höchste Zeit, den Arzt aufzusuchen.

Ein leises Schnarchen war zu hören. Ihre Großmutter war eingeschlafen.

Leise stand Miriam auf, schob den Stuhl zurück und küsste sie auf die Stirn.

»Ich komme morgen wieder. Wie jeden Tag«, flüsterte sie. »Dann sehen wir weiter.«

Vorsichtig legte sie die Taschenuhr zurück in die Schublade, nahm ihren Rucksack und ging zur Tür.

»Pas-cal«, klang es plötzlich deutlich hinter Miriams Rücken, mit der Betonung auf der zweiten Silbe, so wie im Französischen.

Miriam hielt inne, drehte sich um und sah gebannt auf Klaras Gesicht, das ein Lächeln zeigte.

Ihr Atem ging regelmäßig.

»Pascal.«

MIRIAM

2

Freiburg,

März 2018

»Schwer zu sagen, was genau im Kopf einer Schlaganfallpa-
tientin vorgeht«, sagte der behandelnde Arzt, nachdem er
einen langen Blick in Klara Schillings Akte geworfen hatte.
»Drei Wochen ist Ihre Großmutter jetzt bei uns.«

Er saß hinter seinem Schreibtisch und nahm seine Brille
ab. Miriam hatte ihm gegenüber Platz genommen.

»Sie spricht Französisch aus heiterem Himmel, sagen Sie?«

»Sie muss es irgendwann gelernt haben«, sagte Miriam
achselzuckend und kam sich dabei schrecklich dumm vor,
als sei sie nicht genügend informiert über das Leben ihrer
wichtigsten Bezugsperson.

Der Arzt wippte mit seinem frei schwingenden Stuhl.

»Wenn die Patienten ins Leben zurückkehren, passieren
die seltsamsten Dinge. Ich erinnere mich an eine ältere Frau,
die plötzlich Ungarisch sprach, und es stellte sich heraus, dass
sie früher ein ungarisches Kindermädchen hatte. Es kommt
darauf an, welche Zentren im Gehirn in Mitleidenschaft gezogen wurden. Wir wissen, dass das menschliche Gehirn in

der Lage ist, den Ausfall bestimmter Regionen mit anderen zu kompensieren. Sie müssen Geduld haben, Frau Schilling. Genau wie mit den Lähmungen.« Wieder sah er in die Akte und blätterte darin. »Linksseitige Extremitäten«, murmelte er. »Hier haben wir eine zufriedenstellende Entwicklung. Sechs Wochen nach dem Schlaganfall. Zeit und Geduld sind die Zauberworte.«

Er sah Miriam freundlich an.

Geduld. Zeit? Wie viel davon würde ihrer Großmutter noch bleiben?

»Ich habe das Gefühl, dass sie leidet. Sie möchte mir etwas mitteilen und kann es nicht. Als wäre die Software in ihrem Kopf vorhanden, aber sie beherrscht das Programm nicht. Sie kämpft um Artikulation. Ob es auch um ihre Erinnerungen geht, kann ich nicht beurteilen.«

Der Arzt hörte auf zu wippen.

»Oder ihr Gehirn hat noch keinen Zugriff auf das Programm. *Noch* nicht.«

»Das klingt optimistisch«, bestätigte Miriam lächelnd.

»Ihr Bild mit der Software gefällt mir! Sind Sie vom Fach?«

Miriam lachte. »Nein! Ich unterrichte Literatur, und durch das Schweigen meiner Großmutter wurde mir noch mehr bewusst, welche Bedeutung Sprache hat, wenn man sie verliert.«

Anerkennend zog der Arzt die Brauen nach oben und wischte dann mit der flachen Hand über die geschlossene Akte. »Nur Mut! Zuversicht ist das tägliche Brot meines Jobs! Wollen Sie meinen Rat hören?«

Miriam nickte stumm.

»Stimulieren Sie das Gedächtnis Ihrer Großmutter mit Fotos oder Briefen aus ihrer Vergangenheit. Suchen Sie nach

Dingen, die ihr etwas bedeutet haben. Ich mache einen Vermerk für den Logopäden. Lassen Sie Ihre Großmutter reden. Gehen Sie auf den Sprachschatz ein, den sie Ihnen anbietet. Sie sprechen Französisch?«

Miriam nickte. »Ja.«

»Na bitte!«

Er warf die Arme in die Höhe und ließ sie auf den Tisch fallen. Dann rollte er mit Schwung seinen Stuhl nach hinten. »Vielleicht braucht Ihre Großmutter nur einen Reiz, und sie spricht wieder in ihrer Muttersprache. Suchen Sie nicht nach Antworten, sondern geben Sie ihr die Möglichkeit, diese selbst zu finden. Vielleicht bekommen wir mit dem richtigen visuellen Reiz das ganze Programm wieder zum Laufen.«

Er machte Anzeichen, sich zu erheben.

Miriam tat es ihm gleich, bedankte sich und verabschiedete sich mit einem Handschlag.

Auf der Fahrt zurück nach Freiburg ging es leicht bergab, und das Rad rollte von alleine. Miriam blies ein kühler Wind ins Gesicht. Immer wieder gingen ihr die jüngsten Ereignisse durch den Kopf: Klaras Ringen um Sprache, ihr verzweifelter Gesichtsausdruck, dann die Bestimmtheit, mit der sie ihrer Enkelin die Uhr gezeigt hatte. Ihr glückliches Lächeln vor dem Einschlafen, nachdem sie einen Namen genannt hatte. Die Empfehlungen des Arztes.

Aus lebhaften Erzählungen ihrer Großmutter und deren Schwester Lotte wusste sie einiges über Klaras Kindheit und Jugend in Freiburg. Fast zehn Jahre hatte Klara in Konstanz am Bodensee gelebt, wo sie geheiratet hatte, dann war sie mit ihrer Familie wieder nach Freiburg zurückgekehrt. Beide Städte waren nach dem Krieg in die französische Besatzungszone gefallen.

Rührten Klaras Sprachkenntnisse aus dieser Zeit? War die Uhr ein Symbol für die Zeit, die ihr noch blieb? Handelte es sich bei Pascal um den ehemaligen Besitzer der Uhr? War sie ein Geschenk von Klaras Jugendliebe?

Offensichtlich wusste Miriam nicht alles.

Letztendlich konnte niemand sagen, was in ihrer Großmutter vorging. Miriam hatte das Gefühl, dass ihr angesichts Klaras hohen Alters die Zeit davonlief.

Was hatte der Arzt vorgeschlagen? Visuelle Reize! Davon gab es genug in Klaras Wohnung. Fotoalben. Ein Schreibtischfach mit Korrespondenz. Briefe, die Miriam noch nie in die Hand genommen hatte.

Nach einer Dreiviertelstunde erreichte Miriam ihr Zuhause in der Kartäuserstraße. Sie wohnte unterm Dach in einem Haus, das die Familie seit Jahrzehnten besaß. Klara und deren Schwester hatten nach dem Tod ihrer Eltern eine Erbengemeinschaft um die Immobilie gegründet. Eines Tages würde das Haus Miriam und Lottes Patentochter gehören.

Miriam mochte das sandsteinfarbene Gebäude mit den hohen Fenstern und seinen Erkern sehr. Es handelte sich um ein Mehrfamilienhaus, das den Krieg unbeschadet überstanden hatte, wie alle Häuser hier in der Straße. Die meisten Mieter lebten schon lange hier. Nur Miriam war erst vor einem knappen Jahr eingezogen.

Von ihrem kleinen Balkon aus konnte sie auf die Anhöhe des Schlossbergs mit seinen Reben sehen. Idyllisch lagen darunter der Gewerbebach und einen Steinwurf entfernt die Dreisam, der Fluss, der sich durch Freiburg zog. Es war ein großes Glück, so zentral zu wohnen, fünf Fahrradminuten von Miriams Arbeitsplatz, der Universität in der Innenstadt, entfernt.

In ihrer Wohnung angekommen, versuchte Miriam, ihre

Großtante zu erreichen, aber Lotte ging nicht ans Telefon. Sie hinterließ eine Sprachnachricht:

»Ich bin's, Tante Lotte. Es gibt gute Nachrichten. Ich bin zu Hause erreichbar. Magst du mich zurückrufen, wenn du da bist?«

Dann widmete sich Miriam ihrer Arbeit, dem Proseminar *Grenzen sprengen – auf wessen Kosten? Der Standesunterschied in Roman und Drama an der Schwelle zum 20. Jahrhundert.*

Ihr vorgesetzter Professor hatte ihr für das Wintersemester die Leitung überlassen, und Miriam stellte die Hausarbeitsthemen zusammen, vervollständigte die Literaturliste. Als sie den Computer hochfuhr und sich einloggte, entdeckte sie, dass sich dreißig Studierende für ihr Seminar angemeldet hatten. Drei davon hatten ihr eine Mail geschrieben und angefragt, ob Miriam ihre Bachelorarbeiten annehmen würde.

Sie notierte sich die Themen und schob die Anfragen in den virtuellen Ordner *Bachelor Wintersemester 2018/2019.* Eine Studentin hatte eine Hausarbeit vom letzten Semester nachgereicht.

Miriam überflog das Deckblatt.

»Die Erinnerung ist das einzige Paradies, aus dem wir nicht vertrieben werden können.« Jean Paul und der Begriff der Freiheit.

Mit einem Anflug von Wehmut schloss Miriam das Dokument. Seit Klaras Sprachverlust hatte die Erinnerung auch in ihrem Leben einen anderen Stellenwert.

Das Klingeln des Telefons riss sie aus ihren Gedanken.

Sie stand auf, ging in den Flur und nahm das Mobiltelefon von der Ladestation.

»Ich war zum Geburtstagskaffee bei Doris eingeladen«, sagte ihre Großtante Lotte. »Was gibt's Neues? Wie geht es meiner Schwester?«

Miriam berichtete von den seltsamen Vorkommnissen am Morgen und ihrem anschließenden Gespräch mit dem behandelnden Arzt.

»Französisch«, murmelte Lotte. »Sie spricht Französisch. Das ist ja seltsam.«

»Ich dachte, du hättest vielleicht nähere Informationen?«, sagte Miriam und sah zum Fenster hinaus.

Die Straßenlaternen gingen an.

Lotte räusperte sich. »Nähere Informationen – wie das klingt. Meine Schwester hat nach dem Krieg als junges Mädchen in einem französischen Lebensmittelladen gearbeitet. Daran erinnere ich mich dunkel. Vielleicht kommt es daher.«

Miriam horchte auf. »Das muss es sein.«

Wenn Miriams Großmutter in einem *Économat* – so hießen die französischen Lebensmittelläden der Besatzungszonen – gearbeitet hatte, würde das die Zahlen, die sie jetzt von sich gab, erklären. Sicher hatte sie Preise oder Geldbeträge auf Französisch beherrschen müssen.

»Und sagt dir der Name *Pascal* etwas, Tante Lotte?«

Miriam sprach ihn Französisch aus – genauso, wie Klara es zum Abschied getan hatte. Im Badischen würde die erste Silbe betont werden.

Hatte sie mit ihrer Vermutung richtiggelegen? Klaras Fremdsprachenkenntnisse gingen also auf die französische Besatzungszeit zurück? Die Franzosen hatten das grenznahe Freiburg 1945 besetzt, und noch heute gab es unzählige sogenannte Franzosenbauten. Ein ganzer Stadtteil, das Vauban mit seinen ehemaligen Kasernen, stammte zum größten Teil aus jener Zeit. Aber auch Konstanz, wo Klara als junge Frau ihre Schneiderlehre abgeschlossen und Miriams Großvater geheiratet hatte, war Teil der französischen Besatzungszone gewesen.

Miriam wartete, und je länger die Pause dauerte, desto sicherer war sie, die richtige Frage gestellt zu haben.

»Pascal?«, kam es nach einer Ewigkeit zurück.

»Ja, Pascal. Das hat sie am Schluss gesagt, im Schlaf.«

Lotte seufzte.

»Sag schon, Tante Lotte, wenn du etwas weißt. War er ihre Jugendliebe?«

»*Der Franzose*«, sagte Miriams Großtante knapp. »Er hieß bei uns zu Hause immer nur *der Franzose*.«

»Nicht gerade charmant«, sagte Miriam. »Also – eine Romanze?«

»Ja. Zum Leidwesen unseres Vaters.«

Ungläubig schüttelte Miriam den Kopf. Sie selbst war jahrelang mit einem Franzosen zusammen gewesen. Niemand in der Familie wäre jemals auf die Idee gekommen, ihn als *den Franzosen* zu bezeichnen. Damals wie heute hieß er für alle schlichtweg Claude.

»Meine Großmutter hatte als junges Mädchen eine Romanze mit einem Franzosen. Was war denn so schlimm daran?«, fragte Miriam eine Spur zu forsch.

»Dass es nicht erwünscht war, und zwar vonseiten der Franzosen, Miriam. *Fraternisierung* nannten sie das. Es waren andere Zeiten als heute.«

Fraternisierungsverbot – in diesem Moment musste sich Miriam eingestehen, wie oberflächlich sie über die deutsch-französische Geschichte oder die Freiburger Stadtgeschichte Bescheid wusste.

»Ein gutes Verhältnis zwischen Siegern und Besiegten war unerwünscht?«

»Ja. Es hat sehr lange gedauert, bis sich das normalisierte. Verbrüderung war strikt verboten.«

Warum hörte Miriam das erste Mal von solchen Restriktionen? Immerhin bildeten soziale Beziehungen in der Forschung Miriams Steckenpferd. Verschämt gestand sie sich diese eklatante Wissenslücke ein.

Miriam hörte Lottes Atem am anderen Ende der Leitung.

»Im Hause Mayer wurde dieses Verbot sehr ernst genommen. Unser Vater hat die Verbindung nicht geduldet«, sagte ihre Großtante mit Nachdruck.

»Er hat *keine* Verbindung meiner Großmutter geduldet«, protestierte Miriam und dachte an ein schreckliches Detail aus Klaras Jugenderzählungen.

Lotte schwieg.

»Wie hieß dieser ominöse Pascal mit Nachnamen?«, fragte Miriam.

»Warum ist das denn so wichtig?«

»Weil sie darüber sprechen will und es nicht *kann*«, sagte Miriam mit Nachdruck. »Ihr fehlen die Worte!«

Und ich leihe ihr meine Stimme, dachte sie und rieb sich die Schläfe. Sie trat vom Fenster weg und ließ sich unter der Dachschräge aufs Sofa fallen. Über ihr bewegte sich das Mobile aus perlmuttfarbenen Muscheln – ein Geburtstagsgeschenk ihrer Großmutter.

»Eigentlich war es ganz harmlos. Klara ist mit ihm ausgegangen. Es gab Tanzcafés. Spaziergänge an der Dreisam – was weiß ich denn! Was junge Mädchen mit achtzehn so tun.«

»Hat dieser Pascal einen Nachnamen, Tante Lotte?«, wiederholte Miriam ihre Frage, starrte zur Decke und bewegte die Zehen.

»Er ist niemals gefallen, nicht bei uns zu Hause!«

»Und wie ging es mit dem amourösen Abenteuer weiter?«
Lotte schnaubte.

Miriam konnte spüren, wie unangenehm ihrer Großtante das Gespräch war, aber sie war nun mal die einzige Zeugin von Klaras Jugend, ihrem Heranwachsen, ihrem verschwiegenen Leben.

»Gar nicht. Dunkel kann ich mich daran erinnern, dass *der Franzose* plötzlich verschwunden war«, sagte Lotte schließlich gequält. »Das liegt alles wie im Nebel. Klara war todunglücklich. Der erste Liebeskummer ist der schlimmste. Aber die Jugend kann vergessen. Am Ende hat sich für deine Großmutter in Konstanz alles zum Guten gewendet.«

Freiburg. Der erste Liebeskummer. Konstanz. War die Chronologie eines Lebens so einfach?

»Wenigstens hat euer Vater sie gehen lassen«, sagte Miriam. »Er war ein Tyrann.«

»Er war vor allem ein gebrochener Mensch«, sagte Lotte leise. »Glaubst du, dass es für mich ein Zuckerschlecken war, als junges Mädchen plötzlich ohne meine große Schwester dazustehen? Klara konnte sich durch ihre Flucht nach Konstanz der harten Hand des Vaters entziehen, aber ich musste bleiben. Ich habe alles abbekommen. Schließlich bin ich auch wer.«

Sie verstummte.

Miriam fand, dass sich Flucht sehr dramatisch anhörte, aber Lottes Lieblingssatz *Schließlich bin ich auch wer* schien in diesem Zusammenhang berechtigt.

»Das hatte ich nicht bedacht, Tante Lotte. Verzeihung. Es muss schlimm für dich gewesen sein, allein zurückzubleiben.«

Lotte seufzte.

Es entstand eine längere Pause.

»Es tut mir leid, Tante Lotte, wenn ich so hartnäckig bin,

aber erst jetzt fällt mir diese Lücke in Großmutters Lebensge-schichte auf. Was geschah danach?«

»Nach Klaras moralischer Verfehlung hat sich unser Vater wie der große Patriarch aufgespielt. Und ich durfte so gut wie nichts. Sogar von der Schule hat er mich abgeholt, dass ja nichts passiert.«

Moralische Verfehlung. Innerlich schüttelte sich Miriam.

»Damit die jüngere Schwester nicht auch noch mit einem Franzosen herumturtelt.«

Lotte lachte gequält. »Genau. Du ahnst nicht, was damals zu Hause los war! Erst der Franzose und dann ein Protestant. Vater war außer sich.«

Miriam kannte die Geschichte: Mit dem Protestanten war ihr Großvater gemeint. Friedrich Mayer hatte seine Zustim-mung zur Heirat verweigert, selbst nachdem die damals noch nicht volljährige Klara schwanger wurde.

»Nennen wir *den Franzosen* doch Pascal und den Protestan-ten Großpapa«, korrigierte Miriam und kam sich dabei vor, als stünde sie vor ihren Studierenden.

Sie überlegte, worin der Grund liegen könnte, dass ihre ganze Familie über Jahrzehnte niemals den Franzosen the-matisiert hatte. Nicht einmal ihre Großmutter.

»Warum wurde die Romanze zugedeckt?«, fragte sie mehr sich selbst.

»Wie meinst du das?«

»Ich bin Mitte vierzig und lebe seit dem zweiten Lebens-jahr bei meiner Großmutter. Mein Großvater ist tot. Es gibt keine Eltern, die ich fragen könnte. Ich bin also auf die Erin-nerungen von dir und Omi angewiesen. Sie kann im Mo-ment nicht sprechen. Warum höre ich diese Geschichte zum allerersten Mal?«

In diesem Moment, da sie es aussprach, hatte Miriam ein vages Gefühl: Klaras verbaler Ausflug in jenen Abschnitt ihrer Vergangenheit war kein Zufall. Weder ihre plötzlichen französischen Wortmeldungen noch die Reaktion der einzigen Zeugin der Familiengeschichte. Beides hing irgendwie zusammen. Es schien einen tieferen Grund für das jahrelange Schweigen zu geben. Aber welchen?

»Warum habt ihr nie darüber gesprochen?«

»Weil es ein leichtes Gewitter war, verglichen mit dem Erdbeben, das später durch die Verbindung mit deinem Großvater über unsere Familie hereinbrach«, sagte Tante Lotte gereizt. »Dagegen war *der Franzose* eine Kleinigkeit. Es war nicht wichtig.«

Weil *der Franzose* nur eine kleine Episode in Klaras jungem Leben gewesen war?

Miriams Gefühl sagte ihr das Gegenteil.

»Ich finde es schon wichtig«, sagte Miriam mit klarer Stimme. »Deine Schwester ist dabei, ins Leben zurückzukehren, und sie versucht verzweifelt, sich zurechtzufinden. Das Erste, was ihr einfällt, sind französische Zahlen und der Name eines ehemaligen Geliebten.«

»Meine Schwester ist alt, sehr alt. Möchtest du ihr für das bisschen Zeit, das noch vor ihr liegt, einen solchen Aufruhr zumuten? Die Erinnerungen könnten ihr den Rest geben.«

Die Erinnerung ist das einzige Paradies, aus dem wir nicht vertrieben werden können.

Miriam biss sich auf die Lippe. Lottes Einwand war berechtigt, die unterschwellige Drohung nicht zu überhören.

Wer geriet in Aufruhr? Bildete das familiäre Schweigen ein Indiz für die Brisanz des Geheimnisses? In diesem Moment wünschte sie mehr denn je, ihr Großvater möge noch leben.

Er hätte die Familie im Handumdrehen befriedet und alles ins Lot gebracht.

»Tante Lotte, du weißt, dass ich nur das Beste für meine Großmutter möchte«, sagte Miriam wie zu ihrer Verteidigung.

»Und das Beste ist, wenn man die Dinge ruhen lässt«, erwiderte Lotte in mahnendem Tonfall. »Schlafende Hunde soll man nicht wecken.«

»Noch eine letzte Frage, Tante Lotte.«

»Ja, bitte?«, erwiderte Lotte gereizt.

»Hast du ihr die Taschenuhr gebracht?«

»Welche Taschenuhr?«

Miriams Großtante wirkte verdutzt.

»Eine alte vergoldete Taschenuhr mit einer langen Kette und einer Gravur in französischer Sprache: *Die Zeit ist kostbar.*«

»Nein. Ich habe so etwas noch nie bei Klara gesehen.«

Miriam dämmerte: Wo sich ein derart massiver Widerstand auftat, lag ihr Weg.

Das Paradies warf seine Schatten voraus.

KLARA

3

Freiburg,
November 1948

Es war noch dunkel, als Klara um sechs Uhr morgens das Haus verließ. Die Laternen tauchten die Straßen in ein sanftes Licht. Winzige Kristalle glitzerten auf dem Kopfsteinpflaster, und eine hauchdünne Schneeschicht schmückte die Dächer. In der Textilfabrik nebenan brannten bereits die Lampen.

Klara zog den Kragen ihres Mantels hoch und lief in der Innenstadt am Kollegiengebäude der Universität vorbei. Berge von Schutt türmten sich zwischen den Häusern. Doch der Wiederaufbau war überall sichtbar.

Sie erreichte die Brücke, die direkt in den Stadtteil Stühlinger hinüberführte. In jenem Arbeiterviertel lag die Lehener Straße, wo sich der französische Lebensmittelladen befand. Das Haus, ein dreistöckiger länglicher Flachdachbau, war nach dem Krieg von den Franzosen gebaut worden.

Um sieben Uhr sollte ihr Dienst im Économat beginnen. Klaras Cousine Inge, die bis vor wenigen Tagen dort als Aushilfe tätig gewesen war, hatte ihr alles ganz genau erklärt: Sie musste eine Stunde vor Ladenöffnung am Hintereingang klingeln, nach einem gewissen Monsieur Jean verlangen und sagen, dass sie Inges Cousine sei.

»Zutritt haben nur Franzosen«, sagte Monsieur Jean, ein mittelgroßer, etwas fülliger Mann mit einem Schnauzbart, aus dessen Mimik nicht zu lesen war, was er dachte.

Er wirkte ernst und distanziert, aber keineswegs unfreundlich. In verständlichem Deutsch erklärte er Klara, worin ihre Arbeit bestand. Seinem Akzent nach zu urteilen war Monsieur Jean ein Elsässer.

»Unsere Währung ist der Franc. Wenn Sie jemals Käse verkaufen wollen, dann müssen Sie Französisch lernen, Fräulein. Wenigstens ein paar Brocken.«

Klara fing an, die Regale einzuräumen, Lebensmittelkisten mit Gemüse und Obst zu verteilen, Preisschilder zu beschriften. Außer ihr gab es noch eine andere deutsche Mitarbeiterin, deren Schicht eine Stunde später begann.

Gewissenhaft erledigte Klara ihre Aufgaben und merkte gar nicht, wie schnell die Zeit verflog. Sie fühlte sich hier wie in einer anderen Welt, nicht vergleichbar mit der, die sie kannte. Mit den Wohnungen, die eher Baracken glichen, und den Notunterkünften ihrer Stadt. Beim Anblick der Lebensmittel lief ihr das Wasser im Mund zusammen: frische Äpfel und Obstkonserven, unterschiedliche Käsesorten, Fleisch, Wurstwaren, Mehl, Zucker. Hier gab es alles, worauf die Menschen draußen verzichten mussten.

Dieses Schlaraffenland war also ausschließlich den Franzosen in der Stadt zugänglich. Klaras Vater würde toben, denn genau diese Privilegien waren es, die seinen Ärger über die Franzosen immer wieder aufs Neue entfachten. Seit der Währungsreform im Juni gab es zwar wieder alles in den Läden, erschwinglich war das wenigste.

Um kurz vor acht lieferte ein Bäcker aus dem Kasernengelände das Brot: lange, schmale, mit Weizenmehl bestäubte Stangen, die Klara in ein Regal räumte und deren herrlicher Duft in der Luft hing. Monsieur Jean sagte Baguette dazu, die Freiburger nannten es Franzosenbrot.

Eine Stimme direkt hinter Klara riss sie aus ihren Gedanken.

»Bist du die Neue?«

Abrupt drehte sich Klara um.

Ein Mädchen mit einem von Sommersprossen übersäten Gesicht und roten Haaren, die zu zwei Zöpfen geflochten waren, reichte ihr die Hand. »Bist du die Cousine von Inge?«

»Ja, ich heiße Klara«, sagte sie, drehte sich um und hievte eine Obstkiste auf den Obststand. »Heute ist mein erster Tag ... Probetag«, korrigierte sie hastig.

»Und ich bin die Gretel«, sagte das Mädchen unbeschwert, während es in einen weißen Arbeitskittel schlüpfte. »Willkommen bei den Franzosen, Klara! Wirst sehen. Es ist gute Arbeit hier. Manchmal dürfen wir das Brot vom Vortag mitnehmen, das Stangenbrot. Es heißt Baguette.«

»Das habe ich schon gelernt«, erwiderte Klara und zeigte auf die eingeräumten Brote.

»Was ist nun mit der Inge? Kommt sie noch mal?«

Fragend blickte Gretel in Klaras Gesicht.

Klara schüttelte den Kopf.

»Sie ist zurück nach Konstanz und macht jetzt eine Lehre im Fernmeldeamt. Ihre Eltern sind in eine größere Wohnung gezogen.«

Gretel nickte betrübt.

»Da geht's ihr besser als uns. Wir teilen uns schon lange in der Eschholzstraße die Unterkunft mit zwei Familien. Ich wohne mit meinem Bruder und den Eltern in einem Zimmer. Und das seit drei Jahren. Die Toilette auf halber Treppe.«

Gretel zog Klara zur Seite und bedeutete ihr, sie zur Kasse zu begleiten. Klara warf einen Blick zu Monsieur Jean, der mit dem Käse beschäftigt war.

Zögerlich folgte sie Gretel.

Draußen vor dem Schaufenster versammelten sich bereits die ersten Kunden. Unter ihnen vornehme Französinnen. In warmen Mänteln mit Pelz traten sie von einem Fuß auf den anderen. Ihr Atem hinterließ Wölkchen in der kalten Luft. Zwei Soldaten in Uniform spähten durch die Fensterfront ins Innere des Ladens.

Klara warf einen verstohlenen Blick auf die Uhr über dem Eingang – in fünf Minuten würden sie öffnen.

»Er ist sehr nett, der Monsieur Jean«, flüsterte Gretel. »Ich sag dir was: Die Kasse, das ist die beste Arbeit hier. Bequem und abwechslungsreich. Du hast viel mit Menschen zu tun. Wenn du ein paar Brocken Französisch sprichst, dann kannst du vielleicht eines Tages die Kasse übernehmen. Ich bin jetzt seit sieben Wochen an der Kasse, aber nicht mehr lange. Darfst es niemandem verraten. Monsieur Jean weiß es noch nicht. Versprichst du es, hoch und heilig, dass du schweigst wie ein Totengräber?«

Theatralisch blickte Gretel in Klaras Gesicht, die stumm nickte.

»Ich werde bald heiraten. Der Hans Förster und ich haben uns heimlich verlobt, und mein Zukünftiger möchte auf keinen Fall, dass ich arbeite. Wenn du schlau bist, kannst du hier dann kassieren, verstehst du? Ich könnte ein gutes Wort für dich einlegen.«

Klara kannte Hans Förster nicht. Verstohlen musterte sie

Gretel. Wie alt sie wohl war? Achtzehn wie sie selbst oder gar jünger? Klara erwischte sich dabei, wie sie auf Gretels Bauch sah. Ob sie vielleicht in anderen Umständen war? Das jedenfalls wäre für Klara der einzige Grund, so früh eine Ehe einzugehen. Ansonsten käme eine Heirat für Klara nicht infrage. Nicht, bevor sie auf eigenen Füßen stand.

Mit einem Anflug von Wehmut kam Klara ihre abgebrochene Schneiderlehre in den Sinn. Vor einem halben Jahr hatte die Meisterin ihre beste Gesellen-Anwärterin kurz vor der Abschlussprüfung zur Seite genommen und ihr erklärt, sie könne sich Klara als Gesellin nicht mehr leisten, und sie durch eine ungelernte Arbeitskraft ersetzt. Die war billiger.

Klara schob ihre trüben Gedanken zur Seite.

»Und, wo seid ihr untergekommen?«, fragte Gretel neugierig, knöpfte ihren Kittel zu und strich die Falten an den Ärmeln glatt.

»Wir wohnen immer noch in unserem Haus in der Kartäuserstraße neben der Textilfabrik. Da ist im Krieg nichts passiert. Bei uns leben oben in den Dachkammern ein kinderloses Ehepaar und ein Flüchtling aus Böhmen. Sie benutzen unsere Küche und das Bad. Die anderen Wohnungen sind vermietet.«

Dass ihre Familie im eigenen Haus ganze zwei Zimmer unterm Dach bewohnen durfte, verschwieg sie.

»Die Flüchtlinge«, sagte Gretel verächtlich und rümpfte dabei die Nase. »Fressen uns noch die letzten Haare vom Kopf. Als ob wir nicht mit uns selbst genug zu tun hätten! Das sagt mein Verlobter immer, und der muss es wissen. Er arbeitet bei der Stadtverwaltung und möchte eine Beamtenlaufbahn einschlagen.«

In Gretels Stimme schwang eine Mischung aus Stolz und

Bewunderung mit, als habe sie mit ihrer Verlobung Großartiges erreicht.

Klara warf einen Blick zur Seite, von wo aus das laute Räuspern Monsieur Jeans zu hören war. Mit erhobenen Brauen sah er mahnend zu den beiden Frauen hinüber. Dann deutete er mit einer schnellen Kopfbewegung in Richtung der Regale.

Mit hochrotem Kopf ging Klara an ihre Arbeit zurück.

Monsieur Jean öffnete die Ladentür.

Das Glöckchen über der Eingangstür klingelte, und die Frauen und Männer strömten herein. Nach und nach füllte sich das Geschäft mit Kunden, von denen Monsieur Jean jeden einzelnen freundlich begrüßte. Einige von ihnen sogar mit Namen.

Der Économat war den ganzen Tag über gut besucht. Meistens kauften hier die Frauen der Franzosen für ihre Familien ein. Gut gekleidete, attraktive Frauen, die sich rein äußerlich von den meisten Freiburgerinnen abhoben. Die wenigsten sprachen Deutsch, und Klara hörte, wie Gretel an der Kasse Französisch parlierte wie eine kleine Französin. Es klang vornehm und sehr erwachsen. In der Schule hatte Klara einige Jahre Englisch gelernt. Umso mehr beeindruckte sie der elegante Klang der für sie neuen Sprache.

»Au revoir«, sagte Gretel jedes Mal, bevor die Damen den Laden verließen, und schenkte jeder von ihnen ein charmantes Lächeln.

Mit einer Mischung aus Bewunderung und Skepsis beobachtete Klara das Geschehen, während sie eine Kiste ins Regal stellte.

Plötzlich rutschte ihr eine Kiste aus der Hand und knallte auf den Boden. Einige Kohlköpfe rollten in den engen Flur.

Erschrocken ging Klara in die Hocke und fing an, die Ware wieder einzuräumen.

»Pardon, Mademoiselle«, hörte sie eine sonore Stimme neben sich. »Darf ich Ihnen helfen?«

Mademoiselle! War tatsächlich sie gemeint?

Der Mann, zu dem die freundliche Stimme gehörte, bückte sich und reichte ihr einen Kohlkopf. Unter seinem weiten Mantel trug er Uniform.

»Danke«, sagte sie leise und nahm den Kohl aus seiner Hand entgegen. Ihre Wangen glühten.

»De rien«, erwiderte er, zog seinen Lederhandschuh aus und reichte ihr seine Hand. »Je m'appelle Pascal. Ich heiße Pascal, und wie ist Ihr Name?«

Er hatte einen charmanten französischen Akzent.

»Klara«, sagte sie leise, sah sich verstohlen um und legte ihre Hand in seine.

»Au revoir, Mademoiselle Klara«, sagte er lächelnd, ließ ihre Hand los, erhob sich, drehte sich um und ging zur Kasse.

Mademoiselle!

Sie war kein Fräulein, sondern eine Mademoiselle!

Gretel, die den Vorfall beobachtet hatte, warf ihr einen vielsagenden Blick zu.

»Nur nicht so schüchtern«, flüsterte sie ihr zu. »Dem hast du schon mal den Kopf verdreht mit deinen schönen Augen. Eine gute Partie, der Franzose!«

Klara räusperte sich. Durch die Schaufensterscheibe sah sie, wie der Mann in ein Auto stieg. Bevor er den Motor startete, war es Klara, als schaue er noch einmal zu ihr hinüber.

Das französische Wort Mademoiselle klang für den Rest ihres ersten Arbeitstags in ihr nach. Sie hatte das Gefühl, sich zwicken zu müssen, um zu prüfen, ob ihre Unterhaltung mit Pascal wirklich stattgefunden hatte.

Mademoiselle Klara – wie schön er das gesagt hatte!

MIRIAM

4

Freiburg,
März 2018

Miriam nippte an einer Tasse Kaffee.

Lottes gemütliche Wohnküche durchströmte der Duft frisch gemahlener Kaffeebohnen. Seit Jahrzehnten kaufte Miriams Familie in einem Freiburger Traditionsgeschäft, das Tee-Peter hieß, die Freiburger Mischung.

»Sie schmeckt nur mit Freiburger Wasser«, behauptete ihre Großmutter, seit Miriam denken konnte. »Etwas anderes kommt mir nicht in die Kanne!«

Seit dem Tod von Lottes Lebensgefährten vor sechs Jahren bewohnte Miriams Großmutter eine kleine Einliegerwohnung in Lottes Haus in Littenweiler – eine Art Alters-WG, in der sich die Geschwister sehr wohlfühlten. Sie verstanden sich gut und unternahmen viel gemeinsam, dennoch führte jede von ihnen ein weitgehend autonomes Leben.

Erst in den letzten Jahren hatte Lotte damit angefangen, regelmäßig für beide zu kochen, und seitdem hatten die Geschwister, bis zu Klaras Schlaganfall, täglich gemeinsam zu Mittag gegessen.

Miriam hatte in Klaras Wohnung den Wohnzimmerschrank und Schreibtisch nach Fotos und Briefen abgesucht. Gefunden hatte sie außer den zu erwartenden Fotoalben eine Zigarrenkiste mit allerlei Inhalt.

Die Fundstücke lagen jetzt auf einem Stapel vor ihnen auf dem Küchentisch.

»Diese Fotos habe ich schon ewig nicht mehr angesehen«, sagte Lotte und gab einen kräftigen Schuss Sahne in ihren Kaffee. »Ich hatte die Bilder unserer Kindheit völlig vergessen. Freiburg nach dem Krieg. Unser schönes Freiburg ist in einer einzigen Nacht zerstört worden.«

Miriam schlug nacheinander jeweils die erste Seite der Alben auf. Auf dem ersten stand 1945, das letzte war mit 1956 beziffert.

Auch Miriam kannte die Alben, hatte sie jedoch genau wie Lotte fast vergessen. Als sie noch klein war, hatte sie die Fotosammlung oft gemeinsam mit ihrer Großmutter angesehen und Klara hatte dann unvergessliche Episoden dazu erzählt, die Miriam nicht oft genug hatte hören können. Besonders die Kinderbilder ihrer Mutter Henriette liebte Miriam. Henriette und Miriam sahen sich auf Kinderbildern ähnlich wie Zwillinge, nur aus verschiedenen Zeiten.

»Ich möchte Omi mit den Fotos auf die Sprünge helfen und sie zum Reden bringen«, sagte Miriam.

Eines der ersten Bilder zeigte das Elternhaus der Geschwister in der Kartäuserstraße, jenes Haus, in dem Miriam heute lebte. Es sah damals wie heute unverändert aus, nur dass die Fassade einen freundlichen, ockergelben Anstrich erhalten hatte und schon lange neue Fenster eingebaut worden waren. Am Eingang war die alte, schwere Holztür mit der Verglasung hinter massiven Eisenstäben unverkennbar dieselbe geblieben.

In den Fünfzigerjahren hatte Klara geheiratet. Eduard Schilling, selbst ein gebürtiger Freiburger, wollte mit seiner Familie zurück in die Heimat, und als sich für Klara eine Geschäftsübernahme ergab, hatten sie zugegriffen und waren zurück nach Freiburg gezogen.

Ihre Großmutter war immer berufstätig, worin sich Klara und Eduard von vielen anderen Paaren ihrer Zeit unterschieden. Bis zum Tod von Miriams Großvater waren sie unzertrennlich gewesen. Die einzige Leidenschaft, der Eduard allein gefrönt hatte, war das Angeln. Zunächst in Konstanz auf dem Obersee, später am Rhein bei Breisach und im Freiburger Moosweiher.

Eduards Tod hinterließ eine Lücke, die sich nie mehr schloss. Miriam hatte mit siebenunddreißig Jahren die Person verloren, die ihr den Vater ersetzt hatte. Für den Tod der engsten Bezugspersonen war es immer zu früh, auch wenn er mit siebenundachtzig Jahren auf ein langes Leben hatte zurückblicken können und einen sogenannten schönen Tod gestorben war: Edi, wie ihn Klara liebevoll nannte, war in seiner lauschigen Gartenlaube an seinem Lieblingsplatz unter einem blühenden Apfelbaum mit einem Buch in der Hand für immer eingeschlafen.

Ein Foto zeigte Klaras ehemalige Schneiderei in der Innenstadt Freiburgs. Voller Stolz hatte Klara ihrer Enkelin erzählt, wie sie das Geschäft in den frühen Sechzigerjahren eröffnet hatte. Nicht zuletzt war dieses Vorhaben durch Edis umfassende Unterstützung möglich gewesen. Als Rechtspfleger mochte er ein Beamter des gehobenen Dienstes gewesen sein, ein Spießer war er deshalb noch lange nicht. Im Gegenteil, in Zeiten, in denen ein Mann für »Weibertätigkeiten« belächelt worden war, wechselte Edi Windeln und war sich als

»Kindermädchen« seiner Tochter Henriette nie zu schade gewesen.

Nach Henriettes Tod hatte Klara ihr Geschäft verkauft, um ganz für Miriam da zu sein.

»Ihre Jugendjahre in Freiburg bis 1949 nehme ich mit in die Rehaklinik. Die anderen schaue ich mir in Ruhe zu Hause an«, sagte Miriam, legte das entsprechende Album zur Seite und verstaute die anderen in ihrem Rucksack.

»Mal sehen, was sich hier drinnen verbirgt.« Dann klappte sie die Zigarrenkiste auf.

Im Inneren der kleinen Holzkiste befanden sich ein Briefumschlag, adressiert an Klara Mayer in Konstanz, Neuhauser Straße, ein loses, zusammengefaltetes Blatt und ein Schwarz-Weiß-Foto.

»Klara Mayer. Konstanz. Hier trägt sie noch ihren Mädchennamen«, sagte Miriam, während sie die mit Schreibmaschine geschriebene Adresse las. »Also war das vor ihrer Hochzeit.«

Sie drehte das Kuvert um – kein Absender.

Unschlüssig fuhr sie mit dem Finger über den mit einem Brieföffner geöffneten Umschlag, legte den Brief dann zurück, griff nach dem Foto und betrachtete es interessiert. Es zeigte Klara vor einem Café am Münsterplatz, zusammen mit einem Soldaten, hinter ihnen das Freiburger Münster. Er hatte den Arm um ihre Stuhllehne gelegt, und beide lächelten in die Kamera.

Miriam hatte dieses Foto noch nie gesehen.

Lotte sah sich in ihrer Küche um, als suche sie etwas, stand auf, holte ein paar Kekse aus dem Küchenbüfett, stellte sie auf den Tisch und setzte sich wieder.

»Ist das Pascal?«, fragte Miriam und schob das Bild zu ihrer Großtante hinüber.

Lotte warf einen flüchtigen Blick darauf und zuckte die Achseln. »Ich habe ihn nie kennengelernt. Aber mit der Uniform – ja, das wird wohl *der Franzose* sein.«

Der Franzose!

Miriam presste die Lippen zusammen. Seit Klara wieder angefangen hatte zu sprechen, war Lotte umso wortkarger geworden. Und dass sie abfällig über irgendjemanden sprach, war eine völlig neue Erfahrung für Miriam.

»Er war also nie bei euch zu Hause?«

»Wo denkst du hin! Unser Vater hätte ihn im hohen Bogen rausgeworfen.«

»Aber er hat ihm doch gar nichts getan«, verteidigte Miriam den Fremden auf dem Foto.

»Er war Franzose. Das hat dem Vater gereicht.«

»Und wie stand eure Mutter dazu?«

Lotte wischte über den Tisch.

»Mutti war immer anders und hatte ihren eigenen Kopf. Doch in dieser Sache hat sich der Vater durchgesetzt. Außerdem stand er mit seiner Meinung nicht allein da. Viele in der Bevölkerung dachten wie er.«

»Das macht es aber doch nicht besser.«

»Es waren andere Zeiten, Miriam. So einfach kannst du nicht über die Leute urteilen.«

Miriam fuhr mit dem Zeigefinger über die gezackten Ränder des Fotos.

»Ich urteile nicht, ich mache mir ein Bild von der Urteilskraft meiner eigenen Familie«, sagte sie nachdrücklich.

Pascal war ein gut aussehender Mann gewesen: dunkles, dichtes Haar, ein markantes Gesicht. Seine tief liegenden Augen verliehen ihm etwas Geheimnisvolles. Neben ihm wirkte Klara jung, unbeschwert, glücklich.

Seufzend legte sie das Foto zurück in die Kiste und nahm sich ein Blatt – eine Zeichnung. Es handelte sich um eine außergewöhnlich gelungene Tuschezeichnung in Schwarz, Anthrazit und Smaragdfarben. Das Motiv war ein kleines Haus am Wasser. Einzig das Wasser war mit smaragdgrüner Farbe ausgemalt. Vorsichtig strich Miriam mit den Fingerspitzen über die Konturen.

»Die Farbe ist auch mit Tusche gemalt«, sagte sie gedankenverloren.

»Klara hat ihre Geheimnisse schon als junges Mädchen in dieser Zigarrenkiste aufbewahrt«, hörte sie Tante Lottes Stimme wie aus der Ferne, während sie fasziniert die sorgfältigen Schraffierungen der Zeichnung ansah.

»Ob es dieses Häuschen wohl wirklich gibt?«, fragte Miriam leise. Sie konnte ihren Blick nicht von der Zeichnung lassen, und je näher sie hinsah, desto mehr Details entdeckte sie. »Womöglich war es in Konstanz?«

Der Bodensee, das wusste Miriam, zeigte je nach Wetterlage ein faszinierendes Farbenspiel. Früher hatte sie mit ihren Großeltern oft ihre Ferien auf der Insel Reichenau oder in Konstanz bei Henriettes Patentante Inge verbracht.

Im Herbst war der See tiefblau, im Sommer verlieh ihm das Morgenlicht eine smaragdfarbene Tönung.

Miriams Blick haftete an einem winzigen Detail am Eingang des Häuschens, auf dessen Sturz ein Symbol eingemeißelt war. Was bedeutete es?

Sie tastete nach Lottes Lupe, die immer bei der Tageszeitung bereitlag, nahm sie und blickte hindurch.

Zwei spiegelverkehrte Fische.

Nachdenklich ließ Miriam die Lupe sinken und blickte auf.

»Das muss ein Fischerhaus sein. Glaubst du, es ist am Bodensee? Wenn ja, wo dann genau? Vielleicht auf der Insel Reichenau? Als Kind war ich öfter dort, erinnere mich aber nicht an ein solches Häuschen. Diese beiden Fische scheinen eine symbolische Bedeutung zu haben.«

Lotte warf einen kurzen Blick auf das Kunstwerk.

»Was du immer siehst! Ich hätte das gar nicht bemerkt. Wie kommst du darauf?«

»Keine Ahnung. Auf mich wirken sie so.«

»Ein Fischerhaus mit Fischen, Miriam, das ist weiß Gott keine Überraschung.«

»Denk bitte nach, Tante Lotte. Hat Omi jemals von einem Häuschen erzählt?«

Lotte schüttelte den Kopf. »Nein, das hat sie nicht.«

»Ich war in meiner Kindheit mal mit ihr bei Tante Inge in Konstanz«, überlegte Miriam und suchte in ihrem Gedächtnis nach den Zusammenhängen. »Einen Steinwurf entfernt vom Seeufer.«

Vor ihrem inneren Auge sah sie den rechteckigen Bau in dritter Reihe hinter der Promenade, in dem Klara in Konstanz gelebt hatte – bei der Familie des Bruders ihrer Mutter, Klaras Patenonkel Rolf und ihrer Lieblingscousine Inge. Dort war Klara untergekommen, um ihre Schneiderlehre abzuschließen.

In dieser Geschichte gab es kein Fischerhaus.

Seufzend legte Miriam die Zeichnung zurück in die Zigarrenkiste. Vielleicht war es wirklich nebensächlich.

»Was machen wir mit dem Brief?«

Am liebsten hätte Miriam den Brief sofort aus dem Umschlag geholt. Wer war der Absender? Wer hatte ihrer Großmutter einen solch offiziellen Brief geschrieben, und warum hatte sie ihn ausgerechnet in der Zigarrenkiste aufbewahrt? Die Buchstaben stammten von einer mechanischen Schreibmaschine.

An Fräulein Klara Mayer, wohnhaft im Hause Bertold, Konstanz, Neuhauser Straße.

»Das musst du ganz allein entscheiden«, sagte Lotte und wusch sich die Hände am Spülbecken.

Da war er wieder, der mahnende Unterton. Miriam schluckte ihre Befremdung darüber hinunter und drückte ihre Neugierde weg. Niemals würde sie ohne Weiteres Briefe, die an ihre Großmutter adressiert waren, lesen. Nicht ohne deren Einverständnis. Nicht ohne triftigen Grund.

»Weißt du, dass ich eine Playlist für Omi erstellt habe?«, wechselte Miriam das Thema und räumte auch den Brief zurück in die Kiste. Sie schenkte sich eine zweite Tasse Kaffee ein. »Musiktitel, die sie bestimmt gern gehört hat.«

»Das ist eine sehr gute Idee«, erwiderte Lotte und setzte sich wieder.

Ihre Stimme klang erleichtert über den Themenwechsel.

»Ja, ich dachte mir, da sie doch so gern getanzt hat. Schlager. Französische Chansons. Alles, was man Ende der Vierziger und Anfang der Fünfziger gehört hat. Ich spiel es ihr nachher vor.«

»Bei uns zu Hause gab es keine französischen Chansons«, sagte Lotte. »Eher Schlagermusik.«

»Die ist auch dabei«, erwiderte Miriam lächelnd. »Capri-Fischer. Florentinische Nächte. Vielleicht beißt sie ja an.«

»Wollen wir es hoffen«, sagte Lotte und summte leise eine Melodie.

Wenn bei Capri die rote Sonne im Meer versinkt.

Zu Hause widmete sich Miriam den letzten Vorbereitungen für das Seminar, ergänzte Teilnehmerlisten, schrieb ihrem vorgesetzten Literaturprofessor Jens König eine Mail und stellte in Absprache mit der Logopädin eine Audiodatei für Klara aus einfachen französischen Sätzen und Zahlen zusammen.

Miriams Recherche über die französische Besatzungszeit förderte interessante Fakten zutage. Lotte hatte recht gehabt: Ein enger Kontakt zwischen französischen Soldaten und den Freiburger Bürgern war verboten gewesen, insbesondere zu Frauen. Selbst Händeschütteln war per Dienstanweisung untersagt, Gleiches galt für Besuche in Freiburger Haushalten oder gar für die Übergabe von Geschenken. Zeitzeugen berichteten, dass sie Anfang 1945 vor den französischen Soldaten den Hut ziehen mussten, was die deutsche Bevölkerung als zusätzliche Demütigung erlebt hatte.

Erst nach und nach wurde dieses Kontaktverbot aufgeweicht, womöglich, weil einige Offiziere in Freiburger Familien untergebracht wurden. Bis 1948 herrschte ein striktes Heiratsverbot zwischen Franzosen und Deutschen. Danach gab es für die Antragsteller zahlreiche bürokratische Hürden. Soldaten, die trotz aller Widerstände ein »deutsches Fräulein« heirateten, wurden in ein anderes Land versetzt. Besonders distanziert zeigten sich die britischen und französischen Besatzungsmächte, während die Amerikaner wesentlich aufgeschlossener waren.

Miriam klappte ihren Laptop zu.

Hatte ihre Großmutter ihre erste Liebe deshalb verdrängt? Waren ihr die Heimlichkeiten in Fleisch und Blut übergegangen, oder steckte mehr dahinter?

Wie ernst war ihre Beziehung zu Pascal gewesen?

Bis morgens um drei blätterte Miriam die Fotoalben durch. Irgendwann registrierte sie das Knurren ihres Magens, aber sie hatte keine Lust, etwas zu essen, und Kräutertee tat es fürs Erste auch. Ohne das aufgeschlagene Album aus den Augen zu lassen, gab sie kochendes Wasser in die Kanne und setzte sich wieder an den Küchentisch.

Eingehend betrachtete sie die Bilder aus Klaras Leben, als legten sie auch Miriams Wurzeln frei. De facto trennten Klara und Miriam gerade einmal zwei Generationen. Die einschneidenden gesellschaftlichen Umwälzungen, die sie selbst tagtäglich lehrte, erhielten für Miriam auf einmal eine sehr private Dimension.

Die meisten Fotos waren chronologisch eingeklebt, einige von ihnen mit kleinen Bildunterschriften versehen. Miriam erkannte die Handschrift ihrer Großmutter. Es begann mit dem Nazi-Deutschland, als die Kaiser-Joseph-Straße noch »Adolf-Hitler-Straße« hieß und Hakenkreuzfahnen gehisst waren.

In der Nachkriegszeit dokumentierten die Bilder das unglaubliche Maß an Zerstörung von Klaras Heimatstadt Freiburg. Ab Ende 1945 mischten sich französische Soldaten ins Stadtbild wie Statisten.

Die Familienfotos beschränkten sich auf das Zuhause der Familie Mayer, einige Aufnahmen spiegelten nach der Rückkehr des Vaters aus dem Krieg das Familienleben mit Sonntagsausflügen auf den Schlossberg oder auf den Schauinsland wider.

Miriams Urgroßvater Friedrich wirkte fast auf jedem Foto unnahbar, verschlossen, mit finsterem Blick, während ihre Urgroßmutter lächelte. Immer hielt Klara die Hand ihrer kleinen Schwester, als wäre sie deren Beschützerin.

Ein Foto zeigte Klaras Mutter bei deren Erstkommunion mit einem Gebetbuch in der Hand und einer Kette mit einem Kruzifix um den Hals. Adelheid Mayer war eine tiefgläubige Katholikin gewesen.

»Ihr Glaube hat sie durch die schwersten Zeiten getragen«, hatte Miriams Großtante immer betont.

Auf den meisten Fotos trug Klaras Mutter Hosen – Ausdruck davon, dass sie in der Familie »die Hosen anhatte«?

Klara hatte oft erzählt, wie sich die meisten Frauen nach der Rückkehr ihrer Männer untergeordnet hatten und in alte Muster verfallen waren, obwohl sie im Krieg als Familienoberhaupt »ihren Mann gestanden« hatten. Nur Adelheid Mayer sei sich treu geblieben und habe das Zepter nie mehr aus der Hand gegeben. Aber selbst diese Legende hatte nach Miriams jüngsten Gesprächen mit ihrer Großtante Risse bekommen.

Warum hast du in der einen Sache nachgegeben?, dachte Miriam und sah auf das dunkle Haar ihrer Urgroßmutter Adelheid, den strengen Zug um deren Mund.

Warum hast du gerade in der Franzosenfrage die Meinung deines Mannes geteilt? Es passt nicht zu dem, was ich über dich weiß.

Spätere Fotos offenbarten die Diskrepanz zwischen Klaras behüteter Jugend in der Kartäuserstraße und ihren ersten selbstständigen Schritten hinaus ins Leben. Sie hatte zum Familieneinkommen beigetragen, indem sie beim »Feind« arbeitete. Gegen den Willen des Vaters. Klaras Mutter hatte mit Schneiderarbeiten Geld verdient. Der Vater, ein angehender Jurist und laut damaligem Rollenverständnis der Ernährer der Familie, hatte im Nachkriegsfreiburg keine Arbeit gefunden.

Es gab kein einziges Foto von Klara vor einem Économat.

Klara hatte nie einen Hehl aus der Fremdheit zwischen ihr und ihrem Vater gemacht.

»Mein Vater hat Jahre am Küchentisch verbracht, entweder hinter einer Zeitung oder über eine Schreibmaschine gebeugt«, hatte sie erzählt. »Ich höre noch heute das Geräusch der Typenhebel, mit denen die Buchstaben ins Papier gestanzt wurden. An der Härte und Geschwindigkeit ließ sich seine Laune und am Ende sein ganzer Charakter ablesen.«

»Was hat er denn geschrieben?«, hatte Miriam gefragt.

»Bewerbungen. Leserbriefe an die Badische Zeitung. Seine Spezialität aber waren Beschwerdebriefe. Er wollte zur Polizei, aber die wollten ihn nicht haben. Irgendwann wurde er Prozessbeobachter und schrieb Artikel über Gerichtsverhandlungen für verschiedene Zeitungen.«

»Aber er war doch Jurist«, hatte Miriam eingeworfen, und Klara hatte den Blick gesenkt und den Kopf geschüttelt.

»Er ist zweimal durchs Examen gefallen. Da war es vorbei mit seinem Traum vom Richter in schwarzer Robe.«

Interessanterweise sparten Lottes Kindheitserinnerungen diese Tatsache aus.

Die Konstanzer Fotos begannen 1951.

Das erste zeigte Klara und Eduard im Winter auf einer Parkbank mit Schnee im Hintergrund. Was für eine wunderschöne Frau sie gewesen war! Sie hatte den Arm um ihren Mann gelegt. Die kleine Henriette saß auf dem Schoß ihres Vaters, der sichtbar stolz war. Hinter ihrer Wollmütze mit Ohrenschützern und einem dicken Wollschal sah man eigentlich nur ihre großen Augen und eine Stupsnase.

Jeder in der Familie nannte Henriette meistens »Hetti«.

Dezember 1951.

Damals war Miriams Mutter zwei Jahre alt gewesen. Egal, wie Miriam im Kopf die Jahreszahlen hin- und herschob: Es gab eine Lücke in Klaras Fotosammlung, eine, die durch das Fehlen jeglicher Bilder hervortrat.

In Klaras Alben war die Zeit vor Henriettes zweitem Lebensjahr schlichtweg nicht vorhanden.

Das letzte Foto des Albums zeigte ihre Großmutter von hinten als junge Frau auf der Rheinbrücke in Konstanz.

Miriam rechnete nach. Konnte es sein, dass diese Aufnahme den einzigen Beweis von Klaras Konstanzer Zeit *vor* 1951 bildete?

Ihre schlanke, hochgewachsene Gestalt in einem selbst geschneiderten Kurzmantel, ihrem Gesellenstück. Miriam wusste definitiv, dass Klara im Jahr 1950 in Konstanz ihre Gesellenprüfung bestanden hatte.

Miriam kannte das Foto, hatte es aber nie einer bestimmten Zeit zugeordnet. Klaras Blick schien sehnsuchtsvoll in die Ferne zu schweifen, und trotz der untergehenden Sonne wirkte das gesamte Bild wie ein verheißungsvoller Neuanfang. Ihre Großmutter umgab etwas Geheimnisvolles, denn der Fotograf hatte sie nicht ganz eingefangen. Mit ihrer rechten Seite musste sie an etwas lehnen, das nicht im Bild war. Vielleicht war es auch eine Person. Sichtbar hingegen war Klaras linke Hand, zurechtgelegt wie bei einer gewollten Pose, genau wie das Kreuzen ihrer makellosen Beine in hohen Schuhen mit Fesselriemen.

Wer sie wohl fotografiert hatte?

Jetzt erinnerte sich Miriam wieder daran, wie sie als Kind das Foto umgedreht, nach Klaras fehlender Hälfte gesucht und ihre Großmutter dann gefragt hatte: »Wo ist der Rest von dir, Omi? Warum hast du dich abgeschnitten?«

KLARA

5

Freiburg,
November 1948

Klaras erster Arbeitstag neigte sich dem Ende entgegen.

Nachdem sie den Boden gefegt und die Gemüsetheke gereinigt hatte, bat Monsieur Jean sie in sein kleines Büro und überreichte ihr ein Baguette.

»Das ist für Sie. Sie haben sich nicht dumm angestellt. Nur das Geplapper mit dem Fräulein Gretel muss aufhören. Bis morgen um die gleiche Zeit.«

Klaras Herz machte einen Luftsprung. Endlich stand sie wieder in Lohn und Brot. Sie hätte die Welt umarmen können! Dennoch war sie fest entschlossen, eines Tages als Schneidermeisterin eine eigene Schneiderei aufzumachen.

»An den Montagen fangen Sie schon um sechs an, da kommt die Ware von den Bauern aus dem Umland.«

Von den Lieferungen hatte sie bereits in der Zeitung gelesen. Bauern aus dem Kaiserstuhl belieferten angeblich bevorzugt die Franzosengeschäfte, was die hungrige Freiburger Bevölkerung mit Argwohn beäugte.

Beschwingt machte Klara sich auf den Nachhauseweg.

Immer wieder musste sie an Pascal denken. Es war das erste Mal, dass ein Mann ihr mit so viel Respekt und Freundlichkeit begegnet war.

Mademoiselle!

Die Jungs aus der Nachbarschaft waren Trampel und hatten nur Blödsinn im Kopf. Pascal hingegen schien ein vornehmer Herr zu sein.

Bei Dunkelheit erreichte sie schließlich die Kartäuserstraße. Sie lief die vier Stockwerke hinauf ins Dachgeschoss, schloss die Tür auf, zog ihre Schuhe aus und hängte den Mantel im Flur an einen Haken. Stolz und Zuversicht erfüllten sie. Sie hatte etwas geleistet und war gemeinsam mit der Mutter in der Lage, die Familie zu ernähren.

Klaras Vater war seit Jahren arbeitslos, ihre Mutter verdiente durch Schneiderarbeiten, die sie zu Hause verrichtete, das Nötigste. Und wenn mehrere Aufträge kamen, überließ sie Klara die kniffligsten Arbeiten.

Hilfreich war, dass die Familie mietfrei lebte und dass ihr Haus im Krieg nicht zerstört worden war. Andere hatte es viel schlimmer erwischt.

»Wir haben uns, unsere Gesundheit und ein Dach überm Kopf. Für alles andere beten wir«, pflegte Klaras Mutter immer wieder zu sagen.

Aus der Küche hörte Klara Geräusche, das Geklapper von Geschirr. Durch die angelehnte Tür sah sie ihren Vater am Tisch sitzen, den Kopf hinter einer aufgeschlagenen Zeitung versteckt.

Mittlerweile erschien die Badische Zeitung zweimal pro Woche.

Wohnungsnot in Freiburg, titelte sie. *Stadt braucht dringend Wohnungen.*

Ganze vier Jahre nach dem Krieg beherrschten Trümmer noch immer das Stadtbild. Obwohl der Wiederaufbau längst begonnen hatte, war Wohnraum nach wie vor knapp, und die Franzosen hatten sich die besten Häuser für ihre Verwaltung oder als Privatwohnungen für Offiziere unter den Nagel gerissen.

Das jedenfalls behauptete Klaras Vater.

Als Klara einen Blick in die Küche warf, saß Lotte auf einem Stuhl, baumelte mit den Füßen und spielte mit ihrem ausgefransten Teddy. Die Mutter stellte einen Topf heißer Kartoffeln auf den Tisch. Der erdige Geruch von Roter Bete streifte Klaras Nase.

Erst jetzt bemerkte sie, wie hungrig sie war.

»Das Essen ist fertig«, sagte Klaras Mutter knapp und lächelte ihrer Tochter zu.

»Guten Abend«, sagte Klara und reichte ihrer Mutter das Brot. »Ich komme sofort.«

Verdutzt nahm die Mutter das Mitbringsel entgegen und legte es auf die Anrichte. Der Vater sah nicht einmal jetzt von seiner Lektüre auf.

»Was hast du uns denn mitgebracht?«, rief Lotte ihrer großen Schwester hinterher. »Musst uns alles ganz genau erzählen, Klara! Wie es bei den Franzosen war. Wenn ich groß bin, geh ich auch zu den Franzosen.«

»Das wäre ja noch schöner«, murmelte Friedrich Mayer hinter seiner Zeitung. »*Ein* Franzosen-Flittchen in der Familie reicht aus.«

»Friedrich«, sagte die Mutter streng und bedeutete Klara, die Tür zu schließen.

Klara versetzte die Beleidigung einen Stich mitten ins Herz.

Ihr Vater hasste die Franzosen, aber was hatte das mit ihr zu tun? Sie mochte bei den Franzosen arbeiten, ein Flittchen war sie deswegen noch lange nicht. Während sie im Flur ihre Strickjacke überstreifte, kam ihr eine Unterhaltung zwischen ihrer Mutter und dem Vater vor etwa einem Jahr in den Sinn. Auch damals war es um die Franzosen gegangen.

»Die wollen mir an den Kragen«, hatte ihr Vater gejammert.

Damals war er im Halbdunkel am Küchentisch gesessen, vor ihm eine Flasche Schnaps. Klara hatte beobachtet, wie ihre Mutter die Flasche vom Tisch nahm, ins Büfett stellte, den Schlüssel des kleinen Schränkchens herumdrehte und in ihrer Schürzentasche verschwinden ließ. Dann war die Küchentür zugefallen.

Klara aber war stehen geblieben und hatte gelauscht.

»Friedrich, du machst alles nur noch schlimmer. Es wird sich schon richten. Vom Trinken wird es nicht besser!«

»Nichts wird sich richten«, hatte er schroff erwidert.

Dann hatte Klara zerspringendes Glas gehört.

»Mein ganzes Geld steckt in dem Schrotthaus. Restitution! Verordnung 120! Die spinnen doch, die Franzosen.«

»Sei jetzt endlich still«, zischte die Mutter. »Es wird sich alles zum Guten wenden. Sieh zu, dass du Arbeit bekommst. Das ist das Wichtigste. Vielleicht musst du was Niedrigeres machen, so schwer es dir auch fällt! Dann bist du endlich wieder ein richtiger Mann. Bist seit deiner Rückkehr nur noch ein Jammerlappen!«

Aber bis heute hatte sich Klaras Vater vergeblich um einen angemessenen Posten bemüht, und das »Niedrigere« kam für ihn nicht infrage. Eine Bewerbung bei der Polizei war für den gescheiterten Juristen das höchste Maß an Abstieg, das er verkraften konnte. Er musste beruflich seinen juristischen Sachverstand einbringen können, so sein Anspruch. Jedes Mal vertröstete man ihn und bat darum, nächsten Monat wiederzukommen. Von einer Kriegsverletzung und einer Notoperation im Lazarett war ihm ein stark verkürztes Bein geblieben. Daher kam nur ein Schreibtischposten in Betracht. Auch dieses Handicap verdankte er den Franzosen, pflegte er regelmäßig zu sagen.

Mit seinen zwei Fehlversuchen fürs Examen war der Vater nun gar nichts, weder Fisch noch Fleisch, ein ewiger akademischer *Candidatus* – so hatte es die Mutter den beiden Mädchen erklärt.

Klara schämte sich für ihre Gedanken – aber ihr Vater war das, was man einen Verlierer nannte. Als er wenige Wochen vor der Kapitulation verwundet aus Frankreich zurückgekommen war, war er nicht wiederzuerkennen gewesen. Abgemagert und apathisch war er tagein, tagaus in der Küche gesessen und hatte sich selbst bemitleidet.

Also hatte Klaras Mutter, genau wie im Krieg, die Dinge in die Hand genommen. Irgendwann hatte der Vater mit den Beschwerdebriefen angefangen: an die Stadt Freiburg, den Polizeipräsidenten, den Bürgermeister, den Oberbefehlshaber der französischen Verwaltung.

Die Wunden durch die Granatsplitter verheilten. Seine Verbitterung und sein Hass auf das Nachbarland schienen unheilbar, fraßen sich in sein Wesen und vergifteten seine Gedanken.

Der Krieg hatte das Schlechteste in ihm hervorgebracht.

Geblieben war ein Mann, der die Paragrafen kannte und sich deshalb befähigt fühlte, in ausführlichen Leserbriefen den Freiburger Bürgern die bestehende Rechtslage zu erläutern, zu kritisieren und gegen *die da oben* zu wettern. *Die da oben* – das waren in seinen Augen in erster Linie die Franzosen.

Die wenigsten seiner Briefe wurden abgedruckt.

Klara schloss die Tür zum Badezimmer und bemühte sich, ihre trüben Gedanken zu verscheuchen. Sie würde nach vorn sehen und hart arbeiten. Die einzigen Franzosen, denen sie in ihrem jungen Leben begegnet war, hießen Monsieur Jean und Pascal.

Beide waren zu ihr überaus freundlich gewesen und behandelten sie mit Respekt.

Im Bad, das aus einer ausgebeulten Blechwanne für die Waschtage und einem rostigen Waschbecken bestand, wusch sie sich die Hände und sah in dem matten Rasierspiegel ihres Vaters ihr jugendliches Gesicht.

Die hohen Wangenknochen, das brünette Haar und der dunkle Teint kamen von ihrer Mutter, einer Winzertochter aus dem Kaiserstuhl. Die hellen Augen verdankte sie ihrem Vater.

Kaum zu glauben, dass jene blaue Augenfarbe noch vor wenigen Jahren als Merkmal einer »Herrenrasse« gegolten hatte. Heute, so schien es ihr, waren seit Langem wieder Leben und ein verhaltener Glanz in sie zurückgekehrt, eine leise Zuversicht. Sie war nicht bereit, sich das verderben zu lassen.

Eine Strähne hatte sich aus ihrem Pferdeschwanz gelöst und hing ihr in die Stirn.

Sie strich sie hinter die Ohren und versuchte sich vorzustellen, wie Pascal sie gesehen hatte. Ob er sie schön fand?

Bonjour, Mademoiselle.

Au revoir, Mademoiselle.

Sie drückte die Schultern nach unten, betrat die Küche, setzte sich an den gedeckten Tisch und nahm nach dem gemeinsamen Tischgebet schweigend das Abendessen ein.

Über Klaras neue Arbeit und den damit verbundenen Verrat an den Überzeugungen des Vaters wurde bei Tisch kein Wort verloren.

Das sollte sich schon sehr bald ändern.

Als Klara am Abend neben ihrer kleinen Schwester im Bett lag, nahm sie vorsichtig den Zettel an sich, den sie heute in der Mittagspause mit Gretel angefertigt hatte.

»Wenn du an die Kasse möchtest, dann musst du die Zahlen können«, hatte Gretel mit dramatischem Gesichtsausdruck erklärt, ihr die ersten zwanzig Zahlen in der Fremdsprache aufgeschrieben und laut und deutlich vorgesprochen: *Un. Deux. Trois. Quatre ... Vingt.*

»*Vingt* klingt auf Französisch genauso wie *Wein*, der heißt genauso. *Vin.* Schreibt man bloß anders. Morgen frag ich dich ab. Dann lernen wir die nächsten bis vierzig. Und die hundert oder tausend musst du bloß davorsetzen, genau wie im Deutschen. *Cent* oder *mille*, das ist leicht! Bis zum Aufgebot in drei Wochen haben wir's geschafft. Auch die wichtigsten Worte wie *bonjour* und *au revoir* und *à bientôt*.«

Klara ahnte: In Gretels Welt waren diese Floskeln Worte, die deren Leben mit Inhalt füllten, es zu etwas Exquisitem machten, und bald schon würde für die neue Freundin die Institution der Ehe diesen Platz einnehmen.

Für Klara aber bedeuteten sie Zuversicht, Neubeginn in einer ihr unbekannten Welt.

Auf dem zerknitterten Zettel standen die französischen Worte mit deutscher Schreibweise. Gretel hatte gesagt, sie wisse selbst nicht, wie man das ganze Zeug schreibe, die französische Orthografie sei sehr kompliziert.

»Hauptsache, du kannst die Zahlen aussprechen, und beim Sprechen stellst du dir vor, du singst, dann klingt's wie bei den Franzosen!«

Tonlos bewegte Klara die Lippen, während sie im Kerzenschein das Geschriebene einübte. Bald würde sie die Zahlen bis hundert beherrschen.

Bonjour, Mademoiselle. Je m'appelle Pascal.

Klara glaubte, sein markantes Gesicht vor sich zu sehen, sein Lächeln, seine Augen hinter einem dunklen Wimpernkranz.

»Je m'appelle Klara«, sagte sie leise, zog die Decke bis über die Nase und kicherte.

»Was machst du denn?«, fragte ihre kleine Schwester und rieb sich die Augen.

»Französisch lernen«, flüsterte Klara.

Ihr Vater mochte ein Verlierer sein, sich vergeblich um höhere Posten bemühen, für die er nicht geeignet war. Sie streckte sich nach der Decke. Sie würde von unten nach oben steigen und keine Minute auch nur einer verpassten Chance hinterherweinen.

Vorsichtig blies sie die auf dem Nachttisch flackernde Kerze aus.

»Klara?«, murmelte Lotte. »Was ist eine Franzosenhure?«

Klara erstarrte.

»Wo hast du das denn her?«, flüsterte sie, nachdem sie sich gefangen hatte.

»Der Vater hat's gesagt.«

»Das ist kein gutes Wort, Lotte. Man sagt es nicht, versprichst du mir, dass du es nie mehr in den Mund nimmst?«

Lotte nickte eifrig. Dann drehte sie sich zur anderen Seite.

»Du bist mein Ein und Alles.«

»Schlaf weiter, mein Schatz!«

Sie strich ihrer kleinen Schwester über den Kopf und lauschte. Der Atem von Lotte ging ruhig und gleichmäßig.

»Un, deux, trois … seize. Merci. Bonjour. Bonne journée. À la prochaine fois«, flüsterte Klara noch einmal in die Dunkelheit.

Bis zum nächsten Mal.

Wenn es etwas gab, das Klara konnte, dann war es lernen. Sie lernte schnell und besaß Ausdauer.

Die Klara, die bleibt dran, hatte ihre Lehrerin früher immer gesagt. *Die ist eine Langstreckenläuferin.*

Rückschläge konnte sie wegstecken, das hatte sie der Krieg gelehrt, der strenge Vater ihren lautlosen Widerstand geschult. Sie würde so lange im Économat Geld verdienen, bis sie ihre Gesellenprüfung und anschließend den Meister machen konnte. Niemand würde sie jemals wieder auf die Straße setzen.

Franzosenhure. Die Beleidigung schmerzte auf ihrer Seele wie ein frisches Brandmal.

Die Nacht brach herein, und der Südwestwind aus Frankreich fegte durch die Straße.

MIRIAM

6

Freiburg,
März 2018

Als Miriam am nächsten Tag Klaras Zimmer in der Rehaklinik betrat, saß ihre Großmutter aufrecht in ihrem Bett und strahlte ihre Enkelin an. Sie winkte sie zu sich.

»Du bist ja richtig gut gelaunt heute, Omi. Ich soll dir liebe Grüße von Tante Lotte bestellen. Sie kommt morgen Mittag vorbei. Ich habe ein Fotoalbum mitgebracht und eine Überraschung.«

Miriam holte das Album aus ihrem Rucksack, nahm ihr Handy und wählte die Playlist mit dem Titel *Omi*.

Bei dem Schlager *Capri-Fischer,* der Lotte sofort ein Lächeln auf die Lippen gezeichnet hatte, runzelte Klara die Stirn, genau wie bei diversen anderen deutschen Schlagern aus den Fünfzigerjahren.

Miriam schmunzelte. Eindeutig nicht der Musikgeschmack ihrer Großmutter.

Erst als Edith Piafs Chanson *La vie en rose* erklang, reagierte Klara. Ihre Augen weiteten sich, dann setzte sie einen verträumten Gesichtsausdruck auf, schloss genüsslich die Augen, summte und sang den Refrain schließlich stellenweise wortwörtlich mit.

Miriam war zufrieden. Das war mehr, als sie sich erhofft hatte. Ihr Plan hatte funktioniert. Klara erkannte die Melodien, erinnerte sich sogar an einzelne Textpassagen.

Während im Hintergrund leise Piaf-Chansons ertönten, berichtete Miriam, was sie von ihrer Großtante über *den Franzosen* herausbekommen hatte. Sie ließ sich Zeit, wählte ihre Worte sorgsam, und ihre Großmutter folgte ihrer Enkelin aufmerksam. Manchmal nickte sie zustimmend, dann wieder schüttelte sie den Kopf.

»Du hast mir oft erzählt, dass dein Vater gegen die Franzosen war«, schloss Miriam ihre Erzählung und nahm das Fotoalbum zur Hand. »Es war bestimmt nicht leicht, in dieser Zeit mit einem Besatzungssoldaten befreundet zu sein.«

Que reste-t-il de nos amours, sang Charles Trenet leise – eines von Miriams Lieblingschansons.

Ihre Großmutter lächelte mit Blick auf das Mobiltelefon.

»Es gibt einige Fotos in einem Album von dir, bevor du nach Konstanz gegangen bist, Omi. Möchtest du, dass wir uns das gemeinsam ansehen?«

Miriam öffnete das betreffende Fotoalbum. Die Bilder waren nicht gerade spektakulär, aber sie spürte, wie ihre Großmutter Anteil nahm und vieles zu erkennen schien.

Klaras Zuhause in der Kartäuserstraße. Klara mit ihrer kleinen Schwester an einem Sommertag am Ufer der Dreisam. Die Geschwister mit ihren Eltern auf einer Bank inmitten von Reben am Schlossberg. Es folgten Fotos vom zerstörten Freiburg und von den unversehrten Gebäuden in ihrer Straße. Die ehemalige Fabrikantenvilla neben ihrem Haus sah damals offenbar genauso aus wie heute.

Nach einigen Seiten, die ihre Großmutter schweigend und teilnahmslos durchgeblättert hatte, beschloss Miriam, die Tuschezeichnung aus der Zigarrenkiste herauszuholen und sie vor ihr auszubreiten.

Klaras Gesichtsausdruck veränderte sich sofort, und lange ruhte ihr Blick auf der Zeichnung. Mit den Fingerspitzen fuhr sie die Ränder an den Seiten ab.

Dann sah sie ihre Enkelin herausfordernd an und tippte auf das Wasser in der Zeichnung. Immer und immer wieder. Kein Zweifel: Sie wollte Miriam etwas mitteilen.

»Ja, das ist eine unglaublich intensive Farbe, meinst du das?«

Klara nickte.

»Du hast mir immer erzählt, dass der Bodensee je nach Jahreszeit und Wetterlage solch ein unglaubliches Farbenspiel von Smargadfarben bis Dunkelgrün haben kann. Das scheint ein Fischerhäuschen zu sein. Siehst du die beiden spiegelverkehrten Fische am Eingang oben am Sturz? Liegt das Häuschen am Bodensee? Kennst du es?«

Miriam deutete auf die Fische.

Klara schüttelte heftig den Kopf.

Miriam warf einen Blick auf ihren Rucksack. Würde ihre Großmutter schreiben können, was sie nicht sagen konnte? Sie nahm ihren Notizblock heraus, schlug ihn auf und reichte ihn Klara zusammen mit einem Stift. Klara griff danach, aber das Schreibgerät rutschte ihr sofort aus der Hand.

Miriam seufzte. Sie hatte Klaras motorische Fähigkeiten überschätzt und außerdem viel zu viele Fragen auf einmal gestellt. Sie bemühte sich, bei ihren Fragen nach dem Ausschlussverfahren vorzugehen.

»Kennst du das Haus, Omi?«

Klara schüttelte den Kopf und nickte anschließend.

»Ist es am Bodensee?«

Klara verneinte mit einem heftigen Kopfschütteln.

»Weißt du, wer die Zeichnung angefertigt hat?«

»Pascal«, sagte Klara deutlich.

»Die Zeichnung ist von ihm?«, fragte Miriam verblüfft.

Klara nickte lächelnd. Mit dem Zeigefinger fuhr sie die Konturen der Wellen ab, tippte auf den Ausschnitt und sah Miriam anschließend herausfordernd an, als erwarte sie weitere Fragen.

La mer, sang Charles Trenet jetzt, und für einen Augenblick überschlug sich die Lautstärke. Eilig regulierte sie Miriam auf ihrem Handy.

Ihre Großmutter riss die Augen auf, deutete auf das Handy und zeigte auf ihr Ohr.

»*La mer*«, sagte Miriam. »Charles Trenet. Du kennst es?«

Klara nickte, zeigte noch einmal auf das Smartphone, dann auf die Zeichnung. Hektisch tippte sie auf das Wassermotiv.

Miriam spürte ihren Herzschlag.

Wasser. *La mer*. Das Meer. »Du meinst das Wasser? Es geht um Pascals Heimat? Frankreich? Dann ist das nicht der Bodensee?«

Schon wieder hatte Miriam viel zu viele Fragen gestellt. Sie räusperte sich.

Unruhig suchten die Augen ihrer Großmutter den Raum ab. Noch einmal deutete sie auf das Wasser der Zeichnung, dann auf das Handy. Danach zeigte sie auf die neben ihr stehende Thermoskanne in einem zu grellen Hellblau.

»Du zeigst auf die Kanne. Du meinst die Farbe?«

Ihre Großmutter nickte lebhaft.

»Meer«, flüsterte Miriam. »Es ist das Meer. Aber wo?«

Sie warf einen Blick zum Fenster hinaus. Die Farbe des Wassers auf der Zeichnung war Smaragdgrün – die einzige Farbe auf dem Bild, neben der dunklen Tusche des Häuschens. Lag das Fischerhäuschen am Meer in Frankreich? Atlantik? Mittelmeer?

Plötzlich kam ihr eine Idee.

»Warte, Omi.«

Miriam nahm ihr Handy, stellte die Musik aus und googelte die Begriffe *Meer, Frankreich, Smaragdgrün*.

Auf einem Urlaubs-Blog wurde sie sofort fündig.

In Frankreich gab es einen zwanzig Kilometer langen Streifen am Atlantik mit dem wohlklingenden Namen Smaragdküste, der seines smaragdfarbenen Wassers wegen so genannt wurde. Er lag in der Bretagne. Die Côte d'Émeraude befand sich am nördlichen Zipfel von Cancale und verlief bis zum Cap Fréhel.

»Es gibt eine sogenannte Smaragdküste in der Bretagne«, sagte Miriam und bemühte sich ruhig zu bleiben. Prüfend sah sie in das Gesicht ihrer Großmutter. »Meintest du das, Omi?«

Sie drehte ihr Smartphone um und deutete auf die Frankreichkarte, dann auf die Zeichnung.

Ihre Großmutter faltete die Hände.

»Könnte es sein, dass Pascal aus der Bretagne kam, genauer, von der Smaragdküste?«

Klara seufzte.

»Hast du jemals von der Smaragdküste gehört?«

Klara nickte unsicher.

»Von der Côte d'Émeraude?«

Klara schloss die Augen und öffnete sie wieder. Sie stieß einen Seufzer aus und presste anschließend die Lippen zusammen.

»Pascal«, sagte sie deutlich. »Pascal.«

Miriam spürte ein Prickeln auf der Haut.

Hatte Pascal die Zeichnung von seiner Heimat angefertigt und sie Klara geschenkt? War einst ein Versprechen damit verbunden gewesen? Hatte er Klara in seine Heimat mitnehmen wollen?

»Jetzt weißt du es wieder, nicht wahr, Omi? Dass Pascal aus der Bretagne kam. Vielleicht war das dort sein Haus. Er hat es womöglich für dich gezeichnet, nicht wahr? Kannst du dich an einen Ort erinnern, von dem er gesprochen hat? Diese Küste ist nur zwanzig Kilometer lang.«

Sofort spiegelte sich Ratlosigkeit im Gesicht ihrer Großmutter.

Miriam suchte die einzelnen Orte entlang der Smaragdküste in ihrem Handy. So viele waren es nicht. Sie hob den Zeigefinger, und Klara starrte darauf.

»Saint-Lunaire.«

Klara zeigte keine Reaktion.

»Saint-Briac-sur-Mer«, fuhr Miriam fort.

Sie nannte die Orte langsam, und nach jeder Stadt machte sie eine Pause, um die Reaktion ihrer Großmutter einzuschätzen und ihr genug Zeit zu lassen. Aber Klara reagierte nicht, und Miriam spürte eine Mischung aus Enttäuschung und Ratlosigkeit.

»Dinard.«

War da gerade ein Zucken in Klaras Augenwinkeln gewesen?

»Dinard«, wiederholte Miriam.

Klara schüttelte den Kopf.

»Saint-Malo«, flüsterte Miriam.

Klara runzelte die Stirn. Ihre Augen flackerten. Ihre Atmung beschleunigte sich.

»Saint-Malo?«

Klaras Blick ging vom Smartphone zu der Zeichnung und wieder zurück zu Miriam. Miriam nahm die Hand ihrer Großmutter und streichelte sie. Sie fühlte sich warm und vertraut an.

»Tief durchatmen, Omi, tief durchatmen. Es ist nur ein Name. Nichts weiter. Nur der Name einer Stadt in der Bretagne.«

Miriam holte übertrieben tief Luft und sah dabei Klara eindringlich an. Ihre Großmutter folgte dem Rhythmus ihres Atems.

»Es ist nur eine Stadt«, sagte sie noch einmal und strich zärtlich über die Wange ihrer Großmutter.

»Saint-Malo«, wiederholte diese zu Miriams Erstaunen.

Ihre Atmung beruhigte sich, und ihre Augen füllten sich mit Tränen.

Miriam nickte zustimmend.

»Saint-Malo. Pascal aus Saint-Malo«, flüsterte Miriam nach einer langen Pause und streichelte mechanisch den Handrücken ihrer Großmutter.

»Diese Taschenuhr, die du mir gezeigt hast, mit der Gravur eines Sprichworts in französischer Sprache – sie ist von Pascal, nicht wahr, Omi?«

Klara bejahte mit einem deutlichen Kopfnicken.

Miriam rechnete nach – zwischen Klaras Begegnung mit Pascal und heute lagen knapp siebzig Jahre.

»Möchtest du mir gerne von Pascal erzählen?«, fragte Miriam und biss sich sofort auf die Lippen.

Was, Omi, würdest du wohl erzählen, könntest du sprechen? Erinnerst du dich überhaupt?

»Darf ich dir etwas zeigen, das ich noch gefunden habe?«, setzte Miriam zu einem neuen Versuch an.

Ohne ihre Augen von ihrer Großmutter zu lassen, fischte sie das Foto aus der Zigarrenkiste. Sanft legte sie es in Klaras Hände, die das Bild an den Ecken hielt und lange betrachtete.

»Das ist Pascal, nicht wahr?«

Klara stieß einen Seufzer der Erleichterung aus und warf einen Blick zur Zigarrenkiste, als sei sie selbst überrascht, welche Fundstücke diese barg, und legte das Foto an ihr Herz. Dann gab sie es mit einem Ausdruck von Entschiedenheit zurück.

Diesmal nahm Klara Miriams Hand und drückte sie.

Nicht zum ersten Mal fragte sie sich, warum derart verschüttete Erinnerungen solch intensive Gefühle in ihrer Großmutter auszulösen vermochten. Wie stark mochte die Verbindung zu Pascal gewesen sein?

Als Miriam abends in ihrer Wohnung angekommen war, überlegte sie nicht lange. Nur im äußersten Notfall würde sie das Briefgeheimnis missachten. Dieser war einer, denn sie konnte es sich nicht leisten, noch mehr Zeit zu verlieren. Solange ihre Großmutter um Worte und Erinnerung rang, musste sie die Dinge in die Hand nehmen.

Wie fremdgesteuert nahm Miriam die Zigarrenkiste aus ihrem Rucksack, holte den Brief heraus und nahm ihn aus dem Umschlag.

Er offenbarte eine schöne, akkurate männliche Handschrift, die Miriam sofort erkannte.

Es war die ihres Großvaters Eduard Schilling.

Sie spürte ihren Herzschlag, während sie die Zeilen las. Ihr war, als verlören sich die Buchstaben am Seitenrand. Langsam ließ sie sich auf den Küchenstuhl fallen, schloss die Augen und öffnete sie wieder. Ihre Hände zitterten.

Die Glocken des Münsters schlugen zur vollen Stunde, aber Miriams Welt blieb stehen, und eine neue Zeit brach über sie herein.

Nur verzögert begriff sie den Inhalt. Sie fing von vorne an und las noch einmal die Zeilen des Mannes, den sie stets wie einen Vater geliebt hatte. Bis sie es endlich verstand, obwohl ihr Herz dem Begreifen hinterherhinkte.

Ein Riss in ihrer eigenen Biografie tat sich gewaltsam auf, gefolgt von einem stechenden, unbeschreiblichen Schmerz. Alles, was sie über ihre Herkunft wusste, erhielt ein Fragezeichen, den Makel der Irreführung, und eine Lebenslüge klaffte zwischen ihr und ihren Liebsten. Es fühlte sich an wie ein Betrug. Als habe das Schicksal sie erst um ihre Eltern gebracht und als nehme man ihr jetzt noch postum ihren geliebten Großvater.

Auch ohne seine vertraute Handschrift hätte sie seinen Ton aus Hunderten erkannt.

Konstanz, im Januar 1951

Meine liebe Klara,

Du wolltest, dass ich alles noch einmal in Ruhe bedenke. Ich habe lange über unser Gespräch nachgedacht, das wir am Rhein geführt haben, und bin zu einem Entschluss gekommen. Von Herzen danke ich Dir für den wunderschönen Nachmittag, die Stunden mit Dir. Du fragtest, ob ich mir das gut überlegt habe, und ich kann Dir versichern, dass mein Vorschlag, den ich Dir heute gemacht habe, keineswegs spontan war. Im Gegenteil – ich habe diesen Schritt lange und gründlich durchdacht. Wie glücklich bin ich, dass Du in mein Leben getreten bist. Wenn du Ja sagst, wirst Du es nicht bereuen, glaube mir. Lass mich bei Deinen Eltern um Deine Hand anhalten! Ich werde Dir ein liebender, treu sorgender Ehemann und Henriette ein liebevoller Vater sein. Es wird alles gut werden. Wir werden den Namen Pascal vergessen und Henriettes französische Wurzeln für immer verwischen. Wir werden eine ganz normale Familie sein. Bedenke: Jetzt ist sie noch klein genug, um zu vergessen.

Die Bürokratie vermag ich zu beschleunigen. Ich sitze an der Quelle und habe engste Kontakte zum zuständigen Amt. Noch vor ihrem zweiten Geburtstag könnte ich ihr Vater werden, als hätte es niemals einen anderen gegeben.

Du musst mir glauben: Ich werde Deine Tochter lieben, als wäre sie mein eigenes Kind.

Dein Eduard

KLARA

7

Freiburg,
Mai 1949

Vorsichtig zog Klara die Tür in der Kartäuserstraße hinter sich zu, schlüpfte aus ihren Schuhen und ging auf Zehenspitzen in Richtung ihres Zimmers. Es war kurz vor Mitternacht. Durch den Türschlitz sah sie Licht in der Küche brennen.

Plötzlich wurde die Küchentür aufgerissen. Der Vater stand schwer atmend in der Tür. Sie sah, wie die Mutter ihr Nähzeug, einen Bettüberzug, aus der Hand legte.

»Ihr seid noch wach?«, fragte sie erstaunt und spürte, wie ihre Wangen heiß wurden.

»Wo war denn das Franzosen-Fräulein?«, fragte der Vater, griff Klaras Arm, zerrte sie hinein und zwang sie, Platz zu nehmen. Er ließ sich auf den Stuhl neben ihr fallen.

»Es ist Samstag«, gab Klara leise zurück. »Ich war tanzen.«

»Und mit wem? Mit dem Franzosen?«

»Mit meiner Freundin. Es waren viele Leute dabei. Deutsche, vielleicht auch Franzosen«, erklärte sie ausweichend.

Der Vater beugte sich ihr entgegen, nahm ihr Kinn zwischen Daumen und Zeigefinger und drehte ihren Kopf direkt vor sein Gesicht. Sie konnte den Hass in seinen Augen lesen und wusste nicht, ob er einer ganzen Nation oder ihr allein galt.

»Was treibst du eigentlich bei den Franzosen, mein Fräulein?«

Der säuerliche Geruch seines Atems stieg ihr in die Nase. Von Bier und Schnaps und kaltem Rauch. Ihr wurde übel davon, und sie bemühte sich die Luft anzuhalten. Vergeblich versuchte sie ihren Kopf wegzudrehen, aber er hielt ihn fest.

»Du tust mir weh«, presste sie hervor. »Mama, hilf mir doch!«

Die Mutter seufzte.

»Klara! Sei vernünftig«, sagte Adelheid nach einer langen Pause und sah sie dabei eindringlich an. »Wir sorgen uns doch nur um dich. Du bist jung und weißt nicht, was du tust. Lass sie los, Friedrich. Mit Gewalt erreichst du gar nichts. Wir müssen ihr ins Gewissen reden.«

Der Vater ließ von ihr ab und setzte sich wieder.

Instinktiv schüttelte sich Klara.

»Möchtest du am Ende mit einem *Marokkerle* dastehen?«, fragte die Mutter.

Klara zuckte zusammen und errötete gleichzeitig. Was dachten die Eltern von ihr? *Marokkerle* – so nannte man die dunkelhäutigen Sprösslinge aus Verbindungen zwischen deutschen Frauen und aus Nordafrika stammenden französischen Besatzungssoldaten, die man zuweilen auf den Straßen Freiburgs sehen konnte.

Die *Marokkerle* standen in der Stufe der sogenannten Bastarde ganz weit unten, weil ihr »Makel« für alle sichtbar war.

»Heraus mit der Sprache«, befahl der Vater, lehnte sich zurück und zündete sich umständlich eine Zigarette an.

Seine glasigen Augen bohrten sich in ihre.

»Wie heißt der Schürzenjäger? Du bist nicht volljährig, mein Fräulein. Solange du deine Füße unter meinen Tisch stellst, habe ich hier das Sagen. Ich allein! Hast du das verstanden? Also, rückst du jetzt raus mit der Sprache?«

Erneut suchte Klara den Blick ihrer Mutter. Sie hielt die Lider gesenkt.

»Es gibt nichts zu sagen«, sagte Klara trotzig. »Ich war mit meiner Freundin Gretel unterwegs, wenn du's genau wissen willst.«

Das war eine Lüge, aber die beste, die ihr im Moment einfiel. Ihre Cousine Inge sagte immer: Notlügen sind erlaubt.

»Ich kenne die Gretel aus dem Économat.«

Der Vater schlug mit der flachen Hand auf den Tisch.

»Lüg mich nicht an. Mit wem warst du unterwegs? Mit diesem Franzosen? Wie heißt er, dieser Filou?«

»Er heißt Pascal«, sagte Klara kleinlaut. »Ich war nicht mit ihm aus. Es ist nur eine Freundschaft.«

Die nächsten Lügen – gleich zwei auf einmal.

Der Vater schnaubte.

»Ich könnte die Wahrheit aus dir herausprügeln, wenn ich wollte, mein Fräulein. Aber es gibt andere Wege. Wege, die dir wehtun. Am Montag sagst du Monsieur Jean, dass du deine Arbeit bei den Franzosen aufgibst. Schluss. Ab sofort hast du Hausarrest. Bis du zur Vernunft kommst und mit einem anständigen, deutschen Jungen ausgehst.«

»Wir brauchen doch das Geld«, rief Klara und warf ihrer Mutter einen verzweifelten Blick zu.

»Du machst, was ich sage«, schrie der Vater.

»Wir sind besser ohne dich dran gewesen«, platzte es aus Klara heraus. »Du machst uns allen das Leben hier zur Hölle!

Hockst den ganzen Tag nur in der Küche und trinkst Bier, und uns willst du erklären, wie das Leben funktioniert! Ohne dich war alles viel besser. Da war der Krieg draußen. Jetzt haben wir ihn hier im eigenen Haus mit dir. Wir alle!«

»Klara«, rief ihre Mutter und sprang von ihrem Stuhl auf. Sie bekreuzigte sich und legte ihre Hand auf das Brustbein.

Ruckartig stand der Vater auf. Mit unsicherem Gang schwankte er zu Klara hinüber, holte aus und schlug ihr ins Gesicht. Einmal. Zweimal. Dreimal.

Tränen des Zorns schossen Klara in die Augen, während sie mit den Armen die Schläge abzuwehren versuchte. Sie rannte zur Küchentür, aber er holte sie ein und zerrte sie zurück an den Tisch.

»Bist du denn noch bei Sinnen, Friedrich?«, rief ihre Mutter, tat einen großen Schritt auf ihren Mann zu und versetzte ihm einen Stoß, sodass er rücklings fast zu Boden fiel und sich am Küchenstuhl gerade noch abfing.

»In meinem eigenen Haus«, presste er hervor, setzte die Bierflasche an und nahm einen kräftigen Schluck. »Eine Franzosenhure unter meinem Dach.«

Seine Stimme klang wie ein Reibeisen.

Die Schläge brannten wie Feuer auf Klaras Wangen, und ihr Kiefer schmerzte. Die Beschimpfungen waren aber schlimmer. Instinktiv hielt sie die Luft an. Sie würde sich nicht die Blöße geben und vor ihrem Vater weinen.

»Es ist nur die Wahrheit, was ich gesagt habe«, gab sie tonlos von sich und ging hinaus in den Flur.

»Wir sprechen morgen noch einmal in Ruhe darüber«, hörte sie die Stimme ihrer Mutter.

Hinter ihr fiel die Tür ins Schloss.

In ihrem Zimmer warf sich Klara aufs Bett und schlüpfte

angezogen unter ihre Bettdecke. Sie vermisste ihre kleine Schwester. Lotte verbrachte die Nacht bei ihrer Patentante.

»Du musst ihn verstehen«, sagte die Mutter, als sie eine halbe Stunde später an Klaras Bett saß und ihr über den Kopf strich. »Dein Vater hat schwere Zeiten hinter sich, schlimmer als wir alle zusammen. Die Erlebnisse an der Front haben ihm einen Stempel auf die Seele gedrückt, verstehst du? Er kann nicht mehr richtig gehen, seine akademische Laufbahn ist im Sande verlaufen. Nun möchte er dir ein solches Schicksal ersparen. Er will nicht, dass du dich ins Unglück stürzt. Keiner von uns möchte das, Klara.«

»Aber *er* ist es, der mich unglücklich macht. Pascal ist gut zu mir«, schluchzte Klara.

Die Mutter seufzte.

»Ich bin selber schuld. Warum habe ich dich nur gewähren lassen? Schon immer warst du eine Träumerin und ein Dickkopf! Möchtest du, dass du ausgerichtet wirst? Das Gerede der Leute ist nicht aufzuhalten.«

Ausrichten – Klaras Mutter hatte diese Redensart vom Kaiserstuhl mitgebracht, wo sie aufgewachsen war. Es bedeutete, dass die Leute jemanden verurteilten, einfach schlecht über ihn redeten.

Mechanisch streichelte ihre Mutter über die Stirn ihrer Tochter.

»Das ist kein Traum«, sagte Klara deutlich. »Wirst schon sehen. Ich heirate einen Franzosen und geh mit ihm in seine Heimat. Soll der Vater toben, so viel er nur will! Ich jedenfalls bin dann eine richtige Madame!«

»Klara! In lauen Sommernächten versprechen uns die Männer viel. Du bist jung. Dein ganzes Leben liegt noch vor dir.

Verdirb es dir nicht mit Mann und Kind. Ich weiß, wovon ich spreche.«

Klara hielt den Atem an, und vor ihrem inneren Auge sah sie den Lebensweg ihrer Mutter. Hatte sie damals nur deshalb geheiratet, weil sie ein Kind erwartete?

»Jetzt lassen wir erst mal Gras drüber wachsen, mein Kind, und dann sehen wir weiter. Wie weit bist du gegangen mit deinem Freund? Mir musst du schon die Wahrheit sagen. Ich sehe doch deinen verliebten Blick. Mir machst du nichts vor.«

»Wir lieben uns«, flüsterte Klara. »Wenn er mich fragt, werde ich Ja sagen. Und er ist auch katholisch, genauso, wie ihr es haben wollt! Du sagst doch immer: Derselbe Glaube ist das Wichtigste!«

»Ihr liebt euch«, sagte die Mutter mit einem Hauch von Ironie. »Das denkt man so, wenn man jung ist und es ist das erste Mal. Derselbe Glaube ist wichtig, das stimmt. Aber du bringst keine Schande über uns, verstehst du? Wenn du mit einem Kind kommst – der Vater macht dich kaputt, dann vermag ich es nicht mehr, dich zu schützen, Klara! Dann hilft dir nur noch Gott im Himmel.«

Adelheid umklammerte ihr Kruzifix, das um ihren Hals hing.

»Er wird mich und seinen Enkel niemals zu Gesicht bekommen«, sagte Klara trotzig. »Dann bin ich längst in Frankreich am Meer! Der Atlantik ist es, wo er herkommt, jawohl!«

Seufzend erhob sich die Mutter und lief langsam zur Tür.

»Du weißt nicht, was du sagst, Dummerle«, flüsterte sie im Weggehen und drehte sich an der Tür noch einmal um.

»Vergiss nicht, dein Nachtgebet zu sprechen. Ist er wirklich katholisch, der Franzose?«

»Ja«, sagte Klara trotzig. »Mein Liebster ist ein katholischer Franzose.«

Bis morgens um vier lag sie wach. Sie betete nicht. Ihr fehlte die Kraft, sich auszuziehen und das Nachthemd überzustreifen.

Ihre Wangen brannten. Ihr Herz tat weh. Am liebsten wäre sie jetzt gleich davongelaufen. Aber wohin?

Die letzten Monate und Wochen mit Pascal waren die schönsten in ihrem Leben gewesen, und niemals hätte sie gedacht, einem Menschen so nah sein zu können wie ihm.

»Ich zeige dir meine Heimat«, hatte er ihr beim letzten Mal versprochen. »Bei uns ist das Meer so blau wie nirgendwo sonst auf der Welt. Wie ein Smaragdstein. Die Gezeiten bestimmen den ewigen Rhythmus der Natur, und Sternschnuppen fallen vom Himmel ins Meer. Die Brandung stößt mit Wucht an die Felsen.«

Dann hatte er ihr eine wunderschöne Tuschezeichnung geschenkt von einem Fischerhaus am Meer, eine, die er selbst angefertigt hatte.

Klara hatte noch nie das Meer gesehen und träumte von einem fernen Land und friedlichen Zeiten ohne den Vater. Ein Land, in dem man sie mit Mademoiselle oder Madame ansprechen würde.

Klara wusste nicht, wie die Gezeiten aussahen und wie eine Brandung an die Felsen stieß – aber es musste magisch und sehr kraftvoll sein. Sternschnuppen hatte sie schon gesehen und sich etwas gewünscht.

Jetzt hatte sie nur einen einzigen Wunsch.

Sie wollte Deutschland verlassen. Deutschland, den Vater

mit seinem Hass und seinen Beschädigungen, die wie eine unheilbare Krankheit waren. Nur ihre Schwester und die Mutter würde sie vermissen.

Und ihre Heimatstadt Freiburg.

Sie spürte ein Ziehen in ihrer Brust und weinte sich in den Schlaf.

MIRIAM

8

Freiburg,
März 2018

»Jetzt weißt du alles«, sagte Miriam.

Seufzend ließ sie sich im Wohnzimmer in ihren Ohrensessel fallen und legte die Beine über die Armlehne. Sie hatte mit ihrer besten Freundin Pia gemeinsam zu Abend gegessen. Miriam hatte Pasta mit Frühlingsgemüse in einer Weißwein-Sahnesoße und frisch geriebenem Parmesan serviert, dazu einen leichten Rosé aus dem Burgund.

Pia saß im Schneidersitz auf dem Sofa gegenüber unter der Dachschräge, nippte an ihrem Weinglas und sah Miriam nachdenklich an.

»Eine Wahnsinnsgeschichte ist das! Hätte Klara das nicht ein paar Jahre früher erzählen können? Klara kann Drama – das muss man ihr lassen.«

»Ja, Klara kann Drama.« Miriam lachte laut heraus und wurde dann wieder ernst. »Nun muss ich die Puzzleteile zusammensetzen und meine eigene Geschichte neu schreiben. Was meine Großmutter angeht, läuft mir die Zeit davon. Das ist das Hauptproblem.«

Miriam überlegte, was genau sich seit ihrer Kenntnis des Briefes mit Eduards Heiratsantrag in ihrem Leben verändert hatte. Das Bewusstsein, einen anderen Großvater zu haben, brachte sie ihrem verstorbenen Großvater eigentlich nur noch näher, und die verschwiegene Lücke in Klaras Biografie ergab plötzlich einen Sinn. Durch Klaras Ehe mit Eduard Schilling musste für sie eine neue Zeitrechnung begonnen haben. Trotzdem war es Miriam, als erhielte ihre eigene Existenz durch eine Unbekannte in ihrem Stammbaum eine Unsicherheit, ein großes Fragezeichen.

Gab es Familie in Frankreich, auch wenn Pascal womöglich nicht mehr lebte?

»Wie geht es ihr inzwischen?«

Pias Stimme riss Miriam aus ihren Gedanken.

»Ziemlich gut«, sagte sie und sah Pia direkt an. »Die Logopädin sagt, sie spreche immer häufiger deutsche Worte. Mit mir kommuniziert sie auf eigenwillige Weise. Manchmal habe ich den Eindruck: Sie wird die Augen nicht schließen, bevor ich diesen Mann gefunden habe.«

»Oder dessen Grabstein.«

Miriam schluckte.

»Richtig. Aber vielleicht ist es auch *mein* Wunsch. Ich kann das fast nicht unterscheiden. Andererseits frage ich mich: Wird meine Großmutter die Wahrheit überhaupt verkraften?«

Pia sah Miriam nachdenklich an.

»Das kann ich dir leider nicht beantworten. Umso wichtiger finde ich, dass du weißt, was *du* willst. Der Wunsch, seine Wurzeln zu kennen, ist völlig normal.«

Miriam seufzte.

Ihre französischen Wurzeln verwischen – das hatte ihr Großvater geschrieben. Es hatte nicht funktioniert.

»Lass uns über Pascal sprechen«, sagte Pia nach einer Pause und nahm einen kräftigen Schluck Wein. »Denkst du, er wusste von seinem Kind?«

Miriam schnaubte. »Also davon kannst du aber ausgehen! Nach Tante Lottes Reaktion zu urteilen, unbedingt.«

Miriam sah in das Gesicht ihrer Freundin, die helle Haut mit den Sommersprossen, das rote Haar. Was sie an Pia schätzte, war ihre Klarheit, die sie stets ausstrahlte, und dabei hatte Pia das Herz am rechten Fleck. Mit niemandem konnte sie so offen über ihre Ängste und Unsicherheiten sprechen, die sie als Vollwaise immer wieder einholten. Auch durch das Gefühlschaos, in das Miriam vor vier Jahren nach der Trennung von Claude gestürzt war, hatte sie Pia in langen, geduldigen Gesprächen geschleust. Pia mochte eine therapeutische Sicht auf die Dinge haben, aber genau das schätzte Miriam an ihrer Freundin.

Die beiden waren einfach immer füreinander da, wenn es brannte. Vor mehr als zwanzig Jahren hatten sie sich im Studium kennengelernt und waren seitdem unzertrennlich.

»Was genau weiß deine Familie über ihn?«, durchbrach Pias Frage Miriams Gedanken.

»Meine Großtante kennt nicht einmal den Nachnamen des *Franzosen*. Der Sohn von Klaras verstorbener Cousine Inge fiel aus allen Wolken. Er hat mir versprochen, in Inges Nachlass nach Hinweisen zu suchen und mir gegebenenfalls Fotos oder Briefe zu schicken. Er erinnert sich nur, dass sich in Klaras Konstanzer Zeit alles um Eduard, meinen Großvater, drehte. Die Familie hat ihn sehr geliebt.«

»Das ist ja durchaus in deinem Sinne. Es ist ganz schön schwer für dich, nicht wahr?«

Miriam strich sich durch die Haare und ging in den Schneidersitz.

»Es fühlt sich an, als wäre ich eine andere, als ich bislang dachte. Klingt dramatisch – aber so ist es. Als ich den Brief las, war mir, als breche mir ein weiteres Stück Identität weg. Ich habe keinerlei Erinnerungen an meine Eltern, und nun ist mein Großvater nicht mein Großvater. Ich verliere bereits zum zweiten Mal einen geliebten Menschen nach dessen Tod.«

Pia warf ihr einen liebevollen Blick zu.

»Nein, das tust du nicht, Locke. Er bleibt der Mann, der dich großgezogen und geliebt hat. Vergiss das bitte nie.«

Es gab nur einen einzigen Menschen auf der Welt, der Miriam manchmal ihrer Naturlocken wegen liebevoll *Locke* nannte, und das war Pia.

»Du möchtest mehr über diesen Mann erfahren, auch wenn er nicht mehr lebt?«

Miriam schluckte und gab ein tonloses »Ja« von sich.

»Dann werden wir gemeinsam klären, wie du vorgehst. Schritt für Schritt. Ist das in Ordnung?«

Pia sah Miriam lächelnd an und strich mit den Fingerspitzen über den Rand ihres Glases.

»Ja, danke.«

Pia arbeitete im Stadtarchiv und besaß jenes solide Grundwissen über die Freiburger Stadtgeschichte, das Miriam fehlte.

»Zuallererst musst du die Geburtsurkunde deiner Mutter suchen. Dort ist der Vater normalerweise eingetragen.«

Miriam spürte, wie ihr Herz schneller zu schlagen begann. Sie erinnerte sich nicht daran, jemals die Geburtsurkunde ihrer Mutter gesehen zu haben.

»Und wenn er nicht eingetragen ist?«

»Dann steht dort: *Vater unbekannt*.«

»Und die Adoption?«

»Stimmt«, erwiderte Pia. »Nach einer Adoption wird die Akte geschlossen und eine neue angelegt.«

Miriam atmete tief durch, sah ihre Freundin stirnrunzelnd an und überlegte, wo sich das Dokument befinden könnte und warum es ihr bisher nie in die Hände gekommen war.

»Die Frage ist, wo sie sich befindet.«

»Zurück zu Pascal, Miriam. Als Historikerin muss ich dir leider sagen, dass es auch *mit* dem vollständigen Namen deines Großvaters immer noch ein langer Weg ist.«

Miriam strich über das Ziffernblatt ihrer Uhr und legte sich ein Kissen auf den Bauch.

»Du musst als Kindeskind sozusagen alles von hinten aufrollen. Möchtest du das wirklich auf dich nehmen?«

Miriam nickte entschieden.

»Ich halte es zwar für unwahrscheinlich, dass er lebt, aber meine Großmutter hat nicht mehr viel Zeit. Es könnte das Letzte sein, das ich für sie tun kann.«

Pias Augen bohrten sich in ihre. Miriam bemühte sich, dem Blick ihrer Freundin standzuhalten.

»Wenn ich deinen Gesichtsausdruck richtig deute, dann sollte ich mir die Wahrheit besser eingestehen?«, fragte sie kleinlaut.

Pia nickte lächelnd. »Mehr. Ich möchte sogar, dass du es sagst. Hier und jetzt!«

»Es geht um viel mehr. Es geht um mich. Um meine Wurzeln. Meine Identität. Die Wahrheit. Ich mache das nicht nur für meine Großmutter. Ich möchte wissen, wer ich bin.«

Pia holte tief Luft.

»Ganz genau. Es wird bedeutend leichter, wenn du dir über deine Motive im Klaren bist. Dein Herz weiß es längst.«

Miriam spürte, wie ihre Tränen ganz hinten am Gaumen nach oben drückten. Sie schluckte, fixierte das Muschelmobile über ihr und konzentrierte sich darauf, tiefe Atemzüge zu machen.

»Die Wahrheit wird euch freimachen«, sagte Miriam leise und sah Pia an.

Pia nickte. »*Dein* Lieblingsspruch!«

»Genau.«

»Dann lass uns zunächst die Fakten sammeln. Wie ist die Ausgangslage? Was hat dir deine Großmutter über die Jahre 1949 bis 1951 erzählt?«

Erneut entstand eine lange Pause, die Pia geduldig abwartete.

Die Kirchenglocken schlugen zur vollen Stunde.

»Dass Klara 1949 meine Mutter unehelich zur Welt brachte. Dass Eduard zu seiner Verantwortung stand. Sie war nicht volljährig, brauchte also für eine Heirat die Zustimmung ihres Vaters. Klaras Vater soll sich geweigert haben, weil Eduard protestantisch war. Es muss die Hölle für meine Großmutter gewesen sein.«

Pia lachte laut heraus.

»Mit Verlaub – dein Urgroßvater muss einen Knall gehabt haben!« Dann wischte sie durch die Luft. »Wenn er ein solcher Franzosenhasser war, wie Klara immer erzählt hat, dann wird ihre Flucht von zu Hause wesentlich nachvollziehbarer.«

»Trotzdem hat sie gelogen.«

Pia schüttelte den Kopf.

»Du musst dich von Schwarz-Weiß-Vorstellungen verabschieden, Miriam. Es gibt Grauzonen. Was heißt gelogen? Sie hat etwas verschwiegen. Ich bin nicht der Meinung, dass unsere Eltern und Großeltern uns schonungslose Offenheit über ihre Biografien schulden. Das tun sie nicht.«

Miriam senkte die Augen. So unangenehm es ihr war: Pia hatte recht.

»Erzähl mir von Pascal. Was weißt du?«, fragte ihre Freundin.

»Heute wäre er vermutlich in Klaras Alter. Er kommt aus Saint-Malo. Aus Freiburg ist er abgehauen, als sie von ihm schwanger war. Die Zeit, in der er hier stationiert war, lässt sich eingrenzen. Womöglich besaß seine Familie in Saint-Malo ein Fischerhäuschen mit zwei spiegelverkehrten Fischen am Sturz. Ziemlich präzise Informationen, nicht wahr?« Miriam lachte gequält. »Warte …«, unterbrach sie sich selbst, warf das Kissen weg, stand auf und ging ins Arbeitszimmer.

»Zumindest sehr individuelle Informationen«, rief ihr Pia hinterher.

Miriam kam mit der Tuschezeichnung zurück und reichte sie ihrer Freundin, die sie eingehend betrachtete.

»Ungewöhnlich schön«, sagte Pia und legte sie nach einer Weile vorsichtig auf den Tisch. »Pascal scheint ein Künstler gewesen zu sein. Wir ergänzen unsere Info-Liste mit *Pascal war ein Künstler.*«

»Ein Feingeist, der eine schwangere Frau sitzen lässt«, rutschte es Miriam heraus.

Pia nickte mit ernster Miene.

»Was haben wir gesichert? Der *Künstler* war hier in Freiburg von frühestens 1945 bis längstens 1949 stationiert. Das ist das Jahr, in dem Klara nach Konstanz ging. Deine Großtante sagt, er sei damals spurlos verschwunden. Wenn du mich fragst, hat er die Kurve gekratzt.«

»Sag ich doch«, erwiderte Miriam und spürte, wie ihre Stimmung sich verdüsterte. Unwillkürlich fragte sie sich, auf welche Lügen sie bei ihrer Suche noch stoßen würde.

»Dieser Brief mit dem Heiratsantrag«, fuhr Pia leise fort. »Es muss wie ein Blick in den Abgrund für dich gewesen sein, Miriam.«

Miriam dachte zurück an jenen Abend, als sie den Brief ihres Großvaters gefunden hatte. Tatsächlich war ihre Welt zusammengestürzt.

»Ich verstehe es einfach nicht: Warum hat Klara geschwiegen? Sie hätte mir als erwachsene Frau die Wahrheit sagen können«, sagte Miriam, warf die Arme in die Höhe und ließ sie wieder fallen.

Wie aus der Ferne hörte sie, wie ihre Freundin beruhigend auf sie einredete.

Ihre Großmutter hatte damals ein schweres Leben gehabt. Angefangen mit einem alkoholabhängigen, aggressiven Vater. Vielleicht hatte sie diese zwei schrecklichen Jahre ihres Lebens einfach hinter sich lassen und einen Schnitt machen wollen?

Warum aber hatte Klara später die Lüge aufrechterhalten? Im Kopf ging Miriam mehrere Szenarien durch, die alle ins Leere liefen.

»Es muss eine Art Überlebensstrategie für Klara gewesen sein«, hörte Miriam Pias Stimme. »Wenn sie 1949 allein mit einem Kind dastand, jung, nicht einmal volljährig, dann bedeutete das in erster Linie gesellschaftliche Ächtung. Erst durch die Ehe mit deinem Großvater gerieten Klara und ihr Kind sozusagen von heute auf morgen aus der Schusslinie.«

Diesen Aspekt hatte Miriam auch schon bedacht. Auf ein uneheliches Kind reagierte die Öffentlichkeit in den Neunzehnhundertvierzigern mit Ablehnung, wenn nicht gar unterschwelliger Aggression. Tolerant waren die wenigsten gewesen.

»Ganz genau. Mit einer Adoption und Heirat war das Problem beseitigt. Als meine Großmutter nach Freiburg zurückkehrte, war sie rehabilitiert und besaß eine blütenweiße Weste.«

Ganz langsam dämmerte Miriam, was für eine grundlegende Veränderung Eduards Antrag für Klara bedeutet haben musste.

»Auf diese Weise wurde Henriette zu einem legitimen Kind in Zeiten, in denen völlig andere Moralvorstellungen herrschten als heute. Sie haben sich eine Legende gestrickt und es irgendwann dabei belassen. *Französische Wurzeln verwischen,* nannte das mein Großvater. Weißt du, was ich gerne wissen würde: Was haben sie meiner Mutter gesagt? Haben sie die Legende, mit der ich groß wurde, auch meiner Mutter erzählt?«

Pia sah Miriam abwartend an und schüttelte dann langsam den Kopf.

»Die Legende ist die niedliche Schwester der Lüge. Und das wäre definitiv eine fette Lüge, wenn sie ihr das unterschlagen hätten. Aber mit zwei Jahren hat man noch keine Erinnerungen. Ist es wichtig für dich, ob es deine Mutter wusste?«

»Genau wie mein Großvater in seinem Brief schreibt: Mit zwei Jahren vergisst man.«

Miriam stand auf und holte die Weinkaraffe vom Esstisch.

Wortlos hielt Pia ihr Glas in die Höhe und ließ sich einschenken. Miriam nahm einen kräftigen Schluck. Der Rosé schmeckte leicht, fruchtig mit einem Hauch von Beeren.

»Ja, weil jetzt etwas mit mir passiert«, sagte Miriam wehmütig. »Meine Mutter hat nie geheiratet, womöglich hat sie ihre Geburtsurkunde nie gesehen. Und sieh mich an! Unverheiratet. Fast Mitte vierzig. Solche Familienmodelle setzen sich oft wie ein unbewusstes Erbe fort.«

Pia stellte ihr Glas auf den Tisch, stand auf und begann im Wohnzimmer auf und ab zu gehen.

»Ich bin auch nicht verheiratet, Miriam, übertreib nicht. Allerdings haben Besatzungskinder meist sehr schwierige Biografien. Das ist bekannt. Sie leiden ein Leben lang unter ihrer ungewissen Identität. Das ist die übereinstimmende Aussage in der einschlägigen Literatur. Deine Mutter war de facto ein Besatzungskind. Womöglich hat deine Großmutter ihrem Kind durch ihr Schweigen viel erspart. Auch das sollte man bedenken. Wir dürfen nicht mit unseren heutigen moralischen Maßstäben über sie richten.«

»Und ich darf ihr Schweigen jetzt ausbaden«, sagte Miriam trotzig.

»Du musst gar nichts, Miriam. Niemand zwingt dich, etwas zu unternehmen.«

Pia setzte sich neben Miriam auf die Lehne des Sessels und warf ihrer Freundin einen besorgten Blick zu.

»Du hast sie nicht erlebt, meine Großmutter. Auf mir lastet ein sehr sanfter, subtiler Druck. Der ist oft schlimmer als der direkte. Schon Schiller wusste es: *Dass die Zärtlichkeit barbarischer brennt als Tyrannenwut.*«

»Vergiss bitte niemals, dass du auch von dir sprichst«, erwiderte Pia und stand auf.

Sie ging zum Fenster und öffnete es.

»Das Wichtigste ist, dass du den vollständigen Namen dieses Mannes herausfindest. Ohne den Namen hast du praktisch keine Chance. Und da ist deine Familie die einzige Anlaufstelle, fürchte ich.«

»Es gibt eine Facebook-Gruppe ehemals hier in Freiburg stationierter Soldaten«, platzte es aus Miriam heraus.

»Eine Facebook-Gruppe. Himmel, hilf. Facebook! Hast du dort nach Pascal gefragt?«

Pia ließ sich wieder aufs Sofa fallen, verschränkte die Hände hinter ihrem Nacken und sah zur Decke.

»Klar«, sagte Miriam und grinste. »Obwohl ich mir ziemlich lächerlich dabei vorkam, aber ich musste es versuchen.«

»Es geht doch nichts über eine solide akademische Ausbildung.«

Pia zwinkerte Miriam aufmunternd zu, nahm ihr Glas und trank es in einem Zug leer. In diesem Augenblick liebte sie Pias beschwingte Art, die selbst die schwersten Themen etwas leichter machte, auch wenn sie manchmal sehr analytisch an die Dinge heranging. Aber Pia wusste dabei stets, wovon sie sprach.

»Und aus welchen Leuten setzt sich die Gruppe zusammen? Was genau hast du gefragt?«, wollte Pia in sachlichem Tonfall wissen.

Miriam konnte sehen, wie sie sich ein Lachen verkniff.

»Ich fragte nach einem Pascal, der mit einer gewissen Klara Mayer Ende der Vierziger befreundet war. Leider sind die meisten Mitglieder der Facebook-Gruppe erst in den Fünfzigerjahren oder noch später hierhergekommen.«

»Na ja, die Generation deines Pascal dürfte bereits ausgestorben sein.«

Pia rieb sich die Stirn und warf anschließend einen Blick auf ihre Uhr.

»Warten wir es ab, Miriam. Vielleicht bringt deine Frage bei Facebook ja doch was«, sagte Pia und signalisierte, dass sie aufbrechen wollte.

Viel Zuversicht war ihrer Stimme nicht zu entnehmen.

»Halb zwölf. Ich muss los.«

Mit einem Ruck stand Pia auf, und Miriam tat es ihr gleich.

»Ich könnte Claude anrufen.«

Abrupt blieb Pia stehen. Sie drehte sich um. Ihre Augen funkelten.

»Das halte ich für keine gute Idee.«

Pia zog ihre Jacke an und warf ihren Rucksack auf den Rücken.

»Keine Sorge«, sagte Miriam. »Ich bin über ihn hinweg.«

»Du schon, aber er nicht über dich.«

Da war sie wieder – Pias Therapeutenstimme. Innerlich musste Miriam lächeln.

Pia zog den Reißverschluss ihrer Windjacke zu und streifte ihre Handschuhe über.

»Ich ahne jetzt, wie kompliziert das alles wird.«

»Ja, das wird es, Miriam, wenn du ernst machst. Du machst ein Fass auf, davon kannst du ausgehen.«

Zum Abschied umarmten sie sich, und für einen Augenblick ließ Miriam ihren Kopf an die Schulter der Freundin sinken.

»Wir reden bald weiter, Locke«, flüsterte Pia und küsste sie auf die Wange. »Wollen wir uns nächsten Samstag in der Warsteiner Galerie treffen?«

»Das wäre toll. Um acht im Wintergarten?«

Pia bejahte.

»Ach, ehe ich's vergesse: Brauchst du nächste Woche Jonathan? Ich müsste ihn fünf Tage haben.«

Miriam und Pia teilten sich schon sehr lange einen in die Jahre gekommenen Renault, den sie auf den Namen Jonathan getauft hatten.

»Kein Problem. Ich bin sowieso an der Uni, und wenn ich meine Großmutter besuche, nehme ich das Rad.«

»Danke.«

Hinter ihr fiel die Tür ins Schloss.

Gedankenverloren ging Miriam in die Küche. Sie räumte das schmutzige Geschirr in die Spülmaschine und spülte die Weingläser von Hand.

Anschließend öffnete sie die Balkontür und trat hinaus. Es war nahezu windstill, und der Vollmond tauchte die Umgebung in ein diffuses Licht.

Die Glocken vom Münster läuteten Mitternacht.

Frische Luft streifte ihre Nase. Die jüngsten Ereignisse und die damit verbundenen Gefühle fluteten ihr Herz, und sie bemühte sich, ihr Wissen zu sortieren. Binnen achtundvierzig Stunden hatte sich ihr Leben einmal um die eigene Achse gedreht. Von Klaras französischen Wortfetzen bis zum Brief ihres Großvaters, der die Wahrheit aufdeckte und damit unzählige Fragen aufwarf, hatte sich für sie so vieles verändert.

Ihre Großmutter lag mit fast neunzig in einer Rehaklinik und hatte vergessen, wie man Worte bildet.

Irgendwo in der Bretagne gab es womöglich einen leiblichen Großvater, der plötzlich mit ihrem Leben in Freiburg auf geheimnisvolle Weise verknüpft war.

Klara hatte angefangen, ihr Schweigen zu brechen. Es war einfach geschehen.

Nichts mehr war wie vorher, aber beim Wissen gab es kein Zurück, denn Miriam hatte den Brief ihres Großvaters gelesen, und sein Inhalt ließ sich nicht auslöschen. Weder in ihrem Kopf noch in ihrem Herzen.

KLARA

9

Freiburg,
Dezember 1949

Fünf Betten für Sonderfälle waren auf der Wöchnerinnenstation im St.-Elisabeth-Krankenhaus in Freiburg reserviert. Im Moment waren nur zwei von ihnen belegt.

Gleich nach der Entbindung war Klara hierher gebracht worden. Gestern hatte sie ein zartes Mädchen von fast sechs Pfund und siebenundvierzig Zentimetern zur Welt gebracht, das jetzt an ihrer Brust lag. Wie nah sie einander waren – als wären sie nicht zwei, sondern ein Wesen.

Trotz des Desinfektionsgeruchs auf der Station genoss Klara ihr stilles Glück, und eine sonderbare Ruhe erfüllte sie.

Die Geburt war ohne jegliche Komplikationen verlaufen.

Ein Paravent aus einem weißen, gerafften Vorhang trennte sie von ihrer Nachbarin.

»Psst«, kam es von dort. Eine junge Mädchenstimme. »Wie ist dein Name?«

»Klara«, gab sie zur Antwort.

Das Kind war an ihrer Brust eingeschlafen. Vorsichtig

wischte sie ihm mit der Fingerspitze über die Lippen, die aussahen wie zwei winzige Kirschhälften. Um sein Handgelenk
war eine Schnur mit einem runden Pappzettel gebunden.
Darauf stand: Henriette Mayer. Aber sie würde ihr Kind schon
jetzt unter hundert anderen erkennen.

»Ich bin die Marlies. Mein Junge kam vorgestern. Ich werde
ihn zur Adoption freigeben. Das ist doch kein Leben sonst.
Was wirst du tun?«

»Aber …«, stotterte Klara, nach den richtigen Worten suchend. »Natürlich werde ich mein Kind behalten«, gab sie
anschließend leise zurück und drückte das Baby instinktiv
an sich. Der Säugling gab ein glucksendes Geräusch von
sich.

Klara lächelte. Um nichts in der Welt würde sie sich von
diesem Mädchen trennen. Niemals.

»Sie sagen, dein Mädchen sei auch ein *Bankert*, genau wie
mein Junge, stimmt das? Wie heißt es denn?«

Klara erstarrte innerlich. *Bankert* – der Schandbegriff für
ein unehelich gezeugtes Kind.

»Meine Tochter heißt Henriette«, sagte Klara mit fester
Stimme und streichelte die Pausbacke des Säuglings.

Marlies verstummte, denn eine Schwester betrat den
Raum, um die Neugeborenen zu holen und sie schlafen zu
legen.

»Ich bringe es ja wieder«, sagte sie, als Klara ihr Kind festhielt und die Schwester ängstlich ansah.

»Es geht nicht verloren, keine Sorge«, versprach die
Schwester. »Sie brauchen jetzt Ruhe. Ihr Kind braucht Ruhe.
Ich bringe es zur Säuglingsstation, wo die Kleinen in Reih
und Glied nebeneinander in ihren Bettchen schlafen gelegt
werden. So eine Geburt ist für Kind und Mutter anstren-

gend. In zwei Stunden legen wir es wieder an. Es trinkt ja schon kräftig. Das ist gut. Schlafen Sie ein bisschen, Fräulein Mayer.«

Widerwillig ließ sich Klara ihre Tochter wegnehmen und sah, wie sich die Tür hinter der Kinderschwester schloss.

»Wenn die Rechercheoffiziere kommen, dann kannst du es denen geben, dein Kind, falls es von einem französischen Soldaten ist«, flüsterte Marlies.

Klara spürte, wie die Angst ihr die Kehle zuschnürte. Von den französischen Rechercheoffizieren hatte sie gehört. Aber sie wollte nicht glauben, wie ihre Bettnachbarin über das Schicksal ihres Neugeborenen bestimmte.

Es war ein offenes Geheimnis, dass Offiziere auf die Entbindungsstationen in Freiburger Krankenhäusern gingen, um nach eventuellen Besatzungskindern zu suchen. Aber diese Gepflogenheiten waren vorbei. Noch im letzten Jahr hatten die Franzosen regelmäßig die Entbindungsstationen Freiburgs besucht und den ledigen Müttern ihr Angebot unterbreitet. In vielen Fällen verschwanden die Säuglinge anschließend, und deren Mütter bewahrten Stillschweigen.

Kinder von französischen Besatzungssoldaten waren sogenannte *enfants d'état*. Der französische Staat sah sich in der Verantwortung.

Man munkelte von der Existenz eigens von den Franzosen eingerichteter Kinderheime, wo diese Kinder untergebracht wurden, und sprach sogar von Sonderrationen für den *französischen Nachwuchs*. Frankreichs Kindern sollte es gut gehen. Durch spätere Adoption in französische Familien, nach Möglichkeit sogar in die des Kindsvaters, sollten irgendwann echte Franzosen aus ihnen werden, und sie erhielten neue Vornamen.

Klara hatte schreckliche Geschichten über Frauen gehört, die in ihrer Verzweiflung der Adoption zustimmten, um es später zu bereuen. Nach vier Monaten Karenzzeit jedoch war es zu spät, und es gab kein Zurück.

Möchten Sie Ihr Kind zur Adoption freigeben? Wie ist der Name des Vaters? Es wird Ihrem Kind an nichts fehlen. Es wird ein gutes Leben führen. Sie sind jung und können noch einmal von vorn anfangen. Danach wird es sein, als habe es diesen Abschnitt in Ihrem Leben nie gegeben.

Wie aus der Ferne hörte Klara die Worte ihrer Bettnachbarin, und ihr war, als rechtfertige Marlies mit ihrem Geplapper ihr eigenes Handeln.

»Reden Sie doch keinen Unsinn«, fiel die Schwester, die mit einer Kanne heißem Kamillentee den Raum betrat, Marlies ins Wort.

»Das gehört der Vergangenheit an. Niemand kommt hierher. Kein Franzose, kein Deutscher, niemand. Höchstens ein Priester, wenn ein Kind notgetauft werden muss. Deutschland ist jetzt ein souveräner Staat. Wir lassen uns nichts mehr von den Franzosen diktieren. Und diese Pouponnières, die Kinderheime, die sind alle geschlossen. Die gibt es seit einem halben Jahr nicht mehr. Sie machen dem Fräulein nur Angst.«

Mit Schwung schenkte sie die Tassen randvoll ein.

»Aber abstreiten können Sie nicht, dass es so war«, sagte Marlies patzig. »Ich sag's ja nur, weil es immer noch eine Möglichkeit ist. Das muss man doch sagen dürfen. Vielleicht weiß das Fräulein Klara nichts davon.«

Die Schwester wischte mit der Hand durch die Luft.

»Und ich sage: Schluss damit! Heute gibt es andere Wege. Das Fräulein soll in aller Ruhe entscheiden. Das Kind ist keine vierundzwanzig Stunden alt. Ein uneheliches Kind ist eine Verantwortung, aber auch eine Adoption in eine anständige deutsche Familie muss wohlüberlegt sein. Eine solche Entscheidung ist endgültig. Und jetzt ist hier Ruhe. Ich möchte nichts mehr von solchen Gruselgeschichten hören.«

Eine halbe Stunde später kam die Kinderschwester erneut und legte Klara ein Formular auf den Nachttisch, daneben einen Stift.

»Füllen Sie das in aller Ruhe aus. Unterlagen fürs Rathaus. Lassen Sie sich Zeit.«

Klara nahm das Blatt und schrieb den Namen ihres Kindes in die freie Spalte. Henriette Mayer. Bei der Rubrik *Vater des Kindes* setzte sie in sauberer Schreibschrift hinein: *Vater unbekannt*.

Vielleicht würden sie ja doch noch kommen, die französischen Offiziere. Sicher war sicher.

Einen Tag vor ihrer offiziellen Entlassung erhielt Klara Besuch aus Konstanz. Ihre Cousine Inge betrat gut gelaunt das Krankenzimmer, nahm sich einen Stuhl, schob ihn nahe an Klaras Bett und strich ihr liebevoll über die Wange.

»Du hier?«, fragte Klara ungläubig. »Was machst du denn in Freiburg?«

»Jemand muss sich ja um dich kümmern, Klaralein! So ein hübsches Mädchen hast du geboren. Ich hab's mir angesehen. Am Bettchen klebt ein Zettel, wo Henriette Mayer draufsteht. Kannst stolz sein.«

»Es hat keinen Vater«, sagte Klara, und ihre Augen füllten sich mit Tränen. »Darauf kann ich nicht stolz sein, Inge.«

»Ich weiß. Es wird sich alles richten, wirst sehen. Ich bin hier, um dich zu holen. Du musst mir jetzt gut zuhören.«

Klaras Augen weiteten sich. Vorsichtig setzte sie sich in ihrem Bett auf. Sie warf einen verstohlenen Blick nach nebenan und legte den Zeigefinger auf die Lippen.

»Nur flüstern. Die Paravents haben Ohren.«

Inge holte einen Zeitungsausschnitt aus ihrer Handtasche heraus und reichte ihn Klara.

Schneiderinnen gesucht. Änderungsschneiderei Hermine Stöckle. Vorstellung nur mit Berichtsheft. Chiffre 498.

»Aber, ich …«, stammelte Klara. »Ich bin noch keine Gesellin. Und entlassen werde ich erst morgen.«

»Ach«, winkte Inge ab. »Das machen wir schon passend. Lass das nur meine Sorge sein. Und deinen Gesellenbrief – den schaffst du doch im Handumdrehen. Warst schon so weit!«

Inge hatte recht. Wenn sie ein wenig üben würde, könnte sie die Prüfung binnen weniger Wochen bestehen.

»Und wo ist diese Schneiderei?«

»Frau Stöckle hat ein Geschäft mitten in Konstanz. Nicht weit von uns, wo wir wohnen. Die Mama kennt sie, wird ein gutes Wort für dich einlegen. Du bleibst bei uns. Es ist alles schon besprochen. Irgendwie kriegen wir das hin mit deinem kleinen Mädchen.«

»Ich soll zu euch kommen?«, fragte Klara fassungslos. »Mit meinem Kind? Einfach so?«

Vom Nachbarbett hörte man ein Stöhnen.

Inge nickte und nahm Klaras Hand.

»Hast du ein Berichtsheft?«

»Zu Hause«, sagte Klara. »Es liegt in meiner Schreibtischschublade.«

Inge rieb sich die Schläfen und dachte angestrengt nach.

»Gut«, sagte sie, als habe sie soeben eine Eingebung. »Dann

hol ich es. Können wir uns in eineinhalb Stunden in der Bahnhofshalle treffen?«

»Aber ...«, stammelte Klara. »Wie willst du das denn anstellen? Mein Vater ...«

Inge winkte ab.

»Mir wird schon was einfallen. Hör mir gut zu. Ich hab schon die Fahrkarten gekauft. Wir fahren zu dritt oder gar nicht. Die Eltern freuen sich auf dich. Wir lassen dich nicht im Stich. Abfahrt des Zuges ist um fünf nach halb drei. Schaffst du es allein zum Bahnhof? Mehr als eine halbe Stunde brauchst du nicht, auch wenn du schleichst. Kannst du die Strecke allein gehen, das Kind bis dorthin tragen?«

Sie warf einen besorgten Blick auf Klaras Bauch.

Klara spürte ihren Herzschlag. Mit dem Kind in ihren Armen würde sie bis ans Ende der Welt gehen, wenn es sein musste. Sie umarmte Inge und wischte sich anschließend die Tränen aus dem Gesicht.

»Ja, kann ich«, sagte sie tapfer. »Und was ist mit meinen Eltern? Das wird ein Donnerwetter mit dem Vater.«

»Deine Mutter weiß Bescheid. Schließlich retten wir ihren guten Freiburger Ruf. Und was deinen Vater angeht – meiner sagt immer: Den Friedrich, den kann man gar nicht ernst nehmen.«

Klara lächelte. »Der liebe Onkel Rolf! Wenn's so einfach wäre. Bin nicht mal volljährig.«

»Das hat dein Patenonkel schon alles geregelt. In Konstanz kennt dich niemand, Klara. Durch den Krieg gibt es so viele Frauen, die ohne Mann und mit kleinen Kindern dastehen. Auf deiner Stirn steht nicht geschrieben: *Ledige Mutter* oder *Bankert* oder sonst was, verstehst du? In Konstanz wirst du nicht ausgerichtet. Wir stricken dir eine Geschichte, die erzählst du immer, wenn du gefragt wirst. Eine Notlüge ist erlaubt.«

Klara gingen tausend Fragen durch den Kopf, während sie zusah, wie Inge anfing, ihren Koffer zu packen. Zwei Nachthemden, eine Jacke, geflickte Strümpfe und Schuhe.

»Ziehst du das hier an?«, fragte Inge und hielt ein graues Wollkleid in die Höhe.

Klara bejahte. Was kümmerte sie ihre Kleidung – Hauptsache, sie und ihr Kind blieben zusammen. In den letzten Wochen hatte sie sich in Grübeleien darüber verloren, was sie nach der Geburt tun sollte. Ihr Vater hatte ihr das Haus verboten, es sei denn, sie entschlösse sich zu einer Adoption, aber das kam für Klara nicht infrage. Und plötzlich tat sich diese Lösung auf, die so einfach sein sollte?

»Und was passiert, wenn ich die Arbeit nicht bekomme?«, fragte Klara.

»Erst mal musst du weg von hier. Du kriegst die Arbeit. Irgendwie wird es schon weitergehen. Es ist so schön in Konstanz. Wann warst du das letzte Mal dort?«

Klara überlegte. »Vor dem Krieg.«

»Siehst du wohl. Und so sieht es heute noch da aus. Konstanz ist immer noch Konstanz. Als habe es niemals Krieg gegeben. Vielleicht sind die Menschen deshalb dort fröhlicher als hier. Im Sommer können wir im See schwimmen gehen und Schiffle fahren. Ich will dich wieder lachen sehen, Klara!«

Klara zwang sich ein Lächeln ab.

»Und wo soll ich wohnen?«

»Das ist alles schon arrangiert. Bei uns unterm Dach gibt es ein Mansardenzimmer. Toilette auf halber Treppe. Essen tust du bei uns. Zum Waschen gehen wir ins Volksbad. Und tagsüber, wenn du in der Schneiderei arbeitest, kümmert sich Mama um dein kleines Mädchen. Wir schaffen das!«

»Und was sagt Onkel Rolf dazu?«

»Das war alles seine Idee, Klara! Der Papa hat gesagt, er lässt sein Patenkind nicht im Stich, und mit deinem Vater ist er sowieso über Kreuz, das weißt du ja. Er ist sogar für eine Unterredung extra nach Freiburg gefahren. Hat ihm seine Meinung gegeigt. *Wegen eines Fehltritts kann man doch nicht sein eigenes Fleisch und Blut verstoßen!* Das hat er dem Onkel Friedrich an den Kopf geworfen.«

Fehltritt.

Klara schloss die Augen und dachte an Pascal.

Sieben Monate, drei Wochen und vier Tage war es nunmehr her, dass er verschwunden war. Bis kurz vor ihrer Niederkunft hatte sich Klara bemüht, seine Adresse in Frankreich herauszufinden. Vergeblich. Sie verfügten nicht über die entsprechenden Unterlagen, hatten die Freiburger Behörden gesagt.

»Oder hat Sie der Soldat in Schwierigkeiten gebracht, Fräulein? Dann sieht die Sache anders aus.«

Klara hatte kleinlaut verneint und in ihrem weiten Mantel mit gesenktem Kopf die Behörde gegenüber dem Offizierscasino verlassen.

»Und wenn Pascal schreibt?«

»Dann schickt deine Mutter den Brief an uns. Du verlässt Freiburg und machst deinen Gesellenbrief, hast du verstanden?«

»Wie soll ich das alles nur schaffen?«, fragte Klara ratlos.

»Unsere Mütter sind ohne Männer durch den Krieg gekommen, und was die im Krieg geleistet haben, das schaffen wir im Frieden allemal. Nur Mut, Klara!«

Sie sah ihrer Cousine in die Augen und konnte darin lesen, dass Inge an bessere Zeiten glaubte, an familiäre Bande und daran, dass die Welt am nächsten Tag zuverlässig dieselbe war wie jene am Abend vor dem Einschlafen.

Aber ganz sicher glaubte sie nicht an ein Lebenszeichen des Kindsvaters.

Am Abend des 18. Dezember 1949 erreichten die beiden jungen Frauen in der Dämmerung Konstanz am Bodensee. Mit kleinem Gepäck, Klaras Berichtsheft und einem in ihren Armen schlafenden Säugling. Die Stationsschwester hatte der jungen Mutter Windeln zum Wechseln, Strampelhosen, Häubchen, eine Mütze und eine warme Decke zum Transport spendiert.

Der Vollmond hing wie ein Lampion am Himmel, in der Ferne war das Alpenpanorama zu sehen. Die Welt schien weit und doch begrenzt.

»Es riecht nach Wasser«, sagte Klara, als die Cousinen hinaus auf die Straße traten, die von einer dünnen, glitzernden Schneeschicht bezogen war.

Das Kind gluckste in ihrem Arm, blinzelte und schlief wieder ein. Die junge Mutter zog die Decke eng um seinen Körper.

»Was du alles riechst«, sagte Inge, winkte ab und hakte sich bei Klara ein. Mit der freien Hand trug sie ihren kleinen Koffer.

»Warte nur, bald kommt der Frühling, und wir machen einen langen Spaziergang mit dem *Bobbele* am See. Mama hat sogar schon einen gebrauchten Kinderwagen besorgt.«

Kinderwagen! Klara kämpfte mit den Tränen.

Aber beim Klang des Wortes »Kinderwagen« regte sich

mit einiger Verzögerung sachte ein neues Gefühl in ihr: Mutterstolz.

Henriette Mayers Geburtsurkunde mochte das gesellschaftliche Stigma der Vaterlosigkeit tragen, aber das Neugeborene besaß durch seinen Geburtsort das Privileg, ein echtes Freiburger *Bobbele* zu sein. So nannten die Freiburger von jeher die Kinder ihrer Stadt, und die echten Bobbele kamen im St.-Elisabeth-Krankenhaus und nirgendwo sonst zur Welt.

»Im Frühling«, wiederholte sie geistesabwesend und versuchte sich die schneebedeckten Straßen mit blühenden Bäumen vorzustellen.

Das Bild schien ihr genauso weit entfernt wie der pralle Mond.

Ob ihr der Bodensee zur Heimat werden konnte? Sie fühlte sich, als habe ihr jemand ihre Wurzeln herausgerissen. Würde sie hier in Konstanz bei ihrer Verwandtschaft neue schlagen?

All ihre Hoffnungen ruhten auf einem See, einem gebrauchten Kinderwagen und einer Stadt, an die sie aus Kindertagen verschwommene Erinnerungen hatte.

Hinter ihnen vernahm sie das Quietschen der Züge. Nur wenige Passanten querten ihren Weg. Klara wünschte sich, schon bald wie eine normale Mutter mit einem Kinderwagen die Seepromenade entlangzuspazieren.

Sie klammerte sich an dieses Bild der Hoffnung wie an einen Kompass auf stürmischer See.

»Jetzt fängst du noch einmal von vorn an«, sagte Inge aufmunternd, als habe sie Klaras Zweifel erraten.

Schützend legte sie den Arm um ihre Cousine und steuerte sie sanft durch den Stadtgarten in Richtung Rheinbrücke. Das Theater und das Inselhotel säumten ihren Weg.

»Es sieht wirklich aus, als hätte es hier nie Krieg gegeben«, stammelte Klara.

»Genau, und weißt du, warum Konstanz keine einzige Bombe abbekommen hat?«

Nein, das wusste Klara nicht.

»Wegen der Nähe zur Schweiz wurde bei Fliegeralarm die Altstadt nicht verdunkelt. So war Konstanz aus der Luft vom nebenliegenden schweizerischen Kreuzlingen nicht zu unterscheiden. Und genauso geschützt bist du jetzt hier, verstehst du? Dir passiert nichts mehr.«

Je näher die beiden jungen Frauen der Brückenmitte kamen, desto mächtiger wirkten die vornehmen beleuchteten Bürgerhäuser der Seestraße. Wenige Treppenstufen führten zu den Hauseingängen hinauf. Schneebedeckte Bänke, kahle Platanen und Straßenlaternen schmückten die angrenzende Promenade.

Die Welt hat sich schlafen gelegt, dachte Klara.

»Gleich sind wir da, Klaralein. Dann gibt's was Warmes zu essen. Mama hat die Küche eingeheizt und Flädlesuppe vorbereitet. Wenn wir bei uns zur Tür rausgehen, müssen wir nur wenige Minuten gehen, und schon sind wir auf der Seepromenade. Hinter dem Haus mit dem Giebel, in dritter Reihe, dort ist jetzt dein neues Zuhause.«

Flädlesuppe.

Inge deutete mit dem Zeigefinger auf eines der Bürgerhäuser. Die dritte Reihe war unsichtbar.

Klara wischte sich über die Augen.

Am Ende der Brücke befand sich eine mit Lametta geschmückte Tanne.

Noch wenige Tage bis Weihnachten, bis zum Jahreswechsel. Was würde das Jahr 1950 bringen?

Manchmal wünschte sie, das letzte Jahr sei nur ein Traum gewesen.

Sie spürte den warmen Atem des Säuglings an ihrem Hals.

MIRIAM

10

Freiburg,
April 2018

»Mit dem Schreiben klappt es schon sehr gut«, sagte die
Logopädin fast fröhlich, als Miriam am späten Nachmittag
das Zimmer ihrer Großmutter betrat.

Klara saß im Trainingsanzug am Bettrand, auf ihrem Schoß
lag ein quadratisches Board von der Größe eines Sofakissens.
In der Hand hielt sie einen schwarzen Folienschreiber. Eine
Woche war vergangen. Acht Tage, in denen sie große Fort-
schritte gemacht hatte.

Miriam ging zu ihr, küsste sie auf die Wange und reichte
dann der Logopädin die Hand.

»Wir haben auch schon ganze Sätze gebildet«, fuhr diese
fort.

»Und wie funktioniert das mit dem Board?«, fragte Miriam.

Sie drückte ihre Befremdung über das Pseudo-Wir weg,
nahm frisches Obst aus ihrem Rucksack und stellte es auf das
Nachtschränkchen. Bananen. Orangen. Geschnittene Ananas-
stücke in einer Frischebox.

»Wenn Ihre Großmutter etwas nicht sagen kann, dann

probieren wir es mit Schreiben. Meistens schreibt sie Stichwörter. Auf diese Weise können wir uns ziemlich gut unterhalten, nicht wahr, Frau Schilling? Wollen wir es Ihrer Enkelin einmal zeigen?«

Sie warf der Patientin einen aufmunternden Blick zu.

Miriam schluckte. Klara war kein Kind, und sie verstand jedes Wort. Es gab nicht den geringsten Grund, sie kleinzumachen.

»Du entscheidest, Omi. Ganz wie du willst.«

Klara lächelte ihre Enkelin dankbar an. Die Kommunikation zwischen ihnen funktionierte wie eine unsichtbare Welle mit und ohne Sprache, fast telepathisch.

»Dann lass ich Sie mal allein«, hörte Miriam die Stimme der Logopädin. »Ich komme morgen wieder, Frau Schilling. Immer schön üben. Nicht vergessen: Der Herr Doktor hat gesagt, dass es bald nach Hause geht, wenn Sie so weitermachen.«

Der Herr Doktor.

Miriam rollte die Augen und drehte sich weg. »Danke«, sagte sie knapp.

»Au revoir«, sagte Klara.

Miriam lachte geradeheraus – hatte ihre Großmutter gerade geflunkert? Auf einmal kam ihr ein Gedanke: Wusste Klara mehr, als sie zugab? Wie verhielt es sich mit ihren Erinnerungen?

Die ganze Nacht hatte Miriam darüber nachgedacht, ob sie ihren Wissensstand mit der Großmutter teilen sollte, und hatte sich dagegen entschieden. Vorläufig, denn womöglich war sie mit ihren Erkenntnissen seit einigen Tagen ihrer Großmutter weit voraus, und Miriam wollte keinesfalls einen Rückfall riskieren.

Klaras Zustand war emotional instabil. Es galt, behutsam und vorausschauend zu handeln. Der richtige Zeitpunkt würde kommen.

»Du kannst also schon wieder flunkern«, flüsterte Miriam und zwinkerte ihrer Großmutter zu.

Klara strich mit gespreizten Fingern über das auf ihrem Schoß liegende Schreibboard, nahm das Schreibgerät und schrieb ein großes Fragezeichen.

Sie zeigte es Miriam.

»Flunkern bedeutet, den Schelm im Nacken tragen«, erklärte Miriam. »Man täuscht etwas vor.«

Klara lächelte, nahm die Tafel und setzte vor das Fragezeichen in großen Buchstaben: PASCAL.

Dann atmete sie tief durch, drehte das Board zu Miriam, faltete ihre Hände und sah ihre Enkelin abwartend an.

»Du fragst, was ich inzwischen über ihn weiß?«

Klara nickte.

»Leider nur das, was du und ich herausgefunden haben. Die Bretagne. Saint-Malo.«

Jetzt hatte Miriam mehr als geflunkert. Sie hielt Wissen zurück, verheimlichte etwas.

»Ich werde versuchen, ihn zu finden. Auch wenn er tot ist, wir hätten dann Klarheit.«

Das Wort *tot* lag wie eine kalte Münze in ihrem Mund.

Abrupt füllten sich die Augen ihrer Großmutter mit Tränen, und Miriam nahm ihre Hand und streichelte sie. In diesem Augenblick spürte Miriam: Klara wusste intuitiv, dass es Miriam um den *richtigen* Großvater ging.

»Ist dir inzwischen sein Nachname eingefallen?«, fragte sie.

Mit einem Ruck drehte Klara ihren Kopf nach links zu ihrem Nachtschränkchen, nahm die Schale mit den Ananasstückchen, öffnete sie umständlich und begann zu essen. Stück um Stück schob sie sich in den Mund und kaute mit geschlossenen Augen.

»Nein«, sagte sie nach einer Ewigkeit, stellte die Schale zurück und griff erneut nach dem Board. Sie wischte den Namen mit dem Fragezeichen weg und begann mit zusammengepressten Lippen zu schreiben.

Miriam starrte auf die Hand, die langsam Striche und Bögen malte. Es schien eine Ewigkeit zu vergehen, bis Miriams Großmutter die Kappe wieder auf die Spitze des Eddings setzte und ihn zur Seite legte. Mit einem Anflug von Stolz in ihrem Blick drehte sie die Tafel um.

Sag Pascal Verzeihung.

Miriam schluckte. Was hatte das zu bedeuten?

»*Du* möchtest *ihn* um Verzeihung bitten?«, fragte sie verwirrt.

Klara schüttelte entschieden den Kopf, nahm erneut die Tafel, fuhr mit einer Serviette mehrfach darüber, schrieb wieder, löschte erneut und begann von vorne. Nach mehreren Versuchen zeigte sie Miriam das Ergebnis.

Unter einem grauen Schmierfilm stand deutlich:

Ich verzeihe.

Mit dem Zeigefinger deutete ihre Großmutter auf sich selbst.

»Du möchtest, dass ich ihm sage, dass du ihm verziehen hast«, flüsterte Miriam ergriffen.

Plötzlich war ihr, als schwanke der Boden unter ihren Füßen, und sie war nahe daran, ihrer Großmutter alles zu sagen. Sie verschränkte die Arme unter ihrer Brust und zwang sich, den Blick aus dem Fenster zu richten, wo die Wolken in Zeitlupe am Horizont vorbeizogen.

Was für eine verdrehte Welt! Ihre Großmutter war vor über siebzig Jahren von Pascal sitzen gelassen worden, mit einem Kind in ihrem Bauch, aber ihr ging es um Vergebung. Mit einem Mal war Miriam klar, dass sie noch längst nicht alles wusste. Ihre Wut auf einen Unbekannten verschwamm mit dem Wunsch, ihrem leiblichen Großvater lebend zu begegnen.

Einen Grabstein konnte man nicht anklagen.

Es dauerte lange, bis Miriam die ganze Tragweite der Worte ihrer Großmutter begriff, mehr mit ihrem Herzen als mit dem Verstand, so vieles schwang in ihnen mit. Der Wunsch nach Versöhnung, Klärung, aber auch Abschied und Endlichkeit. Die Bilanz eines langen Lebens.

Im Wintergarten von Miriams und Pias Stammkneipe sprudelte es zwei Stunden später nur so aus Miriam heraus. Geduldig hörte Pia zu und wartete, bis Miriam einen Schluck von ihrem Rotwein genommen hatte.

»Sie verzeiht ihm, dass er sie sitzen gelassen hat«, sagte Pia. »Das ist der Hammer! Aber es ist gut, dass du mit ihr gesprochen hast. Weiß sie auch, dass –«

»Dass ich über meinen Großvater Bescheid weiß?«, vollendete Miriam Pias Frage. »Meinen richtigen?«

Pia nickte mit ernster Miene.

»Ich glaube, sie ahnt etwas. Aber sie ist noch nicht so weit, dass ich sie damit konfrontieren könnte, Pia. Das kann ich ihr unmöglich zumuten.«

»Ganz deiner Meinung. Ich hätte dir zum jetzigen Zeitpunkt auch abgeraten.«

Pia beugte sich hinunter, öffnete ihren Rucksack, holte ein Blatt Papier hervor und legte es vor sie auf den Tisch.

»Das ist für dich, Locke. Es fiel mir bei unserem Gespräch letzte Woche ein. Irgendwas hatte ich da im Hinterkopf abgespeichert.«

Es handelte sich um die Kopie eines Artikels aus der Badischen Zeitung. Stirnrunzelnd las Miriam die Überschrift.

Auf der Suche nach dem Vater – Treffen von Besatzungskindern in Nordrach in ehemaliger Rothschild-Villa.

Miriam sah fragend von der Kopie auf und bedeutete Pia weiterzusprechen.

»Das war vor etwa einem Jahr. In dem ehemaligen Rothschild-Gebäude haben die Franzosen während der frühen Besatzungszeit ein Kinderheim, eine sogenannte Pouponnière, eingerichtet. Der französische Staat hat in solchen Heimen uneheliche Kinder aus Verbindungen seiner Soldaten mit deutschen Frauen untergebracht. Sie wurden aufgepäppelt und später zur Adoption nach Frankreich vermittelt.«

»Aufgepäppelt?« Miriam schnaubte. Sie glaubte, sich verhört zu haben.

Pia nickte. »Sie bekamen größere Lebensmittelrationen.«

»Um sie anschließend nach Frankreich zur Adoption zu vermitteln? Kinder für das französische Vaterland? Vive la France?«, sagte sie mit großen Augen und tastete auf dem Tisch nach ihrem Glas, ohne von Pia den Blick zu lassen.

»Genau. *Enfants d'état* – Kinder des Staates.«

Miriam spürte ein Unbehagen, einen Druck in der Magengegend. Der Gedanke, ob ihre Großmutter jemals eine Adoption in Erwägung gezogen hatte, war ihr nie in den Sinn gekommen. Die Vorstellung versetzte Miriam einen Stich.

»Da hatte meine Mutter ja Glück, dass Klara mit ihr nach Konstanz durchgebrannt ist.«

Miriams Blick schweifte über Pia hinweg zum Nebentisch, wo sie eine Studentin von sich erkannte.

»Wo allerdings auch Franzosen stationiert waren«, vernahm sie Pias Stimme. »Die Besatzungspolitik hat sich, genau wie die Einstellung der Besatzungsmächte den Besiegten gegenüber, stetig gewandelt. Am Anfang haben die Franzosen versucht, jene ledigen Mütter zur Adoption zu überreden. Später, als die Staatsgründung nahte, hat man eher auf die Autonomie der jungen Frauen gesetzt und sie darin bestärkt, ihr Kind zu behalten.«

Bei dem Wort *Staatsgründung* horchte Miriam auf: Henriette war *nach* der Staatsgründung geboren.

»Und vor 1949 war das dann eine Art Kidnapping?«

»Nein.«

Pia schüttelte energisch den Kopf. »So kannst du das nicht nennen. Die haben vielen Frauen damit aus der Patsche geholfen, Miriam. Immerhin hat der französische Staat Verantwortung übernommen. Die Russen, Amerikaner und Briten haben sich nicht um die vielen unehelich gezeugten Kinder ihrer Soldaten geschert, von den vielen vergewaltigten Frauen ganz zu schweigen. Die Franzosen fragten wenigstens nach den Namen der Väter und kümmerten sich anschließend um die Kinder.«

»Aber was hat das mit Klaras Geschichte zu tun, Pia? Meine Mutter ist 1949, also nach der Staatsgründung, geboren. Sie war niemals in einem derartigen Heim. Das ist ausgeschlossen.«

Pia wischte mit der flachen Hand über den Tisch und nahm einen kräftigen Schluck Wein.

»Darum geht es auch nicht. Diese *Opfer* haben eine Hilfsorganisation für die Suchenden, den Verein *Herzen ohne*

Grenzen, gebildet.« Pia tippte auf den Artikel. »Bei denen kann man nachlesen, wie man bei der Suche nach dem Vater vorgeht. Das, dachte ich, könnte dir helfen. Manche haben Jahrzehnte mit der Suche verbracht, einige von ihnen sogar einen Suchdienst in Frankreich beauftragt. Lies das in Ruhe zu Hause nach. Die Sache mit den Pouponnières fand ich nur historisch hochinteressant. Deiner Großmutter müssten diese Heime zumindest ein Begriff gewesen sein.«

Geschichte und persönliche Betroffenheit waren zwei völlig verschiedene Dinge, stellte Miriam fest.

»Wenn man nicht betroffen ist, ja«, sagte sie leise.

Jemand stellte die Musik lauter. Aus den Lautsprechern drang die glasklare Stimme von Roxette.

It must have been love.

War heute Neunzigerjahre-Abend?

»Ich fürchte, vor dir liegt ein langer, holpriger Weg. Die Archive sind voll von Suchanfragen, die ins Leere laufen. Alles, was du hast, sind ein männlicher Vorname und ein Ort in der Bretagne, und den vom Hörensagen.«

Nicht einmal die laute Musik vermochte es, Pias Zweifel in ihrer Stimme zu übertönen.

But I lost it somehow.

Erneut schweifte Miriams Blick zum Nebentisch, wo die Studentin jetzt wild gestikulierend und mit feurigem Blick auf einen Mann einredete. Mit gesenkten Augen und heruntergezogenen Mundwinkeln schien er zuzuhören, drehte hektisch an seinem leeren Glas, hielt abrupt an und wechselte dann die Drehrichtung.

Aus irgendeinem Grund erinnerte Miriam das bedrückende Bild an Claude und sie selbst kurz vor ihrer Trennung, nur mit umgekehrten Rollen: *Sie* war dieser Mann gewesen, stumm und sich im Kreis drehend, schließlich vor lauter Rückzug völlig erstarrt, und Claude war diese Frau, die mit einem Redeschwall etwas Verlorengegangenes zu retten versuchte.

Pia hatte recht – es war keine gute Idee, Claude zu kontaktieren. Keinesfalls wollte sie seine Hoffnung schüren, sie käme zurück zu ihm.

Plötzlich fiel ihr der Name der jungen Frau ein – Florentine. Sie hieß Florentine Schuler, fünftes Semester, und die Studentin hatte per Mail angefragt, ob Miriam eine Bachelorarbeit über *Theodor Fontanes Ehebruchsromane* annehmen würde.

Gegen halb elf verließen die beiden Freundinnen die Kneipe. Beide hatten ihre Fahrräder vor dem Kollegiengebäude III geparkt. Pia hakte sich auf dem Weg dorthin bei Miriam ein. Kühle Luft zog durch die Häuserschlucht.

»Wie machst du nun weiter, Locke? Bist du in Ordnung?«, fragte Pia.

Sie öffnete ihr Fahrradschloss, setzte ihren Helm auf und sah Miriam abwartend an. Miriam tat es ihr gleich und zuckte dann die Achseln.

»Ich weiß nicht, ob ich meinen Großvater jemals lebend finde und ob meine Großmutter lange genug durchhält. Aber ich werde es versuchen.«

It must have been love, but it's over now, it must have been love, but I lost it somehow – die Melodie ging ihr nicht aus dem Kopf.

»Dann überlege ich inzwischen weiter. Mir wird schon noch was einfallen. Frag deine Großtante noch einmal aus. Jetzt hast du einen neuen Wissensstand. Ihr kannst du die Wahrheit zumuten. Das verändert eure Gesprächsbasis.«

»Und wenn ich nun den Namen hätte, was dann?«

»Französisches Konsulat in Stuttgart«, sagte Pia. »Das wäre die erste Anlaufstelle.«

Miriam umarmte die Freundin und stieg aufs Rad. Beide fuhren in unterschiedliche Richtungen nach Hause.

In ihrer Wohnung angekommen, suchte Miriam im Rechner die Anfrage von Florentine Schuler und sagte die Betreuung ihrer Arbeit zu. Gleichzeitig bat sie um eine Literaturliste der Primärtexte, eine erste Kapitelübersicht und ein Exposé mit Leitthese wie auch um Angabe des geplanten Seitenumfangs.

Sie sah auf die Uhr – kurz vor 23 Uhr. Auf einmal fühlte sie sich erschöpft wie nach einem Marathonlauf. Hatte sie ihre Kräfte überschätzt?

Miriam gähnte. Sie hatte dringend Schlaf nötig.

Mit schweren Schritten ging sie ins Bad, streifte ihre Kleidung ab und ließ sie einfach auf den Boden fallen. Sie stellte sich unter die Dusche, schloss die Augen und lehnte den Kopf gegen den kühlen Fliesenspiegel. Das heiße Wasser und der beruhigende Lavendelduft ihres Duschgels schienen sie langsam zu erden.

Nach dem Abtrocknen schlüpfte sie in ihren Morgenmantel. Im Spiegel sah sie ihr Gesicht. Sie band ihre Korkenzieherlocken am Hinterkopf zusammen.

Kritisch betrachtete sie ihr Spiegelbild und gab Zahnpasta auf die Zahnbürste. Ihr war, als starre sie eine Fremde an. Eine fremde, übermüdete Frau, die ihre Zähne putzte.

Mit einer gewissen Verzögerung nahm sie von ihrem Handy im Flur das Signal für eine eingehende Nachricht wahr. Sie holte das Mobiltelefon und setzte sich, mit der Zahnbürste im Mund, an den Badewannenrand, während sie ungläubig die Zeilen ihres neuen Facebook-Kontaktes las.

Chère Madame,

in aller Eile, ich bin unterwegs, daher fasse ich mich kurz. Der Mann, den Sie suchen, war vermutlich ein Freund meines verstorbenen Vaters. Mein Vater hat in Freiburg von 1947–1949 gedient und wurde dann versetzt. Pascal war Bretone aus Saint-Malo und, soweit ich weiß, als Fahrer eines Offiziers tätig. Die beiden Männer trafen einander zum letzten Mal vor etwa zehn Jahren anlässlich Pascals 80. Geburtstags. Ich selber habe ihn vor langer Zeit in Paris gesehen. Gerne kann ich das Netzwerk meines Vaters durchforsten, und sobald ich zu Hause bin, schreibe ich Ihnen ausführlich.

Ihr Pierre Dubois

Plötzlich war Miriams Müdigkeit verflogen. Adrenalin schoss durch ihren Körper, und sie fühlte sich hellwach. Vor etwa zehn Jahren hatte Pascal seinen Achtzigsten gefeiert, das bedeutete, er wäre heute neunzig.

Ja, ihr lief die Zeit davon!

Sie beugte sich übers Waschbecken und spülte ihren Mund aus.

Auf dem Weg zum Schreibtisch las sie die Nachricht immer und immer wieder, als hätte sie etwas Wichtiges übersehen. Ihr Herz klopfte bis zum Hals.

Von Pia wusste sie, dass ungefähr neunhundert französische Soldaten den Rang eines Offiziers gehabt hatten. Das ergab ebenso viele Fahrer.

Miriam seufzte und starrte zum Fenster hinaus. Sie nahm die Zeichnung vom Tisch und blickte auf das Motiv, als vermöge sie so dessen Zauber zu brechen, ihm seine Geheimnisse zu entlocken.

Mit zitternden Fingern tippte sie auf Pias Nummer.

Wo bist du, Pascal? Sei am Leben, sei am Leben, bitte sei am Leben!

»Er war der Fahrer eines Offiziers«, stammelte sie, als sie endlich die vertraute Stimme ihrer Freundin vernahm.

»Wie bitte?«, fragte Pia.

»Jemand hat auf Facebook meine Suchanfrage beantwortet.«

»Pascal?«

»Ja.«

»Du hast seinen Familiennamen?«

Kleinlaut verneinte Miriam.

»Aber das ist doch schon mal gut«, sagte Pia und gähnte. »Man könnte die Suche über die Tätigkeit, die Zeit und seinen Vornamen eingrenzen. Sehr gut.«

»Es ist wie verhext. Warum kennt keiner seinen ganzen Namen?«

Miriams Stimme kippte.

»Weil die Anrede beim Vornamen unter den Soldaten so üblich war?«, fragte Pia zurück.

»Als hätten sie eine Scheinexistenz in Deutschland geführt. Wie ein Schattenleben.«

Miriam hörte im Hintergrund, wie Pia in ihrer Wohnung herumlief, dann das Öffnen einer Tür. Flaschen klirrten.

»Geh jetzt schlafen. Hör auf, dich zu quälen.«

»Danke für alles, Pia. Was würde ich ohne dich tun?«

»Du würdest längst schlafen. Ich mit meiner verdammten Skepsis und Schwarzmalerei. Siehst du, ratzfatz hast du jemanden gefunden, der deinen Großvater kannte. Das ist Gold wert. Bestimmt kennt er den vollständigen Namen, hat ihn aber einfach vergessen zu nennen.«

Dein Großvater. Miriam bemühte sich, tief durchzuatmen.

Mit einem Ruck ging die Kühlschranktür bei Pia zu.

»Gute Nacht, Pia.«

»Gute Nacht.«

Wie in Trance stand Miriam auf, holte das Foto von Pascal und Klara aus der Zigarrenkiste und legte es zum Scannen auf den Drucker.

Er surrte. Nach einer Weile erschien das Schwarz-Weiß-Bild mit dem Paar auf Miriams Bildschirm. Sie klickte auf das Symbol »Anhang« in der Privatnachricht für Pierre Dubois.

Vielen Dank, Monsieur Dubois, für Ihre schnelle Antwort. In der Anlage sende ich Ihnen ein Foto von Pascal. Sprechen wir von demselben Mann? Mir ist klar, dass zwischen Ihrem Kenntnisstand und diesem Foto viele Jahre liegen, aber vielleicht erkennen Sie ihn ja. Neben ihm steht übrigens seine damalige Freundin Klara, meine Großmutter.

Klara lebt noch. Pascal ist mein Großvater. Sicher werden Sie mir meine Hartnäckigkeit genau aus diesem Grund nachsehen. Können Sie mir seinen Nachnamen bitte nennen, womöglich seine genaue Adresse? Meine Großmutter hat nach einem Schlaganfall leider nur sehr eingeschränkten Zugang zu ihren Erinnerungen.

Bitte melden Sie sich. Es ist wirklich sehr wichtig.

Cordialement, Miriam Schilling

KLARA

11

Konstanz,
Oktober 1950

Seit einem knappen Jahr wohnte Klara mit Henriette in einem kleinen Mansardenzimmer in der Neuhauser Straße, wenige Stufen über der Wohnung ihres Patenonkels.

»Noch sind wir in dritter Reihe«, pflegte Onkel Rolf immer zu sagen. »Eines Tages ziehe ich mit euch an die Promenade.«

Klara hingegen träumte von einer kleinen Mietwohnung mit Henriette, aber sie musste ihre Volljährigkeit abwarten. Noch über ein Jahr! Es erschien ihr wie eine Ewigkeit.

Angesichts des harten Arbeitsalltags gab es seit ihrer Ankunft in Konstanz nur wenig Freizeit. Nach Feierabend und am Sonntag widmete sie sich ganz und gar ihrer kleinen Tochter. Hin und wieder ging sie mit Inge und Henriette im Kinderwagen am Rheinufer spazieren. Manchmal gönnte sich die ganze Familie einen Tagesausflug in die Schweiz, bei dem es für jeden ein *Bouché* vom Kiosk gab, ein mundgerechtes, einzeln verpacktes Schokoladenstück aus feinster Schweizer Vollmilchschokolade. Der Tag endete zuweilen mit einer Schiffsfahrt über den Bodensee auf der Hohentwiel.

Lange hatte Klara die Frage gequält, auf die sie wahrscheinlich niemals Antwort bekommen würde: Warum war Pascal ohne ein Wort des Abschieds verschwunden?

In lauen Sommernächten versprechen uns die Männer viel – der Satz ihrer Mutter klang in ihr nach wie eine düstere Vorhersage kommender Zeiten.

Sie hatte einiges unternommen, um Kontakt zu Pascal aufzunehmen, bei Behörden nachgefragt, Briefe zu Pascals Händen an den ehemaligen Standort seiner Kaserne geschrieben. Ohne Ergebnis. Mehr, darüber war sie sich schließlich im Klaren, erlaubte ihr Stolz einfach nicht.

Irgendwann schlug ihr Herz nicht einmal mehr höher, wenn auf dem Küchentisch von Tante Else ein an Klara Mayer adressierter Brief aus Freiburg lag, war er doch meistens von Klaras Mutter oder von Lotte.

Liebe Klara, hier ist alles beim Alten. Dein Vater tut, was er immer tut. Deine Schwester geht jetzt auf die Mittelschule. Sie möchte unbedingt Kindergärtnerin werden. Wir sind sehr stolz auf sie.

Kindergärtnerin? Der kleine Fratz wusste schon mit elf, was er machen wollte? Klara schmunzelte, aber die Zurücksetzung tat dennoch weh.

Von Außenstehenden in Konstanz nach ihrem Familienstand befragt, antwortete Klara stets, der Vater ihres Kindes sei verstorben. Eine Notlüge, wie Inge immer sagte, und Klara wunderte sich, wie ihr diese Notlüge immer leichter über die Lippen ging, bis sie ihr fast zur Wahrheit wurde. Am Ende fühlte sich Klara tatsächlich wie eine Witwe, denn in ihrem

Herzen hatte ihre Liebe zu Pascal abzusterben begonnen wie eine Pflanze, die zu lange kein Wasser bekommen hatte.

Nur Hermine Stöckle, ihrer Arbeitgeberin, hatten Tante Else und sie von Anfang an bezüglich ihres gesellschaftlichen Status reinen Wein eingeschenkt, zumal Klara bei ihrer Einstellung auch Papiere hatte vorlegen müssen. Nachdem sich Else für die tägliche Beaufsichtigung Henriettes verbürgt hatte, war der Weg für die Stelle in der Schneiderei Stöckle geebnet.

»So was kann jedem mal passieren«, hatte die bodenständige Hermine Stöckle gesagt, als handele es sich bei Henriette um ein Versehen, einen Unfall, der einer jungen hübschen Frau wie Klara widerfahren war. Dabei war Henriette ihr Ein und Alles, und Onkel Rolf, Inge und Tante Else waren ein warmes Nest, ihre Ersatzfamilie.

Eine Ersatzfamilie, die genauso, wie es Klara gewöhnt war, hauptsächlich aus Frauen bestand. Inge arbeitete im Fernmeldeamt als Telefonistin, Tante Else betreute außer Hetti zwei weitere Kleinkinder aus der Nachbarschaft, deren Eltern in der Textilbranche Schicht arbeiteten, und Rolf Schür war als Kaufmann für Textilien bei der Firma *Schiesser* ständig unterwegs.

Regelmäßig fuhr der Onkel über die Schweiz nach Italien, wo er Stoffe für die Schneiderwerkstätten und Stoffgeschäfte in Konstanz und Umgebung einkaufte. Auch dank Klaras fachkundigem Rat, den sie beim Abendessen in der Küche anhand von Stoffmustern erteilte, traf er stets die richtige Auswahl, und Klara nähte am Wochenende für die gesamte Familie das eine oder andere hübsche Kleidungsstück. Für Hetti, die seit einigen Tagen erste unsichere Schritte unternahm, ein Sommerkleidchen, für Inge einen Rock. Tante Else hatte sich ein Sommerkleid im Blumenmuster gewünscht.

Fünfzehn Mark monatlich bezahlte Klara für ihr kleines Zimmer mit Waschbecken und Toilette auf halber Treppe. Zusätzlich gab sie an Tante Else Kostgeld ab.

Auch wenn sie sich immer noch sehr einschränken musste und Essen knapp war – alles war besser, als in Freiburg unter dem Diktat des Vaters zu stehen.

Klaras Mutter hatte mit viel Überredungskunst durchgesetzt, dass ihre Tochter bis zur Volljährigkeit bei ihrem Onkel in Konstanz leben durfte. Danach würde Klara ohnehin selbst bestimmen.

In der Schneiderei ging Klara ganz und gar auf. Ihren Gesellenbrief hatte sie bereits nach wenigen Wochen im Handumdrehen bekommen, nachdem sie vor der Handwerkskammer eine brillante Gesellenprüfung abgelegt hatte.

An einem Tag hatte sie unter der strengen Aufsicht von zwei Meisterinnen einen Übergangsmantel nähen müssen – ein edles Stück, auf ihre Größe zugeschnitten –, den sie behalten durfte.

Sie hatte sich für ein Baumwollgemisch in Himmelblau entschieden und auf Knöpfe bestanden, die sie selbst aufwendig mit Stoff bezog. Klara erhielt eine glatte Eins, die Bestnote.

»Damit gehen wir in Serie«, hatte Hermine Stöckle nach eingehender Begutachtung des Einzelstücks gesagt und Klara bewundernd angesehen. »Du bist eine sehr gründliche und genaue Schneiderin. Ich bin sehr stolz auf dich.«

Klara dachte lange über die Attribute »gründlich und genau« nach, aber die Meisterin hatte recht: Schon immer war Klara sehr gründlich in allem gewesen, was sie tat. Sie fühlte sehr genau, wie sie in einem langwierigen Prozess von Pascal Abschied nahm.

Auch beim Abschiednehmen war sie gründlich.

Inge hatte maßgeblichen Anteil daran, dass Klara fröhlicher wurde und nach vorn blicken konnte. So ermunterte die kesse Inge ihre Cousine, sie an manchen Sonntagen in ein Tanzcafé in der Nähe des Konzils zu begleiten.

An einem Sonntagnachmittag hatten sich die beiden jungen Frauen dort an einem Tisch eingefunden und leisteten sich eine Coca-Cola. Auf einer Bühne spielte ein Ensemble abwechselnd amerikanische Rock-'n'-Roll-Musik und deutschen Schlager. Im Saal befanden sich etwa hundert Menschen mit einem deutlichen Frauenüberschuss. Auf der Tanzfläche bewegten sich an die fünfzehn Paare zu den Tönen des *Tennessee Waltz*, darunter vier Frauenpaare.

Inge ließ ihren Blick durch den verrauchten Saal schweifen, bis sie irgendwann Klara anstupste.

»Da kommt einer. Wirst sehen, der fordert dich auf. Ich spüre es, meine Kopfhaut kribbelt.«

Klara unterdrückte ein Lachen – das sagte Inge jedes Mal, wenn sie glaubte, etwas vorauszusehen.

Sie behauptete, einen sechsten Sinn zu haben, der besonders in Männerfragen seine ganze Wirkung entfaltete.

Inge wackelte unruhig auf ihrem Stuhl herum.

»Er sieht gut aus, findest du nicht?«, flüsterte sie Klara ins Ohr, und tatsächlich kam der hochgewachsene Mann im grauen Anzug immer näher, den Blick auf ihren Tisch gerichtet.

»Sei jetzt still, Inge«, befahl Klara. »Das ist mir unangenehm.«

Unter dem Tisch gab sie ihrer Cousine einen sanften Tritt.

»Aua«, sagte Inge lachend.

Der Mann trat an ihren Tisch, machte eine Verbeugung und bat Klara formvollendet um den nächsten Tanz. Auf der Bühne trat eine Sängerin ans Mikrofon und sang:

Kennst du die Stadt an der Seine mit ihren Boulevards? Und die Rue de Madeleine …

Klara warf Inge einen kurzen Blick zu, die ihre Augen nach oben rollte und ihr ein Handzeichen gab. Lächelnd stand Klara auf, hakte sich bei ihrem Tanzpartner ein und folgte ihm auf die Tanzfläche.

»Ich habe Sie noch nie hier gesehen«, sagte der Mann, der sich ihr als Eduard Schilling vorstellte und Tanzstellung einnahm. Sie legte ihre Hand in seine.

Mit sicherer Hand führte er sie übers Parkett. Er war ein sehr guter Tänzer, und Klara entdeckte in seiner Aussprache einen charmanten badischen Akzent. Nicht vom Bodensee, sondern eher aus der Freiburger Gegend.

»Das liegt daran, dass ich meine Cousine nur selten hierher begleite«, erwiderte Klara, ebenfalls im Dialekt.

»Wie heißen Sie, Fräulein, darf man das erfahren?«

»Klara Mayer.«

»Woher kommen Sie?«

»Sie sind ganz schön neugierig«, gab sie zurück.

Er schwieg und führte sie galant mit einer halben Drehung zur anderen Seite, weg von der Kapelle, wo man sich besser unterhalten konnte.

Im Café de la Paix in Paris … klang die Stimme der Sängerin durch den Saal.

»Eigentlich bin ich gebürtige Freiburgerin.«

Abrupt blieb er stehen.

»Das darf nicht wahr sein«, sagte er, zog seinen Kopf zurück und sah sie freundlich an.

Dann legte er seine Hand wieder vorsichtig unterhalb Klaras Schulterblatt an und machte eine halbe Drehung.

»Ich komme auch aus Freiburg«, hörte sie seine Stimme

an ihrem Ohr. »Wo haben Sie gewohnt? Darf ich das fragen?«

... er ist jung. Sie ist süß. Und die Welt ein Paradies. Im Café de la Paix in Paris ...

»Sie dürfen. In der Kartäuserstraße bei der Textilfabrik, der MEZ. Und Sie?«

»Im Stühlinger. In der Lutherkirche bin ich getauft worden.«

»Evangelisch«, sagte Klara. »Sie sind also evangelisch. Ich bin in der Maria-Hilf-Kirche getauft, beim Lycée Turenne, der französischen Schule, kennen Sie die?«

Er bejahte.

»Und was führt Sie nach Konstanz, Herr Eduard?«

»Arbeit«, sagte er schlicht. »Ich mache eine Ausbildung zum Justizschreiber bei Gericht hier in Konstanz.«

»Dann sind Sie Jurist?«, fragte Klara mit einer Mischung aus Bewunderung und Abwehr, denn ihr fiel sofort ihr gescheiterter Vater ein. »Ich komme vom Handwerk. Ich bin Schneiderin.«

... im Café de la Paix in Paris ...

»Deshalb sind Sie so elegant gekleidet. Ich dachte mir schon so etwas.«

Klara fühlte sich geschmeichelt. Zum ersten Mal seit langer Zeit machte ihr ein Mann Komplimente. Ehrlich gemeinte Komplimente.

»Und um Ihre Frage zu beantworten: Ein Justizschreiber muss nur bestimmte Gesetze kennen, und achten muss er sie sowieso. Ich arbeite dem Notar in die Hände und möchte irgendwann ans Gericht.«

»Dann sind Sie also kein Jurist?«

»Wäre Ihnen das lieber?«, fragte er zurück.

»Nein. Ich weiß zwar nicht, was genau ein Justizschreiber macht, aber mir gefällt das besser als Anwalt.«

Er lachte geradeheraus.

»Und ich weiß zwar nicht, was Sie gegen Juristen haben, aber ich nehme es als Kompliment.«

Sie warf einen Blick hinüber zu ihrem Tisch, wo Inge inzwischen mit einem jungen Mann saß, den Klara bereits kennengelernt hatte. Er hieß Joachim und er war bis über beide Ohren in Inge verliebt. Und auch Inge war nicht abgeneigt. Zwischen den beiden schien sich eine Romanze zu entwickeln.

Die Musik verklang. Die Paare blieben stehen, traten auseinander, wandten sich der Kapelle zu und applaudierten. Die Sängerin verbeugte sich. Eduard reichte Klara seinen Arm, und sie gingen zum Tisch zurück, von dem sich Inge und Joachim gerade erhoben.

Eduard, Joachim und Inge stellten einander vor.

»Wir gehen ein bisschen frische Luft schnappen. Macht es euch gemütlich.«

»Haben Sie manchmal Heimweh?«, fragte Eduard, nachdem er Klaras Stuhl an den Tisch geschoben hatte und selbst Platz nahm. »Darf ich Sie zu einem Glas Bier oder vielleicht einem Kaffee einladen?«

»Nein«, sagte Klara und blickte in sein erschrockenes Gesicht. »Ja«, schob sie dann hinterher und lachte, als sie begriff. »Ich nehme gerne eine Tasse Kaffee. Und nein, ich habe kein Heimweh nach Freiburg.«

»Ich schon«, sagte er leise und spielte mit einem Bierdeckel. »Das Münster, der Kaiserstuhl. Das Markgräfler Land.«

Er gab der Kellnerin ein Zeichen und bestellte die Getränke.

»Der Kanonenplatz, der Kastaniengarten und der Schlossberg«, erwiderte sie lächelnd.

»Vom Colombischlössle ganz zu schweigen, von der Dreisam und dem Theater.«

»Und dann die Bächle in der Stadt.«

Ihre Konversation glich einem Pingpong-Spiel.

»Also, ich bleibe dabei – ich liebe Freiburg. Es wird wieder zu altem Glanz auferstehen. Das Einzige, was ich hier am Bodensee habe, ist das Angeln.«

»Dann haben Sie ja doch etwas gefunden, was Ihre neue Heimat einzigartig macht.«

Er nickte nachdenklich. »Ja, es ist schön, draußen auf dem See seinen Gedanken nachzuhängen und zu warten, bis die Fische anbeißen. Einsam und schön.« Er schüttelte sich. »Zurück zu Ihnen, Fräulein Klara. Wie können Sie kein Heimweh haben?«

»Weil ich mit Freiburg weniger gute Erinnerungen verbinde«, sagte sie geistesabwesend und dachte an die Geburt Henriettes im St. Elisabeth, an die Streitereien mit ihrem Vater, an ihre Flucht nach Konstanz. Plötzlich fiel ihr Gretel aus dem Économat ein. War sie inzwischen mit ihrem Hans verheiratet? Jenem Mann, der ihr schon nach der Verlobung verboten hatte zu arbeiten?

Niemals würde sie einen Mann wählen, der ihr die Ausübung ihres Berufs verbieten würde.

Auf einmal wurde die Vergangenheit vor ihrem inneren Auge lebendig, und Klara verspürte einen Schmerz, die Unwiderruflichkeit dessen, was geschehen war.

»Sie sprechen vom Krieg?«, durchbrach Eduard ihre Gedanken und bezahlte die Getränke, die gerade serviert wurden. »Ja, unser schönes Freiburg wurde in einer einzigen Nacht zerstört. Das war ein schreckliches Erlebnis. Wir waren damals im großen Bunker am Schlossberg.«

»Schlossberg«, flüsterte sie kaum hörbar, und die Bombennacht kam wie durch einen Nebelvorhang zurück. Die Kinder aus dem Waisenhaus, die Sirenen.

Eduard nahm einen Schluck Bier, sie trank von ihrem Kaffee. Es war ein schlichter Muckefuck, ein Malzkaffee, wie er seit dem Krieg bis heute serviert wurde.

Wie oft hatte sie ihn in der Küche der Kartäuserstraße getrunken? Manchmal sogar den echten vom »Tee-Peter«. Mit einem Mal wurden die Erinnerungen an ihr Elternhaus lebendig.

Die Schläge des Vaters. Das Schweigen ihrer Mutter.

»Ich spreche nicht vom Krieg«, sagte Klara und stellte mit einem Anflug von aufkommender Übelkeit die Tasse zurück. »Oder vielleicht doch.«

»Zumindest sprechen Sie in Rätseln, Fräulein Klara.«

»Ich habe mich mit meinen Eltern nicht mehr vertragen und lebe nach einem Streit jetzt hier in Konstanz bei meinem Patenonkel und seiner Familie. Inge, die Sie gerade kennengelernt haben, ist meine Lieblingscousine. Sie hat mich hierhergebracht.«

Sie atmete tief durch. Was hatte sie da gerade gesagt?

»Sicherlich werden Sie sich wieder vertragen, wenn genug Gras drübergewachsen ist, über den Anlass des Streits«, sagte er wie zum Trost.

»Da wächst kein Gras drüber! Ich habe eine uneheliche Tochter«, platzte es aus Klara heraus. »Darüber kann kein Gras wachsen. Mein Vater ist ein verhinderter Jurist und ein Scheusal! Deshalb mag ich sie nicht, die Juristen.«

Es war wie ein Zwang. Sie musste es sagen. Jetzt, bevor etwas anfing, das auf einer Lüge fußte. Am liebsten hätte sie es sogar wiederholt. *Ich habe eine Tochter! Unehelich zur Welt gebracht.*

Sie stand auf, nahm ihre Handtasche und das Jäckchen, das über dem Stuhl hing, und sah ihn entschuldigend an.

»Jetzt hab ich's verdorben. Es tut mir leid. Bitte verzeihen Sie! Auf Wiedersehen, Herr Eduard.«

Er sprang zeitgleich auf und öffnete den Mund, aus dem kein Ton herauskam. Das Letzte, das sie von ihm sah, war sein fragendes und hilfloses Gesicht.

Auf dem Weg nach draußen lief ihr Inge in die Arme.

»Was ist denn mit dir los, Klara? Warum hast du es so eilig?«

Joachim stand neben Inge und räusperte sich.

»Ich muss gehen, Inge. Alles gut. Macht euch noch einen schönen Nachmittag. Entschuldige«, rief sie im Weggehen.

Sie stolperte hinaus auf den Gehweg und lief so schnell sie konnte bis in die Neuhauser Straße. Dort angekommen, klingelte sie bei den Schürs, eilte an ihrer verdatterten Tante vorbei in die Küche zum Laufstall und holte Henriette heraus.

»Du bist allein?«, fragte Else verblüfft. »Ist etwas passiert? Wo ist Inge?«

»Mit Inge ist alles in Ordnung. Ich fühle mich nicht gut«, sagte Klara. Henriette gluckste und fasste ihr mit der Hand ins Gesicht. Dann lachte die Kleine aus vollem Hals.

»Ich geh nach oben, Tante Else.«

»Aber dann lass doch die Hetti da, wenn du unpässlich bist, Klara. Leg dich ein bisschen hin, dann kommst du um acht wieder runter, und wir hören unsere Musiksendung. Was meinst du?«

Unsere Musiksendung. Die Banalität des Alltags versetzte Klara einen Stich in den Magen. Sie wollte schreien.

Zerstreut warf sie einen Blick ins Wohnzimmer mit dem

Radio. Sie spürte den Atem ihres Kindes an ihrem Hals, und ihr war, als käme sie plötzlich zur Besinnung, als habe sie die letzte halbe Stunde wie im Traum gehandelt.

Was war nur passiert? Sie schämte sich, denn Eduard war gut zu ihr gewesen, und ihr war, als hätte sie ihn beleidigt. Warum hatte sie persönliche Dinge ohne Not preisgegeben? Sie war noch nicht einmal mit ihm ausgegangen. Wollte sie sich eine Enttäuschung ersparen?

»Ja«, sagte sie leise und löste sich aus der Umarmung mit ihrer Tochter. »Du hast recht, Tante Else. Ich leg mich ein bisschen hin und komm später runter.«

»Ich hab uns sogar eine Bowle gemacht«, sagte Else.

Klara unterdrückte die aufkommende Übelkeit und setzte Hetti zurück in den Laufstall, die sofort zu schreien begann und die Hände nach ihr ausstreckte.

»Siehst du, was du angestellt hast, Klara«, sagte Else streng, ging mit entschlossenen Schritten zum Laufstall, nahm das Kind auf den Arm und schaukelte es hin und her.

Henriette wurde still, und genauso still verließ Klara die Küche, ging die wenigen Stufen hinauf in ihr Mansarden-zimmer, warf sich aufs Bett und weinte.

Am selben Abend, Klara wusste nicht, wie lange sie ge-schlafen hatte, weckte sie ein leises Geräusch vor ihrer Tür. Sie öffnete die Augen und blinzelte.

Jemand schob einen Zettel unter dem Schlitz hindurch. Dann hörte sie eine Stimme. Es war die ihrer Cousine Inge.

»Klara. Liebes! Nimm dir doch nicht alles so zu Herzen. Du immer mit deiner Art. Immer jetzt und sofort und geradehe-raus. Wenn du was nicht sagst, ist es noch lang keine Lüge. Sieh mal. Das ist für dich. Kommst du gleich zu uns runter?«, flüsterte sie. »Mama hat Rhabarberbowle gemacht.«

Dann hörte Klara die sich entfernenden Schritte auf den Stufen.

Sie stand auf, ging zur Tür und entfaltete das Papier.

Eine wunderschöne Handschrift. Nur wenige Zeilen, und Klaras Welt fing an sich zu sortieren. Alles stellte sich an seinen Platz, und ein Hauch von Zuversicht schlich sich in ihr Herz.

Liebe Klara,
würden Sie mir die Ehre erweisen und mich nächsten Sonntag ins Kino begleiten? Machen Sie mir die Freude!
   Ihr ergebenster Eduard Schilling

Klara nahm den Zettel und faltete ihn sorgfältig zusammen.

MIRIAM

12

Freiburg,
Mai 2018

Seit zwei Wochen war Klara wieder zu Hause und wurde von einer sogenannten Tagespflege betreut. Am Morgen holte sie ein Shuttleservice und brachte sie zur Rehaklinik, wo die Stunden mit Logopädie-Behandlungen, Senioren-Gymnastik und Basteln ausgefüllt waren.

Am Abend fuhr er sie zurück.

»Zum ersten Mal in meinem Leben fühle ich mich wie eine alte Frau«, pflegte Miriams Großmutter zwar scherzhaft zu sagen, aber die Enttäuschung über ihre langsamen Fortschritte hinsichtlich ihrer Aussprache kam darin zum Ausdruck.

Lotte hatte darauf bestanden, dass Klara nach ihrer Entlassung zunächst in ihrem Gästezimmer übernachtete. Miriam besuchte ihre Großmutter fast täglich, manchmal trafen sie sich in der Stadt im Café Schmidt in der Bertoldstraße.

Auf Miriams Frage nach der Geburtsurkunde hatte sich ihre Großmutter verzweifelt und hilflos in ihrer Wohnung umgesehen.

»Stand denn der Name des Vaters drin? Weißt du, ob du ihn angegeben hast?«

Da hatte Klara vehement den Kopf geschüttelt und mehrfach »Nein« gesagt.

Eine Freude hingegen war es, wie gut ihre Großmutter schon nach wenigen Tagen wieder zu Fuß unterwegs war.

Gemeinsam mit ihrer Schwester besuchte sie sogar an den Samstagen den Wochenmarkt am Münsterplatz, stieg an der Brauerei *Ganter* aus und lief einen knappen Kilometer, um in Form zu bleiben, wie sie sagte. Von den Lähmungen war nichts zurückgeblieben. Ihr Körper, das zeigten die jüngsten Untersuchungen, war nicht der einer neunundachtzigjährigen Frau.

Was jedoch in ihrer Seele vorging, wusste niemand.

Ihr Wortschatz war gewachsen, aber ihre Aussprache, das hatte der Chefarzt Miriam bereits beim Abschlussgespräch erklärt, würde nie mehr die alte sein. Verschleifungen nannte man in der Fachsprache das, was ihre Großmutter tat. Aus einem »s« wurde ein »sch«, oftmals verschluckte sie die letzte Silbe eines Wortes.

Man musste sehr genau hinhören, um sie zu verstehen.

Zu Miriams Freude funktionierte hingegen die Fähigkeit zum korrekten Satzbau einwandfrei, ein Erfolg, den Miriam auch der Tatsache, ihre Großmutter mit Hörbüchern versorgt zu haben, zuschrieb. Schon immer war sie eine begeisterte Leserin gewesen, und sie gewöhnte sich schnell an das neue Medium.

Während sie noch vor Wochen Halbsätze auf ein Board geschrieben hatte, formulierte sie mittlerweile vollständige Sätze. Geblieben waren die Wortfindungsstörungen, die ein Gespräch erschwerten und viel Geduld von allen erforderten, am meisten von Klara selbst, die hellwach zwischen Wut und Verzweiflung schwankte. Sie wusste um ihre Defizite.

Ähnlich verhielt es sich mit ihren Erinnerungen: Manche wie die an die Fünfzigerjahre in Konstanz schienen in ihr lebendig und chronologisch abrufbar, aber auf welche Weise Pascal damals in Freiburg in ihr junges Leben getreten war, darüber hatte sie bisher nichts gesagt.

Behutsam hatte ihr Miriam bei einem passenden Anlass ihren Kenntnisstand mitgeteilt.

»Ich weiß, dass du Eduard sehr geliebt hast, Omi. Und für mich ist und bleibt er der Größte. Aber ich weiß auch, dass du damals von Pascal schwanger warst. Ich kann mir vorstellen, dass es dich erleichtert hat, dass ich es herausgefunden habe.«

Klara hatte nicht einmal überrascht, vielmehr auffällig gelassen reagiert, und als Miriam ihr erklärte, sie sei auf der Suche nach Pascal, hatte ihre Großmutter übers ganze Gesicht gestrahlt.

Dann war sie hektisch von ihrem Sessel aufgestanden, ins Bad gelaufen, mit ihrem Kulturbeutel zurückgekommen, hatte die Taschenuhr herausgezogen und sie Miriam feierlich übergeben.

»Du hast sie in deinem selbst genähten Kulturbeutel versteckt«, sagte Miriam überrascht, und vor ihrem inneren Auge rekonstruierte sie den Weg, den die Taschenuhr genommen hatte – von Klaras Wohnung bis in ihr Reha-Zimmer.

Die Taschenuhr war durch eine »Fehlleistung« von Lotte zu Klara gekommen. Längst benutzte ihre Großmutter das ausgefranste Täschchen nicht mehr, stattdessen einen stabilen Kosmetikkoffer.

Lotte hatte ihrer Schwester unwissentlich ein wertvolles Stück Vergangenheit in die Rehaklinik geschleust.

Womöglich war die Uhr sogar der Auslöser für ihre Erinnerungen nach dem Schlaganfall gewesen! Ja, das schien Miriam plausibel, je länger sie darüber nachdachte. Die Uhr musste bei ihrer Großmutter eine Kette von Assoziationen und Gefühlen ausgelöst haben.

Miriam musste nur eins und eins zusammenzählen. Aber ihre dringendsten Fragen blieben immer noch unbeantwortet.

»Gib sie ihm zurück, bitte«, sagte ihre Großmutter kurz angebunden, wischte mit der Hand durch die Luft, und Miriam nahm das antike Stück mit der Gravur an sich.

»Das werde ich, Omi – wenn ich ihn finde.«

An einem Samstagnachmittag saßen Klara, Lotte und Miriam in Lottes Küche bei Kaffee und Kuchen. Das Geschirr war weggeräumt, auf dem Tisch lag das Wortspiel Scrabble – eine weitere Therapiemaßnahme für Klara, die dieses Spiel schon vor ihrem Schlaganfall geliebt hatte. Jetzt sollte es ihren Wortfindungsstörungen entgegenwirken.

Miriams Großmutter trug eine flaschengrüne Bluse, die ihr hervorragend stand. Sie sah gut aus, trug das Haar etwas kürzer und hatte sogar etwas Rouge und Lippenstift aufgelegt.

»Du warst beim Friseur«, stellte Miriam fest. »Sieht toll aus.«

»Geschnitten.« Klara fasste sich in ihr immer noch volles Haar.

»Und Lippenstift aufgetragen«, sagte Miriam anerkennend.

Lotte rollte mit den Augen.

»Das Gesicht einer Frau ohne Lippenstift ist wie ein Kostüm ohne Schuhe«, erwiderte Klara und grinste dabei, als hätte sie soeben das Wort zum Sonntag verkündet. »Das hat Frau Stöckle immer gesagt.«

Miriam lächelte. Sie kannte den Spruch von Klaras ehemaliger Schneidermeisterin, trotzdem war er nur zu verstehen, wenn man ihn bereits gehört hatte.

Sie selbst hatte in ihrem Leben noch nie Lippenstift getragen und würde wohl auch nicht mehr damit anfangen.

Konzentriert wandte sich Klara dem Spiel zu, denn sie war am Zug. Sie legte an Lottes HARMONIE senkrecht nach unten beim Buchstaben »M« MUTTER.

Das Spielbrett füllte sich, und die Lücken wurden kleiner, die Auswahl geringer, bis Klara nach mehr als einer Stunde bei »R« ein unbekanntes Wort legte.

Lotte las laut vor und runzelte dabei die Stirn.

»RONA«, sagte sie und blickte fragend zuerst Miriam, dann ihre Schwester an. »Was soll denn das sein?«

»Rona«, sagte Klara und hob das Kinn. »Das ist ein Name.«
Sie betonte ihn typisch badisch auf der ersten Silbe.

»Das ist doch kein Wort«, sagte Lotte. »Außerdem zählen Eigennamen nicht. Und überhaupt: Was soll denn das für ein Name sein? Rona!«

Rona. Miriam dachte angestrengt nach, ob ihr etwas Verwandtes einfiel. Allerhöchstens Roland – Klaras Physiotherapeut. Meinte sie ihn?

»Omi«, sagte sie leise und streichelte ihre Hand. »Das gilt nicht. Eigennamen zählen nicht. Und ich denke auch, dass du den Namen verwechselst. Vielleicht meinst du Roland, deinen Physiotherapeuten?«

»Eigennamen gelten nicht«, sagte Lotte bockig und zog die Mundwinkel nach unten.

Klara schnaubte und zog die Nase nach oben. Ein Zeichen, dass die Lage ernst war. Dann machte sie eine beleidigte Schnute wie ein kleines Kind. Mit einem Ruck zog sie ihre Hand unter der Miriams weg und legte sie auf den Tisch.

Miriam warf Lotte einen eindeutigen Blick zu. Er hieß: *Lass es gut sein.*

»Gut, Omi, dann lassen wir das diesmal gelten. Aber nur das eine Mal.«

»Nein«, sagte Lotte unnachgiebig. »Es gilt nicht. Das ist kein Name. Kein Wort. Kein Garnichts. Es zählt nicht. Such dir ein anderes Wort, Klara. Streng dich ein bisschen an!«

Jetzt schien Lotte in frühere Zeiten zu verfallen. Sie sprach wie eine Kindergärtnerin, die ihren Schützlingen klarmachte, wo die Grenzen lagen.

»Tante Lotte, bitte«, sagte Miriam mit flehendem Tonfall.

»Nein«, sagte sie noch einmal und schüttelte den Kopf.

Klara, deren Augen zwischen Miriam, Lotte und ihrer Wortschöpfung auf dem Tisch hin- und hergingen, schnaubte.

»Ihr seid blöd, blöd, blöd«, sagte sie, beugte sich über den Tisch und wischte mit dem ausgestreckten Arm über die Wortgerüste.

Die Buchstabensteine fielen zu Boden.

»Aber Klara«, sagte Lotte vorwurfsvoll.

»Klara. Klara. Klara«, äffte diese ihre Schwester nach. »Ich kann es nicht mehr hören.«

Sie hielt sich die Ohren zu und stand auf. Dabei kippte der Stuhl um. Erhobenen Hauptes rauschte sie aus der Küche. Dann hörte man ihre Schritte auf der Treppe, von unten schließlich den lauten Knall ihrer Wohnungstür.

Miriam und ihre Großtante zuckten zeitgleich zusammen und sahen einander ratlos an. Instinktiv wollte Miriam aufstehen, um ihrer Großmutter nachzugehen, aber Lotte hielt sie zurück.

»Das hilft nichts im Moment, und das weißt du auch, Miriam.

Lass sie. Sie beruhigt sich wieder. Man kann ihr nicht alles durchgehen lassen.«

»Sie ist gerade einmal seit wenigen Wochen zu Hause«, rief Miriam. »Sie hat in den letzten Monaten Unglaubliches erlebt. Wir müssen auf sie Rücksicht nehmen, nicht umgekehrt.«

Lotte warf Miriam einen bitterernsten Blick zu, erhob sich, ging in die Hocke und begann damit, die Steine vom Boden aufzuheben.

Miriam kniete sich neben sie und sammelte schließlich auf dem Bauch liegend die bis unters Küchenbüfett zerstreuten Buchstaben ein.

»Buchstabensalat«, sagte sie, als wolle sie dem Vorfall die Tragik nehmen, aber Lotte reagierte nicht. An einem Stuhl hievte sie sich nach oben und setzte sich dann.

»Was ist eigentlich mit dieser Familie los?«, fragte Miriam, nachdem auch sie aufgestanden war und ihre Sammlung zurück auf den Tisch gelegt hatte. Sie wischte den Staub von ihrer Jeans.

Ihre Großtante holte tief Luft und blickte demonstrativ zum Fenster hinaus. Der Apfelbaum vor dem Küchenfenster trug bereits winzige Früchte.

»Irgendetwas stimmt hier doch nicht, Tante Lotte. Warum hast du mir nicht erzählt, dass Pascal mein Großvater ist? Was seid ihr nur für eine Familie?«

Lotte drehte ihren Kopf langsam in Miriams Richtung. Mit einem Mal schien die Farbe aus ihrem Gesicht verschwunden.

»Was hast du da eben gesagt?«

Es klang, als lade sie eine Pistole.

Miriam spürte, wie sich ihr Herzschlag beschleunigte, sie um Atem ringen musste. Ihre Stimme zitterte.

»Ich weiß inzwischen, dass *der Franzose*, wie ihr ihn zu nennen pflegt, mein richtiger Großvater ist oder war. Niemand kann sagen, ob er noch lebt. Während ihr schweigt, rennt mir die Zeit davon!«

Miriam warf die Arme in die Höhe und ließ sie wieder fallen. Vor dem Küchenfenster setzte sich ein Vogel auf einen Ast und bewegte den Kopf nach links und rechts.

Lotte presste die Lippen zusammen und strich mit der flachen Hand über den makellos sauberen Tisch.

»Ich bin nicht *ihr*«, zischte Lotte und betonte jedes einzelne Wort.

»Dann lass uns von dir sprechen, Tante Lotte! Was verschweigst du? Sag mir seinen Namen! Du musst ihn einfach kennen. Du bist die einzige noch lebende Zeitzeugin. Warum sagst du ihn mir nicht?«

»Weil ich ihn nie gehört habe.« Lotte schlug mit der Faust auf den Tisch. »Ich habe dir gesagt, was ich weiß.«

»Nein! Das hast du eben nicht, wie sich herausgestellt hat. Du wusstest, dass Edi nicht mein richtiger Großvater war!«

»Das ist die Angelegenheit deiner Großmutter, verdammt noch mal. Es geht mich nichts an. Kennst du so etwas wie Loyalität? Familiäre Bande?«

Miriam schnaubte.

»Du erinnerst mich an Loyalität gegenüber meiner Familie? Ausgerechnet du? Das sind ganz großartige familiäre Bande, Tante Lotte. Bist du stolz auf deine Treue?«

Miriam brach ab.

Sie hatte nicht das Recht, ihre Großtante derart anzugreifen, aber es war wie ein Zwang – sie konnte nicht aufhören. All das Aufgestaute schoss wie bei einer Sektflasche, die man vor dem Öffnen kräftig geschüttelt hatte, zusammen mit dem Korken unkontrolliert aus ihr heraus.

»Was ist mit euch passiert, dass ihr beide so hartnäckig schweigt? Noch weiß ich es nicht, Tante Lotte, was sich hinter eurem Gemeinschaftsschweigen verbirgt, aber sei versichert, ich werde es herausfinden. Wenn ihr mir nicht sagen wollt, was war, dann werde ich es euch sagen.«

»Nichts war«, stammelte Lotte, und jetzt zitterte ihre Stimme. »Jedenfalls nichts, was für deine Ohren bestimmt wäre. Es ist einfach geschehen. Und nach all den Jahren kommst du mit deinen Fragen. Lass es gut sein, Miriam, lass es gut sein. Ich warne dich – du bringst sie ins Grab – das schwöre ich dir! Es hängt zu viel dran.«

Du bringst sie ins Grab – was ihre Großtante eine Warnung nannte, kam bei Miriam wie die reinste Erpressung an.

Da erst besann sich Miriam. Erneut blickte sie zum Küchenfenster hinaus.

Der Vogel war verschwunden.

Sie schloss die Augen, zwang sich, langsam und tief Luft zu holen. Was hatte Pia sinngemäß gesagt?

Unsere Mütter und Väter, Großväter und Großmütter haben ein Recht auf die Lücken in ihren Biografien. Sie schulden uns keine Auskunft.

Das galt auch für Großtanten. Miriam war zu weit gegangen.

»Bitte entschuldige, Tante Lotte«, sagte sie leise und machte Anstalten, sich zu erheben. »Wenn ich wüsste, was dranhängt, dann könnte ich selbst beurteilen, wie ich damit umgehe. Ich hoffe, ich weiß, was ich Omi zumuten kann.«

»Genau das bezweifle ich.«

Miriam nahm ihren Rucksack und ging mit einem leisen

Abschiedsgruß. Resigniert lief sie die Treppen hinunter zur Wohnung ihrer Großmutter. Vor der Wohnungstür blieb sie plötzlich stehen, als sie eine männliche Stimme vernahm.

Sie lauschte. Es dauerte eine Weile, bis sie verstand: Die sonore Stimme kam von einem Hörbuch.

Öffnet eure Augen und seht, was ihr sehen könnt, bevor sie sich für immer schließen.

Miriam erkannte bereits an der Wortmelodie, um welchen Roman es sich handelte. *Alles Licht, das wir nicht sehen* war einer ihrer Lieblingsromane. Es ging um ein blindes Mädchen, das während der deutschen Besatzung mitten im Krieg von Paris nach Saint-Malo flüchtete. Ihr Vater hatte sein Kind auf dessen unausweichliche Blindheit infolge einer Krankheit vorbereitet und ihm aus Streichhölzern eine Miniaturstadt gebaut, die es mit den Fingern ertasten konnte, um sich später zurechtzufinden.

Miriam hatte das Buch ihrer Großmutter als Hörbuch geschenkt, nachdem sie gemeinsam dahintergekommen waren, dass Pascal aus der Bretagne kam.

Hatte Klara Sehnsucht nach der Bretagne? Hing ihr Herz noch heute an Pascal, oder wollte sie ihre letzten Fragen beantwortet wissen, solange sie dazu noch in der Lage war? Oder wollte sie einfach nur Frieden schließen?

Im Dezember würde sie ihren neunzigsten Geburtstag feiern.

Wortlos ging Miriam hinaus auf die Straße, zu ihrem Fahrrad. Die Vögel zwitscherten, und auf dem Gehweg spielten zwei Mädchen Gummitwist.

Was war mit ihrer Familie geschehen?

Konnte sie das Lüften eines Geheimnisses, wie immer es aussah, aushalten? Heute vermochte Miriam es nicht, diese

Frage zu beantworten, aber sie war sich sicher: Der Weg ging genau da entlang, wo das Schweigen lag.

Als sie zehn Minuten später in ihrem Wohnzimmer stand, fand sie eine Nachricht von Monsieur Dubois in ihrem E-Mail-Fach.

Chère Madame,
endlich melde ich mich bei Ihnen. Ich hoffe, es geht Ihnen gut. Wie versprochen schreibe ich Ihnen heute ausführlich. Das Foto, das Sie mir per Mail geschickt haben, ist sehr schwer einzuschätzen, liegen doch zwischen meiner einzigen und flüchtigen Begegnung mit Pascal (die ich gleich skizziere) und dem Foto viele Jahre. Dennoch wage ich zu behaupten, dass ich ihn zu erkennen glaube. Ja, ich kann Ihr Anliegen sehr gut verstehen. Vor diesem Hintergrund lassen Sie mich zunächst zu meinem zugegebenermaßen begrenzten Wissen kommen:

Mein vor drei Monaten verstorbener Vater Jean-Pierre Dubois war zu dem von Ihnen genannten Zeitraum gemeinsam mit Pascal in Freiburg stationiert. Ich berichte folglich aus zweiter Hand. Er hat hin und wieder von seinem Kameraden erzählt, und wie bereits erwähnt, traf ich Ihren Großvater ein einziges Mal in Paris, Gare de l'Est, als mein Vater mit ihm auf einen Kaffee verabredet war und ich ihn dort abholte. Beide waren damals noch berufstätig, also müsste diese flüchtige Begegnung einige Jahre zurückliegen. Sein markantes Gesicht fiel mir damals auf. Einige Jahre vor seinem Tod erhielt mein Vater zu Pascals 80. Geburtstag eine Einladung nach Saint-Malo. Von diesem Ereignis müsste es Fotos geben (gesehen habe ich sie allerdings nie, aber mein Vater war ein eifriger Fotograf). Meine Schwester hortet die Fotoalben unseres Vaters. Sie lebt auf dem Land

in der Nähe von Paris, wo sich traditionell einmal pro Jahr im Früh-
sommer die ganze Familie trifft, und ich habe sie bereits gebeten, Vaters Nachlass bereitzuhalten, damit ich die Unterlagen prüfen kann.
Sollte ich fündig werden, lasse ich Ihnen aussagekräftige Fotos sofort
digital zukommen.

Zurück zu Pascal und jenen Eckdaten, die mir aus dem Leben Ihres
Großvaters bekannt sind: 1949 wurde er zurück in seine Heimat
Saint-Malo versetzt. Das muss damals sehr schnell gegangen sein.
Ohne großen bürokratischen Aufwand, was wohl ungewöhnlich war.
Über den Grund hat mein Vater nicht mit mir gesprochen. Vielleicht
kannte er ihn selbst nicht. In den Fünfzigern hat Pascal eine Bretonin
geheiratet, mit der er einen Sohn bekam. Pascal und mein Vater haben
bis auf ihr Pariser Treffen (das ich erwähnte) erst wieder rund um den
80. Geburtstag Ihres Großvaters Kontakt aufgenommen. Ich erinnere
mich heute noch lebhaft an die Freude, die Pascals überraschender
Anruf auslöste. Es war, als fiele ihm ein Stein vom Herzen. Pascals
Sohn, den mein Vater bei der Geburtstagsfeier Ihres Großvaters kennenlernte, hat wohl großen Eindruck hinterlassen, weil er viel über
die Stadtgeschichte von Saint-Malo wusste (mein Vater war immer
sehr an Geschichte interessiert). Wie Sie vielleicht wissen, wurde
Saint-Malo zum Ende des Zweiten Weltkriegs komplett zerstört und
1:1 wiederaufgebaut.

Und nun zu Ihrem Hauptproblem – dem Familiennamen von Pascal. Ich bin mir sicher, dass mein Vater ihn kannte, aber er hat immer
nur von »Pascal« gesprochen. Sein Familienname mag ein- oder
zweimal gefallen sein – und ich suche seit Ihrem Schreiben mein an
sich gutes Gedächtnis ab. So leid es mir tut, aber er fällt mir nicht ein.
Wie könnte man ihn herausfinden? Eine Quelle wäre der Briefverkehr
meines Vaters. Womöglich hat Ihr Großvater ihm einmal geschrieben? Lassen Sie mich also zunächst das Fotomaterial und die Briefe
meines Vaters sichten. Falls ich fündig werde – ich lebe in Colmar,

also um die Ecke von Freiburg. Wir könnten uns gerne auf eine Tasse Kaffee treffen.

Mit dem vollständigen Namen ist der Rest ein Kinderspiel. Sie könnten sofort Seniorenresidenzen in Saint-Malo konsultieren. Leider wären auch die Friedhöfe eine Anlaufstelle. Falls Sie Pascal lebend finden, wäre es mir ein Anliegen, seine Adresse auch zu erfahren, damit ich ihm die Todesanzeige meines Vaters zukommen lassen kann.

Bon courage!
Pierre Dubois

13

Konstanz,
Oktober 1950

Der große Saal des Inselhotels von Konstanz füllte sich mit Männern und Frauen. Die Stimmen überlagerten sich und hallten in den hohen Räumen nach. Klara spähte durch einen Spalt des Vorhangs, hinter dem in wenigen Minuten eines *der* gesellschaftlichen Ereignisse von Konstanz stattfinden sollte.

Modenschauen erfreuten sich zunehmender Beliebtheit – neue Stoffe mit Mischfasern eroberten den Markt, und das Schneiderhandwerk war gefragter denn je. Die Stoffgeschäfte von Konstanz vergrößerten ihr Sortiment, auch wenn edle Ware noch Luxusgut war. Besonders im französischen Sektor rückten nach den Entbehrungen des Kriegs die neuen Kollektionen ins Zentrum der Aufmerksamkeit. Die eleganten Französinnen wollten sich jenseits von Paris mit neuer Kleidung eindecken. Ihr Geschmack war das Maß der Dinge.

Vor acht Wochen hatte Klaras Meisterin sie zur Seite genommen.

»Du bist groß, schlank und sehr hübsch, Klara. Möchtest du einmal bei einer Modenschau präsentieren? Du bekommst es bezahlt. Zwanzig Mark und zusätzlich Essen und Trinken vom Büfett. Was sagst du?«

»Zwanzig Mark?« Klara wäre am liebsten vor Freude in die Luft gesprungen.

Zu Hause, wenn Hetti schlief, übte Klara in ihrem kleinen Mansardenzimmer das Gehen in von Inge geliehenen Schuhen mit Pfennigabsätzen. Das angehobene Kinn, die Drehung am Ende, die elegante Beinstellung.

Nach drei Auftritten verschwand ihre Nervosität, und sie präsentierte Kleider, Kostüme, Mäntel und Abendgarderobe, als hätte sie nie etwas anderes getan. Klara jubelte innerlich, als man sie für die größte Modenschau der Saison in Konstanz ins Inselhotel anforderte, denn die Frühjahrs- und Sommerkollektion stand auf dem Programm. Diesmal betrug das Honorar fünfunddreißig Mark, was der Monatsmiete einer kleinen Wohnung entsprach.

Ein letztes Mal lugte Klara durch den Vorhangschlitz über die vielen Köpfe der Besucher hinweg. Jeder Stuhl war besetzt.

Die Geräuschkulisse wurde leiser, die Damen und Herren nahmen ihre Plätze ein. Auf den Tischen sah Klara Champagnerflaschen und Canapés.

Jemand tippte ihr auf die Schulter, und sie drehte sich erschrocken um.

»Noch ein wenig Puder auf die Nase und Lippenstift, Klara. Das Gesicht einer Frau ohne Lippenstift ist wie …«

»… ein Kostüm ohne Schuhe«, vollendete Klara lachend den Satz der Meisterin und ließ sich von Frau Stöckle an der Hand hinter einen Paravent ziehen, wo sie sogleich einen weichen Wattebausch auf ihrem Gesicht spürte.

Klara trug ein leichtes Frühlingskleid mit Dreiviertelärmeln. Ein Gürtel betonte ihre schlanke Taille. Ein eleganter Hut, hohe Slings mit Fesselriemen und eine Seidenstola rundeten das Ensemble ab.

»Rot wie die Sünde«, sagte Frau Stöckle, während sie konzentriert den Lippenstift auf Klaras Lippen gab. Sie trat einen Schritt zurück, presste ihre Lippen zusammen und signalisierte ihrem Schützling, es ihr gleichzutun. »Hinreißend! Und jetzt – Kopf hoch, Brust raus, lächeln nicht vergessen.«

Klara lächelte, holte einmal tief Luft und trat durch den Vorhang hinaus in den Saal.

»Die Dame präsentiert ein Nachmittagskleid in edlem Tuch«, hörte sie die etwas schrille Stimme der Moderatorin. »Ausgestellt, tailliert und mit einem tiefen Ausschnitt mit sternförmiger Drapierung. Die neue Mode geht, wie Sie sehen, dreißig Zentimeter übers Knie. Die federleichte Stola schützt gegen die kühle Brise. Bei einem Spaziergang am Rhein tauschen Sie die Stola einfach gegen diese Kurzjacke.«

Wie auf Kommando legte Klara die Stola ab, nahm die Jacke, die sie am Kragen lässig über der Schulter gehalten hatte, und schlüpfte hinein.

»Beachten Sie den großzügigen Kragen, meine Damen. Genau wie das Changieren des Stoffs in der Bewegung. Tragen Sie dieses Kleid zum Mittagstee mit Ihren Freundinnen. Sie werden neidische Blicke ernten. Überraschen Sie Ihren Gatten nach Feierabend mit diesem edlen Stück. Ich garantiere Ihnen: Dieses Kleid lässt Männerherzen höherschlagen.«

Klara ging zweimal hin und her und setzte dabei ihr schönstes Lächeln auf. Über die Köpfe hinweg entdeckte sie einige französische Soldaten im Publikum. Das war nichts Ungewöhnliches. Ehemänner begleiteten häufig ihre Frauen, schließlich ging es an deren Geldbeutel. Aber heute schienen es dennoch mehr zu sein als sonst.

Ein Raunen ging durch die Besuchermenge, als Klara am Ende der Veranstaltung in einem tiefblauen Abendkleid aus Seide über den Laufsteg lief. Nein, sie lief nicht, sie schwebte. Der Stoff fühlte sich auf ihrer Haut weich und luxuriös an – wie eine Liebkosung. Am liebsten hätte sie das Kleid nie mehr ausgezogen.

Wie in Trance vernahm sie, wie jemand aus dem Publikum bereits nach wenigen Schritten zaghaft zu klatschen begann. Andere folgten, bis schließlich tosender Applaus einsetzte.

Einige Männer und Frauen standen auf.

»Oui«, jubelte eine weibliche Stimme aus der ersten Reihe und warf die Arme in die Höhe. »Formidable! Merveilleux!«

Die Moderatorin tat einen Schritt auf das Publikum zu. »Mesdames, Messieurs, merci bien. Sie beweisen exquisiten Geschmack, vielen Dank!«

Sie verbeugte sich. Dann machte sie mit einem überschwänglichen Lächeln eine ausladende Handbewegung in Richtung Publikum hinüber zu Klara.

»Sie jubeln zu Recht, meine Damen und Herren, Mesdames et Messieurs – was Sie hier sehen, ist der Stolz unserer Abendkollektion und trägt den Titel *Blaue Nächte*. Das Material aus reinster italienischer Seide, insgesamt wurden sechs Meter Stoff verarbeitet. Dazu trägt unsere Mademoiselle Klara eine Pelzstola und passende Slings in edlem Lackleder. Erinnern Sie sich an Scarlett O'Hara auf ihrem ersten Ball? Mit diesem Kleid werden Sie sich, chères Mesdames, wie die Heldin von *Vom Winde verweht* fühlen.«

Einige der Besucher steckten ihre Köpfe zusammen, manche schrieben etwas auf einen Notizblock. In der vorderen

Reihe bemerkte Klara einen Mann, der eine Skizze anfertigte.

»Nicht so schüchtern, meine Herren. Beschenken Sie Ihre Gattin mit diesem edlen Stück. Sie werden es nicht bereuen«, hörte Klara die Moderatorin, die den Arm nach ihr ausstreckte und sie mit einer kleinen Handbewegung zu sich rief.

Klara ging ihr entgegen, nahm die ausgestreckte Hand über ihrem Kopf und drehte sich darunter einmal um die eigene Achse.

Der Stoff rauschte. Das Publikum war hingerissen.

Erst nach dem dritten Applaus ließ sie das Publikum gehen, und sie fand sich endlich überglücklich hinter dem Paravent wieder, wo ihr Frau Stöckle aus dem edlen Kleid heraushalf.

»Du bist der Star des Abends, Klara«, sagte sie mit zitternder Stimme. »Einfach wunderbar, an dir saß das Kleid wie eine zweite Haut, und die Farbe schmeichelt deinem leicht gebräunten Teint. Wunderschön! Wir werden uns vor Bestellungen nicht retten können. Du kennst doch die Französinnen. Da können sie nicht widerstehen. Wir werden Überstunden machen müssen.«

Klara bedankte sich mit einem Lächeln. Die Überstunden sollten ihr recht sein, sie wollte mit Hetti so bald wie möglich in eine eigene kleine Wohnung ziehen.

»Nimm nur, so viel wie du tragen kannst«, sagte Frau Stöckle mit Blick auf die übrig gebliebenen Essensvorräte, bestehend aus französischen Leckerbissen und Baguette.

Als Klara ihren Mantel übergezogen hatte, schob ihr die Meisterin verstohlen eine Flasche Rotwein zu.

»Geh hinten raus, muss dich niemand damit sehen. Trink sie zu Hause mit deinen Lieben. Das ist ein richtig guter

Wein. Französisch und hochwertig. Ein Burgunder. Schnell, schnell. Geh schon. Bis morgen.«

Klara trank selten Wein, aber manchmal machte Onkel Rolf am Wochenende ein besonderes Fläschchen auf, meist mitgebracht von seinen Geschäftsreisen an den Gardasee oder Lago Maggiore. Immer wieder war er von Klaras Feinsinnigkeit begeistert, das Bouquet von Kirsche bis Zitrusfrucht benennen zu können.

»Aus dir wird mal eine echte Weinkennerin«, sagte er einmal voller Bewunderung.

Frau Stöckle machte eine hektische Bewegung, hob das Kinn an, verschwand in Richtung Vorhang und schlüpfte durch ihn hindurch zum Großen Saal, in dem sich inzwischen Jazz-Klänge mit Stimmen überschnitten.

Als Klara die Hintertür erreichte, musste sie feststellen, dass sie verschlossen war.

Sie sah sich um. Weit und breit war niemand zu sehen. Kurz entschlossen verstaute sie die Flasche unter ihrem Mantel und beschloss, unauffällig durch den großen Saal im Schutz der Arkaden das Hotel zu verlassen. Sie blickte an sich herunter. In diesem Aufzug würde sie sowieso niemand erkennen.

Sie war schon fast am Ausgang, da entdeckte sie mitten im Publikum einen Mann. Sie konnte ihn von der Seite sehen, und sofort klopfte ihr Herz bis zum Hals. Sie schloss die Augen, öffnete sie wieder. Dasselbe Bild: Pascal!

Kein Zweifel – dort drüben an einer Säule stand Pascal in Uniform mit einer Zigarette in der Hand. Er unterhielt sich mit einem anderen Soldaten. Wenn er sich doch nur umdrehen würde!

Klara wusste nicht, wohin mit ihren Augen. Sie versteckte

sich hinter einer Säule und versuchte gleichmäßig zu atmen, sich zu sammeln. Jemand stellte sich vor den Mann und versperrte ihr die Sicht. Sie wartete gebannt, bis sie wieder ein freies Sichtfeld hatte.

Pascal war verschwunden.

Was dann geschah, lief in diesem Augenblick nicht mehr über Klaras Verstand. Etwas in ihrem Inneren handelte einfach. Wie fremdgesteuert lief sie mit schnellen Schritten in die Menschenmenge, vorbei am Büfett, der Bar, den Tischen und Stühlen, den Blick starr dorthin gerichtet, wo sie ihn zuletzt gesehen hatte.

»Das ist die Dame mit den *Blauen Nächten*«, hörte sie das Flüstern einer Frau.

»Was hat sie nur?«, fragte eine andere.

Klara spürte die kühle Flasche unter ihrem Mantel, die sie mit angewinkeltem Arm fest gegen ihren Körper presste, während sie immer noch nach der Gestalt Ausschau hielt. Sie rechnete zurück, und zwei Jahre katapultierten sie unmittelbar in eine Zeit ihrer schönsten Erinnerungen. Was bedeuteten zwei Jahre gegen das, was gerade mit ihr geschah? Sie würde ihm alles verzeihen. Jetzt und hier. Nein, sie hatte ihm bereits verziehen.

Wo aber war er geblieben, dass sie es ihm sagen konnte?

Sie drehte sich einmal um ihre eigene Achse.

»Das kann nicht wahr sein«, stammelte sie. »Er war doch gerade noch hier.«

Verzweifelt blickte sie in ein fragendes Gesicht.

»Fräulein?«, hörte sie die sanfte Stimme einer Frau. Sie trug eine weiße Bedienungsschürze, ein Häubchen auf dem Kopf und hielt eine mit einer Serviette umwickelte Flasche in der Hand.

»Ich suche jemanden, der eben noch da war«, stammelte Klara. »Haben Sie ihn vielleicht gesehen? Groß, dunkles Haar, eine Uniform.«

Ohne die Antwort abzuwarten, ging ihr Blick suchend über die vielen Köpfe.

»Fast alle Männer hier tragen eine Uniform, Fräulein.«

Klara winkte ab.

Sie hatte ihn in diesem Moment entdeckt. Pascal hatte ihr den Rücken zugewandt und lief in Richtung Bar. Pascal!

Mit eiligen Schritten folgte sie ihm, drängte sich durch die Herumstehenden und hielt schließlich abrupt hinter ihm. Sie war ihm so nah, dass sie sein Rasierwasser riechen konnte. Hatte Pascal so geduftet? Vor Aufregung hatte sie seinen Duft vergessen.

»Pascal«, sagte sie mit einer Mischung aus Freude, Verzweiflung, einem Hauch von Zweifel. Sie hatte so viele Fragen. »Pascal.«

Der Mann drehte sich um, und vor ihrem inneren Auge fiel ein Vorhang. Jener, der ihr vorher einen Spalt in eine mondäne Welt freigegeben hatte, schluckte alles Licht, und ihr war, als wirbelte Staub auf, der sich sofort in den Lungen absetzte. Auf einmal nahm sie die stickige Luft, den Zigarren- und Zigarettenrauch wahr, und ihr wurde übel. Wie hinter einer Nebelwand vernahm sie eine fremde Stimme, blickte in ein ihr unbekanntes Gesicht.

»Mademoiselle?«, fragte der Fremde höflich.

»Pardon«, presste sie hilflos hervor, wollte sich wegdrehen, aber der Mann hielt sie am Arm fest.

»Was ist mit Ihnen, Mademoiselle? Kann ich Ihnen irgendwie helfen?«

»Ich …« Sie wusste nicht, was sie sagen sollte. »Nur eine

Verwechslung«, stotterte sie und spürte seine Umklammerung an ihrem Arm wie eine Fessel.

»Serge! Möchtest du uns nicht bekannt machen?«, hörte sie dann die Stimme einer Frau, die hinter ihr auftauchte, sich demonstrativ neben den Mann stellte und Klara von oben herab betrachtete, obwohl sie gleich groß waren.

»Chérie, ich …«, setzte er an und verstummte. »Ich habe keine Ahnung.«

Klara stieg ein Geruch von Veilchen und Moschus in die Nase, der schwere Duft eines Parfüms, unerträglich schwer und süß. Ihr Magen rebellierte.

»Es ist ein dummes Versehen. Eine Verwechslung. Pardon.«

Sie riss sich los und befreite sich mit einem Ruck aus seiner Umklammerung. Da geschah es, und das Unheil war nicht mehr aufzuhalten: Die Flasche glitt unter ihrem Mantel zu Boden und zersprang vor ihren Füßen in tausend Scherben.

Die Frau in dem roten Kleid schrie auf und klopfte ihre Abendgarderobe ab, auf der nichts zu sehen war. Der Geruch von Wein mischte sich mit dem penetranten Parfümduft.

Klara hielt sich die Hand vor den Mund. Ihr war, als stünde sie in einer Blutlache, und sie glaubte, sich sofort übergeben zu müssen.

»Mon dieu! Was haben Sie mit meinem Kleid gemacht? Was stimmt denn nicht mit Ihnen?«

»Pardon«, stammelte Klara, drehte sich weg, rannte hinaus aus dem Saal, stolperte auf die Straße und lief vorbei an den mondänen Gebäuden der Seepromenade, immer weiter, nur weg von allem Vornehmen. Sie schnappte nach Luft, wollte nicht aufhören zu laufen und alles hinter sich lassen. Die Modenschau. Den Soldaten.

Chérie. Genauso hatte sie Pascal immer genannt. Chérie. Die Erinnerung an ihn. Der Rotwein. Das Blutbad.

Beim Laufen fiel das Baguette aus ihrer Tasche, und sie rannte einfach, während ihr die Tränen über die Wangen liefen. Weit weg von der Promenade kam sie zur Ruhe.

Die Dämmerung hatte eingesetzt, und Klara lief über die Rheinbrücke in Richtung Seestraße.

Der Fluss schimmerte wie flüssiges Blei. Sie setzte sich auf eine Bank und starrte auf die Bewegungen eines kleinen Fischerboots. Es schaukelte und ächzte im Rhythmus der Wellen.

Ihr schienen Stunden vergangen, bis sie aufstand und in Richtung der Platanen lief, langsam und mit gesenktem Kopf. An der Promenade nahm sie noch einmal auf einer Bank Platz. Auf der Rheinbrücke gingen die Lichter an, als hätte die Dunkelheit schützend ihre Arme über die Stadt ausgebreitet.

Ganz langsam kehrte sie in die Realität zurück.

Wie konnte sie nur so naiv sein? Sie glaubte, Pascal vergessen, ihn für immer aus ihrem Leben verbannt zu haben. Sie schloss die Augen und versuchte sich zu beruhigen, indem sie an etwas anderes dachte.

Eine kleine Wohnung für Hetti und sie. Überstunden. Kündigung. Frau Stöckle.

»Fräulein«, vernahm sie plötzlich eine männliche Stimme hinter sich. »Fräulein Klara. Geht es Ihnen gut?«

Ruckartig drehte sie sich um und wischte sich mit dem Handrücken die Tränen aus den Augen.

Sie blinzelte und sah im schummrigen Licht der Laternen in ein ihr bekanntes Gesicht. Es wirkte vertraut, und Klara war, als lande sie sanft unter einem Fallschirm auf der Erde.

Es gehörte zu Eduard, dem Tänzer. Eduard mit der schönen

Handschrift. Eduard, der sie für morgen ins Kino eingeladen hatte.

»Aber wir sind doch erst morgen verabredet«, sagte sie verwirrt.

Er lächelte. »Klara, darf ich Sie so nennen? Darf ich Sie nach Hause bringen? Dann würde ich wissen, wo ich Sie morgen abholen kann.«

Erleichtert über die unverhoffte Zuwendung, stand sie auf, atmete tief durch und nahm den Arm, den er ihr reichte.

»Danke«, sagte sie leise. »Das ist sehr freundlich von Ihnen. Ich glaube, Sie schickt der Himmel.«

Schweigend gingen sie nebeneinander unter den Platanen entlang und bogen in die Neuhauser Straße ein.

»Der Himmel wohl kaum, aber vielleicht das Schicksal«, erwiderte er schmunzelnd. »Sie tragen einen sehr hübschen Mantel, Klara.«

»Das ist mein Gesellenstück«, sagte sie und sah an jenem Mantel herunter, der ihr ganzer Stolz gewesen war. Erst jetzt bemerkte sie die Flecken. Selbst im schwachen Laternenlicht konnte sie die vielen Spritzer an der Knopfleiste bis zur unteren Kante sehen.

»Der Mantel ist ruiniert«, sagte sie.

»Es wird sich sicher beheben lassen.«

Stockend erzählte sie Eduard, was sich im Inselhotel zugetragen hatte. Wie sie einen lang verschollenen Freund glaubte wiedergefunden zu haben, wie sich alles in Luft aufgelöst hatte und die anschließende Blamage.

»Zur Krönung ist mir eine unter meinem Mantel versteckte Rotweinflasche heruntergefallen«, sagte sie. »Davon die Flecken. Ich kam mir wie eine Diebin vor. Können Sie sich vorstellen, wie ungeschickt ich bin, Eduard?«

Als sie es sagte, spürte sie, wie ein diffuses Gefühl der Scham von ihr abfiel, eine Scham, die gar nicht zu ihr gehört hatte.

Sie war keine Diebin. Sie hatte einfach geglaubt, dass Pascal zurückgekommen war.

Sie hatte sich getäuscht. An diesem Tag, all die Jahre und zuvor in ihren Träumen. Ihr war eine Flasche heruntergefallen. Die Menschen hatten getuschelt und Klara *ausgerichtet* – das zumindest würde ihre Mutter sagen.

Das taten sie immer und überall. Womöglich wurde sie nie mehr auf eine Modenschau eingeladen. Vielleicht folgte die Kündigung. Das war nicht die erste Niederlage in ihrem Leben, die sie in etwas Brauchbares ummünzen würde.

Alles, und das begriff sie in diesem Augenblick, alles, was geschehen war, besaß einen tieferen Sinn. Es hatte dieser sichtbaren Scherben bedurft, damit sie endlich eine Liebe begraben konnte. Eine Liebe, die es nicht verdiente, in ihr weiterzuleben. Sie war vor langer Zeit zu Bruch gegangen.

Es war vorbei.

Wenn sie weiter auf eine abgestorbene Liebe zurückblicken würde, vermochte sie nicht zu sehen, wenn sich eine neue, lebendige von vorne näherte.

»Ich weiß«, sagte er mit ruhiger, sonorer Stimme.

»Sie wissen …?«

»Nein.«

Er schüttelte den Kopf, und sie glaubte trotz des Dämmerlichts zu erkennen, dass er errötete.

»Ich habe mir die Vorstellung angeschaut, und ich finde Sie wunderschön. Nach Ihrem Auftritt bin ich gegangen und habe im Stillen gehofft, dass Sie diesen Heimweg nehmen.«

»Woher wussten Sie …?«, stammelte Klara.

»Sie haben eine sehr auskunftsfreudige Cousine«, gab er verlegen zurück.

Nun musste Klara schmunzeln.

»Kleine Missgeschicke geschehen, damit wir vor den größeren gewarnt sind, liebe Klara. Es ist gar nichts passiert.«

Wie zufällig berührte er ihre Hand, mit der sie sich bei ihm eingehakt hatte.

Sie stieß einen tiefen Seufzer aus und legte für einen Augenblick ihren Kopf an seinen Arm.

»Das haben Sie sehr schön gesagt, Eduard. Wirklich sehr schön.«

MIRIAM

14

Freiburg,
Juni 2018

»Die Schlüsselszene in Fontanes Effi-Briest-Roman lässt sich anhand der Symbolik besser verstehen.«

Die Studentin war beim letzten Teil ihres Referats über Fontanes *Effi Briest* angekommen.

Miriam hatte sich auf einen hinteren Platz zurückgezogen, hörte zu und machte sich Notizen. Sie warf einen verstohlenen Blick auf ihre Uhr. Noch zehn Minuten, dann sollte der Vortrag beendet sein, und es blieben noch zwanzig Minuten für die anschließende Diskussion.

Die Referentin arbeitete vorbildlich multimedial mit einer Zeittafel der Geschehnisse im Romanablauf, Bildern aus der Fassbinder-Verfilmung mit Hanna Schygulla und las sehr einfühlsam prägnante Textstellen vor.

Miriams Gedanken schweiften ab.

Gestern hatte sie die Homepage der *Herzen ohne Grenzen* durchgesehen und Monsieur Dubois' freundliches Schreiben mindestens zehnmal gelesen.

Die Ratschläge der *Herzen ohne Grenzen* bestanden aus

verschiedenen Vorgehensweisen auf der Suche nach dem Vater oder Großvater. Insgesamt waren die Ergebnisse ernüchternd, nahezu frustrierend. In einem Punkt hatte Pia ganz sicher recht gehabt: Die Lebensläufe suchender Kinder von ehemaligen Besatzungssoldaten zeigten auf, wo man ganz sicher *nicht* fündig wurde.

Beispielsweise erwiesen sich die französischen Botschaften als falsche Adresse, die meisten Suchenden waren mit einem privaten Suchdienst am weitesten gekommen. Aber selbst da lag die Trefferquote äußerst niedrig. Ohne vollständigen Namen, Geburtsdatum und genaue Zeiteingrenzung der Stationierung in der jeweiligen Besatzungszone gingen die Chancen gegen null.

Erschwerend kam hinzu, dass die Franzosen 1992 alle Archive in die Heimat mitgenommen hatten. Sämtliche Unterlagen befanden sich heute im französischen Militärarchiv von Pau in Südfrankreich. Dort Auskunft zu erhalten schien ein Ding der Unmöglichkeit. Wenige Zeitzeugen berichteten, per Zufall weitergekommen zu sein, bei den meisten hatte diese Art der Suche nichts gebracht.

Viele hatten ihre Väter und Großväter erst lange nach deren Tod gefunden. Das Erfreuliche daran war aber, dass die meisten Suchenden gute Erfahrungen mit ihren neuen Familien machten, die den Familienzuwachs als bereichernd empfanden.

Durchgängig handelte es sich bei allen Betroffenen um eine hochemotionale Angelegenheit. Die Suche nach den Wurzeln schien eine reine Herzenssache zu sein.

»Meine Halbschwester nach all den Jahren zu finden war eine wunderbare Erfahrung, auch wenn mein Vater längst tot war«, hatte eine Zeitzeugin auf YouTube mit Tränen in den Augen berichtet.

Nach all den Jahren.

Miriam überlegte, wie es nun weitergehen sollte. Im Moment ruhte all ihre Hoffnung auf Dubois. Würde er in den Unterlagen seines Vaters etwas finden?

Lauter Applaus riss sie aus ihren Gedanken. Die Studierenden klopften auf die Tische. Die Referentin hatte ihren Vortrag beendet und ging zurück an ihren Platz.

Zerstreut bedankte sich Miriam bei der Studentin und nahm wieder ihren Platz am Kopfende des Raums ein.

»Irgendwelche Fragen?«

Sie blickte aufmunternd in die Runde.

Im Anschluss entstand eine kontroverse Diskussion unter den Seminarteilnehmern über die Grenzen der Interpretation.

Miriam fiel es schwer, sich zu konzentrieren. Dankbar ließ sie der lebhaften Auseinandersetzung ihren Lauf, während sie mit ihren Gedanken in Richtung Frankreich und der jüngsten Ereignisse abdriftete.

Wie lange war es her, dass sie Edis Brief gefunden und mit ihm die Wahrheit über ihren Großvater aufgedeckt hatte? Es kam ihr wie Monate vor, und doch waren erst Wochen vergangen. Wie würde es weitergehen? Mit ihr, ihrer Familie, vor allem mit ihrer Großmutter?

Sie schloss die Augen und spielte mit dem Kugelschreiber in ihren Händen.

Als sie von draußen den Gongschlag zum Ende der Stunde wahrnahm, kehrte sie wie durch einen Nebel zurück in die Realität. Sie sah, wie die Seminarteilnehmer unter Getuschel ihre Unterlagen zusammenräumten.

»Frau Dr. Schilling?«, hörte sie wie aus der Ferne die Stimme einer jungen Frau.

Miriam drehte ihren Kopf in Richtung der Stimme, während sie vergeblich versuchte, den Inhalt der Frage zu rekonstruieren.

Alle Blicke waren auf sie gerichtet. Sie sah direkt in das Gesicht von Florentine Schuler, jener Studentin, die sich bei ihr zur Bachelorarbeit angemeldet und die sie neulich in der Warsteiner Galerie gesehen hatte.

Schweigen. Einige der Seminarteilnehmer räusperten sich.

Miriam richtete sich auf und legte ihren Kugelschreiber aus der Hand. »Bitte entschuldigen Sie, Frau Schuler«, sagte sie nach einer kurzen Pause. »Könnten Sie Ihre Frage wiederholen?«

Florentine Schuler lächelte unsicher. »Ich habe nur gefragt, ob ich Sie im Anschluss kurz sprechen könnte.«

In diesem Moment fing sich Miriam.

»Selbstverständlich«, sagte sie und wandte sich dann an die verbliebenen Seminarteilnehmer, die bereits am Aufbrechen waren.

»Vielen Dank für Ihre Aufmerksamkeit. Nächste Woche – gleiche Zeit! Einen schönen Tag noch allerseits!«

Sie zwang sich ein Lächeln ab, als Florentine Schuler an ihren Tisch trat.

»Ich habe Ihnen mein Exposé geschickt. Könnten wir noch vor den Semesterferien darüber sprechen?«, fragte die Studentin, während sie ihren Rucksack aufsetzte.

Miriam packte ihre Bücher zusammen.

»Sehr gern. Ich bin gespannt darauf. Sie haben sich ein spannendes Thema ausgesucht. Ich freue mich auf unsere Zusammenarbeit.«

»Danke«, erwiderte Florentine Schuler und verließ den Raum.

Miriam blieb allein zurück und starrte zum Fenster hinaus. Vom Flur aus vernahm sie sich überschneidende Stimmen und Gepolter. Irgendwann stand sie auf und wischte die Tafel, auf der die Lebensdaten von Theodor Fontane standen.

Sie spürte ein Magenknurren. Vielleicht musste sie einfach nur etwas essen.

Als Miriam sich zu Hause in ihrer Küche einen Tee aufgegossen hatte, war sie wieder im Jetzt angekommen.

Sie schloss die Korrektur einer nachgereichten Hausarbeit über Schillers *Kabale und Liebe* ab und schrieb der Studentin eine ausführliche Mail. Anschließend las sie Florentines Exposé, machte einige Anmerkungen und schlug ihr einen Gesprächstermin an der Uni in zwei Wochen vor.

Sie trug den Termin in ihren Kalender ein.

Danach ging sie in die Küche, bereitete eine Portion Tomaten mit Mozzarella zu, zupfte einige Basilikumblätter, würzte alles mit Salz und Pfeffer und träufelte Balsamico und Olivenöl darüber. Sie schnitt Fladenbrotscheiben und röstete sie in einer Pfanne mit Olivenöl und Rosmarin.

Auf dem Esstisch entzündete sie eine Kerze, schenkte sich ein Glas Wein ein, suchte ihre Lieblingsplaylist, setzte sich und begann zu essen.

Closest thing to crazy klang die klare Stimme von Katie Melua.

Vom Flur aus hörte sie das Klingeln ihres Telefons. Miriam wartete, bis sich der Anrufbeantworter einschaltete.

»Ich bin's, Tante Lotte. Miriam, du ahnst nicht, was hier los ist. Die Nähmaschine deiner Großmutter ist kaputt. Sie möchte unbedingt ihre alte, diese mechanische, weißt du noch? Sie muss bei dir in der Wohnung sein, unter der Schräge. Du weißt schon, wo. In deinem Wohnzimmer. Ruf mich um Himmels willen an, wenn du sie gefunden hast. Dann schicke ich jemanden zur Abholung. Ach du liebe Zeit, jetzt schläft sie zum Glück, die Klara. Du weißt ja, wie sie ist, wenn sie sich was in den Kopf gesetzt hat. Manchmal ist sie schrecklich anstrengend, deine Großmutter. Ich bin auch nicht mehr die Jüngste, das alles wächst mir über den Kopf. Ich kümmere mich gern um Klara, aber wenn sie so stur und unnachgiebig ist, dann kann ich es auch sein. Schließlich bin ich auch wer. Ach, Miriam, lass uns bitte nicht mehr streiten. Wir müssen doch zusammenhalten.«

Miriam rollte die Augen – die eine Schwester wollte Absolution und keine Streitereien, die andere ihre Jugendnähmaschine.

Nach einem Seufzer nahm sie den Hörer ab.

»Ich bin da, Tante Lotte.«

Lotte seufzte. »Sehr gut. Wir brauchen unbedingt diese Nähmaschine, Miriam.«

»Warte bitte«, sagte Miriam, ging mit dem Telefonhörer ins Wohnzimmer und öffnete mit einem Ruck die Schiebetür unter der Dachschräge. Dahinter lag der Hohlraum, den sie bisher nur ein einziges Mal für die Einlagerung der Balkonblumenkästen genutzt hatte.

Sie fragte sich, ob auf den schätzungsweise fünf Quadratmetern noch weitere Dinge aus Klaras Jugend lagerten, denn in *diese* Wohnung war die Familie unmittelbar nach dem Krieg gezogen. Barg der Hohlraum weitere Überraschungen?

»Miriam? Hörst du mich?«

»Ihr habt doch nach dem Krieg in meiner heutigen Wohnung gelebt, nicht wahr?«, fragte sie zurück, während sie aus einer Kiste eine Taschenlampe herausnahm.

»Wir *mussten* dorthin – wegen der Wohnungsnot. Erst in den Fünfzigern sind wir wieder zurück in die große Wohnung im Hochparterre.«

Miriam leuchtete die kleine Fläche aus und entdeckte einen größeren, mit Leintüchern abgedeckten quadratischen Gegenstand. Zeichnete sich darunter eine Nähmaschine ab?

»Sie ist da.«

»Bist du sicher?«, fragte Lotte am anderen Ende der Leitung.

»Ich glaube, ja«, bestätigte Miriam, bückte sich und führte den Lichtstrahl über die Gegenstände.

»Ich muss aber reinklettern, um sie rauszuholen. Ich melde mich wieder, okay?«

»Danke, Miriam.«

Sie krabbelte auf allen vieren hinein. Außer einigen Kisten mit Weihnachtsschmuck und Büchern standen noch aufeinandergestapelte Stühle herum. Die Nähmaschine war mit altem Stoff abgedeckt.

Miriam entfernte die Abdeckung: eine alte mechanische Nähmaschine auf einem Eisengestell. Sie besaß sogar Rollen und ließ sich ohne Kraftaufwand ins Wohnzimmer befördern.

Bei Licht betrachtet, handelte es sich um ein wunderschönes antikes Exemplar mit Fußantrieb.

Sie setzte sich aufs Sofa, betrachtete ihren Fund und rief bei ihrer Großtante an.

»Hallo, Tante Lotte. Du kannst Omi Bescheid geben. Die

Nähmaschine steht jetzt hier vor meinen Augen. Und sie ist wunderschön.«

»Gott sei Dank«, sagte Lotte. »Dann lass ich sie morgen abholen. Passt dir das?«

»Ich bin ab drei Uhr zu Hause.«

»Klara ist sowieso den Tag über in der Pflege. Aber ich sag ihr schon mal, dass sie bald hier sein wird, ihre Nähmaschine.«

»Sie hat also wieder angefangen zu nähen?«, fragte Miriam.

»Ja. Irgendwo hat sie Stoff gefunden und sich in den Kopf gesetzt, Tischdecken und passende Servietten für deine Balkonmöbel zu nähen.«

»Schöner Stoff?«

»Provence-Motive. Oliven. Zweige. Grün und Lavendeltöne. Mir gefällt er sehr gut.«

»Oh, wie schön! Danke, Tante Lotte.«

»Es ist ein gutes Zeichen, dass sie wieder schneidert. Das hat sie jahrzehntelang nicht mehr getan. Aber manchmal ist sie unausstehlich seit dieser Sache.«

»Du meinst, seit ihrem Schlaganfall?«

»Ja. Ich weiß auch nicht, was in ihrem Kopf vorgeht.«

Genau das war das Problem. Niemand wusste, was ihre Großmutter tatsächlich umtrieb, was ihr durch den Kopf ging.

»Wer vermag das schon über einen anderen zu sagen«, erwiderte Miriam und fand ihre Bemerkung sogleich ziemlich dämlich.

»Sind wir wieder gut?«, fragte Lotte kleinlaut.

»Ja, klar. Ich wüsste nicht, dass wir Streit hatten.«

»Wir müssen zusammenhalten.«

Miriam seufzte, und sie legten auf.

Lange betrachtete Miriam Klaras Jugend-Nähmaschine, das Eisengestell mit der Holzplatte. Schließlich rückte sie ihr mit einem Lappen und Pflegemittel zu Leibe.

Der mit schwarzer Emaille verarbeitete Korpus war in einem viereckigen Kasten versenkt und ließ sich dank eines einfachen Mechanismus herausheben.

Singer entzifferte Miriam die verblassten, teils abgewetzten Goldbuchstaben.

»So ein schönes Stück. Das wird dir gefallen, Omi«, flüsterte sie und arbeitete das Pflegemittel ins Holz ein.

Nachdem sie die Maschine wieder versenkt hatte, bemerkte sie, dass die Platte nicht bündig schloss. Miriam sah in den Kasten hinein und entdeckte auf dem Boden etwas, das aussah wie Packpapier. Sie nahm es heraus.

Das Papier war zu einem Umschlag geformt, und darin befanden sich ein paar lose Blätter.

Vorsichtig ging sie durch die Seiten. Alte vergilbte Blätter, brüchig, aber lesbar und mit einer mechanischen Schreibmaschine beschriftet. Jedes Blatt trug die Unterschrift *Friedrich Mayer cand. jur.* – Miriams Urgroßvater.

Der angegebene Titel befremdete Miriam zutiefst.

»Kein Mensch benutzt einen Cand.-jur.-Titel«, flüsterte sie.

Miriam hatte noch nie jemanden getroffen, der sich so genannt hatte. Für ihren Urgroßvater, den gescheiterten Juristen, musste der Titel hingegen viel bedeutet haben. Obwohl sie ihm niemals begegnet war, empfand sie Mitgefühl. Wie klein musste er sich gefühlt haben!

Betreff: Immobilie, Kartäuserstraße – Kaufvertrag Feigenbaum –
Mayer vom 3. September 1938

Freiburg, 16. Januar 1947
An die französische Militärregierung,
Freiburg.

Sehr geehrte Herren,
ich lege entschiedenen Protest dagegen ein, dass Sie den o.g. Kaufver-
trag als anfechtbar erklärt haben. Betreffs der Immobilie muss ich Ihnen
mitteilen, dass ich der Betrogene bin. Die im Jahr 1938 für 25 000
Reichsmark von mir erworbene Immobilie wies erhebliche Mängel
auf, die der Verkäufer Ignaz Feigenbaum unterschlagen hat. Ich
musste große Summen in neue Abwasserrohre und die Instandset-
zung der Aborte investieren. In der Anlage übersende ich Ihnen Ko-
pien der entsprechenden Rechnungen und Fotos, aus denen Sie den
Zustand der sich auf halber Treppe befindlichen Aborte ersehen kön-
nen. Eine ausführliche Mängelliste liegt gleichfalls meinem Schrei-
ben bei.

Hätte mich Herr Feigenbaum 1938 nicht im Unklaren über jene
Mängel gelassen, so wäre ich sicherlich vom Kauf zurückgetreten. Ko-
pien meiner mehrfachen Mahnschreiben an den Verkäufer lege ich
bei. Eine Reaktion kam nie, und nun wollen Sie behaupten, der Kauf-
vertrag sei womöglich nicht rechtens?

Wenn hier jemandem Unrecht geschah, dann mir!

Wie Sie meinem Titel entnehmen können, bin ich mit der Juris-
terei durchaus vertraut, und ich muss Sie darüber in Kenntnis set-
zen, dass ich ein derartiges Verfahren bezüglich abgeschlossener
Kaufverträge im Jahr 1938 im Rahmen der Restitutionsprüfung
durch die französischen Behörden für rechtswidrig halte. Ich habe

für die Immobilie weitaus über Wert bezahlt, und Herr Feigen-
baum hat sich aus mir unbekannten Gründen niemals gerecht-
fertigt.

   Hochachtungsvoll

   Friedrich Mayer cand. jur.

   Anlagen

Restitutionsprüfung – Miriam ließ das Blatt sinken. Das war
also einer von Friedrich Mayers berühmten Beschwerdebriefen. Es war viel schlimmer, als Klara immer erzählt hatte,
peinlich, ignorant und zutiefst unmoralisch. Hier reklamierte
er offensichtlich ein Restitutionsprüfungsverfahren, das die
Franzosen 1947 standardmäßig eingeleitet hatten, wenn es
um Immobilienkäufe aus »jüdischer« Hand ab 1935 ging.
Friedrich Mayer hatte im September 1938 eine Immobilie von
einem »jüdischen« Mitbürger günstig erworben – zwei Monate vor der Reichspogromnacht.

   Arisierung, Entjudung hatten die Nazis jenes verbreche-
rische Vorgehen genannt, was nichts anderes als staatlich
organisierter Raub war, getarnt als ordnungsgemäßer
Erwerb von Häusern und Wohnungen. In Wahrheit ging es
um pseudolegalen Billig- und Zwangsverkauf »jüdischen«
Eigentums.

   Derartige Restitutionsfälle konnte man im Staatsarchiv
samt Schriftverkehr nachlesen – Miriam wusste das.

   Sie gab die Unterlagen in eine Mappe, fuhr den Rechner
hoch und schrieb dem Freiburger Archiv, auf dessen Homepage das Logo *Historischer Feinstaub aus dreizehn Jahrhunderten*
stand, eine Mail. Sie bat um einen Termin und die Heraus-
gabe der Akte Feigenbaum.

In die Rubrik *Objekt* tippte sie die Adresse der Kartäuserstraße ein.

Es war ihre eigene Adresse.

Jenes Haus, in dem sie heute mietfrei lebte und das sie eines Tages erben würde – eine Tatsache, die sie zutiefst beschämte, denn auf diese Weise wurde sie zur Profiteurin.

Auch dieser Widerspruch gehörte offenbar zu ihrem Erbe.

KLARA

15

Konstanz,
März 1951

»Komm herein, Klara.«

Klara hatte im Flur vor der Küche ihrer Patenfamilie gewartet, denn heute stand ihr ein wichtiger Tag bevor.

Ihre Mutter war eigens für ein *Familiengespräch*, wie es Onkel Rolf nannte, nach Konstanz gereist. Klara versuchte, ein paar Worte aufzuschnappen, aber es wurde nur geflüstert.

Edi hatte am letzten Sonntag Onkel Rolf um Rat gefragt und ihn gebeten, bei Klaras Eltern vorzufühlen. Erst danach wollte er offiziell in Freiburg um Klaras Hand anhalten.

Klara betrat den Raum.

Ihre Mutter saß Onkel Rolf gegenüber am Küchentisch, vor ihnen eine großzügig gedeckte Kaffeetafel. Das Geschirr war unberührt geblieben. Adelheid Mayer sprang auf, ging auf ihre Tochter zu und umarmte sie.

»Gut siehst du aus, mein Kind. Wie geht es dir?«

Sie nahm ihre Hand, trat einen Schritt zurück und betrachtete sie von oben bis unten. »Du hast ja fast deine alte Figur wieder. Stillst du denn noch? Das macht schlank.«

Klara nickte verlegen.

»Danke, Mutti. Es geht uns allen gut hier. Wo ist Hetti?«, fragte sie und sah ihren Onkel an.

»Else fährt sie spazieren. Sie werden bald hier sein. Es ist sehr nett von Frau Stöckle, dass sie dir freigegeben hat. Wir haben, wie du weißt, etwas Wichtiges zu besprechen.«

Er stand auf, nahm Klara an den Arm und führte sie zum Tisch.

»Setz dich, Patentochter.«

Sie setzte sich, während sie die beiden nicht aus den Augen ließ. Nur eine Frage ging ihr durch den Kopf: Hatte Onkel Rolfs Mission Erfolg gehabt?

»Lasst uns beginnen«, sagte Onkel Rolf, so als eröffne er eine wichtige Konferenz.

»Meine liebe Adelheid.« Er brach ab und räusperte sich. »Wir haben deine Klara sehr gerne bei uns aufgenommen, und sie macht uns allen mit Hetti große Freude. Ich übernehme in der folgenden Angelegenheit sozusagen stellvertretend die Vaterposition für deine Tochter.«

Klara runzelte fragend die Stirn.

Onkel Rolf drückte sich komisch aus. Hatte er der Mutter noch gar nichts gesagt? Warum sprach er so schwülstig?

»Der Grund, weshalb wir dich eingeladen haben, ist …«

»Willst du mir nicht endlich sagen, was los ist?«

»Deine Tochter möchte heiraten.«

Klara stockte der Atem. Nun war es raus.

»Stimmt das?«, fragte ihre Mutter und sah Klara mit Röntgenaugen an.

»Ja«, erwiderte sie. »Es stimmt.«

»Wer ist der junge Mann? Was macht er?«

»Eduard Schilling«, sagte Onkel Rolf. »Er ist Justizschreiber.

Ein gebürtiger Freiburger noch dazu. Das ist eine sehr gute Partie, Schwester.«

»Dann ist dieser Schiller so was wie ein angehender Jurist?«

»Nein«, sagten Klara und Onkel Rolf wie aus einem Mund.

»Er heißt Schilling, Eduard Schilling«, korrigierte Klara.

Ihr Onkel strich eine Falte auf dem Tischtuch glatt.

»Justizschreiber ist ein sehr guter Beruf. Er kann irgendwann eine höhere Beamtenlaufbahn aufnehmen. Eine gute Partie«, wiederholte er.

Gute Partie.

Klara fröstelte innerlich.

»Liebst du ihn?«, fragte ihre Mutter und sah Klara eindringlich an.

»Ja.«

»Und liebt er dich?«

»Ja.«

»Hat er den richtigen Glauben?«

»Adelheid«, protestierte Rolf. »Was soll das?«

»Schweig«, sagte Adelheid Mayer streng an ihren jüngeren Bruder gerichtet. »Hat er den richtigen Glauben?«

Im Raum war es plötzlich so still, man hätte das Fallen eines Staubkorns hören können. Klara warf einen Blick zu ihrem Onkel, der theatralisch die Augen verdrehte und seufzte.

»Er ist evangelisch«, sagte Klara leise.

Adelheid zog die Mundwinkel nach unten und faltete dann die Hände wie zum Gebet.

»Kann mir einer von euch sagen, wie ich das deinem Vater beibringen soll? Einen Protestanten in unserer Familie? Herr im Himmel, hilf!«

Sie schlug die Hände über dem Kopf zusammen und ließ sie dann kraftlos fallen.

»Mutti«, sagte Klara in flehendem Ton. »Eduard glaubt an denselben Gott wie du. Nur nicht an die Heiligen und die Mutter Gottes.«

»Eine Mischehe bringt immer Probleme mit sich. In meinem Zweig gab es das noch nie. Und auch bei Friedrich nicht. Selbst du mit deinem liberalen Gift im Kopf hast dich richtig verheiratet, Rolf.«

»Aber –«, warf Klara ein.

Ihre Mutter bedeutete ihr mit einer Handbewegung zu schweigen.

»Weil es veraltet ist! Du müsstest dich mal reden hören, Schwester. Schlimmer als eine Nonne. Wie oft haben wir darüber diskutiert.«

Adelheid tippte mit dem Zeigefinger auf den Tisch und zog einen unsichtbaren Bogen.

»Es muss Regeln geben. Klare Regeln, und der Glaube ist nichts, was altert. Ich habe zwei Kinder großgezogen, getauft und zur heiligen Kommunion geführt, firmen lassen, und mein Mann wird unsere Töchter vor einen katholischen Altar begleiten. Und vorher geht die Klara zur Beichte, genau wie all die anderen Bräute. Und ihr zukünftiger Mann wird das auch tun. Das heilige Sakrament der Ehe ist ein großes Privileg.«

Sie ballte ihre Hand zur Faust und klopfte einmal kräftig auf den Tisch. Das Geschirr wackelte.

So heilig, dass du bei einem Säufer bleibst, der seine ganze Umgebung krank macht, dachte Klara, so heilig, dass du zusiehst, wie er seine Kinder schlägt. Und du selbst bist bigott.

Klara biss sich auf die Lippen.

»Eduard ist ein guter Mann«, sagte Onkel Rolf. »Er mag nicht katholisch sein, aber er ist ein guter Mann. Das ist das Wichtigste, Adelheid. Er kommt aus kleinen Verhältnissen, aber er hat sich nach oben gearbeitet. Ich rechne ihm das hoch an. Klaras Tochter hätte endlich einen Vater. Eduard wird die Vaterschaft anerkennen, verstehst du? Schwester! Steh deinem eigenen Kind nicht im Weg.«

Wortlos erhob sich Adelheid Mayer, lief zum Fenster und sah hinaus.

Sie verschränkte die Arme und tat einen tiefen Seufzer. Klara starrte auf ihren Rücken, die Schultern hoben und senkten sich im Rhythmus ihres Atems.

Nebel lag über der Stadt.

»Und hinter diesen Häusern liegt der Bodensee?«, fragte Adelheid schließlich und drehte sich um.

»Ja, direkt an der Seestraße. Wir laufen später dran vorbei, wenn ich dich zum Bahnhof bringe«, sagte Rolf, der seinen Stuhl nach hinten rückte und die Beine übereinanderschlug. Ihm war anzusehen, dass er die Angelegenheit heute geklärt haben wollte.

Klara wusste, warum: Nicht, weil er sie loswerden wollte, sondern weil er sich als ihr Anwalt betrachtete. Sie war seine Patentochter und hatte niemanden, der für sie einstand. Und die Debatte über den vermeintlich richtigen Glauben ging ihm schon lange auf die Nerven.

»Was ist jetzt? Wie stehst du dazu? Klara braucht eure Einwilligung. Sie wird erst in neun Monaten volljährig. Spring über deinen Schatten, Adelheid!«

Adelheid wandte sich ihnen zu und ging einige Schritte in der kleinen Küche auf und ab. Ihre Fingerspitzen streiften das Gitter von Hettis Laufstall.

»Selbst wenn ich wollte, ich kann das nicht allein entscheiden. Das mit dem Protestanten muss ich dem Friedrich erst mal schonend beibringen.«

»Wir alle wissen, dass *du* die Entscheidungen triffst, Adelheid. Komm schon, gib dir einen Ruck. Denk an deine Enkelin. Stell dich bitte dem Glück einer jungen Familie nicht in den Weg.«

Abrupt wechselte Adelheid Mayer das Thema, sprach vom Wetter, den Alpen und den Sehenswürdigkeiten Freiburgs. Sie blieb bis zum späten Nachmittag bei Kaffee und Marmorkuchen mit Schokoladenglasur. Sie nahm ihre Enkelin auf den Arm, nachdem diese mit Else vom Spaziergang zurückkehrte, und herzte sie wie ihr eigenes Kind.

»Sie ist ganz entzückend«, sagte sie, ein Wort, das Klara noch nie zuvor aus dem Mund ihrer Mutter gehört hatte.

»Und wie geht es dem Friedrich und der Lotte?«, fragte Tante Else, als der Plausch ins Stocken geriet.

Onkel Rolf nahm mit der Fingerkuppe ein paar Kuchenkrumen auf und legte sie sich auf die Zunge.

»Er schreibt Artikel über Gerichtsverhandlungen. Wenn einer gedruckt wird, dann gibt es Geld. Ich nähe immer noch von zu Hause. Und die Lotte, die ist unsere ganze Freude. Sie entwickelt sich prächtig und ist sehr gut in der Schule«, gab Adelheid zurück.

Klara war auch eine sehr gute Schülerin gewesen, nur hatte es für ihre Leistungen selten ein lobendes Wort gegeben.

Ihre Mutter warf einen Blick auf ihre Armbanduhr.

»Es wird Zeit, in einer Stunde geht mein Zug.« Zerstreut ging ihr Blick über Klaras Gesicht. »Lassen wir dein Anliegen in der Schwebe, bis ich mit deinem Vater gesprochen habe. An mir soll es nicht scheitern«, sagte sie wie aus dem Stegreif, erhob sich und ging in den Flur.

Sie knöpfte ihren Mantel zu, nahm Klaras Hand und streichelte sie. »Ich lege ein gutes Wort für deinen Eduard ein.«

Klara lächelte gezwungen.

»Würdest du mich zum Bahnhof begleiten?«, fragte Adelheid Mayer und hängte ihre Handtasche an den Arm.

Onkel Rolf trat einen Schritt zurück und reichte seiner Schwester förmlich die Hand.

»Ja, dann ist ja alles in unserem Sinn, nicht wahr, Klara?«

Klara nickte und senkte die Augen.

»Dann lass ich Mutter und Tochter noch ein wenig unter sich.«

Nicht als Mutter und Tochter, sondern als Fremde, die einander in den letzten Stunden noch fremder geworden waren, traten sie hinaus.

Ein kalter Wind strich Klara übers Gesicht. Sie band den Schal um ihren Hals zu. Sie gingen schweigend nebeneinander her, bis sie die Seestraße erreichten, wo die Häuser prachtvoll und die Promenade mit Platanen und Bänken ausgestattet war.

»Es ist ihm wirklich ernst, diesem Herrn Schiller?«

Sie nahmen jenen Weg über die Rheinbrücke, den Klara einst bei ihrer Ankunft genommen hatte.

»Schilling heißt er, Mutti. Schilling, nicht Schiller. Er kommt aus dem Stühlinger, und er kam auch im St. Elisabeth zur Welt.«

Abrupt blieb ihre Mutter stehen, schüttelte den Kopf und lief dann weiter.

»Ja, ein echtes Freiburger Bobbele, nur halt der falsche Glaube. Ich könnte ja darüber hinwegsehen, aber dein Vater. Es steht nicht gut um ihn.«

»Ist er krank?«, fragte Klara erschrocken.

»Nicht direkt, mein Kind. Es ist die Lunge. Der Arzt sagt, er muss mit dem Rauchen aufhören. Du weißt ja, wie er ist. Das wird eine harte Nuss mit deinem Vater, ich versuche es. Aber da ist noch was anderes, was ich vorher vor deinem Onkel nicht sagen wollte. Möchte niemanden bloßstellen. Mir ist da was zu Ohren gekommen über die Schillers aus dem Stühlinger. Die sind seit Jahren ruiniert. Haben nichts mehr, keinen Pfennig.«

»Schilling«, protestierte Klara, diesmal deutlich und laut. »Du verwechselst ihn. Sein Onkel hat ein Schneidergeschäft mitten in Freiburg. Er heißt Schilling.«

Sie erreichten das Bahnhofsgebäude und liefen zum Abfahrtsgleis.

»Schneidergeschäft?« Die Mutter blieb vor dem Zugwagen stehen und stemmte die Hände in die Taille. »Ja, genau von dem rede ich. Damit will er dich locken, dass du später deine eigene Schneiderei bekommst. Hochverschuldet sind sie, egal wie sie heißen mögen, Kind. Wach endlich auf! Arm wie die Kirchenmäuse sind sie und Protestanten dazu. Glaub mir, Klara, er hat sich unser schönes Haus angesehen, das du mal erben sollst. Er ist hinter deinem Geld her.«

»Ich habe kein Geld.«

»Noch nicht, du dummes Kind. Noch nicht. Prüfe ihn, mehr verlange ich nicht. Frag ihn, was er von deiner Mitgift weiß!«

»So ist er nicht, Mutter, du täuschst dich. Eduard ist nicht so.«

Die Türen sprangen auf. Der Schaffner pfiff und rief: »Alles einsteigen!«

Die Mutter stellte einen Fuß auf die ausgezogene Treppe, während sie sich am Geländer festhielt.

»Warum will er so plötzlich heiraten? Auf einmal muss es ganz schnell gehen. Ihr kennt euch kaum. Nenne mir einen vernünftigen Grund, weshalb er eine Kuh mit Kalb nehmen sollte! Das kannst du nicht? Dann sag ich es dir: Weil die Kuh bei einem reichen Bauern grast.«

Der Schaffner pfiff ein zweites Mal.

Klara öffnete den Mund, aber kein Laut kam heraus.

Adelheid legte eine Hand auf Klaras Schulter.

»Denk in Ruhe drüber nach.«

»Auf Wiedersehen, Mutter«, sagte Klara und entzog sich mit einem Ruck ihrer Berührung. Ohne sich umzudrehen, lief sie zurück.

Fünf Tage später kam ein Päckchen aus Freiburg, adressiert an Klara Mayer. Inge saß oben in Klaras Mansarde neben ihr am Tisch, als sie es öffnete.

»Mach schon«, sagte sie. »Ich bin so gespannt.«

Im Inneren befanden sich ein Brief und ein Strampler für Henriette, der bereits viel zu klein war. Klara öffnete den Brief und erkannte sofort dessen Urheber: hochoffiziell mit Betreff und auf einer mechanischen Schreibmaschine geschrieben.

Betreff: Heiratspläne

Liebe Klara,

Du erhältst die Erlaubnis zur Heirat nicht. Ich hoffe von ganzem Herzen, dass Du in den neun verbliebenen Monaten bis zu Deinem 21. Geburtstag zur Vernunft kommst und Du die Wahl Deiner Männer noch einmal gründlich überdenkst. Eines Tages wirst Du mich verstehen und mir dankbar sein und wissen, dass ich nichts im Blick habe als Dein Glück.

Vater

Von ganzem Herzen.

Klara lachte verzweifelt auf. Nein. Ihr Vater hatte kein Herz, und das Glück, das er im Auge hatte, bedeutete Hölle und Pest, Tod und Verderben.

Schützend legte Inge den Arm um ihre Cousine.

»Nimm es dir nicht so zu Herzen, liebe Klara. Die Zeit wird es richten. Bald bist du einundzwanzig, dann brauchst du seine Einwilligung nicht mehr.«

Aber das war noch nicht alles. Dem hochoffiziellen Text war noch ein einseitiges Blatt beigelegt, mit Handschrift gekritzelt, als sei es in großer Eile geschrieben.

Entwurf stand in Druckbuchstaben darüber. Ein Auszug aus dem Testament des Vaters. De facto wurde Klara darin enterbt.

»Er hat seine letzte Karte ausgespielt, der Herr Candidatus«, sagte Klara tonlos.

Mit zitternden Händen hielt sie das Blatt. Sie fühlte sich wie endgültig von ihrer Freiburger Familie abgeschnitten und reichte es Inge, ohne sie anzusehen.

Dann fiel ihr Blick zum Kinderbettchen, in dem Hetti tief und fest schlief.

Sie schloss die Augen, schlug eine Hälfte ihrer Strickjacke über die andere und presste ihre verschränkten Arme um den zarten Körper.

Lange saß sie einfach nur da, eine erwachsene Frau mit einem Stigma.

»Das kann doch wohl nicht wahr sein«, hörte sie die entsetzte Stimme von Inge.

Vom Kinderbettchen aus kam ein Glucksen. Klara sprang auf, und Hetti schlug die Augen auf. Sie lächelte und streckte die Ärmchen nach ihr aus.

»Mama«, nuschelte sie. Oder klang es eher nach »Mamamm«? Klara nahm ihr Kind heraus und drückte es.

»Sie hat Mama gesagt! Hast du das gehört?«, rief Inge. »Das ist ein Zeichen, Klara. Ein Zeichen. Meine Kopfhaut juckt. Alles wird gut.«

»Du wirst einen wunderbaren Papi bekommen, Hetti. Das verspreche ich dir«, flüsterte Klara.

Sie küsste das Kind auf die Stirn, und es umklammerte mit seinen feuchten Händen eine Strähne ihres Haars.

Mit dem Kind auf dem Arm ging sie zum Tisch, griff nach dem Blatt, das Inge vor sich liegen hatte, nahm es und zerriss das handgeschriebene Testament hinter Hettis Rücken.

»Nein«, rief Inge. »Hör auf damit!«

Es war zu spät, aber Inge sammelte die einzelnen Papierfetzen ein und verstaute sie in ihrer Schürzentasche.

In derselben Nacht schrieb Klara eine Nachricht an ihren Verlobten.

Lieber Eduard, ich nehme Deinen Antrag von Herzen gerne an, und ich freue mich darauf, wenn wir in neun Monaten heiraten. Lass es uns aber bitte still machen, Edi, ohne Familie. Wir brauchen niemanden, nur uns. Wie zwei heimliche Liebende vor dem Standesamt und vor allem ohne Kirche. Inge wird meine Trauzeugin sein. Inge, Onkel Rolf und Tante Else – sie sind jetzt meine Familie. Mit ihnen würde ich gerne anschließend in der Neuhauser Straße bei Kaffee und Kuchen feiern.

Immer die Deine, Klara.

KLARA

16

Konstanz,
Mai 1956

Seit zwei Jahren gab Klara in ihrer Küche in der Goethe-straße Nähkurse für die Nachbarinnen. Hier lebte sie seit ihrer Heirat mit ihrer kleinen Familie im Erdgeschoss eines Mehrfamilienhauses.

Dreimal pro Woche erschienen die Frauen mit Nähzeug und Schnittmustern, die es in der Zeitschrift *Burda Moden* seit einer Weile gab, und schneiderten sich Schritt für Schritt unter Klaras Aufsicht ihre Kreationen. Beim Nähen an Klaras Maschine rotierten die einen, während die anderen in der Zwischenzeit Zierstiche von Hand übten.

Klara besaß ein gutes Augenmaß. Stets gelang es ihr, aus wenig viel zu machen, und so kam es, dass die Warteliste für ihre Nähkurse wuchs. Sie dachte daran, eine zweite Nähma-schine zu erwerben, um noch mehr Frauen zu unterrichten, und ermunterte die Damen, alte Stoffe mitzubringen, die sich verarbeiten ließen. Vom Vorhangstoff bis hin zum Bettlaken kam alles zum Einsatz. In Heimarbeit entstand oft aus zwei klei-nen Kleidungsstücken ein großes. Aber es gab auch Überreste des Krieges, die sich spielend beseitigen ließen, wie das Emblem der Hitlerjugend und das des Bundes Deutscher Mädel.

Hetti ging mittlerweile in die erste Klasse der nahe gelegenen Stephans-Grundschule.

Eines Mittags stürmte die Kleine in die Küche, während die Frauen gerade mit ihren Näharbeiten am Küchentisch beschäftigt waren.

»Nicht so wild, Hetti«, mahnte Klara.

»Der Kurt Bachmaier, der hat keinen Vater«, platzte es aus Henriette heraus.

Die Frauen hielten inne, Klara sah ihre Tochter mit großen Augen an.

»Würdest du bitte zuerst *Guten Tag* sagen?«

»Guten Tag«, sagte Henriette in die Runde und machte einen kleinen Knicks.

»Jetzt zurück zu Kurt Bachmaier – was soll das heißen?«

»Der Lehrer hat heute in der Schule gefragt, was unsere Väter machen, und als der Kurt dran war, hat er geantwortet, er hat keinen.«

Klara schüttelte den Kopf.

»Natürlich hat er einen. Wie jedes Kind.«

Sie wickelte ein Nähgarn auf. Dann versuchte sie mit zusammengekniffenen Augen, es einzufädeln.

»Genau«, bestätigte Frau Neureuter. »Jedes Kind hat einen Vater.«

»Das hat der Lehrer auch gesagt: Jeder hat einen Vater. *Was also macht deiner, Kurtle?* Das hat er gefragt. Ganz oft!«

»Und dann?«, fragte Frau Roller, die gerade zur Nähmaschine wechselte und Hetti dabei eindringlich ansah.

Alle blickten gebannt auf Henriette, die mit hochroten Wangen dastand.

»Er hat noch mal gesagt, dass er keinen hat. Und dann meinte der Lehrer, dann sei er wohl im Himmel. Mama, kann das sein, dass der Kurt keinen Vater hat?«

Klara schluckte, setzte sich auf einen Küchenstuhl und zog das Kind zu sich auf ihren Schoß.

»Schau, es ist so, Hetti. Viele Kinder haben ihre Väter im Krieg verloren. Einige sind nicht aus der Gefangenschaft zurückgekommen oder daheim krank geworden und gestorben. Erinnerst du dich an den Bruder von meinem Onkel Rolf?«

Hetti nickte.

»Ihr habt immer gesagt: Bald kommt er. Aber dann war es ganz anders.«

»Genau«, sagte Klara. »Er ist in russischer Gefangenschaft gestorben, obwohl man das nie beweisen kann, und so wird es bei Kurts Vater sein, oder so ähnlich. Der Bruder vom Onkel Rolf gilt als verschollen. Und auch Kurts Vater wird tot sein oder verschollen.«

»Verschollen ist wie tot?«

»Nein. Verschollen heißt, dass er irgendwo sein kann.«

Klara nahm das Kind vom Schoß, stand auf und ging zum Büfett. Dort schnitt sie eine Scheibe Graubrot herunter, holte Margarine aus dem Kühlschrank und den Zuckerstreuer aus der Anrichte.

»Warum sagt Kurtle dann nicht gleich, dass er im Himmel ist oder irgendwo sonst?«

Klara zuckte ratlos mit den Schultern und bestrich die Brotscheibe mit Margarine.

»Vielleicht ist er einfach erschrocken. Oder er hat sich geschämt.«

»Er muss sich doch nicht schämen, wenn sein Vater tot ist. Dann ist er traurig, aber tut sich nicht schämen.«

Klara schloss kurz die Augen und atmete tief durch. Dieses Kind konnte einem Löcher in den Bauch fragen. Sie bestreute die Brotscheibe mit Zucker.

»Man sagt nicht: tut sich schämen, sondern man schämt sich.«

»Aber er braucht sich doch nicht zu schämen«, protestierte Hetti.

»Es ist jetzt gut, Hetti«, mahnte Klara und legte die Brotscheibe auf einen Unterteller.

»Und was ist ein *Bankert*?«, hörte sie hinter sich die Stimme ihrer Tochter.

Klara erstarrte und drehte sich langsam um. Die anderen Frauen sahen auf ihre Arbeit oder legten Stoffe zusammen.

»Wer hat das gesagt?«, fragte Klara mit zusammengekniffenen Augen.

»Meine Freundin, die Luise.«

»Was genau hat sie gesagt?«

»Na, dass der Kurt ein *Bankert* ist. Dann haben alle gelacht, und die Stunde war vorbei.«

Klara bemühte sich um Fassung. *Bankert!* Sie reichte ihrer Tochter den Teller.

»Das ist ein Wort, das man nicht benutzt. Es ist ein Schimpfwort und steht für ein uneheliches Kind. Ein Kind, das vor der Ehe geboren wurde.«

»Aber das geht doch gar nicht!« Hetti biss von der Brotscheibe herunter.

Alle Frauen grinsten. Frau Neureuter räusperte sich.

»Oh, und ob das geht«, sagte Frau Roller, zog ihr halb fertiges Kleidungsstück unter dem Hebel der Nähmaschine hervor und schüttelte es aus.

Hettis Blick ging von Gesicht zu Gesicht und landete

bei ihrer Mutter, als erwarte sie jetzt umgehend eine Erklärung.

»Gehen tut das schon. Nur ist es nicht üblich«, wich Klara aus.

»Du sagst auch: Es *tut* gehen«, erwiderte Hetti trotzig und zog die Mundwinkel nach unten. Noch einmal nahm sie einen Bissen von ihrem Zuckerbrot.

Die Frauen grinsten.

»Manchmal steht der Hochzeit noch etwas im Weg, Henriette. Bei deinem Vater und mir war es so, weil ich noch nicht volljährig war, als du kamst. Wir mussten die Einwilligung unserer Eltern abwarten.«

»Und was ist volljährig?«, fragte Hetti mit vollem Mund.

»Es bedeutet mündig sein. Man ist dann erwachsen und steht für sein Handeln grade.«

»Für sein Handeln gradestehen«, murmelte Hetti. »Und vorher mussten Oma und Opa für dich mündig sein?«

Alle lachten laut heraus.

»Sie bestimmten, weil ich noch nicht einundzwanzig war. Mit einundzwanzig ist man volljährig.«

»Aber sie hätten doch auch Ja sagen können, vorher, wo sie für dich mündig waren?«

»Das hätten sie. Aber sie haben gezögert, weil dein Vater evangelisch ist und ich katholisch. Man sagt nicht, *wo* sie mündig waren, sondern *als* sie mündig waren. Dieses Kind bringt mich um den Verstand!«

Sie griff sich an die Stirn.

»Komisch«, sagte Hetti, gab ihrer Mutter den leeren Teller zurück und hüpfte mit einer halben Brotscheibe davon. »Ihr Erwachsenen seid komisch. Ich möchte lieber gar nicht erst erwachsen werden. Und heiraten will ich auch nicht.«

Klara zählte innerlich bis zwanzig. In Wahrheit hatte Hettis einfache Frage sie völlig aus der Fassung gebracht, und sie brauchte eine Weile, bis sie sich wieder beruhigte. Geistesabwesend verabschiedete sie ihre Damen.

»Kinder«, sagte Frau Neureuter zum Abschied. »So sind halt die Kinder. *Betrunkene und Kinder sagen die Wahrheit*.«

Erst spät am Abend in der Küche, nachdem Hetti längst im Bett war und als Klara den Abwasch machte, erzählte sie Eduard von dem Vorfall.

Er hörte zu und legte dann die Tageszeitung zusammen.

»Kinder können grausam sein«, sagte er.

»Und der Lehrer ist unverantwortlich, bei dem Kurtle derart zu bohren. Wie kann man das einem Kind antun?«

Eduard strich schweigend das Tischtuch auf dem Küchentisch glatt.

Klara war immer noch so aufgewühlt, dass sie erst verzögert spürte: Etwas stimmte nicht mit ihm. Er war stiller als sonst, wirkte abwesend. Irgendetwas schien ihn zu beschäftigen. War es die Geschichte mit dem *Bankert*, die sie erzählt hatte? Erinnerte ihn das an ihre Situation?

»Was ist mit dir, Edi? Bedrückt dich was?«

Er presste die Lippen aufeinander, stand auf und ging zum Büfett, holte einen Briefumschlag heraus und kehrte damit zum Küchentisch zurück.

Sie spürte ein Unbehagen, während sie ihm einen verstohlenen Blick zuwarf.

Langsam zog er aus dem Umschlag ein zusammengefaltetes Blatt, starrte auf den Tisch und atmete dann tief durch.

»Das Ergebnis ist da. Es kam bereits gestern.«

»Welches Ergebnis?«

»Ich habe mich untersuchen lassen, Klara. Weil es doch schon so lange nicht klappt. Mit einer Schwangerschaft bei dir. Und der Arzt sagte, mit dir sei alles in Ordnung. Es könnte ja an mir liegen, hab ich mir gedacht.«

Klara stockte der Atem.

Seit einigen Jahren hofften sie auf ein Geschwister für Hetti, aber es klappte nicht. Und das, obwohl Klara noch jung genug war. Sie war Mitte zwanzig, Eduard nur vier Jahre älter als sie.

»Du warst beim Arzt?«, fragte sie und spürte, wie ihre Hände zitterten.

Er nickte und vermied es, sie anzusehen.

»Mumps. Irgendwann muss ich Ziegenpeter gehabt haben, einen sogenannten stillen Verlauf, erklärte mir Dr. Altmann. Ich habe in meiner Jugend nichts davon mitbekommen, kann mich nicht einmal daran erinnern. Aber man sieht es heute, weil mein Immunsystem Antikörper gebildet hat. Die sind in meinem Blut.«

Er faltete das Blatt auseinander, und Klara starrte auf die lateinischen Ausdrücke von Edis Blutwerten.

»Mumps«, wiederholte sie schließlich wie in Trance. »Und was genau macht Mumps?«

»Unfruchtbar.«

»Ganz sicher?«

Sie suchte nach Worten.

Er nickte. »Nicht immer. Bei mir schon. Es tut mir so leid, Klara. Es tut mir unendlich leid.«

Er stützte seine Ellbogen auf den Tisch und versteckte sein Gesicht hinter seinen Händen.

Es zerriss ihr fast das Herz, als sie ihn schluchzen hörte. Sein Körper bebte.

Sie rutschte näher an ihn heran, umarmte ihn und drückte ihn, so fest sie konnte. »Du kannst nichts dafür, Edi. Du kannst nichts dafür. Wir sind eine glückliche Familie. Du, Hetti und ich. Bitte quäl dich nicht. Es ist, wie es ist.«

»Mama«, hörte sie auf einmal eine Stimme von der Tür aus.

Es war die von Hetti.

Eduard schüttelte sich, wischte sich übers Gesicht und leerte sein Glas in einem Zug.

»Ja, kleines Fräulein«, presste er hervor. »Was machst du denn hier?«

»Hetti«, sagte Klara. »Kannst du nicht schlafen?«

Abrupt stand sie auf und lief hinüber zu ihr.

»Ist Papa krank?«, fragte sie leise und rieb sich die Augen.

»Nein«, sagten beide wie aus einem Mund.

Eduard erhob sich, nahm seine Tochter huckepack und brachte sie hinüber ins Bett. »Wenn ich krank wäre, könnte ich dich doch nie und nimmer huckepack nehmen, oder?«

Hetti lachte.

Klara blieb wie angewurzelt in der Tür stehen und beobachtete, wie Edi die Kleine zu Bett brachte.

»Was ist Mumps?«, fragte Henriette.

Ihre helle Kinderstimme klang wie ein Glöckchen. Klara schloss die Augen und drückte ihre Finger gegen die Schläfen.

»Eine Kinderkrankheit«, sagte Edi ernst. »Man nennt sie auch Ziegenpeter.«

»Das klingt lustig. Hast du einen Ziegenpeter, Papa?«

»Nein. Es ging um jemand anderen. Jemanden, den du nicht kennst.«

»Du bist ja auch schon groß.«

»Gute Nacht, mein Kind.«

»Weißt du, was wir heute in der Schule gelernt haben?«, fragte Hetti.

Klara sah, wie Edi sich an der Tür noch einmal umdrehte.

»Du wirst es mir bestimmt sofort sagen.«

Edi ging zurück an Henriettes Bett und setzte sich erneut.

»Weißt du, warum der Notschrei *Notschrei* heißt?«

Erleichtert atmete Klara durch. Hetti hatte das Minenfeld der verräterischen Begriffe verlassen.

Jeder Freiburger kannte den Notschrei. Es handelte sich um eine Passstraße im Schwarzwald, wenige Kilometer von Freiburg entfernt.

»Ich habe nicht die geringste Ahnung.«

»Die Leute, die dort lebten, haben vor über hundert Jahren Notschreie an den Großherzog von Baden losgelassen. Sie wollten eine richtige Straße haben, weil dort so viel passiert ist. Mit den Pferdekutschen und so. Vielleicht war es auch vor zweihundert Jahren, aber es ist wirklich passiert, so wahr ich Henriette Schilling heiße.«

»Das ist eine interessante Geschichte«, hörte Klara Edis weiche Stimme sagen. »Dann hat die Straße später die Menschen, die dort lebten, gerettet.«

»Und die Pferde. Jetzt hast du was von *mir* gelernt, Papa.«

Klara schluckte ihre Tränen herunter.

Nach einer Weile kam Edi zurück in die Küche und warf ihr einen langen, traurigen Blick zu.

»Sie versteht den Zusammenhang nicht«, flüsterte sie.

Er setzte sich neben sie und ließ den Kopf hängen.

»Wie sehr ich dieses Kind liebe.« Er stieß einen tiefen Seufzer aus.

»Sie wird vergessen, und wir werden darüber hinwegkom-
men«, sagte Klara.

Er streichelte ihre Hand.

Colmar,

Juni 2018

»Vielen Dank, dass Sie es so kurzfristig möglich gemacht haben«, sagte Miriam und reichte Monsieur Dubois die Hand. Sie hatten sich vor einem Café in der Innenstadt von Colmar verabredet, ein Café, das Miriam gut kannte. Seit Jahren fuhr sie regelmäßig zum Einkaufen mit anschließendem Kaffee und Croissant hierher in die Rue des Marchands. Meistens tat sie das mit Pia, heute war sie allein gekommen.

»Sehr gern«, sagte Monsieur Dubois und lobte Miriams Französisch.

Die meisten Franzosen schätzten es, wenn Ausländer ihre Sprache beherrschten, sahen großzügig über Fehler hinweg und machten, so Miriams Erfahrung, gerne Komplimente.

Monsieur Dubois war mittelgroß und auffällig elegant gekleidet. Miriam schätzte ihn auf Anfang sechzig. Mit seinem Maßanzug wirkte er fast wie aus einem Modemagazin: hellblaues Hemd, Krawatte, sein grau meliertes, gewelltes Haar hatte er zurückgekämmt. Sein Ehering glitzerte in der Sonne, genau wie seine Uhr. Vor ihm auf dem Tisch lag seine Ray-Ban.

»Ich bin sehr betroffen von Ihrem Schicksal, Madame. Das ist der Grund, weshalb ich zügig gehandelt habe. Und ich habe auch tatsächlich etwas für Sie.«

So formell sein Äußeres wirkte, so unkompliziert war er im persönlichen Umgang. Miriam vermochte rasch Vertrauen zu ihm zu fassen.

Dubois nahm seine Aktentasche vom nebenstehenden Stuhl, öffnete sie und zog ein dunkelbraunes Fotoalbum heraus.

Miriam atmete tief durch. Gebannt wartete sie, bis Monsieur Dubois das Album auf den Tisch legte.

»Bitte sehr«, sagte er lächelnd, trank einen Schluck von seinem Pernod und berührte mit der Fingerspitze den Ledereinband. »Auf den letzten fünf Seiten sind die Fotos, die Sie interessieren dürften. Bilder meines Vaters anlässlich der Achtziger-Geburtstagsfeier Ihres Großvaters in Saint-Malo. Auf einem ist er deutlich zu sehen. Ich bin gespannt, ob Sie ihn erkennen.«

Miriam blätterte mit zittrigen Händen von hinten nach vorne. Fünf Seiten. In Großbuchstaben stand dort:

Saint-Malo, Sommer 2009

Sie betrachtete die Fotos, eines nach dem anderen, und bemühte sich, ruhig zu bleiben. Auf mehreren Bildern sah man die Festung von Saint-Malo. Eine Gesellschaft draußen im Freien, womöglich am Meer. Ein langes Büfett kulinarischer Köstlichkeiten wie verschiedene Vorspeisen, Fisch, Gemüse, Salate, Suppen in großen Terrinen und jeder Menge Tartes und Eclairs.

Dann entdeckte sie das Foto: Sie erkannte das Gebäude wieder. Das kleine Fischerhäuschen – ganz genau wie das auf der Tuschezeichnung. Davor standen zwei Männer und lächelten in die Kamera. Beide machten einen sehr vitalen Eindruck. Der eine von ihnen sah Monsieur Dubois wie aus dem Gesicht geschnitten ähnlich, nur dass er wesentlich legerer gekleidet war. Der andere, etwas größer, besaß ein markantes Gesicht, braun gebrannt. Die tief liegenden, dunklen Augen verliehen ihm etwas Geheimnisvolles.

Es gab keinerlei Bildunterschriften.

Niemals hätte sie Pascal ohne den Hinweis von Monsieur Dubois erkannt.

»Das muss mein Großvater sein«, sagte Miriam tonlos und deutete mit dem Finger vorsichtig auf ihn.

»Ja, das ist er«, sagte Monsieur Dubois. »Ich habe ihn sofort von damals in Paris erkannt. Das daneben ist mein Vater.«

»Auch das sieht man.« Miriam lächelte. »Darf ich ein Foto davon machen?«

Er schüttelte den Kopf und entfernte das Bild aus der Klebevorrichtung an den Ecken. Er schob es zu Miriam hinüber.

»Nehmen Sie es ruhig mit. Das ist übrigens das einzige Foto, auf dem Ihr Großvater richtig zu sehen ist.«

»Ich kenne das Fischerhäuschen von einer Zeichnung.«

Dubois sah sie fragend an.

»Anscheinend hat mein Großvater gezeichnet.«

Sie nahm ihr Handy und suchte in der Galerie nach dem Foto, das sie von der Zeichnung gemacht hatte. Dann reichte sie Monsieur Dubois das Handy.

»Sehen Sie? Oben über dem Sturz die beiden Fische?«

Dubois fischte eine aufklappbare Lesebrille aus seiner Aktentasche, setzte sie auf und vergrößerte mit zwei Fingern den Ausschnitt auf dem Display.

»Stimmt. Jetzt, wo Sie es sagen, fällt mir wieder ein, dass …«

Er verstummte.

»Was meinen Sie, Monsieur?«

»Mein Vater hat davon erzählt. In seiner Heimat nannte man Ihren Großvater den *Sohn des Fischers*. Ich weiß nicht, ob das von Belang ist. Und er berichtete von Pascals künstlerischer Ader. Er hat sogar Gedichte geschrieben, als junger Mann.«

Miriam öffnete den Mund. »Gedichte?«

Dubois nickte, nahm die Brille ab, klappte sie zu und legte sie zurück.

»Haben Sie zufällig eines?«

Er schüttelte den Kopf und lachte.

»Die beiden Männer dürften wohl kaum Gedichte ausgetauscht haben.«

Miriam stimmte in sein Lachen ein.

»Es fiel mir nur ein, dass er es erzählt hat. Er hat Pascal sehr bewundert.«

»Der Sohn des Fischers«, sagte Miriam nachdenklich. »Irgendwie hatte ich sofort eine Ahnung, dass die beiden Fische über dem Sturz eine Bedeutung haben.«

Sie starrte auf das Foto, als berge es irgendwelche versteckten Informationen, die sich offenbarten, wenn sie es nur lang genug ansah.

»Wir haben den schriftlichen Nachlass meines Vaters bei meiner Schwester auf den Kopf gestellt, Miriam. Darf ich Sie so nennen? Briefumschläge. Adressen. Sein letztes Adressbuch. Er hat seine Kontakte jährlich aktualisiert, und in seinem letzten steht kein Pascal. Die alten Bücher hat er weggeworfen.«

Dubois sah sie an, lehnte sich zurück und schlug ein Bein über das andere.

»Das könnte man Pech nennen«, sagte sie resigniert.

Ein niederschmetterndes Gefühl breitete sich in Miriam aus – die magere Ausbeute von Wochen der Suche bestand also aus einer Tuschezeichnung, die auf ein reales Gebäude in Saint-Malo verwies. Ein Foto ihres Großvaters, das knappe zehn Jahre alt war. Ein Vorname.

Handelte es sich bei ihrer Suche um ein vergebliches Unterfangen?

»Nicht so voreilig, Madame«, durchbrach Dubois ihre Gedanken. »Ich hätte da vielleicht eine Idee.«

Sie sah auf und blickte ihn fragend an.

Er setzte seine Sonnenbrille auf, lehnte sich mit dem Oberkörper zurück und wippte mit dem freischwingenden Fuß.

»Das Militärarchiv im südfranzösischen Pau.«

Miriam seufzte und wischte durch die Luft.

»Ja, Monsieur, aber ohne den Familiennamen habe ich keine Chance.«

»Sie nicht, aber ich vielleicht.«

Miriam richtete sich interessiert auf.

»Wie meinen Sie das?«

Ruckartig beugte er sich nach vorn und wandte sich ihr zu. Durch die dunklen Gläser sah sie seine Augen, die zu funkeln schienen.

»Ich bin der Sohn eines Mannes von hohem militärischem Rang. Mein Vater wurde 1950 nach Algerien versetzt. Dort hat er es weit gebracht und arbeitete bis zu seiner Rente in Paris im Verteidigungsministerium. Mir wird man ganz bestimmt Auskunft geben. Ich muss mir nur überlegen, wie ich meine Frage plausibel vortrage. Nehmen wir alle Informationen, die wir haben, und werfen sie in den Ring.«

»So viele sind das nicht«, sagte Miriam kleinlaut.

»Wir wissen, dass Ihr Großvater als Fahrer tätig war. Wir wollen einfach alle Fahrer der in Freiburg eingesetzten Offiziere im Jahr 1948. Mehr nicht.«

Er zuckte mit den Achseln, als sei es die leichteste Sache der Welt, in einer Militärbehörde die Namen ehemaliger Fahrer zu erhalten. Was war mit dem Datenschutz?

»Warum gerade 1948?«

»Weil es das einzige vollständige Jahr ist, von dem wir sicher wissen, dass Pascal in Freiburg gedient hat. Mein Vater bezeugt das sozusagen. Und je kleiner das Zeitfenster, desto leichter die Suche.«

Miriam nickte und strich sich eine Locke aus dem Gesicht.

»Gesetzt den Fall, Sie bekommen die Daten, Monsieur Dubois, wobei ich mir beim besten Willen nicht vorstellen kann, wie Sie das bewerkstelligen wollen. Dann aber sind es immer noch neunhundert Offiziere. Neunhundert Namen. Das ist ein Ding der Unmöglichkeit.«

Dubois grinste.

Miriam runzelte die Stirn.

»Mache ich einen Denkfehler?«

Dubois nickte und hob den Zeigefinger in die Luft.

»Nur die ranghöchsten Offiziere hatten Anspruch auf einen eigenen Fahrer.«

Nun war Miriam verblüfft, und eine leise Hoffnung erfasste sie. Gab es doch noch eine Chance? Eine letzte?

»Wie viele?«, stotterte sie.

»Etwa fünfzig, maximal sechzig, Miriam.« Er nahm seine rechte Hand, spreizte die Finger und zeigte fünf perfekt manikürte Nägel. »Fünfzig ranghohe Offiziere mit Fahrer. Ich lasse mir eine Liste der Offiziere erstellen mit den dazugehörigen Fahrern. Dann suchen wir nach allen, die Pascal hießen, und schon haben wir eine Auswahl.«

»Das wäre ja, ich weiß gar nicht, was ich sagen soll. Das wäre ja formidable!« Sie stutzte und überlegte kurz. »Und womit wollen Sie Ihr Anliegen begründen, Monsieur Dubois?«

»Nennen Sie mich Pierre, bitte.«

»Pierre.«

Er sah sie triumphierend an, zuckte dann die Achseln und sagte fast fröhlich: »Ich habe nicht die geringste Ahnung. Noch nicht.«

Er schnippte mit den Fingern, legte einen Zehneuroschein mit einigen Münzen auf den Teller zur Rechnung und machte Anstalten, sich zu erheben.

»Und Sie würden dafür extra nach Pau fahren?«, fragte Miriam, die immer noch nicht glauben konnte, was sie da eben gehört hatte.

Eigentlich wollte sie Pierre Dubois noch nicht gehen lassen.

»Machen Sie sich darüber bitte keine Gedanken, Miriam. Mein Sohn lebt in Bayonne, von dort ist es nur ein Katzensprung nach Pau. Meine Enkelin ist drei. Sie freut sich immer, ihren Großvater zu sehen. Lassen Sie mich nur machen. Wir werden Ihren Großvater finden. Tot oder lebendig.«

Er rückte seinen Stuhl nach hinten.

»Noch eine letzte Frage, Monsieur Dubois … Pierre, darf ich fragen, was Sie beruflich machen?«

Er hielt inne, lehnte sich wieder zurück und grinste.

Dann kratzte er sich am Kopf und sah für einen Moment aus wie ein Schuljunge.

»Was ich gemacht habe, Madame. Ich bin bereits in Pension. Ich war Versicherungsermittler in der Kunstbranche.

Das bedeutet, ich bin ein hervorragender Rechercheur, und es hat mir immer große Freude gemacht, mich in den sogenannten besseren Kreisen zu bewegen. Dort, wo die Lügen subtiler sind. Ich weiß, wie man Leute ausfragt.«

Wo die Lügen subtiler sind. Bessere Kreise. Plötzlich verstand Miriam, warum dieser umgängliche Mann einen Designeranzug trug. Sein Äußeres diente ihm als Maske, eine Art Tarnung.

»Darf ich Sie auch noch etwas fragen, etwas eher persönlicher Natur?«

Miriam nickte.

»Hat Pascal von seinem Kind gewusst?«

Miriam seufzte.

»Das würde ich ihn sehr gerne fragen. Ja, ich denke, ja. Nein. Ich bin mir sicher, dass er es wusste. Wie kommen Sie darauf?«

»Weil mein Vater nie etwas erwähnt hat. Und sie waren doch eine Zeit lang enge Freunde.«

Miriam presste die Lippen zusammen.

»Und weiß sein Kind, dass Sie auf der Suche nach ihm sind?«

»Das ist die zweite persönliche Frage«, sagte Miriam und senkte die Augen.

»Bitte entschuldigen Sie. Es geht mich nichts an.«

»Meine Mutter lebt schon lange nicht mehr. Ein Verkehrsunfall. Damals war ich zwei Jahre alt.«

»Das tut mir leid. Bitte entschuldigen Sie meine Indiskretion.«

Miriam zwang sich ein Lächeln ab und schüttelte den Kopf. Dubois blinzelte in die Sonne. Miriam tat es ihm gleich. Lange saßen sie einfach nur da und schwiegen, während um sie herum Stimmen, Gelächter und Stühlerücken zu hören waren.

Dann, nach einer Weile, die Dubois womöglich für angemessen hielt, stand er auf, nahm seine Aktentasche, verbeugte sich und reichte Miriam die Hand. Er zog sie an seine Lippen und deutete einen Handkuss an.

»Ich gehe jetzt meine Hausaufgaben machen, Madame. Seien Sie zuversichtlich! Ich habe da so ein Gefühl.« Er brach ab und blickte in die Ferne, dann wandte er sich wieder Miriam zu. »Sie hören von mir.«

Verdattert sah ihm Miriam hinterher. Beschwingt verschwand er durch die engen Gassen der Fachwerkhäuser, bis ihn die Touristenmenge verschluckte.

»Ich mag kein Vanilleeis mit Erdbeeren«, sagte ein Kind am Nebentisch und stampfte mit dem Fuß auf den Boden, während die Mutter besänftigend auf es einredete. »Ich will Schokoladeneis.«

Miriam schlug die Beine übereinander und schloss die Augen. Sie spürte die Sonne auf ihrer Haut und den Wind in ihren Haaren.

Militärarchiv, Pau. Verteidigungsministerium, Paris. Was für eine verrückte Welt.

»Darf ich Ihnen noch etwas bringen, Madame?«

Die Stimme des Kellners riss sie aus ihren Gedanken.

Sie überlegte und bestellte das Erstbeste, das ihr einfiel.

»Bitte ein Glas Sekt, Monsieur, und eine Portion Erdbeeren mit Sahne.«

»Du Crémant?«, korrigierte er freundlich, legte seinen linken Arm auf den Rücken und wischte mit einem weißen Tuch über den Tisch. »Crémant d'Alsace. Der schmeckt zu frischen Erdbeeren einfach formidable, Madame.«

»Formidable«, erwiderte sie, ohne auch nur einen Augenblick zu zögern. Lächelnd setzte sie ihre Sonnenbrille auf. »Sehr gern, Monsieur.«

KLARA

18

Konstanz,
April 1957

Der See glitzerte silbern, und am Himmel hingen nur wenige Schäfchenwolken. Klara, Eduard und Henriette hatten eine Wanderung vom Schloss Langenrain durch die dicht bewaldete Marienschlucht hinab zum Bodenseeufer vor Bodman gemacht. Sie setzten sich in einiger Entfernung eines Paares mit zwei Kindern in Henriettes Alter auf den Boden. Eines der Mädchen flüsterte seiner Mutter etwas ins Ohr, während es in ihre Richtung sah.

»Natürlich darfst du«, sagte sie und lächelte dabei freundlich zu ihnen hinüber.

Schüchtern näherte sich das Mädchen, blieb vor Henriette stehen und zeigte ihr eine Handvoll gesammelter Steine. »Möchtest du mit uns spielen?«

Henriette warf ihrer Mutter einen fragenden Blick zu.

»Wenn ihr in der Nähe bleibt, ja«, sagte Klara.

»Versprochen«, sagten beide Mädchen wie aus einem Mund.

Klaras Blick schweifte zur anderen Uferseite nach Sipplingen mit der bronzefarbenen Kirchturmspitze, rechts davon lagen Goldbach und Überlingen, links das rechteckige Gebäude des Ludwigshafener Zollhauses mit seinem Steg.

»Schau, dort ist der Teufelstisch«, sagte Eduard und deutete auf eine riesige, ellipsenförmige Gesteinsplatte, die dicht unter Wasser schimmerte. Ihre Fläche betrug etwa zweihundert Quadratmeter.

Klara packte die Brote aus, während sie die spielenden Mädchen nicht aus den Augen ließ. Sie sammelten Steine und unterhielten sich dabei wie kleine Erwachsene.

»Warum heißt er eigentlich Teufelstisch?«, fragte Klara nach einer Pause und setzte ihre Schmetterlings-Sonnenbrille auf.

Sie kannte den Teufelstisch aus Erzählungen und vom Ausflugsschiff, so nah war sie ihm jedoch noch nie gekommen. Er lag an dieser Stelle gerade einmal fünfzig Meter vom Ufer entfernt.

Geistesabwesend reichte sie Eduard ein Käsebrot und betätigte den Bügel der Apfelsaftflasche. Sie hielt das Getränk in Richtung ihrer Tochter.

»Hast du Durst?«

»Nein«, rief Hetti zurück und widmete sich wieder ihrem Spiel.

»Warum heißt er so?«, wiederholte Klara ihre Frage, nahm einen großen Schluck und wandte sich direkt an Eduard.

Der Saft war lauwarm.

»Vielleicht, weil er den Menschen von jeher Angst gemacht hat?«, sagte Eduard achselzuckend. »Er hat die Form eines Tischs mit einem Fuß in der Mitte. Was du nicht siehst, ist, dass es unter der Felsplatte neunzig Meter in die Tiefe geht. Schiffe dürfen ihm nicht zu nahe kommen, von Schwimmern ganz zu schweigen. Die Strömungen sind hier unberechenbar und können einen Taucher bis auf den Grund ziehen.«

»Das klingt beängstigend.«

Automatisch warf sie einen Blick zu Henriette. Die drei Mädchen stapelten in sicherer Entfernung vom See Steine und angeschwemmte Äste.

»Ich wollte mit dir über etwas sprechen, Klara.«

Eduard strich mit den Fingern über ihren Handrücken.

Klara zog die Sonnenbrille zur Nasenspitze herunter und sah ihn abwartend an.

»Könntest du dir vorstellen, wieder in Freiburg zu leben?«

Ihre Gedanken schweiften zurück in die alte Heimat. Vor acht Jahren hatte sie Freiburg verlassen und war seitdem nicht einmal auf Besuch dort gewesen. Nur ihre Schwester traf sie regelmäßig im dreißig Kilometer entfernten Hinterzarten.

»Ich darf daheim nicht mal mehr deinen Namen aussprechen«, hatte ihr Lotte erst vor Kurzem auf der Terrasse vom *Parkhotel Adler* bei einem Stück Schwarzwälder Kirschtorte erklärt. »Sogar das hat Vater verboten. Und weißt du, was ich glaube?«

Klara hatte den Kopf geschüttelt und ihre Schwester stumm angesehen. Wie hübsch Lotte geworden war! Die hellen Augen, der blasse, zarte Teint. Ja, Lotte war zu einer sehr schönen jungen Frau herangereift.

»Das ist, weil er dich besonders mag. Viel mehr als mich. Er liebt dich und kann's nicht zeigen.«

»Ach, Lotte, was du dir so zusammenreimst. Vor lauter Liebe hat er mich geschlagen.«

»Ich bleib dabei. Dich mag er viel lieber als mich«, hatte Lotte trotzig erwidert, mit dem Zeigefinger auf einen Schokoladenkrümel am Tellerrand gedrückt und ihn abgeschleckt. »Sobald ich einundzwanzig bin, heirate ich den Bernhard und zieh zu ihm in den Kaiserstuhl! Dann hör ich auf zu arbeiten und bekomme selber Kinder.«

Sicher war Bernhard Fröhlich ganz nach dem Geschmack des Vaters. Fleißig, deutsch und vor allem katholisch. In einem halben Jahr wäre Lotte volljährig, aber Klara durfte dann nicht einmal zur Hochzeitsfeier kommen.

»Wo bist du mit deinen Gedanken, Klara?«, hörte sie Eduards Stimme wie aus der Ferne.

Sie schüttelte sich.

»Freiburg?«, fragte sie und schaute nach den spielenden Mädchen.

»Genau. Was denkst du darüber?«

»Ich weiß nicht«, sagte Klara unschlüssig und schloss die Augen, weil die Sonne hinter einer Wolke hervortrat und sofort blendete. »Ich fühle mich wohl in Konstanz. Hier ist meine Familie. Der Bodensee. Die Nähe zur Schweiz und selbst Italien scheint nur einen Katzensprung von uns entfernt.« Sie setzte die Sonnenbrille wieder auf. »Hast du Heimweh, Edi?« Sie warf ihm einen vorsichtigen Blick von der Seite zu.

Eduard wischte sich die Hände an einer Stoffserviette ab. »Ach, wie sage ich es am besten? Im tiefsten Herzen bin und bleibe ich ein Freiburger *Bobbele*. Seit über zehn Jahren lebe ich hier am Bodensee. Die Not führte mich einst hierher, weil ich in Konstanz eine Lehrstelle bekam. Dann kamst du und …«

Er lächelte und strich ihr über den Rücken.

»… und wir sind geblieben«, vollendete sie seinen Satz.

»Aber nichts ist für immer.«

»Wie meinst du das?«, fragte sie erschrocken.

»Konstanz. Unser Leben hier auf diesem Flecken Erde.«

»Es ist einer der schönsten, die ich kenne.«

»Aber es ist nicht Freiburg«, sagte er ernst.

Klara folgte mit den Augen den Wellen, die ans Ufer schwappten.

Sie konnte Eduard verstehen, denn auch in ihren Erinnerungen blieb Freiburg *der* Sehnsuchtsort ihrer Kindheit.

Es gab nichts Schöneres, als vom Schwarzwald durchs steile Höllental hinab in Himmelreich vor den Toren Freiburgs anzukommen, vorbei an der engsten Felsenstelle, dem Hirschsprung.

Dort war ihr Zuhause.

»Worum geht es, Edi? Ich kenne dich. Es gibt einen Grund, wenn du diese Frage aus heiterem Himmel stellst, noch dazu mit einer Einleitung, als ginge es um einen Heiratsantrag. Verheiratet sind wir – also, was möchtest du mir sagen?«

Er seufzte.

»Ich kann nichts vor dir geheim halten, einfach nichts. Also gut: Mein Onkel Hermann spielt mit dem Gedanken, seine Schneiderei in der Freiburger Innenstadt aufzugeben, und er denkt an dich als seine Nachfolgerin. Wir bekämen das Geschäft fast geschenkt.«

Eine eigene Schneiderei! Wie lange träumte Klara schon davon, auf eigenen Füßen zu stehen. Henriette würde irgendwann auf die Oberschule gehen und immer mehr Selbstständigkeit erlangen. Klara könnte endlich in die eigene Tasche arbeiten.

»Und was ist mit dir, Edi?«

»Ich würde mich in Freiburg bewerben. Auf eine Stelle beim Oberlandesgericht.«

»Genau das wolltest du doch immer, Edi. Aber was wird mit deiner Angelei? Wird dir das nicht fehlen? Morgens um fünf auf den See hinaus. Du liebst das Angeln, Edi.«

»Ich liebe *dich,* und angeln kann ich auch im Umkreis von Freiburg. Wir könnten uns eine schöne Wohnung mieten, mit Bad. Wir wollen unserem Kind doch was bieten. Ich möchte nicht für immer in dritter Reihe leben, verstehst du?«

Zärtlich betrachtete sie ihr Kind mit seinem dunklen Teint, wie es am Ufer mit einem Stock Kreise in den Sand malte. Die beiden Spielgefährtinnen waren verschwunden.

Im letzten Jahr hatte Henriette den Schritt vom Kleinkind zum Mädchen gemacht, war ernster und still geworden. Nach ihrem Berufswunsch befragt, sagte sie stets: Schriftstellerin. Sie wollte genau wie Emmy von Rhoden, die Schöpferin der Trotzkopf-Romane, Kinderbücher schreiben.

»Sag jetzt nichts, Klara. Denke in Ruhe darüber nach.«

Aber in Klaras Vorstellung lag ihre Heimat Freiburg wie unter einer Nebelglocke. Was ihr der Vater angetan hatte, schien alles Gute, das Freiburg für sie einst ausgemacht hatte, zu überschatten.

Würde sie sich eines fernen Tages mit ihrer Biografie und mit ihrer Heimatstadt versöhnen?

»Meine Heimat bist du, Edi«, sagte sie und lehnte den Kopf an seine Schulter. So diplomatisch es klang, so ernst war es gemeint. Eduard war nicht wie die Ehemänner ihrer Freundinnen, die bestimmten, wo es langging, und ihren Frauen gar verboten zu arbeiten.

»Du und Henriette – ihr seid meine Familie.«

»Aber ohne deinen Vater wären wir uns am Ende nie begegnet«, sagte er, legte den Arm auf ihre Schulter und küsste sie auf die Schläfe. »Lass dir Zeit. Noch macht Onkel Hermann weiter.«

Als sie am Spätnachmittag ihr Zuhause in der Goethestraße erreichten, ging Klara in die Küche, um das Abendessen vorzubereiten. Sie legte Karotten, Petersilie und eine Zitrone bereit. Es gab *Schäufele mit Bubespitzle*, ein Gericht, das Klara vor dem Ausflug vorbereitet hatte. Hetti hatte sich Karottensalat gewünscht. Klara musste nur noch Karotten raspeln und dann alles abschmecken.

»Kann ich eine Gelbe Rübe für Emil und Käthe haben?«, fragte Hetti und sah ihre Mutter mit großen Augen an.

Emil und Käthe – Hettis Stallhasen. Klara riss das Grünzeug vom Bund und reichte es der Kleinen zusammen mit einer großen Karotte. Henriette hüpfte mit dem Futter hinaus in den winzigen Vorgarten zum Hasenstall. Lächelnd fing Klara an, die Schale der Karotten mit einem Küchenmesser zu entfernen.

Durchs Fenster sah sie, wie Eduard draußen etwas aus dem Briefkasten nahm und ins Haus trat. Post – heute, am Sonntag? Klara stutzte.

Das Zuschnappen der Tür folgte. Dann eine seltsame Stille. Nach all den Jahren kannte sie jede seiner Bewegungen, die schwerfälligen, beschwingten und die angespannten. Auch jene, die abrupt aufhörten.

»Was gibt es, Edi?«, rief Klara über ihre Schulter hinaus in Richtung Flur und lauschte.

Sie vernahm seine schweren, sich nähernden Schritte. Aus dem Augenwinkel registrierte sie, wie er regungslos vor der halb geöffneten Küchentür stehen blieb. In seinen Händen hielt er etwas.

Klara spürte, wie sich ihr Herzschlag beschleunigte.

Dann ging die Tür auf. Sie drehte sich um und sah seinen starren Blick, die gerunzelte Stirn, ein Blatt mit aufgeklebten Streifen in seinen Händen. Das Postzeichen stach ihr ins Auge.

»Was ist das?«, fragte sie tonlos.

»Ein Telegramm«, sagte er bedeutungsvoll und holte tief Luft.

Sie suchte in seinen Augen nach etwas Beruhigendem, aber sie las dort eine undefinierbare Mischung aus Aufruhr, Traurigkeit und Schmerz. War das ihrer oder seiner? Sie vermochte es nicht zu unterscheiden.

Sie wollte zurückgehen im Tag, an seine Anfänge – alles, was bis jetzt geschehen war, einfangen mit einem Netz, das Erlebte konservieren. Das Silber auf dem Wasser, die Wellen, die Sonnenstrahlen auf ihrer Haut, ihr glücklich spielendes Kind, den Geschmack von lauwarmem Apfelsaft – ihretwegen auch den Teufelstisch mit seinem Sog, den Strömungen und der Gefahr.

Ruckartig drehte sie Eduard wieder den Rücken zu. Ihr Blick haftete an dem winzigen Stück Garten unter den Wäscheleinen, wo Hetti mit ihren Hasen spielte. Sie erinnerte sich lebhaft an eine Szene, nachdem Käthe und Emil bei ihnen eingezogen waren.

»Und ihr versprecht mir, dass keines meiner Häschen jemals in einem Kochtopf landet?«, hatte Henriette nach einem Besuch bei ihrer Freundin, deren Vater Metzger war, weinend gefragt und anschließend von Edi dessen Unterschrift verlangt. Auf einem kleinen Zettel war in kindlichen Buchstaben gekritzelt: *Emil und Käthe werden niemals geschlachtet.*

»Vorsicht ist die Mutter der Porzellankiste«, hatte Hetti anschließend triumphiert und das Schriftstück in ihrem Zimmer verstaut.

»Klara«, hörte sie Edis Stimme.

»Woher kommt das Telegramm?«, fragte sie gegen die Fensterscheibe.

»Aus Freiburg.«

Am liebsten hätte sie sich die Ohren zugehalten.

»Was steht drin?«, fragte sie leise und schluckte.

»Dein Vater liegt im Sterben, Klara, Liebes! Es tut mir sehr leid.«

Klara stutzte, griff nach der Gemüsereibe, nahm eine Karotte und fing an, sie zu raspeln. Sie starrte auf die hoppelnden Hasen. Oder waren es Kaninchen? Worin lag eigentlich der Unterschied? Welcher der beiden war nun Käthe, welcher Emil? Sie hatte sie noch nie unterscheiden können.

»Sieh nur, wie schön sie spielt. Das mit den Hasen war eine gute Idee«, sagte Klara. »Weißt du noch, wie sie weinend von ihrer Freundin nach Hause kam?«

Eduard stellte sich hinter sie, und sie spürte seinen warmen Atem an ihrem Nacken. Er streichelte ihren Rücken.

»Klara. Hast du das verstanden?«

Sie raspelte weiter. Schneller und schneller, bis sie ganz unten an der Wurzel angekommen war. Sie rutschte ab, spürte keinen Schmerz. Wie betäubt legte sie ihre Hand neben die Salatschüssel. Aus einer Fingerkuppe tropfte hellrotes Blut.

»Klara«, sagte Eduard, nahm ein frisches Geschirrtuch aus der Schublade und drückte es gegen die Wunde. Sie wehrte ab, nahm mit der unverletzten freien Hand die bereitliegende Zitrone und presste den Saft in die Schüssel.

»Ich wollte nicht wahrhaben, dass es mal so kommen muss«, sagte sie, ließ die Zitrone fallen, stützte sich an der Anrichte ab und senkte wie in Zeitlupe den Kopf. »Nicht heute. Nicht jetzt. Nicht an einem solchen Tag!«

Eduard eilte zum Medizinschrank und kam mit einer Flasche Jod und Verbandszeug zurück.

»Wir müssen nach Freiburg, Klara«, hörte sie Edis sanfte Stimme.

Er stand jetzt direkt vor ihr, und sie starrte auf seine Brust.

Ihre Atmung beschleunigte sich. Der Finger schmerzte, und sie drückte mit aller Kraft das Geschirrtuch gegen die Wunde. Es färbte sich tiefrot.

»Nein«, sagte sie. »Nein, Edi. Nein.«

Sie spürte, wie Eduard seinen Arm um sie legte und sie zärtlich, aber bestimmt zum Küchentisch dirigierte. Ihr Körper wurde weich, er gab nach. Sie ließ sich auf die Eckbank fallen.

»Du musst nach Freiburg fahren, Klara. Es ist wichtig. Glaub mir, du würdest es sonst eines Tages bereuen. Und wenn du nur deiner Mutter beistehst.«

Er ging vor ihr in die Knie.

»Meine Mutter«, flüsterte Klara und reichte ihm ihre Hand mit dem blutgetränkten Tuch um den Finger. Vorsichtig nahm es Eduard weg, betupfte wie ein routinierter Sanitäter die Wunde mit Jod, gab Mull darauf und verschloss den Verband mit einer Schleife.

Die Wunde pulsierte.

»Du musst den Finger nach oben halten. Denk auch an Lotte.«

Lotte. Eine Welle der Zärtlichkeit erfasste sie, gefolgt von Entsetzen, Traurigkeit und Wut.

»Sie wollte sich mit Bernhard verloben«, presste sie hervor. »Nun verdirbt er ihr dieses Glück auch noch.« Tränen schossen ihr in die Augen, und sie schluchzte hemmungslos auf. »Alles macht er kaputt. Lotte hat sich so gefreut.«

»Die Verlobung wird Lotte nicht davonlaufen, Klara. Dir der letzte Moment mit deinem Vater schon. Er sucht sich seine Sterbestunde nicht aus. Ich muss dir diesmal widersprechen, Liebes. Du musst nach Freiburg. Lass uns Henriette zu Inge bringen. Ich begleite dich und werde in Freiburg nicht von deiner Seite weichen.«

Freiburg mit seinen Bächle. Das Münster. Der Gewerbebach.

»Aber was passiert mit den Karotten und dem Schäufele?«, fragte Klara verzweifelt und zeigte auf die Schüssel. »Was soll ich nur mit dem ganzen Essen tun?«

Eduard holte tief Luft. »Es ist alles gut, Klara.«

Er nahm ein Schnapsglas aus dem Schrank und befüllte es randvoll mit Hochprozentigem. Dann nippte er selbst daran und reichte es ihr. Seine Hand zitterte.

»Trink das.«

Sie leerte es in einem Zug. Der Alkohol brannte in der Kehle, dann breitete sich eine wunderbare Wärme in ihrem ganzen Körper aus. Sie schloss die Augen.

»Was macht es für einen Unterschied, ob ich bei ihm bin? Was hilft es ihm?«

»Du tust es nicht für ihn, Klara. Sondern für dich. Für deinen Frieden, verstehst du?«

»Du vergisst, dass er mich enterbt hat, Edi.«

»Darum geht es nicht. Nicht um Geld oder Vermögen.«

»Worum geht es denn?«

»Um dich, Klara.«

Am frühen Abend erreichten Klara und Eduard die Kartäuserstraße in Freiburg, die sich fast nicht verändert hatte.

Als ihr die Mutter mit leeren Augen entgegentrat, wusste es Klara sofort. Auch ihr vorwurfsvoller Blick entging ihr nicht. Zehn Jahre Abstand vom Elternhaus hatten Klara nicht gegen die subtilen Gesten ihrer Mutter immunisiert.

Schweigend schloss Adelheid Mayer die Tür hinter ihnen, reichte ihrem Schwiegersohn zu seinem und Klaras Verblüffung die Hand und bat die Besucher, an der Garderobe abzulegen. Mit Befremden registrierte Klara den Drehascher auf einem schwarz-weiß gesprenkelten Nierentisch.

Adelheid Mayer zeigte auf den aufgebahrten Toten im Schlafzimmer. Er trug bereits seinen Sonntagsanzug, als habe er sich vor dem Kirchgang noch kurz hingelegt. Lotte saß regungslos auf einem Stuhl neben dem Bett.

Der Spiegel war mit schwarzem Stoff verhangen. Ein Kruzifix ruhte auf seiner Brust, genau wie das Magnifikat. Seine gefalteten Hände sahen aus wie von Wachs überzogen, das Gesicht fremd, kalt, unnahbar.

»Du kommst zu spät, Klara. Er ist heute Morgen zu unserem Herrn gegangen.«

Adelheid Mayer bekreuzigte sich und verschwand. Klara, Lotte und Eduard blieben schweigend zurück.

»Wollen wir endlich Frieden schließen?«, fragte die Mutter, als Klara und Eduard eine Viertelstunde später zögernd die Küche betraten. »Das Leben ist zu kurz für Eitelkeiten.«

Die Küche schien unverändert. Nur die Tafel, einst zu besonderen Anlässen wie einem Leichenschmaus mit Speck, Bauernbrot und Griebenschmalz gedeckt, schmückten jetzt russische Eier, Tomatenschirme und Toast Hawaii mit pinkfarbenen Kirschen.

In der Mitte des Tischs stand die ihr bekannte alte Kaffeekanne aus Emaille. Klaras Blick haftete an ihr wie an einem vertrauten Lieblingsstück.

Die Kaffeebohnen verströmten ihren unverkennbaren Duft nach der Traditionsmischung einer Kaffeerösterei in Freiburgs Innenstadt.

Klara öffnete den Mund, um zu protestieren, aber Eduard drückte sie sanft auf den Stuhl gegenüber der Mutter, nahm selbst dicht neben seiner Ehefrau Platz und ließ sich, überwältigt von der unerwarteten Gastfreundschaft, von seiner Schwiegermutter Kaffee einschenken. Er nahm sich ein Stück Toast und legte seine freie Hand auf Klaras.

»Ja, das Leben ist kurz«, pflichtete Eduard seiner Schwiegermutter bei.

»Für Versöhnung ist es nie zu spät«, erwiderte diese, fischte ein Taschentuch aus ihrer Jackentasche und tupfte sich die Augen. Dann schob sie ihre Fäuste über den Tisch, öffnete sie und legte sie wie zwei Schaufeln auf Eduards und Klaras ineinander verflochtene Hände.

»Dein Vater hätte es so gewollt, mein Kind.«

MIRIAM

19

Konstanz,
Juni 2018

»Als wir uns das letzte Mal gesehen haben, feierte Tante Klara ihren achtzigsten Geburtstag.«

Miriam schaute auf und drehte sich in die Richtung, von wo die Stimme gekommen war. Seit einer Viertelstunde saß sie auf dem Steg in Konstanz, an den Dietmar sie bestellt hatte, und genoss die Sonne, das plätschernde Wasser und die Segelschiffe, die man in der Ferne sehen konnte. Sie trug weiße Shorts und ein dunkelblau-weiß gestreiftes T-Shirt.

»Wie die Zeit vergeht«, sagte sie, stand auf und reichte ihm die Hand. »Hallo, Dietmar.«

Er umarmte sie. Trotz seiner mittlerweile siebenundsechzig Jahre wirkte Inges Sohn immer noch jugendlich. Lag das an seiner Lockenpracht? Genau wie Miriam besaß er dichtes, gelocktes Haar. Nur waren seine Locken wild, ungestüm, während Miriams Korkenzieherlocken immer aussahen wie frisch gewickelt. Sein tief gebräuntes Gesicht verriet, wo er die meiste Zeit des Sommers verbrachte – draußen auf dem See.

Er berührte Miriams Arm und bedeutete ihr, über den Steg auf das Segelboot zu steigen.

»Wo ist Marlies?«, fragte sie, während sie hinüberbalancierte und sich anschließend an die Reling setzte.

Dietmar rollte die Augen.

»Sie lässt dich grüßen und hat ein schönes Abendessen für uns angekündigt. Meine Frau teilt viele meiner Leidenschaften, das Segeln gehört leider nicht dazu. Im Sommer bin ich in meiner Freizeit gern auf dem Wasser, manchmal den ganzen Tag. Oft fahre ich raus, lese, höre Musik und freue mich meines Lebens. Früher sind die Kinder mitgefahren, aber die führen längst ihr eigenes Leben.«

»Lena studiert Theaterwissenschaften, und Oskar macht eine Schreinerlehre, nicht wahr?«

»Richtig. Die gehen ihren Weg.« Er hievte eine mitgebrachte Kühltasche vom Steg und verschwand damit in der kleinen Kajüte. »Proviant«, rief er hinauf zu Miriam. »Ein paar Brote, ein Schluck Sekt – zur Feier des Tages. Bist du seefest?«

Er lugte durch die kleine Öffnung und warf ihr eine Schwimmweste zu.

»Ich weiß nicht«, sagte Miriam, nachdem sie diese aufgefangen hatte. »Bislang war ich nur auf großen Ausflugsschiffen oder Fähren. Muss ich die anziehen?«

Dietmar nickte mit ernster Miene. »Ja. Ist mir lieber so. Trag sie, bis wir in Ufernähe anlegen.«

Also zog Miriam die Schwimmweste an und schloss sie an den Seiten. Dann setzte sie sich wieder an die Reling, während Dietmar den Motor anwarf und durchs Hafenbecken schipperte.

Nach etwa dreihundert Metern setzte er die Segel, lief zum Heck und nahm das Steuer in die Hand. Miriam beobachtete ihren Cousin. Aus dieser Perspektive schien diese Form des Wassersports eine höchst meditative Angelegenheit.

Je weiter sie sich vom Land entfernten, desto mehr verteilten sich die Schiffe. Der Wind blies Miriam ins Gesicht. Schweigend genoss sie die Auszeit, die Sonne auf ihrer Haut.

Noch einen Monat, dann begannen die Semesterferien.

Irgendwann steuerte Dietmar die Ufernähe bei der Marienschlucht an. Miriam kannte den Teufelstisch aus Erzählungen ihrer Großmutter. Als Kind war sie mit ihren Großeltern die Marienschlucht hinab ins Tal gelaufen bis nach Bodman, wo sie danach im *Fischerhaus* eingekehrt waren.

»Ist diese Platte dort, die so dunkel unter dem Wasser schimmert, ist das der Teufelstisch?«

Sie zog ihre Schwimmweste aus und deutete darauf.

»Ja, genau. Ein ziemlich gefährlicher Ort, vor allem für Taucher. Immer wieder gibt es Tote. Schwimmer und Taucher, die nicht zurückgekommen sind. Zum Teil hat man sie nie gefunden. Im gesamten See sollen etwa hundert Leichen liegen.«

Miriam schauderte.

»Was ist so gefährlich am Teufelstisch?«

»Wenn man unter die Platte taucht, ist es auf einen Schlag stockfinster, und man verliert die Orientierung. Tiefenrausch nennt sich das in der Fachsprache. Außerdem sind die Strömungen hier unberechenbar.«

»Tiefenrausch«, wiederholte Miriam nachdenklich. »Was für ein Wort.«

In der Nähe des Ufers warf Dietmar den Anker, stieg hinab in die Kajüte und kehrte mit der Kühltasche und zwei Sektgläsern zurück.

»Ein Gläschen?«

Miriam nickte, obwohl es ihr für Sekt eigentlich zu früh am Tag war. Sie rechnete nach: Hinterm Steuer ihres alten Renault würde sie frühestens in acht Stunden sitzen, wahrscheinlich später. Vorher gab es Essen.

Ein Gläschen konnte sie sich also genehmigen.

»Baguette mit Käse?«, fragte er und hielt ein Weißbrot in die Höhe.

»Gern.«

Dietmar schenkte ein, reichte ihr eines der Gläser und stieß mit ihr an.

»Auf unsere Mütter«, sagte er.

»Auf Inge und Klara«, korrigierte Miriam lachend und nippte an ihrem Glas. »Also heraus mit der Sprache, lieber Cousin. Was hast du für mich? Hast du meinen richtigen Großvater gefunden oder womöglich seinen Namen?«

Dietmar schüttelte lachend den Kopf.

»Weder noch, es ist nichts Besonderes. Das dachte ich zumindest, als ich Fotos von Klara und meiner Mutter fand, hier aus ihrer Konstanzer Zeit. Die meisten mit deinem Großvater und Hetti. Bis ich in einem alten Kalender meiner Mutter aus dem Jahr 1951 ein Blatt Papier fand. Es war zerrissen und wieder zusammengeklebt worden.«

Miriam sah Dietmar verwirrt an.

»Zerrissen und zusammengeklebt? Was steht denn drauf?«

»Sieh am besten selbst und trink vorher noch einen Schluck.«

Er hob sein Glas in die Höhe und leerte es anschließend in einem Zug. Miriam tat es ihm gleich, ohne ihn aus den Augen zu lassen, legte das Brot auf ihren Schoß und wischte sich die Finger ab.

Dietmar balancierte hinüber zum Steuer zu seiner Badetasche, öffnete sie und nahm eine Klarsichtfolie heraus.

Mit ernster Miene kam er auf Miriam zu und überreichte sie ihr.

Darin war das Blatt, einst zerrissen und zerknittert. Jemand hatte es aufwendig mit Tesafilm wieder zusammengeklebt und vielleicht sogar gebügelt.

Mit dem Baguette setzte sich Dietmar auf den Boden, zog die Beine an und wartete.

Miriam las den Text, dessen Buchstaben an einigen Stellen verblichen waren. Aber es reichte, um den Inhalt in seiner ganzen Tragweite zu erfassen.

Mein Letzter Wille … Friedrich Mayer, wohnhaft Freiburg … lege meinen Letzten Willen wie folgt fest …

Alleinerbin meines Vermögens, ausdrücklich erwähnt sei das Mehrfamilienhaus, Kartäuserstraße, Freiburg, ist meine Tochter Liselotte Mayer, geboren am …

Meine erstgeborene Tochter Klara Maria Mayer enterbe ich ausdrücklich.

Für die Richtigkeit, Freiburg im März 1951.

Miriam sah verwirrt auf. Dann las sie die wenigen Zeilen ein zweites Mal.

»Mein Urgroßvater hat meine Großmutter enterbt? Das stimmt nicht. Ich weiß, dass Klara und Lotte das Haus gemeinsam besitzen.«

»Ich weiß.« Dietmar grinste. »Ist dir aufgefallen, dass es nicht unterschrieben ist? Und was sagt dir das Datum?«

Miriam nickte stumm und dachte konzentriert nach. März 1951 – ein Dreivierteljahr vor Klaras einundzwanzigstem Geburtstag, ihrer Volljährigkeit, und sechs Jahre vor Friedrichs Tod.

Das Schiff schaukelte im Wind hin und her. Vom Ufer hörte sie Kinderstimmen. In Gedanken überschlug sie die Jahreszahlen.

Friedrich musste es sich anders überlegt haben.

»Konnte man damals so einfach enterben?«

Dietmar zuckte die Achseln.

»Keine Ahnung. Aber wichtig ist doch, dass er offensichtlich mit dem Gedanken gespielt hat. Was, denkst du, war der Anlass?«

»Die bevorstehende Heirat mit Edi«, sagte Miriam wie aus der Pistole geschossen. »Er wollte Edi nicht haben. Der Franzose war ein Franzose und Edi ein Protestant. Willkommen in der kleinen Welt von Friedrich Mayer, cand. jur.«

»Cand. jur.?«

»Ein inoffizieller Titel nach bestandener Zwischenprüfung in Jura. Zu mehr hat es ja nicht gereicht. Er ist zweimal durchs Examen gesegelt.«

Dietmar griff nach einem Seil an der Reling und zog sich nach oben.

»Mein Großvater hat immer gesagt, der Friedrich sei nicht ganz richtig im Kopf. Dann war er also auch ein Aufschneider.«

Miriam nickte zustimmend.

»Klara hat deinen Großvater, ihren Onkel Rolf, sehr geliebt. Er wurde ihr in ihrer Konstanzer Zeit zum Ersatzvater.«

»Ja, der Opa Rolf, Gott hab ihn selig.«

»Also, jener Cand.-jur.-Titel fehlt hier«, sagte Miriam und zeigte Dietmar das handgeschriebene Blatt.

»Was bedeutet …?«

Abwartend drehte er die Handflächen nach oben, als fiele Miriams Antwort sogleich hinein.

»Friedrich hat alles, wirklich alles, mit seiner Schreibma-schine geschrieben, und er hat niemals ein Schriftstück ohne seinen Cand. jur. aufgesetzt.«

»Worauf willst du hinaus?«

»Dass nur ein Mensch auf der Welt das Original abge-schrieben haben kann, und das ist Klaras Mutter Adelheid.«

Dietmar schnippte mit dem Finger, verstaute den Sekt in der Kühltasche und entsorgte die leeren Gläser.

»Das ist es! Dann war es eine Warnung. Adelheid fuhr nach Konstanz, kurz vor der bevorstehenden Hochzeit von Klara und Edi, und versuchte, die Heiratspläne zu vereiteln. Meine Mutter hat mal von einem skurrilen Familientreffen berich-tet. Das könnte durchaus 1951 gewesen sein.«

»Sicher handelte sie im Auftrag Friedrich Mayers. Heirats-pläne vereiteln? Nennen wir es Erpressung, das kommt der Sache näher«, sagte Miriam.

»Friedrich Mayer ist dein Urgroßvater«, erwiderte Dietmar in erstem Tonfall.

»Ich weiß«, sagte Miriam und senkte die Augen.

Erneut wünschte sie, Klara würde sprechen und ihr erklä-ren, warum Miriams Urgroßvater irgendwann vor seinem Tod seine Meinung geändert hatte. De facto hatten Klara und Lotte zu gleichen Teilen geerbt.

Wieder fehlte ein Puzzleteil für eine zufriedenstellende Antwort.

Dietmar warf einen Blick auf seine Uhr und sah in den in-zwischen wolkenverhangenen Himmel.

»Wir müssen los. Eine Stunde quer über den See liegt vor uns und als Belohnung eines von Marlies' üppigen Abendessen.«

Miriam zog ihre Schwimmweste an. Er holte den Anker ein, hisste die Segel und fuhr los.

Nach wenigen Minuten kam starker Wind auf.

»Gegen den Wind zu kreuzen«, rief ihr Dietmar zu, »bringt einen manchmal besser ans Ziel, als mit dem Wind zu segeln. Alte Segelweisheit.«

»Das dachte Friedrich Mayer bestimmt auch«, rief Miriam zurück.

»Und? Hat er sein Ziel erreicht?«

»Nein«, sagte Miriam leise. »Mein Urgroßvater war ein Verlierer.«

Dietmar hatte bezüglich Marlies' Kochkünsten nicht übertrieben. Schon lange hatte Miriam nicht mehr so viel und so gut gegessen. Noch eine Stunde nach dem Hauptgang duftete die ganze Küche nach Kartoffelgratin, Ofengemüse und gebratenem Hühnchen. Auf der Anrichte stapelte sich das Geschirr.

Zum Abschluss hatte Marlies ihre legendäre Pannacotta mit frischen Erdbeeren serviert.

»Du wolltest doch Miriam die Mansarde zeigen?«, fragte Marlies und strich Dietmar im Vorbeigehen über die Schulter. »Ich schaffe dann so lange Ordnung hier.«

»Ihr meint Klaras ehemaliges Zimmer?« Miriam schluckte.

Dietmar legte seine Serviette zurück auf den Tisch und warf seiner Großcousine einen vielsagenden Blick zu.

»Dort ist fast alles noch, wie es war. Als wir vor Jahren nach dem Tod meiner Mutter die Wohnung gekauft haben und zu renovieren begannen, haben wir auch die Mansarde übernommen. Wir haben nichts daran gemacht, weil wir immer noch überlegen, ob wir irgendwann von hier eine Treppe hinaufziehen. Aber es ist zu klein oben. Lohnt sich nicht.«

Er zeigte an die Decke nach oben.

»Wir sind unterschiedlicher Meinung«, warf Marlies mit klarer Stimme ein.

»Genau«, bestätigte Dietmar. »Seit Jahren streiten wir, ob wir ein Gästezimmer mit einem kleinen Bad daraus machen.«

»Unnötig zu sagen, dass ich für ein Gästezimmer bin.«
Marlies zwinkerte Miriam zu.

»Meine Mutter hat den Raum all die Jahre auch nicht genutzt. Aber sie war ja sehr schlecht zu Fuß, konnte am Ende keine Treppen mehr steigen.«
Wie auf Kommando stand Miriam auf.

»Ich würde es wirklich sehr gern sehen.«

»Es birgt keine Überraschungen, Miriam. Es besitzt halt womöglich einen symbolischen Wert für dich.«

Dietmar ging voraus in den Flur und nahm einen Schlüssel vom Brett. Ein altmodischer Schlüssel wie aus einem Märchen.

Dann stiegen sie die wenigen Stufen hinauf ins Dachgeschoss des Hauses. Ein dunkler, langer Flur, von dem rechts einige Zimmer abgingen.

Mit einem quietschenden Geräusch ging die Tür auf. Drinnen roch es stickig. Dietmar ging hinüber zum Fenster, öffnete es und lief zurück.

»Ich lass dich dann mal allein, Miriam. Wenn du was brauchst, ich bin unten.«

»Danke«, sagte sie ergriffen und gab ihm einen Kuss auf die Wange.

»Es ist toll, dass du hier bist. Sollten wir öfter machen.«

»Kommt ihr das nächste Mal zu mir nach Freiburg? Ich habe ein Gästezimmer«, sagte sie und schmunzelte.

»Ja, gern. Das machen wir. Bis später dann …«

Hinter ihm fiel die Tür ins Schloss.

Miriam sah sich jeden Gegenstand sehr genau an.

Ihr war, als sei sie in der Welt der Fünfzigerjahre gelandet. Ein kleiner Tisch. Ein Waschbecken. Das Bett, von dem Klara erzählt hatte, war nicht mehr da. Das Wirtschaftswunder musste diesen Raum vergessen haben. In der Schräge gab es ein Fenster. Winzig klein, mit einem Eisenbügel zu öffnen und einstellbar auf drei Stufen.

Miriam drehte sich um und ging auf einen in der Ecke stehenden Gegenstand zu, abgedeckt mit einem Leintuch. Vorsichtig zog sie den verstaubten Stoff weg.

Vor Schreck hielt sie sich die Hand vor den Mund, als sie sah, was darunter zum Vorschein kam. Ein Eisengestell mit Gittern. Das frühere Kinderbett ihrer Mutter. Miriam schloss die Augen und spürte, wie sie sich sogleich mit Tränen füllten.

Es war, als würde sie binnen Sekunden zurückgeschleudert in eine frühe Zeit der Hilflosigkeit.

Jahrelang hatte sie nach Details aus dem Leben ihrer verstorbenen Mutter gesucht und ihre Großmutter mit Fragen überschüttet. Aber die Antworten hatten immer nur ein unvollständiges Bild jener Frau ergeben, deren Leben viel zu früh ein jähes Ende gefunden hatte.

Jetzt, beim Anblick des Kinderbettchens, spürte Miriam ganz unmittelbar, wie nach einer Schockstarre, den Schmerz über den Verlust. Ihre Mutter war auch aus Miriams jungem Leben herausgerissen worden! Sie mochte zwar keine Erinnerung daran haben, aber ihre Ängste und Unsicherheiten hingen damit zusammen.

Von heute auf morgen hatte ein Teil von ihr gefehlt wie nach einer Amputation. Hatte ihre Großmutter all das auffangen können?

Nun, mit Mitte vierzig, offenbarte die Konfrontation mit den Gegenständen in diesem Raum die Auswirkungen für Miriams Leben: angefangen bei ihrer Berufswahl bis hin zu persönlichen Beziehungen. Den gescheiterten und jenen, die über die Jahre gewachsen waren. Stets ging Miriam bei aufkommender Nähe einen Schritt zurück. Ihre berühmte gute Nase galt vor allem der Kontrolle. Sie beobachtete Fremde, die Interesse an ihr zeigten, voller Misstrauen, denn Nähe und Zutrauen bargen die Gefahr des Verlustes, des Ausgeliefertseins. Claude hatte zu schnell zu viel gewollt und Miriam unter Druck gesetzt, ohne es zu beabsichtigen.

Miriam versuchte, sich ihre Großmutter mit einem Kleinkind in diesem kleinen Raum vorzustellen. Wie hatte sie gelebt, wie musste sie sich gefühlt haben? Allein, auf sich gestellt, mit einem Kind und ohne Kindsvater.

Was für ein Glück war es gewesen, dass Klara hier in Konstanz von ihrer Familie aufgenommen worden war. Was für ein Glück, dass sie Edi begegnet war und sie einander geliebt hatten.

Und sogar diese Liebe hatte Klaras Vater vereiteln wollen. Welche Rolle hatte Klaras Mutter bei all dem gespielt?

Miriam schien es, als müsse sie ihre Urgroßmutter mit neuen Augen sehen. Das Bild von einer tatkräftigen couragierten Frau erhielt Risse.

War jene Frau, die gern Hosen trug, hierhergekommen und hatte ihre Tochter unter Druck gesetzt, als zum ersten Mal in Klaras Leben nach Pascal das Glück zum Greifen nah war? Falls ja, dazu hatte es eines bestimmten Formats bedurft, einer rücksichtslosen Härte und Entschlossenheit.

Was war Klara angetan worden?

Ich bin schließlich auch wer. Tante Lottes Lieblingssatz erschien vor diesem Hintergrund wie eine Persiflage, eine Ablenkung von Klaras erlittener Zurücksetzung.

Niemals, niemals, in all den Jahren hatte Miriam ihre Großmutter jammern hören. Sie nahm alles, wie es war. Von der Kargheit dieses Zimmers hatte sie nie erzählt, keinen Ton darüber verloren, wie ihr Kind in einem Eisenbettchen hinter Gittern gelegen hatte, das Fenster so klein in der Schräge, dass nur ein Stück Himmel zu sehen war.

Das bedeutete also ein Leben in dritter Reihe.

»Du darfst hadern, Miriam.«

Klaras Worte kamen ihr in den Sinn, als Miriam im Alter von zehn zusammen mit ein paar Nachbarsbuben im Hinterhof ihres Zuhauses in der Gresserstraße Fußball gespielt hatte.

»Treffer«, hatte der quirlige Fritz gerufen, nachdem er ein Fenster im Erdgeschoss von Erwin Müller, dem Schreinermeister, getroffen hatte.

Dann war Fritz, genau wie die anderen Kinder, weggerannt, und Miriam hatte sich vor Schreck nicht rühren können. Ringsum waren Fenster in den oberen Etagen geöffnet worden, und Stimmen hallten zu ihr hinab.

»Was habt ihr denn jetzt wieder angestellt?«, rief eine von ihnen.

»Du bist doch die kleine Schilling! Hat man dir nicht gesagt, dass man das nicht macht?«

Miriam war starr dagestanden, bis ihre Großmutter mit resoluten Schritten auf sie zukam, sie an die Hand nahm und versprach, die Angelegenheit zu regeln.

Oben in der Küche angekommen, waren Miriam vor lauter Angst und Scham die Tränen gekommen, so sehr, bis sie sich fiebrig fühlte.

Ihre Großmutter hatte sie in den Arm genommen, irgendwann eine heiße Tasse Schokolade für sie auf den Tisch gestellt und sich ihr gegenübergesetzt. Heiße Schokolade gab es normalerweise nur sonntags. Der Duft von Karamell und Kakao erfüllte den ganzen Raum.

»Es ist nichts passiert, mein Kind. Es ging nur eine Scheibe zu Bruch. Wir werden dafür bezahlen. Und es mag ungerecht sein. Der Fritz wird seine Strafe kriegen. Jeder kriegt sie. Auf die eine oder andere Weise. Eine Weile darf man hadern. Dann aber setzt man sich hin, nimmt die Dinge, wie sie sind, und geht einen anderen Weg. Das Schicksal lässt sich nicht bestechen. Es ist, wie es ist.«

»Was bedeutet hadern?«

»Sich mit dem Schicksal anlegen.«

Miriam nickte, obwohl sie das genauso wenig verstand.

»Weißt du, was ein sehr kluger Mann vor vielen Jahren zu mir gesagt hat? Da warst du noch gar nicht geboren.«

Miriam schüttelte den Kopf, zog die Nase hoch und nahm vorsichtig einen Schluck Schokolade.

»Die kleinen Missgeschicke passieren, damit wir vor den größeren gewarnt sind.«

Missgeschicke war ein komisches Wort.

Miriam wischte sich mit dem Handrücken über ihren Schokoladenmund.

MIRIAM

20

Freiburg,
Juli 2018

Monsieur Dubois hielt, was er versprochen hatte. Wenige
Wochen nach dem Treffen in Colmar hatte er Miriam eine
Nachricht geschickt.

Liebe Miriam,
eine Liste mit etwa 60 Namen (Fahrer von ranghohen Offizieren
in Freiburg im Jahr 1948 und einigen Vertretungen und Sonder-
beauftragten) befindet sich postalisch auf dem Weg zu Ihnen.
Leider existieren keine Adressen. Ich selber konnte die Liste nicht
einsehen. Eine Sekretärin mit einer Engelsstimme und einer
Schwäche für guten, alten Bordeaux (den ich gerne für den guten
Zweck spendiert habe) hat Kopien angefertigt und mir verspro-
chen, sie wegzuschicken. Ich habe ihr einen an Sie adressierten
Umschlag gegeben. Für das Militärarchiv in Pau sind Sie nun
offiziell meine Halbschwester. Nun müssen Sie mir bitte hoch
und heilig versprechen, die Liste nach Durchsicht für immer und
ewig zu vernichten. Datenschutz. Wir verstehen uns? Halten Sie

mich bitte auf dem Laufenden, ob Sie fündig geworden sind. Ich
drücke Ihnen die Daumen.

   Ihr Pierre Dubois

Seit jener Mail wartete Miriam täglich auf die sechzig Namen. So nah hatte sie während ihrer Suche noch nie den Zieleinlauf gesehen, fast zum Greifen nah.

   Drei Tage später lag der Umschlag in ihrem Briefkasten.

   Aufgeregt rannte Miriam die Treppen zu ihrer Wohnung hinauf, stürzte hinein, warf ihre Arbeitstasche in die Ecke und riss ihn auf.

   Sie lehnte sich im Flur an die freie Wand, rutschte langsam hinab auf den Boden und ging die Namen auf dem Papier durch. Es handelte sich um achtundfünfzig Namen. Mit dem Finger fuhr sie alle nach dem Komma genannten Namen ab und fand keinen einzigen Pascal.

   Sie seufzte und starrte auf das Muschelmobile drüben im Wohnzimmer.

   Das war doch nicht möglich!

   Sie stand auf, legte die Liste aufs Sofa und warf einen Blick auf die Uhr. Kurz vor sechs.

   Im Kühlschrank fand sie eine angebrochene Flasche Weißwein, nahm sich ein Glas und lief zurück ins Wohnzimmer. Sie schenkte sich ein und trank einen Schluck, während ein quälender Gedanke wie ein Perpetuum mobile durch ihren Kopf ging.

   Was blieb ihr noch, wenn diese Liste wertlos war? Welche Fragen sollte sie noch stellen und vor allem wem?

   Mit einem Seufzer nahm sie sich die Liste ein zweites Mal vor. Familienname, Komma, Vorname, Geburtsdatum.

Draußen war es still. Kein Vogel zwitscherte. Im Fenster ihrer Dachschräge konnte sie einige schwarze Vögel lautlos vorbeiziehen sehen. Die Stadt hatte sich den Tag über aufgeheizt, und am Himmel hingen dunkle, aufgeblähte Wolken. In der Ferne hörte man vom Schwarzwald ein dumpfes Grollen.

Dann sah sie den Namen. Klar und deutlich stand auf dem einundzwanzigsten Posten: *Pasqual, Ronan*, 3. Januar 1929.

Miriam spürte ihren Herzschlag.

Pasqual war sein Familienname – man schrieb ihn mit »qu«, sein Vorname lautete Ronan!

Ronan! Hatte ihre Großmutter nicht vor Wochen beim Scrabble den Namen *Rona* gelegt?

Wahrscheinlich war Pasqual in Freiburg nur mit seinem Familiennamen gerufen worden, und alle Deutschen, die mit ihm zu tun gehabt hatten, glaubten, es sei sein Vorname. Alle waren wie selbstverständlich davon ausgegangen, sogar Monsieur Dubois und dessen Vater! Auch Miriam wäre nie auf die Idee gekommen, die Dinge einfach von hinten nach vorn zu lesen.

Sie eilte an ihren Computer und googelte den vollständigen Namen in Saint-Malo. Nichts. Auch wenn sie den Suchradius erweiterte – es schien keinen Ronan Pasqual zu geben.

Er ist tot, dachte sie und nahm einen tiefen Atemzug. Er wäre um die neunzig. Er lebt nicht mehr.

Trotzdem suchte sie weiter. Sie hatte so viel in ihre Recherche investiert, schließlich ging es um sie und ihre Wurzeln. War die Reise hier und jetzt wirklich zu Ende? Lange blickte sie zum Fenster hinaus und überlegte. Noch einmal startete sie eine Suchanfrage und gab lediglich den Nachnamen Pasqual und Saint-Malo ein.

Ein Ergebnis.

Ihr Herz klopfte, und sie schien hellwach.

Draußen begann es zu regnen. Dicke Tropfen platzten auf ihr Fenster in der Dachschräge.

Miriam beugte sich nach vorn zum Display und las ihren Fund immer wieder. Patrick Pasqual. Es gab einen Patrick Pasqual in Saint-Malo. Ein Architekt und Leiter eines Bauunternehmens. Miriam schloss die Augen und atmete tief durch, während sie blind nach ihrem Handy auf dem Tisch suchte.

Monsieur Dubois hatte irgendwann davon gesprochen, dass Pasquals Sohn ein wandelndes Lexikon sei, was die Stadtgeschichte Saint-Malos angehe. Gab es da einen Zusammenhang?

Sie nahm ihr Handy und suchte nach der Nummer von Pierre Dubois.

»Ich bin's. Bonsoir, Pierre, Miriam. Ihre Liste hat mich erreicht. Vielen Dank.«

»Und?«

Miriam glaubte, seine Anspannung durch den Hörer spüren zu können. Oder war es ihre eigene?

»Eine gute, eine schlechte Nachricht. Welche zuerst?«

»Die schlechte.«

»Es gibt keinen einzigen Pascal, zumindest nicht mit der von uns angenommenen Schreibweise.«

»Mince alors – verdammt«, sagte Dubois. »Man schreibt ihn anders?«

»Unser Pascal schreibt sich mit qu, und es ist nicht sein Vorname.«

»War das die gute Nachricht?«

»Ja. Auf der Liste gibt es einen Ronan Pasqual.«

Schweigen am anderen Ende der Leitung.

»Pierre, sind Sie noch da?«

»Das ist ja unglaublich, einfach unglaublich! Es ist sein Familienname? Warum bin ich nicht darauf gekommen? Pasqual als Familienname ist ziemlich selten in Frankreich, muss ich zu meiner Entschuldigung sagen, und mit qu geschrieben klingt er nach südeuropäischen Wurzeln. Stammen die Vorfahren aus Italien? Spanien?«

»Saint-Malo war einst eine Piratenstadt. Ein Seefahrervolk hat sich dort niedergelassen. Und die großen Seefahrer waren ...«

»Spanier und Portugiesen«, vollendete Dubois ihren Satz. »Und, haben Sie ihn schon gefunden?«

Miriam hörte am anderen Ende der Leitung Schritte auf einem Holzboden, Geraschel von Papier und das Öffnen und Schließen von Türen.

»Deshalb rufe ich bei Ihnen an. Ich habe einen gewissen Patrick Pasqual in Saint-Malo gefunden. Womöglich ist das sein Sohn. Ein Architekt, der ein Bauunternehmen leitet. Können Sie damit etwas anfangen? Ich erinnere mich daran, dass Ihr Vater beeindruckt war, dass sein Sohn so gut über die Stadtgeschichte von Saint-Malo Bescheid wusste. Als Bauunternehmer wäre das doch möglich, nicht wahr?«

»Bauunternehmen«, stammelte Pierre Dubois und machte eine lange Pause.

Miriam wartete, obwohl ihr die Pause wie eine Ewigkeit erschien.

»Da klingelt was bei mir«, fuhr er fort. »Ja, mein Vater hat das Bauunternehmen einmal erwähnt. Wie konnte ich das nur vergessen? Deshalb hatte Pasqual im Jahr 1948 auch eine Sondergenehmigung als Fahrer gehabt. Er war ja gerade mal neunzehn Jahre alt. Patrick *muss* sein Sohn sein.«

Erleichtert atmete Miriam auf.

»Ich werde mich so bald wie möglich auf den Weg in die Bretagne machen.«

Sie erschrak vor ihrer eigenen Courage. Aber nun hatte sie es gesagt.

Noch einmal hörte Miriam das Quietschen einer Tür bei Dubois, schließlich einen lauten Seufzer.

»Das ist formidable, Miriam. Gute Arbeit! Gute Arbeit!«

»Ihre Arbeit, Pierre, Ihre Idee! Ohne Sie hätte ich es niemals geschafft. Ich bin Ihnen unendlich dankbar.«

»Wollen Sie wissen, was ich jetzt mache, Miriam?«

Gepolter am anderen Ende der Leitung. Dann der Klang von Gläsern, die durch eine Erschütterung klirrten.

»Sie räumen Schränke auf? Sie öffnen und schließen Türen?«, fragte sie lachend.

Er stimmte in ihr Lachen ein. »Richtig, Sie wären eine aufmerksame Versicherungsermittlerin. Ich habe eine uralte Vitrine geöffnet, ein Erbstück meiner Frau. Die quietscht tatsächlich. Gleich sitze ich auf meiner überdachten Terrasse mit Blick auf die Vogesen. Die wunderschönen Vogesen, wie ich sie liebe! Bald kommt ein Gewitter. Die Luft ist schwül und drückend. Meine Frau ist bei einer Freundin zu Besuch und kommt erst morgen zurück. Ich darf machen, was immer ich will. Niemand, der meinen Blutdruck oder meine Leberwerte anmahnt. Was also werde ich gleich anstellen?«

Miriam machte eine bedeutungsvolle Pause.

»Sie genehmigen sich ein Gläschen?«

»Richtig. Vor mir stehen eine Flasche Cognac aus dem Jahr 1977 und ein kostbarer Schwenker von der Größe eines Milchtopfs. Den werde ich mir jetzt hinter die Binde kippen. Einen guten alten Schluck Cognac.«

»Aber nicht die ganze Flasche«, protestierte Miriam. »Nur ein Schlückchen, versprochen?«

»Ja, ein kultiviertes Schlückchen in einem eleganten Schwenker, von solch dünnem Glas, dass man das Gefühl hat, man hielte die Flüssigkeit in seiner Handmulde. Der edle Tropfen nimmt sofort die eigene Körpertemperatur an.«

»Na dann. Das klingt wirklich sehr kultiviert, und das haben Sie sich weiß Gott verdient.«

»Auf Ronan Pasqual«, sagte Pierre Dubois feierlich. »Meinetwegen mit qu. Mögen Sie ihn lebend finden, Miriam. Ich wünsche Ihnen alles Glück dieser Welt.«

»Ich melde mich bei Ihnen, sobald ich in Saint-Malo mehr herausgefunden habe. Santé!«

»Kennen Sie den jüdischen Trinkspruch?«

Miriam verneinte.

»L'Chaim – auf das Leben.«

»Das klingt gut, sehr gut.«

Mit einem Lächeln drückte Miriam das Gespräch weg.

Mehr als eine Stunde durchsuchte sie die Website von Patrick Pasqual nach Hinweisen. Sie las Schlagworte wie *Traditionsunternehmen vom Urgroßvater bis zum Enkel,* fand Bilder von Saint-Malo vor und nach der Zerstörung, vom Wiederaufbau, von der exklusiven Lage der Piratenstadt am Atlantik.

Sie suchte in seinem Porträt nach Ähnlichkeiten mit ihrer verstorbenen Mutter, womöglich mit sich selbst, aber da war nichts. Dann tippte sie eine Mail an den Halbbruder Henriettes, die sie sogleich wieder löschte, schrieb eine neue, die sie in den Ordner Entwürfe schob.

Schließlich rief sie im Architekturbüro von Patrick Pasqual an.

Eine weibliche Stimme meldete sich, und Miriam fragte höflich nach dem Geschäftsführer. Das Herz schlug ihr bis zum Hals. Unruhig ging sie in ihrer Wohnung auf und ab.

Die Dame bat sie zu warten und fragte nach ihrem genauen Namen.

»Miriam Schilling. Dr. Miriam Schilling, ich rufe aus Deutschland an.«

Warum hatte sie ihren Doktortitel genannt? Um dem Ganzen einen offiziellen Charakter zu geben? Sie fühlte sich wie eine Anfängerin, die zum Chef durchgestellt werden wollte.

»Bitte warten Sie.«

Plötzlich klingelte es an Miriams Tür Sturm.

Vor ihr stand Pia mit patschnassen Haaren. Miriam fiel ihr um den Hals und deutete anschließend dramatisch auf ihr Handy.

Pia sah sie verständnislos an.

»Saint-Malo«, bildete sie lautlos mit ihren Lippen, zeigte nochmals auf das Handy und hörte schließlich erneut die bürokratische Stimme am anderen Ende der Leitung.

»Vous désirez?« – Was wünschen Sie?

Pia runzelte die Stirn und verschwand im Bad.

Erneut formulierte Miriam ihre Frage nach Monsieur Pasqual.

»Non«, sagte die weibliche Stimme, diesmal deutlich reservierter als zu Beginn des Gesprächs. »Je suis desolée, Monsieur Pasqual ist nicht da. Kann ich ihm etwas ausrichten?«

Miriam überlegte. Tausend Fragen gingen ihr durch den Kopf, gleich mehrere Antworten, aber keine schien ihr befriedigend.

»Kann ich ihm etwas ausrichten?«, drängte die Frau.

»Wissen Sie, ob sein Vater Ronan Pasqual heißt?«, platzte es aus Miriam heraus. »Es ist sehr wichtig. Wissen Sie das zufällig?«

»Ich hatte nicht das Vergnügen, dem Vater von Monsieur Pasqual zu begegnen.«

»Heißt das, er ist tot?«

Miriam schluckte. Die Frau antwortete nicht.

»Können Sie mir bitte die private Telefonnummer von Monsieur Patrick Pasqual geben? ... Madame?«

Keine Reaktion. Dann erklang ein Besetztzeichen, und Miriam begriff: Madame hatte aufgelegt.

Fassungslos starrte sie auf ihr Handy, wie ein Kind, das eine Stimme hört und den Menschen direkt hinter dem Lautsprecher sucht. Sie drückte befremdet auf den roten Knopf und beobachtete Pia, die mit einem Handtuch auf dem Kopf aus dem Bad zu ihr trat.

»Ich bin in den Regen gekommen«, sagte sie und rubbelte ihre Haare.

Stumm drehte sich Miriam wieder weg und ging in die Küche. Sie hörte Pias Stimme hinter sich.

»Erst du oder ich?«, fragte Pia.

»Du!«

»Jonathan ist kaputt. Ende. Er hat Krach gemacht wie ein Traktor. Dann blieb er mitten auf der Schwarzwaldstraße stehen. Eine Reparatur lohnt sich nicht mehr. Motorschaden. Aus und vorbei.«

Miriam wandte sich der Freundin zu, und mit einer Verzögerung begriff sie, dass es um ihr gemeinsames Auto ging.

»Okay«, sagte sie und sah sich in ihrer Küche um. Sie rieb sich die Stirn. Was genau wollte sie hier? Es war ihr entfallen.

»Möchtest du Tee?«, fragte sie dann zerstreut und überlegte, wie es weiterging.

»Nein, danke«, sagte Pia. »Wir hatten doch mal drüber gesprochen, einen Jahreswagen anzuschaffen. Die Karre hatte fast zwanzig Jahre auf dem Buckel. Was meinst du?«

»Gut. Kaufen wir einen Jahreswagen. Tee?«, fragte Miriam noch einmal und nahm eine Sprudelflasche in die Hand.

Pia schüttelte den Kopf.

»Nein, danke. Was ist denn mit dir? Der Händler hat mir einen Twingo angeboten. Vorführwagen mit Navi und Klimaanlage, alles, was das Herz begehrt, für schlappe Zwölftausend. Vier Türen. Heckklappe. Benziner. Durchschnittlicher Verbrauch 4,6 Liter. Das wären Sechstausend pro Person. Was meinst du?«

Sie nahm Miriam die Sprudelflasche aus der Hand und schenkte zwei Gläser voll. Dann reichte sie der Freundin eines und trank ihres in einem Zug aus.

Miriam nippte an ihrem Glas.

»Sie sagen nie die Wahrheit beim Verbrauch, weißt du«, sagte sie mit zusammengekniffenen Augen. »Aber das machen wir. Ich überweise dir das Geld. Wie viel, sagtest du?«

»Etwa Sechstausend. Möchtest du ihn dir nicht ansehen?«

Pia sah derangiert aus.

»Wen?«

»Na, den Twingo.«

»Ich dachte schon, du meintest Jonathan. Welche Farbe hat er denn?«

Miriam blickte zum Fenster hinaus und überlegte, welchen Schritt sie als Nächstes unternehmen würde. Saint-Malo. Einen Flug buchen. Einen Mietwagen. Zum Architekturbüro ihres Onkels fahren. Was für ein Gedanke! Sie hatte einen neuen Onkel.

»Welche Farbe?«, fragte Pia verdattert zurück. »Er ist blau, ich glaube, dunkelblau. Miriam, was ist mit dir los?«

»Gute Farbe. Kauf ihn!«

»Du willst ihn nicht mal Probe fahren? Was hast du, Miriam? Du sagst mir jetzt auf der Stelle, was los ist. Hast du was genommen? Wer war das vorher am Telefon? Ich habe kein Wort verstanden. Sagtest du etwa Saint-Malo?«

Saint-Malo war das Stichwort.

Miriam war, als hätte sie auf einmal den Faden wieder dort aufgenommen, wo alles vor einer Stunde mit einer Liste begonnen hatte. Sie stellte das Glas auf den Tisch, nahm Pia am Handgelenk und zog die Freundin ins Wohnzimmer, wo die Liste auf der Couch lag.

»Das ist los.«

Sie zeigte auf das Papier und ließ sich aufs Sofa fallen.

»Ich habe ihn gefunden.«

»Du hast ihn ...« Pia setzte sich in den Sessel und sah Miriam prüfend an. »Du hast deinen Großvater gefunden. Lebt er?«

Miriam zuckte die Achseln. »Keine Ahnung.«

Wie in Trance berichtete Miriam, was sich soeben zugetragen hatte. Der Eingang der Liste von Dubois, der Irrtum mit dem Familiennamen, wie sie Patrick Pasqual, ihren Onkel, gefunden hatte.

»Er schreibt sich mit qu«, schloss Miriam ihren Vortrag.

»Was sagt Google zu dem Namen Ronan Pasqual in Saint-Malo?«

Miriam ließ traurig den Kopf fallen. »Ich habe keinen Ronan Pasqual gefunden. Nicht in Saint-Malo. Nur seinen Sohn. Ich habe mit dessen Sekretärin gesprochen. Und dann hat die Kuh aufgelegt.«

»Hast du sie beleidigt?«

»Ich hab gefragt, ob der Vater ihres Vorgesetzten tot sei. Es ist mir rausgerutscht«, verteidigte sie sich.

Pia lachte laut heraus. »Nein, man fragt wirklich keine fremde Frau: Ist er tot? Wo ist deine Empathie geblieben, Frau Schilling?«

»Ich war irgendwie völlig außer mir. Am liebsten würde ich anrufen und mich entschuldigen.«

»Nein! Lass das mal lieber, Locke«, wehrte Pia ab.

»Weißt du noch, Omis Rona beim Scrabble?«

Ihre Freundin nickte.

»Klar erinnere ich mich. Aber da muss man erst mal drauf kommen. Deine Großmutter hat uns mit der Nase draufgestoßen, und wir akademischen Deppen kapieren es nicht. *Ronan*!«

Miriam sah zum Fenster hinaus und seufzte. Pia fasste sich an den Kopf, warf ihn anschließend in den Nacken und stimmte mit ein.

»Ronan ist ein uralter bretonischer Name. Was für eine verrückte Geschichte. Ich krieg Blutdruck, wenn ich nur daran denke.«

Miriam stand auf, ging zu ihrem Büfett im Flur und kehrte mit einer Flasche Schnaps zurück.

»Den nehme ich normalerweise nur zum Flambieren. Willst du einen?«

»Einen doppelten«, sagte Pia und griff nach dem Glas in Miriams Hand. »Prost! Ich gratuliere dir. Du bist am Ende deiner Reise.«

»Am Anfang vom Ende«, korrigierte Miriam und nippte an ihrem Glas. »Ich fliege morgen nach Dinard und fahre von dort aus weiter nach Saint-Malo.«

»Nicht dein Ernst!«

»So wahr ich hier sitze. Du kaufst unser neues Auto, und ich fliege nach Dinard.«

Sie stand auf, nahm die Liste und zerriss sie auf dem Weg zur Küche in winzige Einzelteile.

»Vielen Dank, Pierre Dubois«, flüsterte sie. Dann warf sie die Schnipsel ins Altpapier. Sie öffnete die Balkontür.

Der Regen hatte aufgehört. Die Straßen dampften. Miriam lehnte sich ans Geländer und holte tief Luft.

»Und deine Seminare?«, rief Pia aus dem Wohnzimmer.

Miriam zuckte die Achseln.

»Ich bin auf dem Laufenden. Noch eine Seminarstunde bis zu den Semesterferien. Bis Mittwoch hab ich Zeit.«

»Du fliegst für drei Tage in die Bretagne?«, fragte Pia ungläubig, betrat die Küche und stellte ihr Glas auf die Anrichte.

Miriam nickte.

»Es ist ein Notfall. Andere fliegen zum Shoppen nach New York. Ich suche meinen Großvater.«

»Das stimmt auch wieder.«

Miriam machte eine einladende Handbewegung in Richtung Balkon.

»Komm. Lass uns draußen sitzen. Bald kommt der Südwestwind aus Frankreich. Riech mal die wunderbare Luft«, sagte sie.

»Klugscheißerin.« Pia lächelte und folgte ihr nach draußen.

KLARA

21

Freiburg,
November 1969

Klara verließ die Straßenbahn an der Haltestelle Messplatz in der Schwarzwaldstraße. Die Freiburger nannten ihre Straßenbahn nur *den Hobel*.

Eine harte Arbeitswoche lag hinter ihr. Das Kostüm einer Kundin sollte zur standesamtlichen Hochzeit unbedingt fertig werden. Seit der Anprobe vor zwei Monaten hatte die Kundin durch ihre Schwangerschaft so zugenommen, dass Klara einige Änderungen vornehmen musste. Heute hatte sie ab sechs Uhr morgens an der Nähmaschine gesessen, zwischendurch bei der Kundin abgesteckt und den fließenden Stoff des Rocks noch ausladender gestaltet, indem sie mit Resten aus dem Originalstoff keilförmige Abnäher von der Taille hinab eingenäht hatte.

Nach Feierabend war Klara über den Wochenmarkt gegangen und hatte Gemüse und Kartoffeln gekauft.

Die Gehwege glänzten an einigen Stellen, und das Thermometer war den Tag nicht über zwei Grad Celsius gestiegen.

Vorsichtig und den Blick zum Boden gerichtet, schlich Klara an den Hauswänden entlang. Nur nicht hinfallen, dachte sie, sonst bleibt all die Arbeit liegen.

Wenige Meter vor ihr schleppte sich eine Frau mit schweren Einkaufsnetzen über den Gehweg.

Dann ging alles so schnell, dass Klara gar nicht wusste, wie ihr geschah.

Die Frau rutschte aus, versuchte sich abzufangen, landete aber mit dem Hinterteil mitten auf dem Weg. Aus einem ihrer Netze purzelten Kartoffeln, eine Milchflasche kullerte Klara vor die Füße. Sie war heil geblieben.

Klara ging zu der Frau und bückte sich.

»Haben Sie sich wehgetan? Können Sie aufstehen?«

»Bin einfach ausgerutscht«, erwiderte diese mit schmerzverzerrter Stimme und rieb sich den Knöchel am Fuß.

Klara erkannte die Stimme auf Anhieb. Sie gehörte zu einer alten Freiburger Freundin, zu Gretel. Sie blickte in ihr Gesicht, das sie unter einem tief in die Stirn gezogenen Kopftuch fast nicht sehen konnte.

»Gretel, bist du's wirklich?«

Die Frau sah Klara lange an.

»Klara!«, sagte sie dann. »Ja, was machst du denn hier? Wie lange ist das her?«

Klara rechnete nach, während sie die Kartoffeln und die Flasche in Gretels Einkaufsnetz verstaute. »Zwanzig Jahre«, sagte sie und reichte Gretel die Hand. »Kannst du aufstehen? Ganz vorsichtig?«

Gretel hievte sich umständlich mit Klaras Hilfe nach oben.

»Wo musst du denn hin, Gretel?«

»Auf die andere Seite der Schwarzwaldstraße«, antwortete sie knapp. »Und du?«

»Nach Hause. Ich komm von der Arbeit. Ich habe eine kleine Änderungsschneiderei in der Innenstadt bei der Universität, in der Wilhelmstraße.«

»Ach, da komm ich ja nie hin, in die Gegend. Gerade mal auf den Markt oder die Kinder einsammeln. Das meiste erledige ich hier in der Nähe. Und wo wohnst du?«

»In der Oberau. Gresserstraße.«

Gretel zog die Mundwinkel herunter. »Ganz schön vornehm.«

Klara winkte ab.

»Nicht, was du denkst. Wir sind in Miete mit einem richtigen Badezimmer. Sehr klein. Es geht uns gut.«

»Du hast also geheiratet?«

»Ja«, sagte Klara. »Und wir haben eine Tochter. Henriette, genannt Hetti.«

»Hetti Schilling?«

»Ja, genau, woher weißt du denn das?«, fragte Klara und bemühte sich, die Zusammenhänge zu erraten.

»Meine Älteste kennt sie, ich glaube, vom Sommer im Lorettobad.«

Das beliebte Freibad mit seinem wunderschönen alten Baumbestand lag am Fuße des Lorettobergs. Seit Klara denken konnte, gab es dort eine Trennung von Familien- und Frauenbad.

Klara versetzte es einen Stich mitten ins Herz, dass sie über Henriettes Umgang mit der Tochter einer alten Freundin nichts gewusst hatte. Überhaupt ging Henriette seit einiger Zeit eigene Wege und kam immer seltener auf Besuch. Sie studierte in Berlin Germanistik und Theaterwissenschaften.

»Dann hast du deinen Hans geheiratet, nicht wahr?«, fragte Klara geistesabwesend.

Gretel winkte ab.

»Den? Nein, wo denkst du hin, der war auf und davon, als es ernst wurde. Verheiratet bin ich jetzt mit dem Armin.«

Sie warf einen Blick auf die Uhr an der Haltestelle.

»Du, ich muss los, Klara. Hat mich sehr gefreut.«

Sie nahm ihre Einkaufsnetze und wollte loslaufen. Beim ersten Schritt knickte sie ein. Klara eilte zu ihr und reichte ihr den Arm.

»Komm, Gretel, ich bring dich nach Hause. Gib mir das. Wo wohnst du denn?«

Gretel verzog das Gesicht und starrte auf den Boden. Dann hängte sie sich bei Klara ein.

»Ach, was soll's. Wirst es ja doch erfahren. Um die Ecke in der Knopfhäuslesiedlung.«

Die Knopfhäusle sah Klara fast täglich, und sie hatte auch schon viel von deren Bewohnern gehört. Dort lebten in winzig kleinen Reihenhäusern, kaum größer als fünfzig Quadratmeter, ganze Familien. Die Ärmsten der Armen waren dort untergebracht.

1870 nach dem Vorbild der Fuggerei in Augsburg entstanden, waren die gelben Häuschen mit den grünen Läden vom Knopffabrikanten Jeremias Risler »seinen« Arbeiterfamilien zur Verfügung gestellt worden.

Die Knopffabrik gab es längst nicht mehr, und so hatte die Stadt Freiburg Sozialwohnungen daraus gemacht. Nur die Schwarzwaldstraße trennte die Bewohner der Knopfhäuslesiedlung von der Oberau mit ihren teilweise vornehmen Bürgerhäusern.

Klara hatte sich geschworen, niemals in die Kartäuserstraße zurückzuziehen.

Zehn Minuten später bogen die beiden Frauen in die Knopfhäuslesiedlung ein. In einer Reihe befanden sich Rücken an Rücken jeweils zehn Reihenhäuser mit winzigen Vorgärtchen.

»Herein in die warme Stube«, sagte Gretel, öffnete die Tür, zog ihren Mantel aus und humpelte zur Anrichte.

Die Stube war das Besondere an den Knopfhäusle: Ein Wohnzimmer, einst dem Bürgertum vorbehalten, hatte bei diesen Häusern Einzug in das Arbeitermilieu gehalten, auch wenn jener winzige Luxus direkt an die Küche grenzte.

Klara fand sich inmitten der Stube mit Büfett, Tisch und Stühlen wieder. Er maß keine fünfzehn Quadratmeter. In der Ecke gab es einen kleinen Bollerofen. Eine steile Treppe mit einem Holzgeländer führte hinauf in die erste und einzige Etage.

»Oben sind zwei Zimmer. In einem schlafen die Kinder, im anderen wir. Das Klo ist da.« Gretel zeigte auf eine kleine Holztür neben dem Eingang. »Inzwischen ist es hier ganz kommod, muss ich dir sagen. Vier Kinder in einem Raum, es war schon schlimmer. Als wir hier eingezogen sind, hat die Großmutter vom Armin noch hier gelebt und Tag und Nacht Rabatz gemacht. Die war nicht ganz richtig im Kopf.«

Sie tippte mehrfach mit dem Finger gegen ihren Kopf und öffnete die Schleife ihres geblümten Tuchs.

Klara konnte vor Verlegenheit gar nichts sagen, so privilegiert erschien ihr plötzlich ihre Lage. Bis auf die kargen Wohnumstände in Konstanz in der Neuhauser Straße hatten sie zu dritt schon immer drei Räume gehabt: Wohn-, Schlaf- und Kinderzimmer, dazu Küche, Balkon und jetzt sogar ein Bad mit Toilette.

Gretel humpelte zum Herd. Von hinten betrachtet merkte Klara, wie grau die einst lebenslustige Freundin geworden war, dabei war sie genauso alt wie sie selbst. Mit ihren neununddreißig hatte sie noch kein einziges graues Haar an sich entdeckt.

»Soll ich helfen?«, fragte Klara.

Gretel schüttelte den Kopf. »Möchtest du was trinken? Kaffee? Ich habe echten Bohnenkaffee.«

»Eine Tasse. Sehr gern.«

Klara stellte ihre Einkäufe auf den Boden, öffnete ihren Mantel und setzte sich an den Tisch. In der Ecke standen ein Radio und ein abgewetzter Sessel. Die blinden Sprossenfenster gewährten einen verschwommenen Blick hinaus.

»Einen Schnaps zur Feier des Tages?« Gretel zwinkerte ihr zu.

»Nein, vielen Dank, du musst mir versprechen, mich auch einmal zu besuchen. Und dein Mann? Arbeitet er noch?«

Fragend sah sich Klara um, als hätte er sich hier irgendwo versteckt.

Gretel winkte ab, nahm eine Flasche Schnaps von der Anrichte, dann ein Glas und füllte es randvoll mit Hochprozentigem.

»In der Wirtschaft. Samstags geht er von der Frühschicht direkt einkehren mit seinen Kumpels. Aber er soll ja auch mal seinen Spaß haben. Schuftet Tag und Nacht, und nichts bleibt übrig.«

Klara schluckte bedrückt.

»Und wo sind deine Kinder?«

»Die Älteste lebt ihr eigenes Leben. Ist Friseuse«, sagte Gretel stolz und kippte mit einem Zug ihren Schnaps hinunter. »Und die Kleinen spielen weiter hinten auf dem Bolzplatz. Zu eng hier.«

»Das mit deiner Tochter freut mich«, sagte Klara. »Es ist wichtig, dass Frauen einen Beruf erlernen.«

Gretel wartete, bis das Wasser im Kessel kochte, gab Kaffee-pulver in den Porzellanfilter und schüttete Wasser darauf. Ihre Hände zitterten.

Dann lief sie hinüber zum Ofen, bückte sich und warf einige Scheite hinein.

»Hast du Retterspitz da?«, fragte Klara. »Für die Schwellung an deinem Knöchel.«

Gretel überlegte, dann winkte sie ab. »Schnaps tut's auch. Der hilft von innen.«

Das erste Mal seit ihrer seltsamen Begegnung lächelte sie ihr verschmitztes Lächeln von damals. Zu Klaras Freude wa-ren ihr auch ihre Sommersprossen geblieben.

In der Stube stellte Gretel eine Tasse, Zucker und Kondens-milch auf ein gehäkeltes Deckchen, füllte erneut ihr Schnaps-glas, holte die Kanne und setzte sich. Sie schenkte ein.

»Gut siehst du aus, Klara. Richtig vornehm.«

Gretel drehte an ihrem Glas, während ihr Blick mit einer Mischung aus Bewunderung und Neid über Klaras Gestalt ging, von den Füßen bis zum Kopf.

»Weißt du noch«, fragte Klara und bemühte sich um einen unbeschwerten Ton. »Weißt du noch im Économat im Stüh-linger, wo wir Französisch parlierten wie die kleinen Fran-zösinnen?«

Gretel lächelte wehmütig. »Bonjour. Au revoir. À bientôt.«

»Je m'appelle Klara«, ergänzte Klara.

»O ja, das weiß ich noch gut. War eine wunderbare Zeit. Und der Monsieur Jean, wie er immer aufgepasst hat wie ein Luchs, dass ja keine von uns lange Finger machte.«

»Er hat uns oft was geschenkt, altes Brot vom Vortag. Ach, was waren das für Zeiten«, sagte Klara.

»Baguette hieß das«, sagte Gretel und zündete sich mit

zusammengekniffenen Augen eine Zigarette an. »Was hatten wir damals für Träume!«

Sie blies Rauch in die abgestandene Luft. Aus dem Bollerofen war ein Hämmern zu hören. Wärme kroch durch den kleinen Raum.

»Und nun wohnen wir so viele Jahre um die Ecke und sind uns nie begegnet«, sagte Klara.

»Weil wir in zwei verschiedenen Welten leben, Klara. Aber das war schon immer so. Früher, als ich nach dem Krieg mit meinen Eltern in einem Zimmer in der Eschholzstraße gewohnt habe, da warst du schon das Fräulein aus der Kartäuserstraße.«

Schweigend nahm Klara einen Schluck dünnen Kaffee. Durch die braune Brühe konnte man den Tassenboden sehen.

»Nein, Gretel, du täuschst dich. Die Kartäuserstraße war nie was Vornehmes. Und meine Eltern und ich, das sind zwei verschiedene Dinge. Als ich in Konstanz war, hab ich mit einem Säugling in einem winzigen Mansardenzimmer ohne Heizung gewohnt. Schön war's nicht, aber ich möchte nicht jammern.«

»Findest du, dass ich jammere?«, fragte Gretel angriffslustig.

»Nein. Ich möchte dir nur sagen, dass alles gut werden kann, man muss nur dran glauben. Ich hab immer von einem Schneidergeschäft geträumt, nun hab ich es. Das Wirtschaftswunder hat eine Weile gebraucht, bis es auch bei uns Kleinen ankam, aber nun sind wir doch alle auf einem guten Weg.«

»Du bist keine Kleine, Klara Mayer.«

»Kleinbürgerlich«, korrigierte Klara schnell.

»Welches Wirtschaftswunder?«, fragte Gretel, hob das Kinn und sah Klara mit halb geschlossenen Augen an. Sie drückte ihre Zigarette im Aschenbecher aus und nahm sich eine neue. »Ich habe fünf Kinder, Klara, fünf. Zwei hab ich wegmachen lassen. Das ist *mein* Wirtschaftswunder.« Sie zeigte ihre raue Hand und spreizte die Finger. »Und das hier? Wie nennst du all das hier? Sieh dich um.«

Sie machte eine ausladende Geste durch den kleinen, düsteren Raum. Draußen hatte es angefangen zu schneien.

»Aber du hast doch einen Mann, Gretel. Du bist nicht allein.«

Gretel wischte durch die Luft.

»Ach, der ist mein sechstes Kind. Was hat er mir vor Jahren versprochen. Ich hatte immer solche Männer, die mir den Himmel auf Erden versprochen haben, aber außer Kindermachen konnten sie nichts. Gar nichts. Jeden Samstag hockt er im Wirtshaus und säuft sich um den letzten Rest Verstand, den er noch hat.«

Klara verstummte.

Fünf Kinder und einen Mann, der sich nicht um die Familie kümmerte – da gingen selbst Klara die Argumente aus.

»Und wenn du dir Arbeit suchst? Eine Frau, die arbeitet, hat mehr Freiheiten, und es stärkt das Selbstbewusstsein. Du warst immer so fröhlich, Gretel. Fröhlich und geradeaus, und schlau bist du auch. Wir Frauen müssen uns nicht alles gefallen lassen.«

»Selbstbewusstsein? Freiheiten?«, rief Gretel mit feurigen Augen. »Das hier, das ist bei meinem letzten Befreiungsversuch passiert. Sieh genau hin! Damit du immer weißt, wie gut du es hast, Fräulein Klara.«

Gretel öffnete die oberen Knöpfe ihrer Bluse.

»Ob du's glaubst oder nicht, Gretel. Ich hatte es auch schwer im Leben«, protestierte Klara, und jetzt wurde ihr Ton forscher.

Mit einer bedrohlichen Geste rutschte Gretel ganz nah zu Klara und zog ihren Blusenkragen zur Seite. Dann klappte sie hinter dem linken Ohr das graue Haar zurück und zeigte auf eine zehn Zentimeter lange Narbe von unterhalb der Schläfe bis zum Nacken.

Ihre Hände zitterten.

Erschrocken wich Klara zurück.

»Was ist denn das?«

»Das war ein Schürhaken, Klara. Einer, der einfach dorthin wollte, der Armin konnte gar nichts dafür, der versoffene Hund. Geheult hat er wie ein Kind, dass ich ihn nicht anzeigen soll. Das, Klara, das ist mein Wirtschaftswunder. Das ist mein Leben. In einem heruntergekommenen Häusle, das eher einer Waldhütte gleicht, fünf Kinder, von denen sich zwei auf der Straße prügeln, zwei kommen nur zum Schlafen. Nur aus der Andrea wurde was, weil sie sich gut verheiratet hat mit einem Friseurmeister und aufgestiegen ist. Die hat es zu was gebracht. Und was bleibt mir? Der Armin, der Schlappschwanz. Glaub mir, Klara, prügeln können sie, egal wie schwach sie sind.«

»Sie prügeln, *weil* sie schwach sind«, sagte Klara matt.

Gretel zog verächtlich die Mundwinkel nach unten. »Wie viele Kinder hast du denn?«

Mit leerem Blick sah sie Klara an, zog an ihrer Zigarette und stieß den Rauch aus.

»Eins. Wir haben nur die eine Tochter, unsere Henriette.«

»Dann hoffen wir mal, dass mit ihr alles gut geht. Nicht, dass dein Traum noch platzt, Fräulein Klara.«

»Wie meinst du das?«, fragte Klara und spürte einen Druck im Magen.

»Ach, nichts«, winkte Gretel ab.

»Was, Gretel? Bitte, sag es mir.«

»Andrea hat sie auf dem Weg in den Friseurladen schon ein paarmal gesehen, wie sie sich unten an der Dreisam mit Gammlern abgab.«

»Hetti?«, entfuhr es Klara. »Aber die studiert doch in Berlin, das ist ausgeschlossen.«

Klaras Herz klopfte bis zum Hals.

»Ach, was weiß ich denn!«

Gretel wischte durch die Luft und nahm sich einen weiteren Schnaps. Verwirrt stand Klara auf und zog sich ihren Mantel an.

»Es ist wichtig, Gretel. Bitte sag mir, ob es stimmt.«

Gretel sah sie mit glasigen Augen an, dann schüttelte sie resigniert den Kopf.

»Es war nur ein Mal. Ein einziges Mal hat Andrea sie gesehen. Und das liegt Monate zurück. Bestimmt nur ein Ausrutscher.«

Als Klara eine halbe Stunde später zu Hause ankam, lasteten die Begegnung mit Gretel und deren vernichtende Worte wie ein Stein auf ihr.

Hatte sie Klara unbedingt verletzen wollen, oder war durch die Erinnerung die Misere ihres Lebens einfach aus ihr herausgeplatzt wie bei einem Dampfkochtopf, der die Temperatur überschritten hatte?

Edi trat in den Flur und nahm seiner Frau die Tüten, dann den Mantel ab.

»Was ist denn mit dir los? Du siehst so traurig aus.«

»Ach, Edi«, sagte sie nur. »Später. Lass mir etwas Zeit.«

Am Abend, als sie in ihrem Wohnzimmer saßen, kurz vor der Tagesschau, da erzählte sie ihm alles.

»Nun weißt du es«, schloss sie. »Und seit der Geschichte mit den Gammlern an der Dreisam frage ich mich, Edi, was haben wir falsch gemacht?«

Sie nahm sich eine Salzstange aus der auf dem Tisch stehenden Bleikristallschale und knabberte gedankenverloren daran.

»Hetti ist jung, Klara, und wenn man das erste Mal von daheim weggeht, dann probiert man so einiges aus, aber sie hat einen starken Willen. Sie wird sich wieder fangen.«

Nach all den Jahren kannte Klara das gesamte Repertoire von Edis Stimmlage, genau wie die Wahl seiner Worte. Es gab eine fröhliche, beschwingte, ernste und melancholische. Es gab offizielle Worte, ausweichende, schwierige und solche, die den Gefühlen vorbehalten waren.

Diese hier passten in keine der vertrauten Kategorien, aber etwas Fremdes schwang in ihnen mit: der versteckte Vorwurf darüber, dass Hetti nicht sein Kind war.

MIRIAM

22

Saint-Malo,
Juli 2018

Die Bretonen galten als ein eigenes Volk, und Miriam bekam deren spröden Charme bereits bei der Übergabe ihres Mietwagens am Flughafen von Dinard zu spüren. Die Einweisung für den kleinen Renault war knapp, wortkarg und endete damit, dass Miriam mit den Autoschlüsseln allein dastand.

Sie fuhr die bretonische Küste entlang in Richtung Saint-Malo. Die Landschaft war atemberaubend schön, rau und ursprünglich. Die Luft roch nach Meer. Auf den Anhöhen über dem smaragdfarbenen Atlantik befanden sich die mondänen Villen von Dinard, das auch das Cannes des Nordens genannt wurde, mit Türmen und Sprossenfenstern.

In einer kleinen Pension zwischen Dinard und Saint-Malo checkte Miriam ein, verstaute ihre Sachen und machte sich nach einer kurzen Dusche auf den Weg nach Saint-Malo.

Sie trug eine weiße Jeans, Chucks, ein hellblaues T-Shirt, ihre Windjacke um die Taille gebunden. Die Wettervorhersage hatte für den frühen Abend einen Temperatursturz mit örtlichen Gewittern angekündigt.

Gegen zwei am Nachmittag parkte sie den Wagen in Saint-Malo unterhalb der zwei Kilometer langen Stadtmauer auf einem großen Parkplatz mit mehreren Ebenen direkt am Hafen.

Möwen kreisten über dem schäumenden Wasser, und die heiße Sonne brannte auf der Haut. Sie nahm ihren Sonnenschutz aus dem Rucksack, ging ein paar Schritte in Richtung Stadtmauer, setzte sich auf eine Bank und cremte sich Gesicht, Arme und Dekolleté ein.

Miriam blätterte in einem Führer: Saint-Malo stach aus den Städten, die sie bislang in Frankreich kannte, heraus. Als imposante Festungsanlage, umgeben von meterhohen Granitmauern, lag die äußerste nördliche Stadt der Bretagne auf einer Insel. Die Altstadt bestand aus engen verwinkelten Gassen mit Kopfsteinpflaster. Immer noch zeugten mehrstöckige sogenannte Korsarenhäuser aus grauem Granit mit weißen oder dunkelroten Sprossenfenstern von dem einstigen Reichtum der ehemaligen Piratenstadt.

Man nannte sie auch *Stadt der Freibeuter*.

»Ni Français, ni Breton, Malouin suis«, hatte Miriam vorher auf einem Schild gelesen.

Ich bin weder Franzose noch Bretone, sondern ein Saint-Maloer.

Angesichts der eigenwilligen, symmetrischen Architektur konnte Miriam diese Art Nationalstolz sehr gut nachvollziehen.

Durch ein großes Tor betrat sie die Stadt mit ihren engen Gassen. Das Kopfsteinpflaster erinnerte sie an Freiburgs Altstadt. Sie lief an einigen Souvenirläden vorbei und steuerte schließlich zielsicher das Architekturbüro von Patrick Pasqual in einer Nebenstraße an.

Mit klopfendem Herzen wechselte sie die Straßenseite. Die Jalousien waren heruntergelassen, drinnen brannte kein Licht. Auf einem Türschild las sie »Geschlossen bis einschließlich 30. August«.

Was nun? Sie war so weit gekommen, um vor verschlossenen Türen zu stehen? Nein. Miriam war nicht planlos hier angereist. Sie wusste: Es gab andere Wege. Notfalls würde sie morgen den ganzen Tag die Seniorenheime von Saint-Malo abklappern.

Erst zum Schluss kamen die Friedhöfe.

Im Vorbeigehen sah sie im Schaufenster des Architektenbüros Fotos von Gebäuden und Straßen hier in Saint-Malo. Es handelte sich um Auftragsarbeiten der Familie Pasqual, die, so war einem Plakat zu entnehmen, seit dem 20. Jahrhundert in dritter Generation hier in Saint-Malo ein Bauunternehmen betrieben. Das Architekturbüro war in den Siebzigern neu hinzugekommen und gehörte Patrick Pasqual.

Eine dieser Auftragsarbeiten sollte 2019 abgeschlossen sein. Laut Miriams Smartphone lag das Objekt nur einen Katzensprung von ihrem Standort entfernt.

Nach einer kurzen Orientierung fand sie die Baustelle. Es handelte sich um eine mit einem Eisengitter abgesperrte Lücke inmitten zweier mondäner, wiedererbauter Häuser.

Drei überdimensional große Bilder in Schwarz-Weiß waren in einem Schaukasten am Gehwegrand ausgestellt und bildeten eine Art Chronologie der jüngsten Stadtgeschichte. Die erste Abbildung aus dem Jahr 1912 zeigte eine belebte Einkaufsstraße mit Gaslaternen. Vor den Geschäften befanden sich aufgezogene, durchhängende Markisen. Die ausgestellte Ware lagerte auf Holztischen vor den Schaufenstern. Die Männer trugen Hüte, die Frauen lange Kleider, manche von ihnen Schürzen. Das nächste Foto zeigte dieselbe Straße aus dem Jahr 1944 und das erschütternde Ausmaß an Zerstörung.

Nur Ruinen waren nach einem dreitägigen, unablässigen Bombardement der US Air Force von der einstigen Prachtstadt übrig geblieben.

Ein weiteres Foto demonstrierte, wie das restaurierte Gebäude nach der Fertigstellung im nächsten Jahr aussehen sollte. Alte Baupläne vor der Zerstörung dokumentierten die ambitionierte Vorlage für den Wiederaufbau. Vorkriegsbilder rundeten das offenkundig kollektive Vorhaben einer ganzen Stadt ab. Immer noch war Saint-Malo damit beschäftigt, das alte, vertraute Stadtbild wiederherzustellen, und ließ keinerlei Bausünden aus Beton zu.

Nicht jede bretonische Stadt hatte dieses Glück gehabt.

Miriam war beeindruckt von dem Willen zum Neubeginn, der über den Gebäuden zu schweben schien, als trotze man in Saint-Malo dem Krieg und der Zerstörung bis zum heutigen Tag.

Unter dem letzten Foto stand eine Kurzbeschreibung der Familie Pasqual, die sich ganz jenem Wiederaufbau gewidmet hatte und sich heute noch dieser Tradition verpflichtet fühlte, wie dort zu lesen war. Auf einem Porträt entdeckte sie Patrick Pasqual, jenen Mann um die sechzig, den sie bereits im Netz entdeckt hatte, mit dichtem, dunklem Haar und verschmitztem Lächeln. Miriam fragte sich, ob sie ihn mögen würde. In keinem einzigen Satz war Ronan Pasqual erwähnt.

Sie hielt Ausschau nach Arbeitern, aber die Baustelle war menschenleer.

Schräg gegenüber befand sich ein kleines Café. Sie steuerte

es an, setzte sich in Blickrichtung zur Baustelle an einen Tisch im Freien und bestellte Café au lait, dazu ein Croissant.

Ihre Nervosität nahm zu.

Nachdem sie mit ihrer Großmutter telefoniert hatte, die sie nur zur Hälfte verstanden hatte, wählte sie Pias Handynummer.

Eine Kellnerin brachte ihre Bestellung.

»Ich bin angekommen, Pia.«

»Du hast es wahr gemacht.«

»Was hast du denn gedacht?«

»Erzähl!«

Sie berichtete von der Stadt und deren eigentümlicher Schönheit, von dem geschlossenen Architektenbüro und ihrer Pension in Dinard.

»Jetzt sitze ich gegenüber einer Baustelle, die das Bauunternehmen Patrick Pasqual betreut.«

»Läuft scheinbar wie geschmiert.«

»Morgen werde ich sämtliche Seniorenresidenzen von Saint-Malo abklappern. Alle Adressen sind bereits notiert. Heute Abend gönne ich mir Moules frites au Camembert, eine bretonische Spezialität, betrachte an der Smaragdküste von Dinard einen hoffentlich tiefroten Sonnenuntergang und warte, was der morgige Tag bringt.«

Miriam nahm einen Schluck aus ihrer Tasse.

»Das klingt, als könntest du es genießen, Locke. Hast du dennoch ein winziges Plätzchen auf deinem Radar, wenn es nicht auf Anhieb klappt?«

»Habe ich, Pia. Dann hatte ich eben drei tolle Tage in Saint-Malo. Es ist eine faszinierende Stadt.«

»Das ist gut, dass du es so sehen kannst. Genau die richtige Perspektive.«

Miriam biss von ihrem Croissant herunter. Es schmeckte buttrig, mit einer knusprigen Ummantelung und einer federleichten Konsistenz im Inneren. Immer, sobald sie ihren Fuß auf französischen Boden setzte, bildete ein Croissant ihre erste Wahl.

»Und du, was machst du?«, fragte sie mit vollem Mund.

»Ich hatte heute Mittag eine Probefahrt mit Jonathan II. Er schnurrt wie ein Kätzchen.«

Sie lachten beide, weil sie nie viel für Autos übriggehabt hatten. Der größte Luxus war, wenn sie fuhren und die Abdichtungen an Türen und Fenstern wasserdicht abschlossen.

Miriam nahm einen zweiten Bissen von ihrem Croissant. Dabei fiel ihr Blick hinüber zur Baustelle. Sie wischte sich den Mund ab und verfolgte mit den Augen zwei Männer. Einer von ihnen öffnete gerade das Gitter. Der andere schob einen Schubkarren. Beide trugen Sicherheitshelme.

»Pia, ich muss Schluss machen«, sagte sie und leckte sich die fettigen Finger ab. »Da drüben an der Baustelle tut sich was.«

»Ruf unbedingt an, Frau Kriminalbeamtin«, rief Pia ins Telefon.

Hektisch wischte Miriam ihre Finger an der Serviette ab, legte Geld auf den kleinen Teller und trank ihren Kaffee aus, ohne den Blick von den Arbeitern abzuwenden.

Beherzt stand sie auf, warf ihren Rucksack über und überquerte die Straße.

Am Schaukasten blieb sie stehen. Beide Männer befanden sich hinter dem Gitter etwa sechzig Meter von ihr entfernt und unterhielten sich lautstark, während sie mit großen Schaufeln Schutt aufluden.

Miriam trat näher.

»Darf ich Sie etwas fragen, Messieurs?«

Einer der beiden hielt inne und blickte zu ihr hinüber. Er nickte stumm.

»Ist Ihr Chef in der Nähe, Monsieur Patrick Pasqual?«

»Non«, sagte der Mann und ging wieder an die Arbeit.

Miriam warf einen Blick zum Himmel hinauf. Wolken waren aufgezogen, und ein Windstoß peitschte durch die Gasse.

»Wo könnte ich ihn denn finden?«

Der Konjunktiv klang höflich, aber er verlieh ihrem Nachfragen etwas Unverbindliches.

»Es ist sehr wichtig«, setzte sie nach. »Ich muss etwas mit ihm besprechen.«

Der Mann, der weiter von Miriam entfernt war, zog seinen Helm ab und ging einige Schritte mit der fahrenden Schubkarre auf sie zu.

Ihre Blicke trafen sich durch das Gitter.

»Wen suchen Sie?«

»Patrick Pasqual.«

Er stutzte, schob dann aber die Karre an Miriam vorbei und blieb an der Ecke stehen.

»Monsieur?«, fragte Miriam, während sie ihm folgte.

»Patrick«, rief er, während er sich noch weiter von ihr entfernte und seine Schubkarre auf einen Schotterhaufen ausleerte. »Der ist meistens drüben in Dinard in seiner Bucht.«

Eine Bucht in Dinard.

»Könnten Sie mir sagen, wo genau das ist?«, fragte Miriam hoffnungsvoll. »Das Büro ist geschlossen. Ich bin extra angereist, um ihn zu sehen.«

Abrupt ließ er den Griff der Schubkarre los, lief zurück zu ihr und blieb dicht vor ihr stehen. Sie waren sich plötzlich so nahe, dass sie den Staub, der an seiner Kleidung haftete, riechen konnte. Nur das Gitter trennte sie.

Er zog die Augenbrauen nach oben und lächelte amüsiert.

»Es ist wirklich sehr wichtig.«

»Sind Sie mit dem Auto hier?«

Sie nickte.

»Sie fahren einfach am Aquarium vorbei in Richtung Dinard. Nach dem Ortsschild kommt am Rande der Felsen der Hinweis auf ein Kieswerk mit einem kleinen Parkplatz. Parken Sie am besten da, bis vors Haus dürfen Sie nicht fahren. Dann laufen Sie am Meer entlang. Es ist praktisch nicht zu verfehlen.«

»Und wo genau? Haben Sie eine Straße, eine Hausnummer?«

Jetzt lachte der Mann aus vollem Hals.

»Es gibt dort nur drei Häuser, dafür hat der Alte damals gesorgt – das hinterste, wenn Sie darauf zugehen. Weiß mit dunkelblauen Holzläden, davor muss eine Baustelle sein. Patrick baut gerade um. Ein winziges Fischerhäuschen.«

Ein *Fischerhäuschen.* Miriam blieb fast das Herz stehen.

War mit *der Alte* Ronan, ihr Großvater, gemeint?

»Ein Fischerhäuschen«, stammelte sie.

»Bon courage«, sagte der Mann, griff in seine Hosentasche, nahm eine Gitanes und Streichhölzer heraus, entzündete eines und nahm einen tiefen Zug, während er zum Himmel blickte.

»Beeilen Sie sich, es könnte Regen geben. Bei uns hier in der Bretagne schlägt das Wetter schnell um. Ohne Vorwarnung.«

»Merci«, rief ihm Miriam im Weggehen zu. »Merci bien.«

»Toujours à votre service«, gab er zurück.

KLARA

23

Freiburg,
Juli 2018

Klara ging in Lottes Küche auf und ab, das Handy an ihr Ohr gedrückt.

Miriam hatte ihr kurz vor ihrer Abreise nach Saint-Malo ein Smartphone geschenkt mit zwei eingespeicherten Mobiltelefonnummern, Miriams und die von Lotte. Außerdem hatte sie ihr gezeigt, wie sie Bilder auf dem Display ansehen und Textnachrichten lesen und verfassen konnte.

»Ich mache ganz viele Fotos und schicke sie dir, Omi«, hatte Miriam versprochen.

»Wo bist du, Kind?«, fragte Klara.

Das Telefonat war anstrengend, die Verbindung nicht gut, und am Telefon kam Klaras Sprachfehler viel schwerer zum Tragen als im persönlichen Gespräch. Sie wusste das und ärgerte sich darüber.

»Ich bin gut gelandet, Omi, und habe ein Zimmer in einer kleinen Pension bezogen. Jetzt sitze ich in Saint-Malo in einem Straßencafé. Ich habe dir ein paar Fotos geschickt. Weißt du noch, wie du die Fotos anklicken kannst?«

»Hast du ihn gefunden?«

Sie musste die Frage viermal wiederholen, ehe Miriam verstand. Klara verfluchte ihren Buchstabensalat, das Kauderwelsch in ihrem Kopf. Manchmal konnte sie keinen klaren Gedanken fassen.

»Pasqual?«, fragte sie schließlich deutlich.

»Omi. Hör mir bitte genau zu. Ich erzähle dir jetzt alles, was ich bisher weiß. Dann kannst du anschließend Fragen stellen. Ist das in Ordnung?«

Klara bejahte und atmete tief durch. Sie blieb am Fenster stehen und sah hinaus.

»Ich bin seit zwei Stunden in Saint-Malo und habe das Bauunternehmen der Pasquals gefunden. Sein Sohn Patrick leitet es. Aber niemand war im Büro. Es ist geschlossen. Sommerpause. Sobald ich ihn gefunden habe, gebe ich dir Bescheid. Jemand hat mir geholfen, ihn zu finden. Wer hätte das gedacht, dass sich Pasqual mit qu schreibt?«

»Ist Pasqual in Saint-Malo?«, fragte Klara nachdrücklich.

Es war ihr egal, wie genau sich Pasqual schrieb!

Vom Flur aus hörte sie das Rascheln von Tüten.

Lotte war vom Einkaufen zurück. Klara drehte sich wieder zum Fenster und versuchte, ihre Gedanken zu sortieren.

Wie hatte Miriam die Adresse gefunden? War es der richtige Pasqual? Ihre Enkelin war nicht dumm, niemals würde sie grundlos in die Bretagne fahren.

»Das weiß ich noch nicht. Ich werde hoffentlich bald mit seinem Sohn Patrick sprechen.«

»Hast du das Fischerhaus gefunden? Wohnt er da?«

Es krachte in der Leitung. Kurz war die Verbindung weg. Klara nahm das Handy vom Ohr, schüttelte es und legte es wieder ans Ohr.

»Miriam?«

»Was sagst du, Omi? Bitte noch mal ganz langsam. Am besten nur ein Stichwort. Dann verstehe ich dich besser. Am Telefon ist es schwieriger, wie wir wissen.«

»Fisch-er-haus«, sagte Klara.

»Das Häuschen von der Tuschezeichnung. Nein, Omi, ich habe es noch nicht gefunden. Wer weiß, ob es überhaupt existiert. Wir haben ja jetzt den vollen Namen von Pasqual. Ich werde ihn finden. Ich verspreche es dir. Tot oder lebendig.«

»Ronan«, sagte Klara, und ein Lächeln ging über ihr Gesicht. »Ronan.«

Sie wusste bereits, was Miriam unmöglich wissen konnte, weil sie nie mit Ronan verbunden gewesen war – er lebte! In einem kleinen Fischerhäuschen in Saint-Malo, eines mit zwei eingemeißelten Fischen über dem Eingang.

»Ja, Omi. Ronan. So heißt er, ein alter bretonischer Vorname.«

Plötzlich hörte Klara einen unterdrückten Schrei direkt hinter sich. Sie drehte sich um. Lotte stand leichenblass unter dem Türrahmen, die Hand vor den Mund gehalten.

Klara wandte den Blick von ihr ab und sah demonstrativ zum Fenster hinaus.

»Ich rufe wieder an, Omi. Alles, was du tun musst, ist abwarten und weiterhin schön üben. Nicht mehr lange, dann haben wir Klarheit. Pass gut auf dich auf!«

»Au revoir«, sagte sie zum Abschied und drückte das Gespräch weg.

»Wer war das?«, fragte ihre Schwester mit entsetztem Gesichtsausdruck.

»Miriam.«

»Hab ich das richtig verstanden? Sie hat den Franzosen gefunden?«

»Ronan. Sie ist bei Pasqual. Er schreibt sich mit qu.«

»Er lebt also?«

Lotte hievte die Tüten auf den Küchentisch.

»Weiß nicht.«

Lotte schob Klara sanft zur Seite und fing an, ihre Einkäufe zu verstauen. Wortlos lief sie in der Küche hin und her, öffnete Schränke, schloss sie wieder, räumte Käse und Milch in den Kühlschrank, Mehl und Kaffeebohnen in die Vitrine. Klara sah ihr dabei zu wie eine Statistin. Es war, als sei sie gar nicht da, als sei Lotte allein hier.

Lotte nahm aus der Bäckertüte ein Päckchen heraus, öffnete es, ging mit dem Kuchenschieber unter zwei Schwarzwälder Tortenstücke, verteilte sie auf Teller und leckte sich die Sahne von den Fingern.

Dann stellte sie zwei Tassen mit Teebeutel und eine Thermoskanne auf den Tisch. Sie schenkte ein und setzte sich.

Klara fühlte sich plötzlich wie ein kleines Kind. Genauso hatte ihre Mutter immer reagiert, wenn sie etwas angestellt hatte. Getan, als sei sie Luft. Aber sie war kein Kind mehr, und Lotte war ihre kleine Schwester, nicht umgekehrt. Alles wehrte sich in ihr gegen eine derartige Behandlung.

Sie hatte mit Miriam telefoniert. Na und?

»Was ist los?«, fragte Klara, immer noch am Fenster stehend, während sie jede Bewegung ihrer Schwester mit Argusaugen verfolgte.

»Setz dich bitte«, sagte Lotte mit ernster Miene und nahm mit ihrer Kuchengabel ein Stück Torte auf.

Langsam ließ sich Klara auf den Stuhl fallen und wischte

mit den Händen in entgegengesetzte Richtungen über die Tischdecke.

Lotte schob ihrer Schwester einen Teller hin.

»Du fragst mich, was los ist? Weißt du nicht mehr, was beim letzten Mal passiert ist?«

Klara verstand nicht, was Lotte meinte. Was sollte das heißen: beim letzten Mal? Miriam wusste doch bereits, dass Edi nicht ihr richtiger Großvater war. Das Kind war auf der Suche nach seinem leiblichen Großvater. Wenn das jemanden nervös machen durfte, dann Klara.

»Ronan ist ihr Großvater. Sie weiß es«, sagte Klara und mischte das »Sieweißes« zu einem Wort.

»Klara!«

»Was ist denn?«, fragte sie noch einmal, diesmal laut und deutlich.

»Miriam wird nicht lockerlassen. Saint-Malo wird der Anfang vom Ende sein. Der Franzose! Hast du denn alles vergessen? Ich habe die ganze Zeit versucht, den Deckel draufzuhalten, wenn mir Miriam Löcher in den Bauch gefragt hat. Du warst ja nicht dabei! Ich musste mich rausreden. Das war meine Aufgabe. Immer muss ich alles ausbaden. Aber ich bin auch wer.«

Klara runzelte die Stirn. Was musste Lotte denn ausbaden? Sie bemühte sich zu verstehen, aber sie war sich keiner Schuld bewusst.

»Alles ausbaden? Was denn?«

»Hast du jemals nach mir gefragt?«

Klara runzelte die Stirn.

»Damals, als du weggingst. Hast du jemals nach mir gefragt?«

Wie lange lag das zurück? Mehr als ein Dreiviertel Leben. Was hatte Lotte ausbaden müssen, als Klara ging? Sie selbst war die Leidtragende gewesen, hatte dem Zorn des Vaters entfliehen müssen, und Lotte hatte zu Hause das Fräulein gespielt. Und was hatte das jetzt mit Miriam zu tun?

»Was hast du ausgebadet?«, fragte sie, zog die Mundwinkel nach unten und verschliff das »Hasdu«.

»Du warst von heute auf morgen weg. Alles hat er fortan an mir ausgelassen. Und weißt du noch, als der Vater starb?«

»Wir sind nach Freiburg gefahren, Edi und ich. Sofort!«

»Aber zu spät. Du bist zu spät gekommen. Wir mussten seinen Todeskampf mit ansehen. Du hast ihn friedlich schlafend im Sonntagsanzug gesehen.«

Klara runzelte die Stirn. War das etwa ein Privileg gewesen? War sie um diesen Anblick zu beneiden?

»Er hat mich fast enterbt«, sagte sie, wie zu ihrer Verteidigung.

Lotte öffnete den Mund und schloss ihn augenblicklich wieder.

»*Fast*. Genau! Er hat es rückgängig gemacht. So sehr hat er dich geliebt. Drei Tage vor seinem Tod hat er den Notar kommen lassen und sich mit ihm eingeschlossen. Über eine Stunde blieben sie allein in seinem Zimmer. Wir haben an der Tür gelauscht und kein Wort verstanden. Mutter hat versucht, den Notar später auszufragen, aber er durfte nichts sagen. Vater hat dich viel mehr geliebt als mich, Klara.«

Tränen traten Lotte in die Augen, eine lief die Wange herunter, und sie wischte sie wütend weg.

Das hat er nicht, dachte Klara, er konnte gar nicht lieben.

Klara schüttelte den Kopf, griff nach Lottes Hand und streichelte sie.

»Das hat er nicht.«

»Warum hat er dann das Testament geändert?«

»Weil Mutter es wollte?«

Sie bemühte sich um eine klare Aussprache.

Lotte schüttelte den Kopf. »Er war es. Warum aber, warum?«

»Ich weiß es nicht, Lotte.«

»Weil du sein Liebling warst. Ich war nur die Lotte. Aber ich bin auch wer.«

Klara seufzte. Wie gerne hätte sie als Kind mit Lotte getauscht. Dass ihre Schwester ausgerechnet Klara beneidete, wollte nicht in ihren Kopf gehen. Hätte etwa Klaras Enterbung Lotte entschädigt? Was für ein schrecklicher Gedanke.

»Und jetzt passiert es wieder. Du tust etwas, und alles wackelt. Das will ich damit sagen. Es ist deine Natur! Du machst den Mund auf, sprichst ein paar französische Fetzen, und unser Familienfrieden ist dahin. Schon als junges Mädchen hast du alles aus dem Gleichgewicht gebracht. Immer hing der Haussegen wegen dir schief. Ich kann es einfach nicht mehr ertragen. Hast du denn alles vergessen? Weißt du nicht mehr, was war? Weißt du nicht mehr, wie wir am Abgrund standen, damals? Wir haben einen Eid geleistet. Weißt du noch, was Eduard gesagt hat?«

Klara sah ihre Schwester ratlos an. Einen Eid geleistet?

Sie wusste beim besten Willen nicht, was Lotte andeutete und in welcher Zeit sie nach einem Abgrund und nach Edis Worten suchen sollte. Ihre gesamte Kindheit und Jugend war ein Abgrund gewesen. Sie starrte auf ihre Teetasse, in der eine hellbraune Brühe schwamm. Auf der Oberfläche hatte sich eine dünne Haut gebildet.

Wackeln. Vergessen. Abgrund. Einen Eid geleistet.

Fragend blickte sie in Lottes Augen, Hilfe suchend nach einer Antwort, nach den Zusammenhängen, aber sie vermochte nichts darin zu lesen.

»Jemand muss dich vor dir selber schützen, Klara. Ich halte mich an mein Versprechen, aber kannst du das auch? Miriam wird fragen und der Franzose auch! Dann fliegt uns hier alles um die Ohren. Wirst du das verkraften, Klara?«

Klara schüttelte den Kopf.

Versprechen? Welches Versprechen? Was genau musste sie denn verkraften? Was?

»Du sprichst in Rätseln«, sagte Klara und verwischte die Worte zu einem unverständlichen Kauderwelsch.

Verzweifelt bemühte sie sich, in Lottes Mimik zu lesen.

»Die Gartenlaube, Klara. September 1977. Weißt du das denn nicht mehr?«

Klara schloss die Augen: Edis Gartenlaube. Wie er sein Refugium geliebt hatte. Jahrzehnte war sie nicht mehr dort gewesen. Sie nahm die Kuchengabel in die Hand und sah auf ihr Tortenstück.

»Es hängt zu viel dran, Klara.«

Lotte sagte den Satz langsam, jedes einzelne Wort betonend mit einer seltsamen Wortmelodie, dann wiederholte sie: »Es hängt zu viel dran.«

Klara starrte auf das fette Tortenstück auf ihrem Teller, und für einen Moment war es ganz still. Nur die Vögel zwitscherten, und in der Ferne hörte man die Straßenbahn. Sie schloss die Augen und öffnete sie wieder. Dann nahm sie mit der Faust ihre Gabel und stach die Zacken in den höchsten Teil ihrer Torte, aber sie glitten butterweich durch die einzelnen Schichten.

Sie stand auf und ging in Richtung Tür.

»Was machst du denn da?«, fragte Lotte.

Mit einem Ruck drehte sich Klara um und untersagte ihr mit einem einzigen Blick und einer abwehrenden Handbewegung weiterzusprechen.

Wie eine Traumwandlerin lief sie hinunter in ihre Wohnung. Sie schloss die Tür hinter sich, sperrte ab und betätigte zusätzlich den Einbruchschutz mit der Kette.

In ihrem Wohnzimmer sah sie sich um, als sei sie in einer fremden Umgebung, in der es sich zurechtzufinden galt. Die Bücher, die Bilder an den Wänden, eine Couch, ein Sofa, ein Fernseher. Die Blumen auf der Fensterbank. Miriams Porträt, das gerahmt an der Wand hing. Daneben das von Henriette. Ihre beiden Kinder. Edi und sie bei ihrer Goldenen Hochzeit.

Orientierungslos warf sie einen Blick hinaus. Wie schmutzig die Scheiben waren. In der Küche befüllte sie einen Eimer mit lauwarmem Wasser, holte Spiritus, streifte sich Haushaltshandschuhe über und begann, die Scheiben zu reinigen. Mit einem Geschirrhandtuch nahm sie die überschüssige Flüssigkeit auf.

Es hängt zu viel dran.

Wo hatte sie genau diesen Satz schon einmal gehört? Ihr Herz hämmerte in ihrem Brustkorb, während durch den Nebel ihres Bewusstseins eine Erinnerung drückte. Sie schloss die Augen, und ein Schmerz stach ihr mitten ins Herz.

Sie warf den Lappen ins Schmutzwasser und streifte ihre Handschuhe ab.

Eine tiefe, sanfte Stimme klang in ihr. Vertraut und liebevoll. Es war die von Edi. An einem Spätsommertag am Schönberg. Ein Blumengarten in voller Reife, kurz vor dem Verblühen. Am Baum hingen Äpfel wie die im Märchen von Schneewittchen. Dank der intensiven Tagessonne und der kühlen Nächte besaßen die Früchte eine rote und eine grüne Seite. Nein, sie hingen nicht mehr dort. Der Baum war kahl.

Herbstlicht, ein tiefblauer Himmel und fröhliche Stimmen. Ein gedeckter Tisch. September 1977. Damals war Miriam noch keine zwei Jahre alt. Nachdem sie sehr früh sprechen gelernt hatte, konnte sie endlich auch gehen und balancierte mit einer Kindergießkanne durch die Blumenbeete. Manchmal fiel sie um. Dann stand sie wacklig auf, und ihr Gesichtsausdruck verriet, dass sie überlegte, ob sie weinen sollte oder weitermachen. Sie machte weiter.

Es ging um eine Feier. Was genau war der Anlass gewesen? Klara dachte angestrengt nach.

Dann fiel es ihr ein.

Apfelernte! Es war der Tag, an dem sie in ihrem Schrebergarten Klaras Lieblingsäpfel geerntet hatten.

Der Tag, an dem es keinen Schutz gegeben hatte, keinen Trost, kein Zurück.

MIRIAM

24

Dinard,
Juli 2018

Das Kieswerk erwies sich als Wegweiser, und Miriam fand den beschriebenen Ort sofort. Am Parkplatz war nur ein Auto abgestellt, ein klappriger, verrosteter Kastenwagen.

Sie band ihre Windjacke los, zog sie über und lief langsam die Bucht entlang. Ein schmaler sandiger Weg, gesäumt von Dünen mit Grasbüscheln und Wildblumen, führte zu drei weit auseinanderliegenden Häusern. Die ersten beiden waren gelb gestrichen, und in der Ferne entdeckte sie das Häuschen mit den blauen Läden, davor lag ein riesiger aufgetragener Sandberg. Das Haus sah genauso aus wie auf der Tuschezeichnung. Von hier aus hatte man einen Blick auf die herrschaftlichen Villen Dinards und das gegenüberliegende Saint-Malo.

Sie holte die Kopie der Zeichnung, die sie mitgenommen hatte, aus ihrem Rucksack.

Mit klopfendem Herzen trat sie näher, einen Blick auf die Zeichnung werfend, dann auf das Original. Als sie über dem Eingang am Sturz der Tür die beiden Fische entdeckte, machte ihr Herz einen Sprung. Kein Zweifel: Das war Ronans Fischerhäuschen.

Rechts von der Tür hing eine Glocke, die man mit einer Eisenstange betätigen konnte. Sie fehlte auf der Zeichnung. Von drinnen glaubte sie ein Rascheln zu hören, dann Schritte auf einem Holzboden. Sie horchte genauer hin. Ja, da war jemand.

Instinktiv hielt sie die Luft an. Über ihr war der Himmel stahlblau, der Wind musste sämtliche Wolken binnen einer halben Stunde vertrieben haben.

Ihr Blick schweifte hinaus aufs Meer, das smaragdfarben schimmerte. Die Flut presste Wasser in die felsige Bucht, und Miriam spürte Unbehagen, Zweifel, Skepsis.

Was hatte sie hier zu suchen? Hatte sie das Recht, in eine Familie einzubrechen, nur weil sie wissen wollte, wer sie war?

Sie seufzte und überlegte, ob sie unverrichteter Dinge wieder gehen sollte, eine Nacht darüber schlafen und vielleicht morgen wiederkommen.

Der Sachverhalt wäre jedoch morgen derselbe. Gab es eine Rechtfertigung für ihr Handeln? Dann dachte sie an ihre Großmutter, ihren langen Weg der Genesung, der noch immer nicht abgeschlossen war, ihr Ringen um Worte, um die verschütteten Erinnerungen. War das Grund genug, hier in dieser Landschaft symbolisch einen Felsen zu sprengen?

Pias Worte kamen ihr in den Sinn.

Bedenke dein eigenes Motiv, Miriam, behalte es im Auge. Bring Klaras Leben und deines nicht durcheinander. Du machst das alles für dich, nicht für deine Großmutter!

Nur noch ein winziger Schritt durch diese Tür trennte sie von der Wahrheit, aber waren die Menschen dahinter auch bereit dafür?

War sie es?

Konnte sie fremden Menschen ihren Willen aufzwingen? Für zwei Familien würde nichts mehr sein wie vorher. Sie versuchte, sich einige Berichte der Zeitzeugen von *Herzen ohne Grenzen* ins Gedächtnis zu rufen.

Viele Familien erlebten die fremde Zusammenkunft als bereichernd. Was hatten die vaterlosen Töchter und Söhne wohl so kurz vor ihrem Durchbruch empfunden?

In der Ferne sah sie ihren Mietwagen und beschloss zurückzugehen.

Fast hatte sie das Bedürfnis, auf Zehenspitzen wieder zu verschwinden. Sie musste nachdenken, alles genau abwägen.

Nein. Sie war noch nicht so weit. Pia hatte recht gehabt, ihre Reise hierher war viel zu übereilt gewesen. Miriam hätte warten müssen, bis sich alles gesetzt hatte.

Diesmal hatte sie zu schnell zu viel gewollt.

Sie lief den sandigen Weg entlang, rechts von ihr das schäumende Meer, links die drei Fischerhäuschen. Sie spürte den Gegenwind in ihrem Gesicht, auf ihrer Haut.

Plötzlich hörte sie hinter sich eine Stimme, die der Wind fast schluckte.

»Madame? Kann ich Ihnen helfen?«

Abrupt blieb sie stehen.

Sie drehte sich um.

Ein Mann war aus dem Fischerhäuschen herausgetreten, die Hand zu einem Fächer über seine Stirn gelegt. Er trug eine Arbeitshose und ein schwarzes T-Shirt.

Langsam ging sie zurück, bis sie sein Gesicht sehen konnte.

Es war das Gesicht von Patrick Pasqual. Sie erkannte ihn an dem dichten, von grauen Strähnen durchzogenen Haar, das er etwas länger trug, an den tiefbraunen Augen. Sie glaubte, eine seltsame Mischung aus Melancholie und Humor in seiner Mimik zu lesen.

Die Tür zum Fischerhäuschen stand sperrangelweit geöffnet.

Sie streckte ihm die Hand entgegen.

»Mein Name ist Miriam Schilling. Ich komme aus … ich war gerade in Saint-Malo und an der Baustelle, da waren zwei Männer so freundlich –«

Sie brach ab.

Er nahm ihre Hand, die in seiner verschwand, so groß war sie und auffallend weich für jemanden, der gerade Umbauarbeiten vornahm.

»Freut mich sehr.«

»Ich bin …«, stammelte sie. »Mein –«

Sie hatte diesen Moment hundertmal durchgespielt, was sie sagen würde, was tun, wie die erste Begegnung mit ihrer französischen Familie sein würde. Der erste Eindruck war angeblich der wichtigste.

Nun fiel ihr nichts ein, und sie fühlte sich wie mit zwanzig an der Uni. Dreißig Augenpaare und das der Professorin auf sie gerichtet.

Er hielt weiter ihre Hand, und sie spürte für einen Augenblick die Wärme, die von ihr ausging.

In der anderen hielt sie die Kopie der Zeichnung.

»Sie haben kalte Hände«, sagte er neutral.

»Ja, das Wetter schlägt hier sehr schnell um. Jetzt ist es wieder sonnig.«

Sie klang wie eine Expertin und lachte innerlich über sich selbst. Hilflos warf sie einen Blick zum Himmel und zog ihre Hand weg. Er sah sie freundlich an, und seine Augen gingen über ihre Locken, dann zu dem Blatt in ihrer Hand.

»Ich suche Ronan Pasqual, Monsieur.«

»Was hat er denn nun wieder angestellt?«, fragte Patrick und rieb sich die Stirn. Seine Haut war tief gebräunt, die Hände groß wie Schaufeln. »Ist er wieder abgehauen?«

Er zog einen Schlüsselbund aus seiner Hosentasche und machte Anstalten aufzubrechen.

Miriam schüttelte den Kopf.

»Heißt das, er lebt? Ronan Pasqual lebt?«

Jetzt runzelte Patrick die Stirn.

»Also heute Morgen hat er das jedenfalls«, sagte er und lachte unsicher. »Wollen Sie mir jetzt bitte sagen, was genau Sie von ihm wollen? Kann ich Ihnen irgendwie weiterhelfen?«, fragte er und starrte auf den Zettel, der im Wind flatterte.

»Meine Großmutter ist Klara Mayer aus Freiburg, verheiratete Schilling. Vielleicht haben Sie einmal …«

Miriam brach ab.

Verstohlen beobachtete sie seine Reaktion und meinte, ein winziges Zucken um seine Augen gesehen zu haben, als sie den Namen ausgesprochen hatte. Sie reichte ihm die Zeichnung.

»Das hat er für meine Großmutter gezeichnet. In Freiburg, wo er stationiert war. Nach dem Krieg. Es ist nur eine Kopie. Nicht das Original.«

Patricks Augen weiteten sich. In seinem Gesicht glaubte sie, binnen weniger Sekunden eine ganze Geschichte zu lesen, während er das Papier entgegennahm und lange betrachtete.

Zweifel, Fragen, Antworten, ein vages Wissen. Alles war dabei, außer Fremdheit. Sie konnte die Bewegung seines Adamsapfels sehen.

Er holte tief Luft, ließ das Blatt sinken und sah dann Miriam an.

Das Blatt flatterte im Wind, als erkenne es seine ursprüngliche Heimat.

Mit seiner großen Hand wischte er sich die Augen und strich sein Haar nach hinten. Sein Blick schweifte über Miriams Kopf hinaus aufs Meer. Eine Welle klatschte an die Klippen. Die Sonne versteckte sich hinter einem Wolkenband.

»Ich bin seine Enkelin«, platzte es aus Miriam heraus. Sie spürte einen Wassertropfen auf ihren Lippen und leckte ihn ab. Er schmeckte salzig.

Patrick Pasqual holte tief Luft, und er schien um Fassung zu ringen, aber sie konnte in seinem Blick sehen, dass er nicht den geringsten Zweifel am Wahrheitsgehalt ihrer Aussage hegte.

»Ich habe das Gefühl, wir sollten reden«, sagte er dann, trat einen Schritt zur Seite, lief zurück zum Haus, stieß die Tür mit den kleinen spiegelverkehrten Fischen über dem Sturz auf und bedeutete Miriam mit ernstem Gesichtsausdruck einzutreten.

25

Saint-Malo,
Juli 2018

»Ich muss mich entschuldigen, wie es hier aussieht«, sagte Patrick.

Er räumte einige ausgebreitete Pläne und Grundrisszeichnungen vom Küchentisch und stellte einen Stuhl für Miriam zurecht, auf dem sie zögernd Platz nahm.

»Wir bauen das Häuschen um, modernisieren es etwas.« Er warf einen Blick zu einer Holztreppe, die steil nach oben führte. »Endlich gibt es dann ein Badezimmer. Das Haus stammt noch von meinem Urgroßvater. Er war von Beruf Fischer.«

Für einen Moment streifte Miriam der Gedanke an ihren Großvater Edi.

»Es ist ein sehr hübsches Haus«, sagte sie, während sie sich verstohlen umsah.

Unter der Treppe stand ein Sofa in skandinavischem Stil, von einer transparenten Plastikdecke verhüllt. Schlicht, mit einfachen Formen, davor ein Couchtisch aus einer Baumstammscheibe auf vier Eisenfüßen, wahrscheinlich eine Einzelanfertigung.

»Wir machen das sehr behutsam mit der Renovierung. Das Haus soll seinen Auftrag sozusagen behalten. Oben machen wir aus einer ehemaligen Vorratsnische ein kleines Bad.«

Der ganze Raum maß etwa zwanzig Quadratmeter und bestand aus Küche und einem kleinen Wohnzimmer, das eher an eine Bibliothek erinnerte. Meterhohe Regale ragten bis zur Decke mit Büchern und Bildbänden, dicht an dicht. An einer Wand zwischen zwei kleinen Fenstern hingen gerahmte Tuschezeichnungen: eine von Saint-Malo, eine zweite zeigte eine Bucht mit Leuchtturm.

»Ihr Vater zeichnet sehr gut«, sagte Miriam und deutete auf die Bilder.

»Ja, Tuschezeichnungen waren immer sein Steckenpferd.«

»Wie geht es ihm?«

Er zuckte die Achseln, lehnte sich an die Küchenanrichte und verschränkte die Arme.

»Gut. Gesundheitlich geht es ihm ordentlich. Sein Kurzzeit-gedächtnis hat stark nachgelassen nach dem Tod meiner Mutter vor acht Jahren. Er hat damals seine Stadtwohnung in Saint-Malo aufgegeben und sich ganz hierher zurückgezogen. Mit einem Sozialdienst ging das bis vor Kurzem gut. Dann wollte er von sich aus in eine betreute Einrichtung, in ein sogenanntes Maison de retraite. Er besitzt dort eine eigene kleine Wohnung. Zwei seiner engsten Freunde leben schon seit fünf Jahren in dem Haus. Wir holen ihn oft zu uns. Aber er büxt immer wieder aus, das ist ein großes Problem. Fragen Sie mich nicht, was ihn antreibt. Manchmal lässt er sich in einem Taxi hierherbringen. Mein Sohn hat ihn einmal in Saint-Malo am Hafen gefunden. Er wollte auf ein Schiff nach Ame-rika.« Patrick unterbrach sich. »Ich glaube, ich rede zu viel.«

»Sie haben Kinder?«

Er nickte. »Zwei. Morgane ist dreiundzwanzig, und Julien macht dieses Jahr Abitur. Und Sie? Wie kommt es, dass Sie nach so vielen Jahren …« Er verstummte. »Mein Vater hat einen weiteren Sohn oder eine Tochter?«

»Eine Tochter, er *hatte* eine Tochter. Meine Mutter lebt nicht mehr.«

»Das tut mir leid«, sagte er und senkte die Augen. »Wie geht es Ihrer Großmutter?«

Stockend berichtete Miriam, was sich in den letzten Monaten ereignet hatte und wie Klara ihre Sprache zurückgefunden hatte.

»Ohne Klaras Ausflug in die französische Sprache ihrer Jugend wäre ich nicht hier.«

Er schluckte und fuhr sich durchs Haar.

»Das heißt, Ihre Großmutter hat den Vater ihres Kindes verschwiegen? Nicht zu fassen.«

Miriam nickte traurig.

»Es waren andere Zeiten. Ich kam durch einen Zufall dahinter.«

»Was war mit Ihrer Mutter? Wusste sie von ihrem Vater?«

Miriam schüttelte stumm den Kopf. Sie kam sich vor wie eine Verräterin, und ein diffuses Gefühl von Scham streifte sie.

Plötzlich klatschte Patrick in die Hände und trat zum Kühlschrank. Er öffnete ihn.

»Wissen Sie, dass ich ein paar Brocken Deutsch kann? Nicht so gut wie mein Vater, aber ein paar Brocken. Meine Großmutter war Elsässerin. Was darf ich Ihnen, außer Wasser, anbieten?«

Den letzten Satz hatte er in gebrochenem Deutsch gesagt.

»Wasser genügt.« Miriam lächelte.

Er stellte zwei Gläser und eine Karaffe auf den Tisch und ging wieder zurück zur Küchenanrichte, wo er sich anlehnte.

Beide tranken einen Schluck. »Und ich bin dann also dein Onkel.«

Sie lächelte wieder, etwas unsicher, presste die Lippen zusammen und nickte.

»Ich habe noch etwas für dich, für deinen Vater«, korrigierte sie hastig und holte die Taschenuhr aus ihrem Rucksack. »Vorsorglich habe ich alle Beweise mitgebracht, falls man mich nicht hereingelassen hätte.«

Sie schob die Uhr über den Tisch in Patricks Richtung.

Er nahm sie, und sie versank in seiner großen Hand. Lange betrachtete er sie, strich mit dem Daumen darüber und öffnete sie dann.

»Das ist ein Erbstück«, sagte er sichtlich gerührt, während er die Gravur betrachtete. »Von meinem Urgroßvater, dem Fischer. Ich kenne sie von alten Fotos.« Mit abwesendem Blick legte er die Uhr zurück auf den Tisch. »Gib sie ihm am besten selbst. Mein Vater wird sich erinnern, da bin ich mir ganz sicher.«

»Du scheinst irgendwie …« Miriam suchte nach dem passenden französischen Wort. »Irgendwie vorbereitet zu sein.«

»Wie meinst du das?«

»Auf mich, auf die Neuigkeiten. Als ich vor einer halben Stunde hier ankam, hatte ich plötzlich große Skrupel, an die Tür zu klopfen. Zu Hause in Freiburg war das alles anders, meine Gedanken drehten sich nur noch um die Spurensuche nach meinen Wurzeln, verstehst du? Irgendwie war es abstrakt, bevor ich hierherkam. Ich hatte vorher nicht an deine Familie gedacht. Bis gerade eben, als ich das Haus fand, da fragte ich mich, ob ich das Recht habe, mich euch zuzumuten.«

»Du existierst aber doch«, sagte er überrascht. »Da erübrigt sich doch die Frage nach Zumutung. Mein Vater hat immer wieder von Klara erzählt, all die Jahre. Sogar meine Mutter musste mit seiner ersten großen Liebe leben. Womöglich bin ich deshalb nicht allzu sehr überrascht.«

Miriam öffnete den Mund und schloss ihn wieder. Eine zweite Schamwelle erfasste sie und zog sich nur langsam zurück.

Schweigend sahen sie einander an. Ihr Onkel stand einfach an die Anrichte gelehnt, sie saß nicht weit von ihm entfernt. Ein Tisch und siebzig Jahre Klaras Schweigen trennten sie voneinander.

Bilder gingen ihr durch den Kopf, Bilder von Klara und Ronan. Wie wäre Klaras Leben verlaufen, hätte sie gewusst, dass er sie nicht verschwiegen hatte? Bedeutete das, Ronan hatte keine Ahnung von Klaras Schwangerschaft gehabt?

Die Frage lag Miriam auf der Zunge, doch sie schluckte sie hinunter.

»Du weißt also von seiner Freiburger Zeit?«, fragte sie stattdessen.

Patrick nickte.

»Von seiner großen Liebe und wie sie zerbrach. Ronan wurde damals von heute auf morgen zurück in seine Heimat gerufen, weil sein Vater einen Unfall gehabt hatte. Er war vom Baugerüst gestürzt und konnte nie mehr arbeiten. Nachdem Ronans älterer Bruder im Krieg gefallen war, musste er, jung, wie er war, sofort die Firma übernehmen. Der Wiederaufbau unserer Heimatstadt war in vollem Gange. Die französische Armee hatte ihn zu absolutem Stillschweigen verpflichtet. Das lief hintenherum über die Behörden, denn der Aufbau von Saint-Malo hatte absolute Priorität. Arbeit fürs Vaterland.«

»Und er hatte keine Zeit, sich von Klara zu verabschieden?«

Patrick schüttelte den Kopf.

»Er muss in einer Nacht- und Nebelaktion weggebracht worden sein. Die Franzosen beäugten Beziehungen zwischen ihren Soldaten und deutschen Frauen ohnehin mit Argwohn. Dann hat er Briefe geschrieben, viele Briefe. Monat um Monat, Jahr um Jahr. Einige davon kamen mit dem Vermerk UNBEKANNT VERZOGEN zurück. Das hat er mir mal erzählt. Und dann muss er irgendwie erfahren haben, dass Klara geheiratet und eine Familie gegründet hat.«

Jetzt war Miriam vollkommen verblüfft.

Waren sie und ihre Mutter ein Missverständnis, das Produkt einer Reihe von Fremdbestimmungen? Briefe, die ungeöffnet zurückgekommen waren, mit dem Vermerk UNBEKANNT VERZOGEN? Bestimmt hatte Friedrich Mayer seine Finger im Spiel gehabt.

»Hat er einmal geäußert, dass er von der Schwangerschaft meiner Großmutter wusste?«

Jetzt war die Frage raus.

Patrick lief zum Fenster, kippte es und kam zu ihr zurück.

»Nein. Er wusste ganz sicher nichts davon. Ich traue ihm alle Schandtaten dieser Welt zu. Er lässt gern fünf gerade sein, aber eine schwangere Frau sitzen zu lassen gehört nicht zu seinem Repertoire. Er hat sie geliebt, Miriam.«

Er wischte über die Anrichte, holte eine Flasche Rosé aus dem Kühlschrank und trat damit zum Tisch. Dann stellte er zwei kleine Weingläser hin, schenkte ein, reichte Miriam eines davon und hob sein Glas.

»Wasser ist nicht das Richtige für diesen Anlass«, sagte er. »Auf das Leben.«

»Das sagt man in Israel«, erwiderte Miriam lächelnd. »Ich mag das sehr.«

»Ja, die Franzosen trinken auf die Gesundheit und die Israelis auf das Leben. Ich habe diesen schönen Trinkspruch auf einer Geschäftsreise in Jerusalem kennengelernt.«

Sie nahm einen kräftigen Schluck. Der Wein schmeckte trocken, mit einer feinen fruchtigen Pfirsichnote.

»Ich kenne bisher nur zwei Menschen mit diesen Korkenzieherlocken«, sagte Patrick nach einem langen Schweigen, und seine Augen gingen über Miriams Haar. »Meine Großmutter väterlicherseits und meine Tochter. Und jetzt bist du Nummer drei.«

Er griff nach seinem Geldbeutel, der auf dem Tisch lag, und nahm das Foto einer hübschen jungen Frau heraus.

»Das ist Morgane. Sie studiert in Paris.«

Miriam betrachtete das Bild. Es gab keinerlei Ähnlichkeit zwischen ihnen beiden, bis auf die Korkenzieherlocken und die fast identische Haarfarbe.

Sie redeten bis in die Abendstunden und erzählten ganz vertraut aus ihrem Leben, so als wären sie von jeher Nichte und Onkel gewesen. Miriam berichtete von dem Schicksalsschlag, an den sie keinerlei Erinnerung hatte, als ihre Eltern bei einem tragischen Autounfall ums Leben gekommen waren und sie fortan bei ihren Großeltern aufgewachsen war. Von ihrer Liebe zur Literatur, die sie zu ihrem Beruf gemacht hatte. Von Edi, ihrem Großvater, den sie über alles geliebt hatte und es immer noch tat.

»Er war auch ein Fischer«, sagte sie und warf einen Blick auf die Tuschezeichnungen. »Ein Hobbyfischer.«

»Hierzulande waren die Fischer sehr stolze Menschen. Ich scheine die künstlerische Ader meines alten Herrn geerbt zu haben. Sehr früh wusste ich, dass ich Architektur studieren würde. Wusstest du, dass er früher sogar Gedichte geschrieben hat?«

»Monsieur Dubois hat davon erzählt«, sagte Miriam und erklärte, wie sie zu Beginn ihrer Suche auf den Sohn eines früheren Freundes Ronans zu Dubois gekommen war.

»Und woher kommt dein Faible für Literatur?«

»Meine Großmutter hat mir immer vorgelesen. Bücher waren mein Leben. Ein Ort, an den man sich immer zurückziehen kann und wo man trotzdem viel herumkommt.«

Um zehn Uhr am Abend rief Patrick seine Frau an und teilte ihr mit, dass er wie so häufig in den letzten Tagen im Fischerhaus übernachten würde.

»Mach dich auf interessante Neuigkeiten gefasst. Ich habe wichtigen Besuch bekommen«, sagte er und sah Miriam dabei an. »Ja. Eine Frau.« Er schüttelte den Kopf. »Nein. Niemand, den du kennst. Noch nicht. Du wirst sie bald kennenlernen. Es handelt sich sozusagen um überraschende Verwandtschaft.« Er schmunzelte, und Miriam glaubte, am anderen Ende der Leitung die Stimme seiner Frau zu hören.

»Nicht am Telefon, chérie. Wir sehen uns morgen früh. Schlaf schön.«

Er drückte das Gespräch weg.

Gegen Mitternacht bestellte Patrick ein Taxi für Miriam. Sie hatte zwei Gläser Wein getrunken und würde ihr Auto am nächsten Tag abholen.

Patrick stand auf und nahm seine Jacke vom Haken.

Miriam folgte ihm hinaus. Hinter ihnen fiel die Tür ins Schloss, und sie gingen in der Dunkelheit in Richtung Parkplatz.

Nur das Licht weniger Laternen und ein Leuchtturm in der Nähe der Bucht erhellten die Landschaft.

Schweigend liefen sie nebeneinander den sandigen Weg entlang, bis das Knirschen der Schritte auf dem Schotterweg den Parkplatz ankündigte.

»Wie lange bleibst du in Saint-Malo?«, fragte er und blieb vor ihrem Wagen stehen.

Miriam steckte die Hände in die Taschen ihrer Windjacke und trat von einem Fuß auf den anderen. Sie hörte, wie die Wellen an die Felsen klatschten.

»Noch zwei Tage. Ich fliege übermorgen Abend zurück.«

»Lass mir ein wenig Zeit, Miriam. Ich möchte ihn gerne vorbereiten.«

Sie nickte, ohne ihren Onkel anzusehen.

»Es ist sogar sehr gut, wenn du vorfühlst. Ich wäre niemals ohne deine Einwilligung zu deinem Vater gegangen. Nicht nach unserem Gespräch heute.«

Mit dem Fuß schob sie einen Stein zur Seite.

»Ich spreche morgen mit ihm über die vielleicht wichtigste bevorstehende Begegnung seines hohen Alters.«

»Das bin nicht ich«, widersprach Miriam und warf lachend den Kopf zurück. »Nein. Nicht ich.«

»Auf *eine* der wichtigsten«, korrigierte er.

Für einen Augenblick streifte sie der Gedanke, ob Klara und Ronan einander noch einmal sehen würden.

Die Frage war, ob sie es wollten.

»Es war aufwühlend«, sagte Patrick plötzlich unvermittelt und atmete tief durch. Er sah hinauf zum Himmel. »Wir haben bald Vollmond.«

Tatsächlich hing ein praller Mond am schwarzen Horizont, wie der Wächter des Meeres.

»Aber auch erleichternd. Es hätte ganz anders laufen können.«

»Ja, das hätte es. Und es wäre blöd gewesen, wenn ich mit dir nicht warm geworden wäre, meine deutsche Nichte!«

Sie lächelte ihren neuen Onkel dankbar an, dann sah sie die Scheinwerfer des einfahrenden Taxis.

»Wie wird er reagieren?«, fragte sie schnell.

»Mein Vater?« Patrick legte den Kopf in den Nacken und steckte seine Hände in die Hosentaschen. »Schwer vorauszusagen.«

»Wie ist er so?«

Er rollte die Augen und kippte dann seinen Kopf von rechts nach links und wieder zurück. »Am besten machst du dir selbst ein Bild. Er ist sicher kein einfacher Mensch.«

Miriam gab dem Taxifahrer ein Zeichen.

»Wer ist das schon«, sagte sie, an Patrick gewandt.

»Ja, wer?«, fragte Patrick zurück und lachte.

»Es war mir eine Freude, dich kennenzulernen, Patrick.«

Sie küssten einander à la française auf die Wangen.

»Die Freude ist ganz auf meiner Seite. Ich ruf dich morgen an, nachdem ich bei ihm war.«

In ihrer Pension tippte Miriam für Klara und Pia eine Textnachricht in ihr Handy. Dann schrieb sie eine Ansichtskarte mit der Festung Saint-Malos an Pierre Dubois:

Lieber Pierre,

er lebt. Ronan Pasqual lebt! Hier in Saint-Malo ist es wunderschön. Ich erzähle alles ausführlich, wenn ich wieder zu Hause bin. Von Herzen Dank für Ihre Hilfe.

Miriam

MIRIAM

26

Saint-Malo,
Juli 2018

Zum Maison de retraite im Herzen von Saint-Malo führte eine Parkanlage mit großen Schatten spendenden Platanen.

Patrick hatte Miriam am Parkplatz abgesetzt und ihr den Weg gezeigt.

»Er bestand darauf, dass du allein kommst. Wenn du drin bist, gehst du einfach den Flur entlang. Bon courage«, hatte er ihr zum Abschied gesagt, und Miriam war allein zurückgeblieben.

Sie betrat das Gebäude aus Granit, das innen den Charme eines Schweizer Sanatoriums aus Thomas Manns *Der Zauberberg* besaß. Edel. Mondän, aber auch von einer gewissen kühlen Sterilität.

Einige Schwestern mit weißen Hauben huschten an ihr vorbei. Sie grüßten freundlich.

Zum Besucherraum führte ein langer Flur mit meterhohen geöffneten Sprossenfenstern, vor denen der Wind mit den Vorhängen spielte. Ausgefahrene, durchhängende Stoffmarkisen schützten das Gebäude von außen gegen das grelle Licht.

Verhalten klopfte Miriam am Ende des Flurs an die Tür des Besucherzimmers. Keine Antwort. Ein zweites Mal. Nichts. Vorsichtig drückte sie die Türklinke nach unten und betrat den Raum.

Hinten am Fenster sah sie ihn.

Er saß an einem Tisch, den Blick hinaus zum Park gerichtet. Niemand sonst befand sich im Raum. Neben ihm stand ein Servierwagen mit Wasser, Obstsäften und kleinen Weinflaschen.

Sie räusperte sich. Er reagierte immer noch nicht.

»Bonjour«, sagte sie laut und deutlich.

Auf einmal drehte er sich um und sah sie an, als blicke er durch sie hindurch.

Instinktiv blieb Miriam stehen und wartete.

Er winkte sie zu sich.

Sie ging langsam auf ihn zu, reichte ihm die Hand und stellte sich vor.

Seine Hand war knochig, die Haut des Handrückens wie Pergament, aber sein Gesicht besaß etwas Jugendliches, oder war es der intensive Ausdruck, der von seinen dunklen Augen ausging?

Er bedeutete ihr, sich zu setzen.

»Patrick hat mir alles erzählt.«

Miriam schluckte. Sie war am Ziel, saß ihrem leiblichen Großvater gegenüber, aber sie fühlte weder Freude noch Genugtuung. Sie bemühte sich, seinem schroffen Wesen etwas Freundliches abzugewinnen, irgendeinen Funken in seinen Augen, eine winzige Geste der Empathie, aber da waren nur Ernst, Distanz und Zurückhaltung.

»Ich habe angefangen, nach Ihnen zu suchen, als ich von Ihrer Existenz erfuhr.«

Er strich sich über sein weißes Haar, das er, wie sein Sohn, etwas länger trug.

»Und ich soll Sie vom Sohn von Monsieur Dubois grüßen. Von Pierre. Sie trafen ihn einmal am Bahnhof Gare de l'Est von Paris. Dank seiner Hilfe habe ich Sie überhaupt erst gefunden.«

Sie legte ihre Hände an den Rand des Tischs, faltete sie anschließend und löste den Griff wieder.

Nach einer längeren Pause wandte er sich ihr zu.

»Jean-Pierre, der ging doch nach Algerien. Später war er im Verteidigungsministerium tätig. Wie geht es ihm, dem alten Haudegen?«, fragte er mit einem Hauch von Interesse in der Stimme.

Miriam schluckte. Offensichtlich war sie hier, um schlechte Nachrichten zu verkünden.

»Er ist leider vor einem halben Jahr verstorben.«

Ronan seufzte und blickte dann wieder hinaus in Richtung Park.

»Wie geht es Klara?«

»Gut«, sagte Miriam leise. »Besser«, korrigierte sie schnell. »Sie hatte einen Schlaganfall und findet langsam ihre Sprache wieder. Sie wollte, dass ich Ihnen etwas ausrichte: Sie hat Ihnen verziehen.«

Er räusperte sich und runzelte die Stirn. »Wollen Sie etwas bestellen? Kaffee? Wasser?« Er warf einen Blick auf den Servierwagen. »Oder etwas davon?«

Sie schüttelte den Kopf. »Nein. Vielen Dank. Ich weiß inzwischen, dass Sie von all dem nichts wussten. Ich möchte Ihnen sagen, dass es mir leidtut. Ich selbst habe auch erst vor Kurzem erfahren, dass ich einen anderen Großvater habe.«

Ruckartig drehte er seinen Kopf in ihre Richtung und blickte sie fragend an.

»Meine Großmutter hat fast siebzig Jahre geschwiegen.«

»Warum?«, fragte er schlicht.

Miriam zuckte die Achseln. Die Einfachheit dieser Frage traf sie, und ihr wurde schmerzlich bewusst, dass sie immer noch unbeantwortet war.

»Ich weiß es nicht, ich weiß es einfach nicht. Egal, welche Rechtfertigung ich suche, am Ende bleibt immer noch diese Frage.«

Erneut faltete sie ihre Hände.

»Es gibt ganz gewiss einen Grund, vielleicht mehrere. Suchen Sie danach! Vorher werden Sie keinen Frieden mit Ihrem Schicksal schließen. Sie können noch zigmal hierherfahren.«

Miriam schluckte und machte mit der Hand eine Faust. War das anmaßend, oder hatte er ihren wunden Punkt getroffen? Was genau hatte sie sich von dieser Reise versprochen?

Pia hatte sie von Anfang an gewarnt: Es ging um sie, um *ihre* unsichere Existenz.

Aber was wusste dieser Mensch von ihrem Leben, ihrem Suchen, ihrem Hadern? Nichts. Sie spürte, wie sie innerlich zurückwich und seine Worte als Angriff empfand.

»Pardon, Monsieur, Sie wissen nichts über mein Schicksal, mein Leben. Sie können unmöglich erraten, welche Fragen mich quälen und warum ich letztendlich hier bin.«

»Ich habe Augen im Kopf«, gab er kühl zurück. »Und mit denen sehe ich Ihre, die Bände sprechen, abgesehen von Ihren Händen. Sie wissen nicht, wohin mit sich.«

Er warf einen Blick auf ihre Hände, die einander festzuhalten schienen. Abrupt zog sie sie auseinander und rückte mit ihrem Stuhl ein paar Zentimeter zurück.

Eine innere Stimme sagte ihr: aufstehen, gehen, nur weg von hier! Sie war nicht hierhergekommen, um sich demütigen zu lassen. Sie stand auf und nahm ihren Rucksack.

»Entschuldigen Sie, wenn ich Ihre Zeit beansprucht habe, Monsieur. Mir scheint, es passt nicht zusammen. In Deutschland sagt man: Für unsere Verwandtschaft können wir nichts, für unsere Freunde schon. Ich glaube, wir werden keine Freunde. Au revoir, Monsieur.«

Ein winziges Zucken um seine Augen war ihr nicht entgangen.

»Pardon«, sagte sie noch einmal, holte tief Luft und ging in Richtung Tür.

Sie würde sich damit zufriedengeben, Patrick getroffen zu haben, den Halbbruder ihrer Mutter, und Klara einfach nur davon berichten.

Sie stand bereits an der Tür, als sie Ronans Stimme in ihrem Rücken hörte.

»Sie gehen also unverrichteter Dinge? Haben Sie denn gar nichts vom Kampfgeist Ihrer Großmutter?«

Sie drehte sich um.

»Ich gehe, weil ich gegen eine Wand laufe und weil ich weiß, wo meine Grenzen sind.«

Ein winziges Lächeln zeigte sich in seinem Gesicht.

»Patrick meinte, Sie hätten etwas für mich.«

In diesem Moment fiel es ihr ein. Sie hatte völlig vergessen, ihm die Uhr zurückzugeben.

»Ja«, beeilte sie sich zu sagen, nahm ihren Rucksack ab und holte die Taschenuhr heraus. Dann ging sie zurück an den Tisch und legte das antike Stück behutsam darauf.

Er nahm sie in seine Hand und betrachtete sie lange.

»Le temps est un bien précieux«, sagte er leise. »Ich erinnere mich.«

»Das freut mich«, sagte Miriam. »Ich habe meine Großmutter so verstanden, dass die Uhr eine Leihgabe war. Sie gehört also Ihnen.«

Sie drehte sich um und machte wieder einen Schritt in Richtung Tür. »Au revoir.«

»Nein«, sagte er in strengem Ton.

Sie hielt inne und nahm ihn in ihrem seitlichen Sichtfeld als Schatten wahr.

»Wie bitte?«, fragte sie, während sie sich wieder ihm zuwandte und ihn direkt ansah.

»Die Uhr war ein Versprechen. Das ist etwas anderes. Für gewöhnlich halte ich meine Versprechen.«

Miriam durchfuhr ein Schauer.

»Setzen Sie sich bitte«, sagte er fast sanft. »Wir hatten keinen guten Start. Fangen wir noch einmal von vorn an. Entschuldigen Sie, falls ich Sie gekränkt habe. Was darf ich Ihnen anbieten?«

»Ihr Wissen?«, fragte Miriam mit einem zaghaften Lächeln auf den Lippen und ging mit langsamen Schritten zurück. »Ich habe weder Durst noch Hunger.«

Wortlos stand er auf, und zum ersten Mal sah sie, wie hochgewachsen und schlank er war. Seine Kleidung war makellos. Er schob den Servierwagen an ihren Tisch, nahm ein Evian und zwei Gläser. Dann stellte er alles zwischen sie und schenkte ein. Er setzte sich wieder.

»Klara hätte nach mir suchen können. So wie ich es auch getan habe.«

»Und trotzdem sind Sie 1949 von heute auf morgen aus Freiburg verschwunden.«

Miriam bemühte sich, keinerlei Vorwurf in ihre Stimme zu legen.

Er seufzte, sah sie nachdenklich an und blickte dann aus dem Fenster.

»Nach einem Unfall meines Vaters in Saint-Malo zog man mich unter höchster Geheimhaltung aus Freiburg ab. Ich hatte wenige Stunden Zeit, meine Sachen zu packen, und wurde angewiesen, das Franzosenviertel nicht mehr zu verlassen. Was, glauben Sie, habe ich getan?«

Seine Augen funkelten mit einer Mischung aus Trotz und Angriffslust.

»Sich nicht daran gehalten?«, fragte Miriam zurück und lächelte zaghaft.

Er nickte. »Ich fuhr mit dem Fahrrad in die Kartäuserstraße und klingelte dort Sturm. Es war mir egal, was Klaras Eltern sagen würden. Aber Klara war nicht da. Nur ihr Vater, also Ihr Urgroßvater, Miriam. Ein äußerst charmanter Mann«, setzte er zynisch hinzu.

Miriam blickte auf einen schwarzen Fleck am Boden. »Ja, das war er wohl«, sagte sie tonlos.

»Er ließ mich nicht einmal ins Haus hinein. Und dann habe ich auf einen Kassenzettel eine Nachricht für Klara gekritzelt, ihn in den Briefkasten geworfen und mich damit getröstet, dass ich es von Saint-Malo aus weiter versuche. Ich hätte mir nie ausgemalt, dass keiner meiner Briefe jemals in Klaras Hände gelangen würde. So viel Ablehnung und Gemeinheit sprengen jede Vorstellungskraft.«

Er brach ab.

Ein Kassenzettel! Wie verzweifelt musste Ronan gewesen sein! Nichts, er hatte nicht einmal das winzigste Detail vergessen! Gleichzeitig musste er Frieden mit seinem Schicksal geschlossen, die tragischen Auswirkungen von sieben Jahrzehnten akzeptiert haben.

Diesbezüglich war er seiner Enkelin weit voraus.

Die Stille war fast greifbar. Irgendwann, Miriam hatte beinahe jedes Zeitgefühl verloren, nahm Ronan den Faden wieder auf und erzählte bis in die frühen Abendstunden.

Miriam hörte gebannt zu.

Er berichtete von der Leichtigkeit seiner ersten großen Liebe, dem Wiederaufbau seiner Heimatstadt und von seiner Rückkehr nach Freiburg an einem Wintertag im Jahr 1952. Wie er durch eine Nachbarin in der Kartäuserstraße von Klaras Heirat erfahren hatte.

»Erst als ich erfuhr, dass sie eine Familie gegründet hat, gab ich auf«, schloss er seinen Bericht, in dem noch einmal der damalige Schmerz, Verlust und die Hoffnung mitschwangen. »Und ich habe aufgehört, Briefe zu schreiben. Letztes Jahr habe ich einen Stapel jener Briefe an Klara, die einst an mich zurückgekommen waren, auf dem Dachboden des Fischerhäuschens wiedergefunden und alle verbrannt.«

Er legte seine Fingerspitzen aneinander und öffnete dann mit einer Bewegung beide Hände.

Schall und Rauch, fiel Miriam bei seiner Geste ein. Sie seufzte und nickte gedankenverloren.

»Bis auf einen einzigen. Eine Anlage zu einem meiner Briefe«, korrigierte er sich.

Er öffnete sein beigefarbenes Jackett und holte aus der Innentasche einen Umschlag heraus.

»Sie sehen, ich habe mich auch vorbereitet«, sagte er schmunzelnd.

UNBEKANNT VERZOGEN entzifferte Miriam auf einem

Stempel neben Klaras Adresse in der Kartäuserstraße, jene Hausnummer, in der Miriam heute lebte.

Auch Häuser haben eine Geschichte, dachte sie wehmütig.

»Gib ihr das«, sagte er leise. »Ich bitte dich darum. Und dann sehen wir weiter.«

Er strich mit der flachen Hand über den Umschlag. Miriam starrte auf seine schmalgliedrigen Hände. Wie anders sie waren, weit entfernt von Patricks Schaufeln, die zupacken konnten.

Langsam schob er den Umschlag zu ihr. Sie nahm ihn, nickte ergriffen und steckte ihn in ihren Rucksack.

»Es ist nichts Persönliches, und doch schlägt mein junges, wildes Herz zwischen diesen Zeilen. Du darfst es lesen, wenn du gegangen bist. Vielleicht beurteilst du mich dann ein wenig milder.«

Mein junges, wildes Herz. Diese Worte sagten mehr über ihn aus als irgendwelche Gesten und Reden.

»Geh und frag sie«, sagte er zum Abschied.

Miriam runzelte die Stirn.

»Frag sie, warum sie geschwiegen hat.«

»Sie wollte uns beschützen, meine Mutter und später mich«, sagte Miriam, wie zu Klaras Verteidigung. Aber sie wusste: Ronan hatte ins Schwarze getroffen. Kühn, fast strategisch, hatte er Miriams letzte Frage formuliert.

Er schüttelte mit einem liebevollen Blick den Kopf.

»Das klingt nach der halben Wahrheit. Halbe Wahrheiten verkommen zur Lüge.«

War es nicht so, dass Miriams Wissenslücke sie von Anfang an getrieben hatte – bis hierher in die Bretagne?

»Wissen Sie etwas, das ich nicht weiß?«, fragte sie leise,

ängstlich, als trage dieser Mann ein tieferes Wissen in sich. Eines, das sie vernichten konnte.

Er verneinte. »Ich kenne Klara.«

»Zwischen Ihrem Wissen über Klara und der heutigen Klara liegen siebzig Jahre«, protestierte Miriam. »Sie hat sich verändert.«

»Menschen verändern sich nicht. Sie entfalten sich bloß.«

»Haben Sie einen Verdacht? Vielleicht weiß meine Großmutter den Grund selbst nicht?«

Schweigend sah er auf seine Hände.

Es entstand eine lange Pause, die sich zwischen ihr und ihm ausdehnte, und in dieser Stille tat sich ein Feld auf, in dem sie Enkelin und Großvater waren, mit einem Hauch Vertrautheit und einer Fremdheit voller Fragen.

»Man nennt Sie auch den Sohn des Fischers«, sagte Miriam nach einer gefühlten Ewigkeit.

Er blickte auf, als sei er soeben von einer Reise seiner Erinnerungen zurückgekehrt in diesen Raum, an diesen Tisch, zu Miriam.

»Ich bin früher als kleiner Junge in jeder freien Minute mit meinem Großvater und später mit meinem Vater hinaus aufs Meer. Mein Großvater war Berufsfischer, mein Vater ein Amateur. Mit meinem Sohn stirbt diese Leidenschaft in unserer Familie aus.«

Ein schmerzlicher Gedanke an ihren Großvater Edi streifte sie. Wie gerne war er früher fischen gegangen.

Ronan legte seine Hände auf die Stuhllehne und kippte den Kopf zur Seite. Plötzlich sah er müde und erschöpft aus.

»Herzlichen Dank für Ihre Zeit, Monsieur Pasqual.«

»Gern geschehen. Davon habe ich jede Menge oder aber

nicht genug. Je nachdem, wie man es betrachtet. Grüß mir Klara. Das ist mein voller Ernst.«

»Ich hätte mir nie erlaubt, es als Scherz zu interpretieren.«

Nach einem langen Händedruck verließ Miriam das Heim und atmete befreit auf, als auf dem Weg zum Hafen eine Brise Meer ihre Nase streifte, gefolgt von einem einzigen Windstoß.

Diesen Wind hier muss man aushalten können, dachte sie. Er wirbelt dein Inneres auf und lässt nichts an seinem Platz.

Sie lief in Richtung Hafen, wo sie in einer Stunde mit Patrick und dessen Frau zum Fischessen verabredet war. Dort angekommen, setzte sie sich auf eine Bank.

Ich war bei Ronan. Es war etwas anders als erwartet, aber ich soll dich von ihm grüßen. Er hat mir etwas für dich mitgegeben. Bis bald, liebe Grüße, Miriam.

Sie las die Textnachricht an ihre Großmutter, verbesserte sie und löschte sie schließlich. Vielleicht würde sie heute Abend die richtigen Worte finden. Als sie ihr Handy im Rucksack verstaute, nahm sie Ronan Pasquals Umschlag heraus.

Du darfst es lesen, wenn du gegangen bist.

Die Sonne brannte auf ihrer Haut, und sie setzte ihre Sonnenbrille auf. Dann las sie seine Zeilen.

Siehst du das Licht der Gezeiten?

Siehst du, wie es am Horizont flirrt, sanft über die Felsen streicht und mit jeder Brandung neu entfacht?

Weit draußen auf dem Meer sprüht das Licht Funken.

Wie Sternschnuppen fallen sie herab und mahnen uns, dass nichts ganz vergeht.

Alles bleibt ein Teil von uns.

Für Klara von Ronan Pasqual, Saint-Malo 1951

Langsam ließ sie das Blatt auf ihren Schoß sinken. In der Ferne hörte sie eine Schiffshupe.

Sie begriff: Was sie in den Händen hielt, war eines von Ronan Pasquals Gedichten. In den wenigen Zeilen, genau wie in seinen Zeichnungen, schimmerte etwas vom Wesen jenes Mannes durch, das sein schroffes Auftreten milderte und seine Verletzlichkeit freilegte.

In einer WhatsApp machte sie ein Foto von dem Gedicht für ihre Großmutter.

Das ist von Ronan. Er hat es für dich geschrieben. Ich bringe es mit, bis bald, liebe Grüße, Miriam.

Auch diese Nachricht schickte sie nicht weg.

Mit geschlossenen Augen ließ sie das Gesagte, seine sparsamen Gesten, seine Mimik, Revue passieren. Hinter seiner Gestalt hatten die transparenten langen Vorhänge im Wind getanzt. Die gepflegten Hände, das Leinenjackett, das schlohweiße Haar, seine betont emotionsfreie Rede, die er ein einziges Mal durchbrochen hatte.

Alles bleibt ein Teil von uns!

KLARA

27

Am Schönberg bei Freiburg,
Juli 2018

Er lebt, Omi. Ronan Pasqual lebt. Ich war heute bei seinem Sohn. Patrick ist sehr nett. Seine Tochter soll die gleichen Locken haben wie ich, ein Erbe der Großmutter von Ronan. Morgen werde ich ihn hoffentlich sehen. Er wohnt in einer Seniorenresidenz in Saint-Malo. Ich rufe dich an, sobald ich dort war. Liebe Grüße, Miriam.

Klara las die Nachricht ein zweites Mal – ihre Enkelin hatte nichts von dem Besuch in der Seniorenresidenz geschrieben. Keine Zeile. Die nächste Nachricht kam gerade an.

Ich bin wieder zu Hause, Omi. Heute habe ich einiges an der Uni zu erledigen, abends bin ich frei. Wir müssen uns bald sehen. Ronan hat mir etwas für dich mitgegeben. Ich melde mich, deine Miriam.

Klara schluckte – was sollte sie denken? Miriam hatte ihren Großvater gefunden, und nun fühlte Klara so etwas wie Leere. Gleichzeitig hatte sie das Gefühl, dass eine unaufhaltsame

Welle auf sie zukam. Eine, die sich über Jahrzehnte in ihr aufgebaut hatte.

Heute Nacht hatte sie von Edi geträumt. Das geschah meist dann, wenn etwas Besonderes anstand. Edi hatte in ihrem Traum einen Garten umgegraben, immer und immer wieder. War er damit fertig, begann er von vorn. Es musste Winter sein, denn die Erde war hart, eine gefrorene Schneeschicht lag auf ihr.

»Was tust du denn da?«, fragte sie.

»Das siehst du doch. Ich grabe.«

»Und warum?«

Edi stutzte. »Du meinst, wonach. Vor dem Warum kommt das Was.«

»Was suchst du, Edi?«

Da ließ er die Schaufel einfach fallen und ging weg.

»Das weißt du nicht?«, rief er vorne am Gartentor.

Sie zuckte mit den Achseln. Was sollte sie denn wissen?

Edi zog einen kleinen Gegenstand aus seiner Jackentasche, ließ ihn in die Grube fallen und verschwand durch das weit geöffnete Tor.

»Was?«, rief sie ihm hinterher. »Bleib stehen, Eduard. Erkläre mir das!«

Aber das hörte er bereits nicht mehr.

Sie folgte seinen Fußstapfen, die am Ausgang abrupt endeten, ließ sich auf die Knie fallen und starrte auf die Stelle am Boden, die plötzlich von Eis überzogen war, das aber bei der geringsten Berührung aufplatzte.

Mit bloßen Händen grub sie sich durch die Erdschichten, und ihre Finger erstarrten vor Kälte. Dennoch wühlte sie immer tiefer, bis sie auf den Gegenstand stieß.

Es war ein Kinderschuh. Einer aus vergangenen Zeiten.

Klara erkannte ihn im Traum.

Aufgewühlt war Klara aufgewacht.

Energisch schob sie den Gedanken an den Traum zur Seite und fand sich in ihrer Küche wieder, wo sie in ihrem Einkaufskorb eine Flasche Sprudel verstaute, eine Tüte mit Butterkeksen, ihr Handy. Dann rief sie ein Taxi.

Wie sehr sie Edi ganz besonders nach solchen Träumen vermisste, vermochte sie nicht zu sagen.

Früher, wenn sie ihm nach dem Aufwachen einen ihrer wirren, undurchsichtigen Träume erzählt hatte, war es grundsätzlich so, dass er eine Erklärung fand. Er konnte ihre Seele besser lesen als sie selbst. Vielleicht war dies das Geheimnis ihrer Liebe.

Das Taxi traf ein, und sie ließ sich direkt zum Schönberg in die Gartenlaube fahren.

Heute würde sie den längst überfälligen Schritt tun.

»Warten Sie bitte einen Augenblick«, sagte sie zu dem Fahrer, stieg aus und ging zum Tor.

Durch eine dünne Wolkenschicht drückte die Sonne.

Die Luft flirrte.

Das ganze Areal war zugewachsen, nur durch einen winzigen Spalt zwischen Brombeersträuchern und wuchernden Hecken sah sie einen verwilderten Garten und dahinter das altvertraute Gartenhäuschen, umrankt von Efeu. Daneben den Geräteschuppen.

Sie drehte sich um und winkte den Fahrer zu sich.

Er stellte den Motor aus.

»Können Sie mir helfen?«, fragte sie. »Haben Sie zufällig eine Zange bei sich, junger Mann?«

Der Fahrer kratzte sich am Kopf, verneinte lächelnd und trat zu ihr vor das Tor.

»Sie haben ja Humor! Gehört das Grundstück Ihnen?«

Er lugte durch den freien Spalt des Tores, dann untersuchte er das verrostete Schloss, das an einer ebenso maroden Kette hing.

»Ja, ich bin die Besitzerin. Ich muss hinein! Komme, was da wolle. Notfalls rufe ich die Feuerwehr.«

Der Fahrer sah zu seinem Wagen und lief zum Kofferraum, aus dem er einen Wagenheber nahm. Zurück am Tor, drehte er die Kette um den Hebel und ließ ihn rotieren.

»Nein, gnädige Frau, die Feuerwehr wird nicht nötig sein. Ich war es aber nicht, das müssen Sie mir versprechen.«

Lächelnd versicherte sie ihm, dass sie ihm nie zuvor begegnet sei, und sah dabei zu, wie die Kette regelrecht zerbröselte. Sie bezahlte den Fahrer großzügig.

Beim Öffnen quietschte das Scharnier des hölzernen Gartentors. Von hinten hörte sie die Reifen des Taxis auf dem Schotter und blickte der sich entfernenden Staubwolke hinterher.

Sie watete durch Gestrüpp, das vermoderte Holz und das hohe Gras bis vor Edis Gartenlaube. Bis zu seinem Tod war er immer wieder hier gewesen.

Acht Jahre Wildwuchs hatten die Laube nicht verschlungen, sondern sanft gebettet. An ihrer Wand lehnten ein Tisch und einige zusammengeklappte alte Stühle, auf denen sich Moos abgesetzt hatte. Sie nahm einen, klappte ihn an einem schattigen Platz auf und setzte sich.

Seit Edis Tod hatte kein Mensch mehr sein Refugium betreten. Dabei war es einmal auch ihres gewesen.

Sie ließ ihre Gedanken schweifen. Aber sie entglitten ihr immer wieder. Kein einziger ließ sich festhalten. Was zurückblieb, war ein vages Gefühl der Unordnung. Ihr war, als spiegele dieser verwilderte, vernachlässigte Garten ihre Seele wider. Alles, was sie über Jahrzehnte zugedeckt hatte, kam mit Wucht zurück.

Das Chaos in ihr schrie nach Ordnung, ihre Seele nach Edis Liebe. Aber er war tot. Genau wie Henriette. Hetti!

Sie stand auf, lief zum Geräteschuppen und fand eine Heckenschere, eine Kindergießkanne und ihren Tropenhut. Sie setzte ihn auf und blickte zum Himmel, der weiter denn je entfernt war und das blasse Blau des Sommers trug.

Die Wolken hatten sich aufgelöst.

Ohne genau zu wissen, was sie vorhatte, begann sie an einer der Hecken zu schneiden und legte das Gestrüpp auf einen Haufen. Die Äste rissen ihr die Haut an den Händen auf, das nächste Mal würde sie Handschuhe tragen.

Die genügsamen wilden Brombeeren saßen noch grün an stacheligen Zweigen. Dort, wo einst gepflegte Blumenbeete waren, blühten wilde Kräuter und Butterblumen und Margeriten. Der spärliche Regen dieses Sommers musste sie dennoch gut versorgt haben.

Angesichts dieser wilden Naturschönheit hätte selbst Edi das Gärtnern sein lassen und Gott ins Spiel gebracht.

Was er wohl zu ihrer Rückkehr sagen würde?

»Endlich hast du hierhergefunden«, glaubte sie seine Stimme zu hören. »Es wurde aber auch Zeit! Du wirst doch nicht abtreten wollen, ohne dich dem zu stellen? Das mit Frankreich war nur der Anfang einer langen Kette, Klara. Es geht nicht um ihn, nicht um mich. Es geht um dich, Liebes. Ich habe das Feld bereitet, die ganze Erde umgegraben, sieh nur! Jetzt kann Neues wachsen. Du musstest an diesen Ort zurück, so wie ich es auch getan habe.«

Ja, Edi hatte sich mit diesem Ort versöhnt, und zwar lange bevor er an einem Sonntagnachmittag hier einfach eingeschlafen war. Er war jenen Tod gestorben, den er sich zeitlebens gewünscht hatte.

Immer noch fehlte er ihr wie ein Bein oder Arm, er musste einen Schlüssel zu einem unversehrten Teil ihres Wesens gehabt haben. Nach seinem Tod war sie unvollständig zurückgeblieben.

Klara hatte diesen Platz seit September 1977 nie mehr betreten, während Edi es getan hatte. Immer wieder, mit Miriam oder allein, einfach, um seinen Gedanken und Erinnerungen freien Lauf zu lassen, so jedenfalls hatte er immer gesprochen.

Jetzt war Klara aus einem bestimmten Grund hierhergekommen auf der Suche nach der verlorenen Zeit.

Sie jätete Unkraut bis kurz vor acht am Abend, ohne sich zu schonen, und rückte den Sträuchern zu Leibe. Auch der Apfelbaum war einfach weitergewachsen. Kleine Früchte hingen an ihm. Es würde eine gute Ernte geben, und sie erinnerte sich an den Geschmack dieser Cox Orange, eine alte Sorte, süßlich und hart im Biss.

Nach einer Weile machte sie Pause, setzte sich auf die vermoderte Holzbank an der Nordseite der Laube, trank Sprudel und aß Butterkekse. Dann stand sie auf und versuchte das Häuschen zu öffnen, aber es war verriegelt. Sie würde die Schlüssel suchen müssen.

Jetzt musste sie ihre Kräfte schonen.

Klara hatte diesen Tag aufgeschoben, niemals wollte sie ihn unterschlagen, aber ihr Leben war einfach weitergegangen.

Wie verführerisch das Vergessen doch war!

Im Handumdrehen waren zweiundvierzig Jahre vergangen. Damals hatte sie nur eine Wunde versorgt. Eine, die gleich von Neuem aufplatzen würde.

Sie hatte Bücher zum Thema Trauer verschlungen, selbst die Religion mit verheißungsvollen Aussichten auf ein Leben nach dem Tod bemüht und sündhaft teure Heiler aufgesucht, aber mit dem Tod eines Kindes kannte sich niemand aus.

Jetzt begriff Klara, dass all ihre Bemühungen dem Zudecken gegolten hatten. An die Essenz ihres tragischen Verlustes war sie nie herangekommen.

Den Schmerz auszuhalten genügte nicht. Man musste sich ihm stellen.

Nach einem großen Schluck Sprudel rief sie Lotte an. Ihre Schwester ging nicht ans Telefon. Sie sprach ihr auf den Anrufbeantworter, bemüht um korrekte Aussprache.

»Hallo, Lotte, ich bin in der Gartenlaube. Sie soll wieder hergerichtet werden. Ja, das ist mein Wunsch. Ich bleibe heute lange aus. Mach dir keine Sorgen. Bis morgen.«

Jetzt kam der zweite, wichtigere Anruf. Sie musste Miriam die Wahrheit sagen, sobald sie den Anfang ihrer Geschichte fand.

Sie würde sich erinnern.

Im Kopf versuchte sie, die Ereignisse von damals zu sortieren, aber etwas fehlte. Ein winziges Stück.

Die Sonne war jetzt milder, fast nachgiebig, und brannte nicht mehr auf der Haut. Sie streckte ihr Gesicht den wärmenden Strahlen entgegen und ließ die schönen Momente, die sie hier in der Gartenlaube erlebt hatte, Revue passieren. Was für ein gutes Leben hatte sie an Edis Seite gehabt. Sie war dem Schicksal jeden Tag dankbar, dass es sie einst zusammengeführt hatte.

Aber auch Edi war nicht ohne Fehler.

Nach einer Weile wählte sie auf dem Handy die zweite

gespeicherte Telefonnummer. Es war kurz vor neun Uhr am Abend.

»Wo bist du, Omi? Wir suchen dich seit Stunden, Tante Lotte und ich.«

»Komm hierher in die Gartenlaube. Ich muss mit dir sprechen. Bring uns etwas zu trinken mit, mein Sprudel ist leer. Komm allein und komm schnell.«

Sie legte auf, ohne Miriams Antwort abzuwarten.

Dann schloss sie die Augen.

Manchmal musste man einfach nur warten.

Miriam kam nach einer halben Stunde. Sie umarmte ihre Großmutter, küsste sie auf die Wange und gab ihr einen Brief.

»Hier ist ein Gedicht von Ronan Pasqual. Er hat es damals für dich geschrieben.«

Klara runzelte die Stirn, schüttelte den Kopf und steckte den Umschlag in ihre Tasche. Mit einem Gedicht konnte sie im Moment gar nichts anfangen. Was sie brauchte, war die Langfassung einer verschwiegenen Erinnerung.

»Wir müssen etwas Wichtiges besprechen, Kind.«

Sie sah Miriam an, wie sie sich bemühte, die Verschleifungen zu überhören und den Inhalt aus Klaras Worten herauszufiltern.

»Hier? Ausgerechnet hier? Bist du sicher? Es ist gleich halb zehn.«

Miriam verschränkte die Arme und sah sich fragend um. Dann drehte sie sich einmal um die eigene Achse, blieb stehen und blickte ihr fest in die Augen, als nehme sie die Herausforderung an.

»Es geht nur hier«, erwiderte Klara. »Das ist der einzige Ort, an dem ich darüber sprechen kann, mein Kind.« Sie korrigierte sich. »Es ist der einzige Ort, an dem ich nicht länger schweigen kann.«

Den letzten Satz hatte sie fast ohne Verschleifungen gesprochen. Langsam, mit falscher Betonung, aber deutlich, klar.

Mit ernstem Gesichtsausdruck setzte sich Miriam neben sie und holte tief Luft.

»Warum eigentlich nicht hier?« Miriam zuckte die Achseln. »Ja, warum eigentlich nicht? Es trifft sich gut. Auch ich kann nicht länger warten. Das ist ein neutraler Ort für meine letzte Frage, Omi. Ronan Pasqual kann warten.«

Klara entnahm Miriams Stimme große Entschlossenheit.

»Du irrst dich, Kind. Das ist kein neutraler Ort«, sagte sie langsam und registrierte eine ungewöhnliche Satzmelodie in ihrem Ton. »Hier hat alles angefangen. Ich habe endlich den Anfang gefunden.«

KLARA

28

Am Schönberg bei Freiburg,
September 1977

Henriette fing sich und hatte ihr Leben binnen neun Monaten völlig auf den Kopf gestellt. Weder ihre Eltern noch ihr
neuer Freund retteten sie, sondern eine Schwangerschaft, die
ohne Zwischenfälle verlief und die ihr naturgemäß Boden-
haftung abverlangte.

Seit knapp zwei Jahren war sie Mutter einer Tochter, die
auf den Namen Miriam hörte. Mit dem Kindsvater Norbert
lebte sie zusammen in Landshut, der nach langer Suche Arbeit als Regieassistent beim dortigen Provinztheater gefunden hatte. Er war ausdrücklich gegen das Kind gewesen. Stets
herrschte bei dem jungen Paar Geldknappheit, vor allem nachdem Hetti ihre Nebentätigkeit als Bedienung aufgegeben und
ihr Studium abgebrochen hatte. Trotzdem hatte sie Norbert vor
die Wahl gestellt: Entweder uns beide – oder keinen von uns.

Norbert hatte nachgegeben, unter der Bedingung, dass
Henriette mit ihm nach Bayern gehen würde. Der Plan war
aber, auch von dort so schnell wie möglich in die Großstadt
zurückzukehren.

Das war die Abmachung.

Hettis Eltern unterstützten das Paar. Wann immer es möglich war, hüteten sie die kleine Miriam, und Klara verband mit der neuen Perspektive des Paars die Hoffnung, dass Hetti irgendwann in die Nähe von Freiburg ziehen würde.

Zur Apfelernte hatte sich die Familie am Schönberg auf Edis Gartengrundstück getroffen. Ein schattiger Sitzplatz, den er unter einer Kastanie angelegt hatte, stammte noch aus Hettis Kinderzeit.

Henriette und Norbert wollten nach dem Abendessen weiter nach Basel, wo Norbert zu einem Vorstellungsgespräch am dortigen Theater eingeladen war. Das Theater hatte ihnen sogar ein Hotelzimmer spendiert. Hetti würde die Zeit für eine Studienberatung an der Universität Basel nutzen. Sie wollte ihr Studium endlich abschließen.

Miriam würde die Nacht bei ihren Großeltern verbringen.

Miriam wackelte mit unsicheren Schritten am Rand von Edis Blumenbeet entlang, eine kleine Gießkanne in der Hand. Mit Hingabe goss sie Rosen und pflückte Grashalme.

»Seit ein paar Wochen läuft sie«, flüsterte Hetti ihrer Mutter zu, und Klara schaute lächelnd hinüber, wie ihre Enkeltochter ihr Gleichgewicht ausbalancierte.

Plötzlich plumpste Miriam auf ihr Hinterteil. Sie drehte den Kopf zu den Erwachsenen.

»Steh einfach wieder auf, Miriam«, sagte Klara fröhlich. »Es ist nichts passiert.«

Ein Lächeln flog über Miriams Gesicht, und sie stand umständlich auf, indem sie sich mit den Händen am Boden abstützte.

»Muss man euch später zum Zug bringen?«, fragte Lotte und trank einen Schluck Sekt.

Sie trug Schlaghosen und eine lila-pinkfarben gepunktete Bluse mit Trompetenärmeln.

»Nein, wir fahren mit dem Käfer. Morgen um zehn hat Norbert das Vorstellungsgespräch im Stadttheater in Basel. Es hieß, es falle sofort eine Entscheidung. Ich gehe so lange zur Studienberatung der Uni Basel.«

»Du möchtest wirklich dein Studium wieder aufnehmen?«, fragte Edi erfreut. »Das ist ja ganz wunderbar.«

Hetti erhob sich und gab ihrem Vater einen Kuss auf die Wange. Dann ließ sie sich wieder auf den Stuhl fallen, warf Norbert einen Blick zu und strich über seine Hand. Er lächelte sie an.

»In Basel sind die Prüfungsbedingungen besser als in Berlin. Ich muss nur abklären, ob sie meine bestandene Zwischenprüfung anerkennen. Falls ja, könnte ich in zwei Jahren mein Examen machen.«

»Ach, Hetti«, sagte Klara und strich Henriette über die Wange. »Wie wunderbar sich alles zum Guten gewendet hat. Ich bin so froh und dankbar. Wollt ihr dann in die Schweiz ziehen?«

»Das wäre nicht schlecht. Basel ist schön«, sagte Norbert. »Aber auch teuer. Jedenfalls wollen wir wieder in eine *richtige* Großstadt. Von der Provinz haben wir die Nase voll.«

»Auf jeden Fall wäre es nicht mehr weit zu uns nach Freiburg. Ach, wäre das schön!«, sagte Klara und widerstand dem Impuls, zu Miriam hinüberzulaufen, die schon wieder hingefallen war und sich in einen unsicheren Stand nach oben hievte.

Nach dem Abendessen wurde es schnell dunkel, aber niemand wollte hineingehen.

Die Kerzen flackerten auf dem Tisch. Edi hatte die Laternen in den Blumenbeeten entzündet, und vor dem Geräteschuppen standen drei große Körbe mit Cox-Orange-Äpfeln, Klaras Lieblingssorte.

Es war frisch geworden. In den Bäumen hingen Lampions. Klara war lange drinnen an Miriams Schlafplatz im Häuschen gesessen und hatte gewartet, bis das Kind eingeschlafen war.

Vom Garten hörte sie Stimmen und Lachen. Edi war heute besonders gut gelaunt.

Leise stand sie auf, nahm drei Wolldecken und gab draußen eine an Lotte, die andere an Henriette ab. Sie setzte sich neben Edi, rückte ihren Stuhl nah an seinen und warf die Decke über ihre Beine.

»Endlich ist die Adoption durch«, erzählte Hetti. »In wenigen Tagen dürfen sie ihr Kind abholen.«

Klara begriff: Es ging um Freunde von Henriette und Norbert, die seit Jahren einen Kinderwunsch hegten.

Lotte saß mit geschlossenen Augen da. War sie eingenickt, oder hatte sie nur etwas zu viel Wein gehabt? Sie kam Klara heute schon den ganzen Tag sehr abwesend vor. Lag das an ihrem neuen Freund, der am Wochenende wieder keine Zeit hatte?

Männer und Lotte – das war leider ein Thema für sich. Mit Wehmut dachte Klara an das einstige Verlobungsversprechen von Bernhard, das Lotte nach Vaters Tod gelöst hatte und an dessen Stelle eine noch engere Bindung an die Mutter getreten war. Eine Umklammerung, aus der sie sich bis zu Mutters Tod vor wenigen Jahren nicht hatte befreien können.

»Das klingt komisch«, sagte Klara nachdenklich. »Wie eine Bestellung aus einem Versandkatalog. Hatten sie denn bereits

Kontakt zu ihrem Kind? Und was wissen sie über es? Wie alt ist es? Ist es ein Mädchen oder ein Junge?«

»Sie durften es einmal sehen und haben immer wieder Fotos aus der Pflegefamilie bekommen. Es ist ein Junge. Gerd wollte unbedingt einen Jungen, und der Kleine ist acht Monate alt.«

»Das muss ein komisches Gefühl sein«, sagte Klara.

»Mit acht Monaten begreifen sie noch nichts«, sagte Lotte fachmännisch.

Eduard räusperte sich und warf einen Blick zu seiner Schwägerin, die sich umständlich eine Salzstange in den Mund schob.

Er veränderte seine Sitzposition. »Es ist schön, wenn ihr hier in die Nähe zieht«, sagte er schließlich zusammenhangslos.

»Ja, Papa«, sagte Henriette. »Ich freu mich auf euch!«

»Und warum haben sie denn kein eigenes Kind?«, warf Lotte ein.

Alle blickten gleichzeitig zu ihr.

Lotte hatte einen leichten Zungenschlag. Jetzt erst bemerkte Klara, dass die Weinflasche schon wieder bis auf einen kleinen Rest leer war. Bereits die zweite. Sie selbst hatte ein Glas getrunken. Edi maximal zwei. Norbert saß vor einem Wasserglas. Er musste noch eine knappe Stunde bis Basel fahren.

»Lotte«, ermahnte Klara ihre Schwester. »So was fragt man doch nicht. Das ist *indiskret*.«

Lotte stutzte und runzelte die Stirn.

»Aber das Paar, über das wir reden, ist doch gar nicht da. Ich frage ja Hetti. Gegenüber Hetti ist es nicht indiskret.«

Das Wort indiskret schlüpfte umständlich aus ihrem Mund.

Hetti lachte laut heraus und sah sich demonstrativ um.

»Stimmt. Tante Lotte hat recht. Warum sollte das indiskret sein? Keiner von ihnen ist da.«

Klara und Edi lächelten gezwungen.

Norbert zündete sich eine Zigarette an und lehnte sich im Gartenstuhl zurück.

»Es hat nicht geklappt, jahrelang haben sie es versucht.« Henriette kicherte, griff nach Norberts Zigarette, nahm einen tiefen Zug und gab sie zurück. »Und dann haben sie sich untersuchen lassen.«

»Bei uns hat's sofort geklappt«, warf Norbert ein. »Ich musste nur die Hosen ausziehen.«

In diesem Augenblick sah Klara zu Eduard, der wie erstarrt wirkte und die Augen senkte.

Sie wusste, woran er dachte.

»Und dann stellte sich heraus, dass er als Jugendlicher Mumps hatte. Habt ihr gewusst, dass Mumps unfruchtbar macht?«, fuhr Hetti unbekümmert fort.

Sie griff nach ihrem leeren Weinglas und versuchte, daraus zu trinken. Dann nahm sie die Flasche und kippte den letzten Schluck ins Glas.

»Machen kann«, korrigierte Klara. »Das muss nicht sein. Mumps kann zu Unfruchtbarkeit beim Mann führen, muss es aber nicht.«

Henriette sah ihre Mutter etwas begriffsstutzig an.

»Nicht wichtig«, sagte Edi und winkte ab. »Also, wie geht es nun mit euch drei weiter?«

»Das war ja genau wie bei Edi«, unterbrach Lotte ihren Schwager mit übertriebenem Singsang, als verkünde sie eine wichtige Neuheit, die ihr gerade eingefallen war.

Sie riss die Augen auf, hob die Achseln und ließ sie wieder fallen. »Nicht wahr? Genau wie bei dir! Sag schon, Edi.«

Sie holte aus und klopfte ihm auf die Schulter.

Plötzlich war es mucksmäuschenstill. Nur das Quaken eines Frosches durchdrang die Ruhe, und der Wind streifte durch die Bäume.

Klara hielt den Atem an und faltete ihre Hände.

Edi saß regungslos auf dem Campingstuhl und zog die Decke, die er mit Klara teilte, etwas höher zur Taille.

Lotte hickste und hielt sich schnell den Mund zu.

Henriette öffnete den Mund, schloss ihn wieder, sah ratlos zu ihrem Vater, anschließend zu Klara und dann wieder zu Lotte.

»Was soll das heißen?«

»Nichts«, sagte Lotte und hickste noch einmal. »Ich hab was durcheinandergebracht. Nichts. Gar nichts. Vergiss es schnell wieder. Das mit dem Mumps, das war jemand anderes.«

Lotte hielt sich die Hand vor den Mund.

Norbert zündete sich eine neue Zigarette an und ließ seinen Blick über die Tischrunde schweifen. »So eine Scheiße«, murmelte er. »So eine Scheiße.«

»Kann mir jemand sagen, was hier los ist?«, fragte Henriette. Ihre Stimme schien plötzlich eine Oktave zu hoch. Eine Tonlage, die Klara noch nie bei ihrer Tochter gehört hatte. Sie klang nach einem frisch gewetzten Messer. »Kann mich jemand aufklären, bitte? Was hat Tante Lotte da gerade gesagt?«

Sie starrte zu Lotte hinüber.

»Nichts«, sagte Lotte und hickste noch einmal. »Ich hab was durcheinandergebracht. Der Edi, der hatte nie im Leben Mumps, denn er konnte ja noch Kinder zeugen. Ach, ich hab das völlig verwechselt. Das war jemand ganz anderes. Wie hieß er noch? Ich hab seinen Namen vergessen. Der Edi hat ja dich gezeugt. Das ist doch der Beweis.«

Sie fing an, hysterisch zu lachen.

Klara blickte in die bestürzten Gesichter.

»Was rede ich denn da?«, fuhr Lotte fort, als könne sie gar nicht aufhören zu plappern. »Ich war ja schließlich nicht dabei. Trotzdem weiß ich es: Der Edi ist dein Vater, so wahr ich hier hocke.«

»Halt endlich den Mund«, sagte Klara. »Du machst alles nur noch schlimmer.«

»Glaubt ihr, ich bin blöd?«, fragte Hetti und schlug mit der Faust auf den Tisch.

Klara zuckte zusammen. Tränen schossen ihr in die Augen, und sie bemühte sich um Fassung. Sie wollte etwas sagen, aber aus ihrem Mund kam nur ein Krächzen.

»Niemand hält dich für blöd«, erwiderte Edi mit ruhiger Stimme. »Ich denke nur, es wäre besser, wenn wir in Ruhe darüber sprechen. Morgen, wenn ihr zurück seid aus Basel. Morgen. Ohne Alkohol. Du, deine Mutter und ich. Lotte möchte jetzt sicher nach Hause gehen.«

Wie auf Kommando stand Lotte auf, verabschiedete sich leise und lief murmelnd in Richtung Gartentor zu ihrem Fahrrad.

»Verzeihung. Verzeihung. Es tut mir so leid.«

Es klang wie ein Gebet.

»Du bist nicht mein Vater?«, fragte Hetti, nachdem Lotte verschwunden war. Tränen stiegen in ihre hellen Augen und liefen die Wangen hinunter. Sie wischte sie mit dem Handrücken weg. »Wer denn dann? Papa! Mama! Redet schon!«

»Es ist kompliziert«, sagte Edi. »Lass uns morgen in Ruhe reden. Wir setzen uns zusammen und sprechen.«

Dann ging alles so schnell, dass Klara im Nachhinein die Reihenfolge der Ereignisse nicht mehr zusammenbrachte.

Eines ergab das andere wie eine einzige unaufhaltsame Kettenreaktion.

Henriette stand auf. Dabei kippte ihr Stuhl um.

Im selben Augenblick sprangen alle von ihren Sitzplätzen auf.

»Wir gehen. Sofort«, schrie Hetti, lief ins Häuschen und kam mit dem schlafenden Kind heraus. Klara starrte auf die hellblauen Schühchen, die sie Miriam vor einem Monat geschenkt hatte.

Warum hast du ihr die Schuhe angezogen?, dachte sie verzweifelt.

»Nein«, flüsterte Klara in flehendem Ton. »Bleibt hier. Ich bitte dich, Hetti, lass uns in Ruhe darüber reden. Geht nicht! Ihr seid müde. So könnt ihr doch nicht fahren! Schlaft hier im Häuschen. Morgen früh sprechen wir. Oder nach eurem Termin in Basel. Lasst uns doch vernünftig sein.«

Norbert lief hinüber zum Tor, öffnete es und setzte sich anschließend ins Auto. Er kurbelte das Fenster herunter.

»Bitte«, sagte Edi und trat hinüber zur Fahrerseite des VWs. »Bring sie dazu, dass sie bleibt. Dieses eine Mal, unternimm etwas! Gib mir den Autoschlüssel.«

Norbert starrte zur Frontscheibe hinaus, umklammerte das Lenkrad, in seinem rechten Mundwinkel hing eine brennende Zigarette. Henriette setzte sich mit Miriam auf den Beifahrersitz.

»Mach deine Kippe aus«, zischte sie.

Miriam schien tief und fest zu schlafen.

»Bitte«, bettelte Klara. »Fahr nicht. Oder lass das Kind hier. Ich bitte dich. Ihr habt morgen Termine. Lass wenigstens Miriam hier bei mir!«

Zögernd steckte Norbert den Schlüssel in den Anlasser

und stellte den Motor an, dann warf er die brennende Zigarette aus dem geöffneten Fenster.

»Wer ist mein Vater?«, schrie Hetti.

»Das ist nicht so einfach«, stotterte Klara. »Morgen. Lass uns morgen in Ruhe darüber reden.«

»Fahr los«, sagte Henriette, ohne ihre Mutter anzusehen.

Sie nahm den Türgriff und versuchte die Tür zu schließen, aber Klara umklammerte mit aller Kraft den Rahmen.

Norbert betätigte das Gaspedal. Der Motor heulte auf.

»Mach die verdammte Tür zu!«, schrie er.

»Bleibt«, sagte Edi noch einmal. »Gebt mir die Autoschlüssel. Wir sprechen in Ruhe, wenn ihr zurück seid. Schlaft hier. Ihr seid für euch allein. Wir gehen nach Hause.«

»Lass Miriam hier«, flehte Klara mit letzter Kraft.

»Ich nehme mein Kind mit«, sagte Hetti. »Lass die Tür los, Mama.«

Klara hörte ihren eigenen Atem. Dann trat Edi neben sie.

»Komm zur Vernunft, Hetti. Du kannst das doch nicht an Miriam auslassen. Wo willst du denn morgen hin mit ihr?«

Klara schluchzte und hielt sich den Mund mit der freien Hand zu; mit der anderen umklammerte sie den Türrahmen und drückte ihren Körper zwischen ihre Tochter und die Tür.

Plötzlich begann Miriam zu schreien.

Es war kein Schreien, das sich langsam steigerte. Sie schrie, als habe sie sich lange vorbereitet, tief Luft geholt und alle Kraft in ihren kleinen Lungen angesammelt.

Hektisch klopfte Henriette auf Miriams Rücken. Es machte alles nur schlimmer. Miriam schrie wie eine Sirene. Ihr Kopf lief rot an.

Norbert hielt sich die Ohren zu und schlug schließlich mit beiden Händen auf das Lenkrad.

»Dann lass sie hier, verdammt noch mal! Ich halte dieses Geschrei nicht aus! Tag und Nacht dieses Theater, ich bin am Ende! Dein Vater hat recht – wir können sie morgen nicht brauchen. Beruhige dich endlich, Hetti.«

Für einen winzigen Augenblick stutzte Henriette, und es war, als schwanke sie zwischen zwei Kränkungen.

»Er ist nicht mein Vater«, flüsterte sie. Miriam schluchzte auf, und die Stille, die danach entstand, klang bedrohlicher als jeder Schrei. »Ich erinnere mich. Wir wohnten noch in Konstanz«, sagte Hetti wie in Hypnose. »Da hab ich was aufgeschnappt. Es ging um Papas Krankheit. Ziegenpeter. Ich hab euch gefragt. Ihr habt mich angelogen. Damals wie heute.«

»Es geschah zu deinem Schutz«, sagte Klara.

Ihre Augen füllten sich mit Tränen.

Einen Augenblick hörte man den verspäteten Balzfrosch wieder quaken, dann überlagerte Miriams Schreien erneut sein Werben.

Henriette warf ihrer Mutter einen irren Blick zu, als sei sie gerade erwacht.

Miriam schrie weiter wie eine Sirene.

»Nimm sie. Es wird das letzte Mal sein, Mama.«

Kopflos nahm Klara ihre Enkelin und flüchtete mit ihr ins Haus. Dort schloss sie sich ein, setzte sich in den Sessel und schaukelte Miriam hin und her.

Sie hörte das Quietschen von Reifen auf dem Schotterweg. Wie auf Kommando stellte das Kind sein Geschrei ein und wimmerte leise in immer größeren Zeitabständen. Zwischendurch schnappte es nach Luft.

»Das ist alles gar nicht passiert«, sagte Klara wie ein Mantra. Es klopfte. »Lass mich rein, Klara. Sie sind weg.«

Klara stand auf, während sie das Kind festhielt, und öffnete die Tür.

»Was sollen wir tun, Edi?«

»Ich muss nachdenken«, erwiderte Eduard, trat zu ihr und küsste erst sie, anschließend Miriam auf die Stirn. »Ich hole den Wagen. Lass uns nach Hause fahren. Wir werden die Wogen glätten. Henriette ist meine Tochter. Mein Kind.«

Die halbe Nacht redeten sie in der Gresserstraße, wie es dazu hatte kommen können, dass das Geheimnis, eigens zum Schutz Henriettes gehütet und bewahrt, gelüftet worden war.

Eine unbedachte Äußerung von Lotte hatte genügt, und die Bombe war in der Gartenlaube hochgegangen.

»Lotte war schon immer ein Risiko«, zischte Klara, stand auf und sah noch einmal nach Miriam.

»Sie ist noch da«, sagte sie, als sie zurückkam. »Das Kind ist noch da.«

Sie blickte in Edis Gesicht. Wie eine Wüstenlandschaft nach einem Sturm trugen seine Züge die Spuren der menschlichen Entgleisungen dieser Nacht.

»Natürlich ist sie da, Liebes, natürlich.«

KLARA

29

Freiburg,
September 1977

Als es frühmorgens an ihrer Tür klingelte, war Klara plötzlich hellwach. Sie warf einen Blick auf die Uhr: kurz vor fünf Uhr morgens. Hatte Hetti es sich anders überlegt und war zurückgekommen?

Klaras Gefühl sagte ihr etwas anderes.

Auch Edi war aufgeschreckt und aus dem Bett gesprungen.

Er fuhr sich durchs Haar, zog im Gehen seinen Morgenmantel an und betätigte den Türöffner im Flur.

Klara blieb liegen und bemühte sich, die wenigen Wortfetzen von dort aufzuschnappen.

Miriam schlief neben ihr. Aus ihren Mundwinkeln tropfte etwas Spucke, die Klara vorsichtig abtupfte.

Vom Flur hörte sie eine fremde Stimme.

Verkehrsunfall. Notschrei. Landstraße. VW Käfer. Beide Insassen.

Klaras Herzschlag beschleunigte sich.

Dann vernahm sie Schritte im Flur, das Schließen der Küchentür.

Irgendwann, sie wusste nicht, wie viel Zeit vergangen war,

saß Edi an ihrem Bett und erklärte ihr flüsternd, was geschehen war.

Mit aufgerissenen Augen folgte sie seinen wirren Worten. Nicht alles kam bei ihr an, denn zwischen Edis Worten und ihr stand eine dicke Nebelwand, die ganze Satzteile verschluckte.

Nur eine einzige Botschaft blieb ungefiltert zurück: Henriette war tödlich verunglückt.

»Kannst du aufstehen, Liebes?«, fragte Edi. »Zieh deinen Morgenmantel an. Der Kriminalbeamte möchte dich sehen.«

Wie in Trance befolgte sie seine Anweisungen.

»Psst«, flüsterte sie. »Das Kind schläft.«

»Ich weiß«, sagte Edi, legte den Arm um Klara und schob sie sanft in die Küche, wo ein fremder Mann in Mantel und Hut sogleich vom Stuhl aufsprang und ihr mit ausgestrecktem Arm die Hand reichte.

»Mein aufrichtiges Beileid, Frau Schilling.«

Benommen setzte sie sich. Sie spürte Edis Hand auf ihrer.

»Es tut mir sehr leid, Frau Schilling, aber ich muss Ihnen ein paar Fragen stellen. Wäre das möglich?«

Klara nickte, ohne zu verstehen. Ihr war, als stünde sie außerhalb ihres Körpers, als betrachte sie sich selbst und den Fremden im Fernsehen.

»Ihre Tochter und deren Mann waren gestern bei Ihnen in der Gartenlaube am Schönberg, sagte Ihr Mann. Gab es irgendwelche besonderen Vorkommnisse?«

»Er ist nicht ihr Mann, sondern ihr Freund«, berichtigte Klara tonlos.

»Nein«, sagte Edi, nahm Klaras Hand und drückte sie. »Nichts Besonderes. Wir haben die Apfelernte eingeholt. Es herrschte eine etwas ausgelassene Stimmung. Es wurde getrunken. Aber Norbert hat nur Wasser getrunken, vielleicht eine Weinschorle. Sein Laster ist das Rauchen.«

Edi lächelte gezwungen.

Der Beamte machte sich Notizen. »Apfelernte«, wiederholte er geistesabwesend, dann räusperte er sich. »Lassen Sie uns bitte von vorn beginnen. Sie haben also in der Gartenlaube gefeiert. Wer war dabei?«

»Meine Frau, unsere Tochter Henriette und Norbert Bauer, ihr Freund. Unsere zweijährige Enkelin Miriam und die Schwester meiner Frau, Lotte Mayer.«

Klang das kompliziert? Klara hatte vergeblich versucht, den Verwandtschaftsverhältnissen zu folgen.

Vor ihrem inneren Auge sah sie an einem Tisch die genannten Personen beieinandersitzen.

»Adresse?«

»Welche?«

»Lotte Mayer. Die Adresse Ihrer Schwägerin.«

Edi nannte sie in einem monotonen Tonfall, und der Beamte schrieb mit.

»Wie genau ist es passiert?«, fragte Edi und räusperte sich.

»Der Käfer ist auf der Passstraße beim Notschrei auf einen Baum geprallt und dann zwanzig Meter den steilen Abhang in die Tiefe gestürzt. Die Fahrerin war sofort tot. Der Beifahrer starb am Unfallort. Die Insassen waren nicht angeschnallt.«

»Hetti ist gefahren?«, fragte Klara ungläubig und schüttelte den Kopf. »Nein. Das stimmt nicht. Das alles ist ein großes Missverständnis. Eine Verwechslung.«

Verzweifelt sah sie zu Edi, er möge die Sache sofort regeln.

»Er meint jemand anderen. Hetti ist nicht gefahren. Sag es ihm, Edi!«

Der Mann sollte wieder gehen, und alle würden mit einem Schrecken davongekommen sein.

Sie machte Anstalten aufzustehen, um zurück ins Bett zu gehen.

Aber der Beamte schüttelte den Kopf.

»Es tut mir leid, wir haben die Personalien überprüft. Der Promillewert der Fahrerin wird derzeit untersucht.«

Klara spürte ihren Herzschlag.

»Was hat sie denn am Notschrei gemacht? Wieso haben sie denn nicht die Autobahn genommen?«, fragte Edi verwirrt.

»Wohin wollte das Paar genau?«, fragte der Beamte und richtete sich auf.

»Nach Basel.«

»Ganz schöner Umweg über den Notschrei«, nuschelte er und notierte in Druckbuchstaben *BASEL*. »Das ist ja die falsche Richtung.«

Er sah auf und schüttelte den Kopf.

»Meine Frau hat recht. Als sie wegfuhren, saß Norbert Bauer am Steuer«, sagte Edi und rieb sich die Stirn. »Das kann ich bezeugen.«

»Dann müssen sie wohl die Plätze getauscht haben«, gab der Beamte zurück. »Um wie viel Uhr sind sie los?«

Edi warf einen Blick aus dem Fenster.

»Es dürfte gegen 22 Uhr gewesen sein. So genau weiß ich es nicht mehr.«

Fragend sah er Klara an.

Sie zuckte hilflos die Achseln.

»Der Unfall muss zwischen zwölf und drei Uhr morgens passiert sein, das ergaben die ersten Untersuchungen. Von Freiburg braucht man nie und nimmer zwei Stunden bis zum Notschrei.«

»Ich bin ratlos«, sagte Edi und schluckte.

»Wir haben noch ein weiteres Problem«, sagte der Beamte stockend.

Zögerlich griff er in seine Manteltasche und zog eine durchsichtige Plastiktüte heraus, in der sich ein hellblauer Kinderschuh befand.

Klara entfuhr ein Schrei, dann hielt sie sich die Hand vor den Mund.

»Gehört dieser Schuh Ihrer Enkelin?«

Klara nickte stumm. Edi tat es ihr gleich, ging in den Flur und kam mit dem zweiten Schuh Miriams zurück. Er legte ihn auf den Tisch.

Eilig nahm Klara ihn herunter. »Das bringt Unglück. Schuhe gehören nicht auf den Tisch. Nicht auf den Tisch.«

Vorsichtig nahm ihr Edi das Beweisstück weg und reichte es dem Beamten.

»Genau, das muss der andere sein. Wir haben den zweiten am Unfallort gefunden. Die Ermittlungsbeamten suchen deshalb am Notschrei nach einem Kind. Das Kind muss ebenfalls herausgeschleudert worden sein. Wir sind noch nicht …«

Abrupt brach er ab.

Klara schüttelte den Kopf.

»Nein. Nein. Nein«, sagte sie immer wieder.

»In der Dunkelheit ist die Suche fast unmöglich. Dichte Wälder, der Abhang ist steil. Sobald es hell wird, machen wir weiter. Ist das der Schuh Ihrer Enkelin? Entschuldigen Sie bitte, ich muss das noch einmal sehr konkret fragen.«

Edi nahm die Plastiktüte in die Hand und schluchzte.

»Nein«, sagte Klara und lachte auf. »Nein. Ausgeschlossen. Das Kind ist hier bei uns. Sehen Sie selbst. Drüben im Schlafzimmer. Es schläft. Das alles ist ein Missverständnis.«

Sie warf einen verzweifelten Blick hinüber zum Schlafzimmer, und im selben Augenblick kamen ihr Zweifel.

War Miriam wirklich dort drin?

Klara sprang von ihrem Stuhl auf, riss die Tür zum Schlafzimmer auf und sah hinein.

Miriam schlief auf dem Rücken, die kleinen Arme neben sich abgewinkelt mit geöffneten Fäusten.

Leise schloss Klara die Tür, ging zurück und stellte sich vor dem Beamten auf.

»Sie täuschen sich, es muss um jemand anderen gehen. Unsere Enkelin ist hier. Sie können sich selbst davon überzeugen.«

Schützend legte sie den Arm um Edi, der sich die Augen wischte. Mechanisch strich sie über seinen Rücken und setzte sich wieder.

»Kennen Sie dieses Autokennzeichen?«

Der Beamte schob einen Zettel über den Tisch mit Henriettes Autokennzeichen, ihrem Geburtsjahr.

»Miriam ist doch hier«, setzte Klara erneut an, nach einer Erklärung suchend, aber sie konnte keinen klaren Gedanken fassen. »Genau wie ihr Schuh.«

Der Beamte schüttelte sich.

»Ich muss diese Frage noch einmal stellen, Ihnen beiden: Ist gestern Abend irgendetwas Besonderes vorgefallen?«

Klara hörte seine Stimme wie hinter einer Nebelwand.

»Was meinen Sie?«, fragte Edi zurück.

»Es ist nur, weil …«, stotterte der Polizist. »Am Unfallort gibt es keine Bremsspuren.«

Er zuckte die Achseln und sah sie an, als erwarte er eine Erklärung.

»Bremsspuren?«, fragte Klara, als höre sie dieses Wort zum allerersten Mal.

»Vielleicht hatte das Paar Streit?«

»Nein«, sagten Klara und Edi wie aus einem Mund.

»Das mit den fehlenden Bremsspuren lässt leider nur zwei Erklärungen zu.«

Edi legte seinen Arm um Klara.

»Zwei Möglichkeiten.« Der Kriminalbeamte hob die Hand in die Luft und spreizte Daumen und Zeigefinger ab. »Der Fahrer ist eingeschlafen, oder wir haben es mit Selbstmord zu tun. Erweiterter Selbstmord, um genau zu sein. Das ist ein Straftatbestand. Genau wie Alkohol am Steuer. Aber wer vermag es, eine Tote anzuklagen?«

»Anklagen?«, stammelte Edi.

»Die Eltern des Freundes Ihrer Tochter könnten auf einer Untersuchung bestehen. Dann kommt die Frage, ob Sie die beiden betrunken von Schönau wegfahren ließen.«

Er unterbrach sich und schluckte.

»Aber sie ist doch …« Klara verstummte.

»Wir müssen da auf Nummer sicher gehen und für die Ermittlung alle Möglichkeiten in Betracht ziehen.«

Klara und Edi starrten auf den Tisch.

Selbstmord. Erweiterter Selbstmord. Straftatbestand.

Die Worte fraßen sich in Klaras Kopf und schnürten ihr den Atem ab.

Mit einem Ruck stand der Beamte auf.

»Unsere Tochter Henriette saß nicht am Steuer. Es war Norbert, und der hat den ganzen Abend nichts getrunken. Nur Wasser«, sagte Edi laut und deutlich und erhob sich.

»Vorher sagten Sie, eine Weinschorle.«

»Das mag sein, *eine* einzige Schorle«, erwiderte Edi gereizt. »Ich habe nicht darauf geachtet.«

»Gut, vielen Dank erst einmal, Frau Schilling. Dann lassen

wir es für heute.« Er verabschiedete sich mit einem Handschlag von Klara. »Nochmals mein aufrichtiges Beileid. Es ist schlimm, ein Kind zu verlieren.«

Klara sah ihn verständnislos an.

»Herr Schilling«, hörte sie die fremd klingende Stimme noch einmal aus dem Flur. »Darf ich Sie bitten, zeitnah in die Pathologie zu kommen?«

Mit starrem Blick beobachtete sie, wie der fremde Mann einen Zettel von seinem Block riss und Edi das Blatt reichte. »Es geht um die Identifizierung.«

Er deutete mit einer Kopfbewegung in Richtung Küche, wo Klara saß und jede seiner Bewegungen mit leeren Augen verfolgte.

»Ihre Frau wird das nicht schaffen. Vielleicht würden Sie …? Ihre Frau sollte etwas nehmen. Ich musste in meiner Laufbahn schon etliche Todesnachrichten überbringen. Für Frauen ist es ganz besonders schwer. Es gibt gute Medikamente. Wir Männer sind da anders. Es ist schrecklich, ein Kind zu verlieren, aber wir kommen damit eher klar.«

Obwohl er geflüstert hatte, war jedes Wort bei Klara angekommen, nur deren Bedeutung blieb leer und ohne Bezug.

Todesnachrichten. Ein Kind verlieren.

»Wird erledigt«, presste Edi hervor und machte die Tür auf.

»Da wäre noch etwas«, sagte der Beamte und stellte einen Fuß in die Tür. »Wir brauchen Ihre Aussagen fürs Protokoll. Würden Sie bitte morgen, ach, was sage ich«, er warf einen flüchtigen Blick auf seine Uhr, »ich spreche von heute. Passt Ihnen 11.30 Uhr im Polizeipräsidium? Wir müssen Ihre Aussagen aufnehmen. Auch die Ihrer Schwägerin«, er sah stirnrunzelnd auf seinen Notizblock und blätterte ihn eilig durch. »Lotte Mayer, wohnhaft in Littenweiler. Telefon?«

Edi nannte Lottes Telefonnummer, und der Beamte schrieb sie auf, steckte seinen Notizblock in die Manteltasche und deutete eine Verbeugung an.

»Reine Formalität«, sagte er abschließend, hob seinen Hut und verschwand.

»Das ist alles nicht passiert«, stammelte Klara, als Edi zurück in die Küche kam. »Es ist nur ein böser Traum.«

Er trat zum Küchenbüfett, nahm eine Valium, die Klara vor einem Jahr zum Schlafen verordnet worden war, aus der Schublade. Drei Viertel der Packung waren noch da.

Er reichte ihr eine Tablette und befüllte ein Glas mit Wasser.

Sie schluckte sie, während sie ihn ansah, als fände sie in seinen Augen einen Hinweis darauf, dass sie träumte. Ein böser Traum, ein Irrtum, aber sie las dort nur die Spuren einer langen Nacht.

Seine Wangen glänzten, die Augen waren gerötet, und ihr war, als sei die Liebe ihres Lebens binnen Minuten um Jahre gealtert.

Ein einst stolzer, groß gewachsener Mann, der gerade zehn Zentimeter seiner Größe eingebüßt haben musste.

Auf der Fensterbank hinter Edi saß Miriams Teddybär.

Miriam!

»Ist sie noch da?«, fragte sie ängstlich. »Schläft sie?«

Edi nickte.

»Sie ist also nicht tot?«

»Miriam ist nicht tot. Sie schläft«, sagte er mit beherrschter Stimme.

Draußen dämmerte es.

Die Sonne ging auf, und Klara begann am ganzen Leib zu zittern.

»Ich träume nur. Das ist nicht passiert. Weck mich bitte, Edi.«

»Gleich wird das Medikament wirken, Liebes. Dann kannst du schlafen.«

Er holte eine Decke, setzte sich neben Klara auf die Küchenbank, hüllte die kratzende Wolle um ihren zarten Körper und legte ihren Kopf an seine Schulter. Er nahm ihre Hand und drückte sie so fest, dass es wehtat.

Sie würden hier gemeinsam warten, bis das Medikament einen Schleier zwischen sie und die Welt gelegt hatte.

Ein einziger lautloser Schrei haftete an ihrer Kehle, fraß sich bis zu ihrem Innersten, verharrte auf ihrer Seele und hinderte sie am Atmen.

Sie holte Luft wie eine Ertrinkende und öffnete den Mund, aus dem ein verzerrter Laut kam, der an Edis Brust erstickte.

30

Freiburg,
Juli 2018

Die Nacht war lau und still, und jedes Wort von Klara wog schwer. Nichts von dem Gesagten verflüchtigte sich. Klara variierte ihre Tonlage, flüsterte an den schambesetzten Stellen, als ob jemand am Nebentisch mithörte. Manchmal schwieg sie lange und sprach dann unvermittelt weiter. Stockend stammelte sie zuweilen nur Stichworte.

Immer wieder war das Quaken von Fröschen zu hören.

Langsam setzte die Morgendämmerung ein.

Miriam hatte zugehört und Klara durch das Labyrinth ihrer Erinnerungen begleitet. Manches blieb unverständlich, aber der schmerzhafte Inhalt war zwischen den Zeilen als ein einziger lautloser Schrei durchgebrochen.

Jene Frage, die sie seit dem Auffinden von Edis Heiratsantrag beschäftigte, war beantwortet. Auch ihrer Mutter war ein Teil ihrer Wurzeln verschwiegen worden, und an einer Lebenslüge hing ein sorgfältig geflochtener Zopf von Schuld, Scham und Verleugnung.

Die ersten Vögel zwitscherten, und der Morgen brach an.

»Ich bringe dich nach Hause, Omi«, sagte Miriam und sah auf ihre Uhr. Es war jetzt kurz nach sechs, und hinter den Höhen des Schwarzwalds ging die Sonne auf.

Miriam registrierte ihre unharmonischen Schritte auf dem Schotter. Das Öffnen der Autotür. Das Anlassen des Motors.

»Du hast ein neues Auto«, sagte Klara und schnallte sich an. Die Müdigkeit war ihr anzusehen, genau wie die Anstrengungen, die sie diese Nacht gekostet hatte.

»Jonathan I war kaputt«, sagte Miriam monoton. »Pia und ich haben diesen Jonathan II getauft.«

»Das ist gut. Jonathan ist ein zu schöner Name für ein Auto. Ein Auto lässt sich ersetzen. Eine intensive Farbe, dieses Blau. Und viel bequemer als der alte.«

Ohne ein weiteres Wort zu sagen, verbrachten sie die dreißig Minuten Fahrt nach Littenweiler.

Alles war gesagt worden.

»Möchtest du frühstücken?«, fragte Klara unsicher, bevor sie ausstieg.

Miriam schüttelte den Kopf, sie hatte das Gefühl, diese Nacht klebe an ihr. Auch nur die geringste Nähe war plötzlich zu viel.

»Nein, danke. Ich muss erst mal mit mir allein sein.« Sie warf einen Blick auf die Uhr. »Außerdem habe ich um acht einen Termin im Staatsarchiv und dann eine Besprechung an der Uni. Ich fahr heim und mach mich frisch.«

Seufzend fuhr sie sich durchs Haar.

Gleich würde sie das Ausmaß von Friedrich Mayers Schriftverkehr mit Ignaz Feigenbaum im Staatsarchiv begutachten. Miriam hatte ihren Termin im dortigen Lesesaal immer wieder verschoben. Jetzt schien es passend. Der richtige Augenblick, im Sumpf ihrer Vorfahren zu wühlen.

»Wirst du mir verzeihen?«

Ihre Großmutter verschliff das Wort »verzeihen« zu einem unverständlichen Etwas, aber Miriam wusste, was gemeint war.

»Dass du mir das Leben gerettet hast? Ich bitte dich, Omi. Das ist die falsche Kategorie.«

»Welche wäre denn die richtige?«

»Versöhnung.« Miriam seufzte und merkte, wie sie mit den Tränen kämpfte. »Nicht mit dir, Omi, sondern mit meinen Fragen und den Antworten. Mit unserer Geschichte. Das muss ich allein schaffen. Dir hat auch niemand dabei geholfen.«

»Doch«, sagte sie entschieden und öffnete die Tür. »Lotte, Edi und du, ihr habt mir geholfen.«

Sie stieg aus, warf die Autotür zu und ging langsam zum Hauseingang. Verblüfft sah ihr Miriam hinterher, denn trotz ihrer gebückten Haltung besaß diese vom Schicksal herausgeforderte Frau Stolz und Anmut.

Oben in Lottes Wohnzimmer sah Miriam, wie sich die Gardinen bewegten. Sie winkte zaghaft hinauf.

Eine knappe Stunde später saß sie frisch geduscht und mit noch feuchtem Haar im Staatsarchiv in der Colombistraße, einem hässlichen, zweckmäßigen Fünfzigerjahre-Bau. Einen Steinwurf von hier entfernt lag die ehemalige Kommandantur der französischen Besatzungsmacht, jenes Gebäude, das heute das Rektorat der Universität Freiburg beherbergte.

Historischer Feinstaub aus dreizehn Jahrhunderten. Damit nichts verloren geht, las sie auf einer ausliegenden Broschüre.

Man hatte ihr einen Platz im Lesesaal zugewiesen und die Akte *Ignaz Feigenbaum* übergeben, die in Zentimeter nach der Höhe des Packens angegeben wurde.

»Sie dürfen Fotos oder Scans machen.«

Miriam nickte geistesabwesend und ging mit der Akte, die mit 1,5 Zentimetern ausgewiesen war, zu ihrem Arbeitsplatz. Auf dem Aktendeckel stand: *Ignaz Feigenbaum,* und handschriftlich unten rechts: *Ablage. Erledigt.*

Sie fuhr mit den Händen über die Pappe, saß lange da, blickte zum Fenster hinaus und öffnete schließlich die Akte.

Es handelte sich um seitenweise Dokumente der Behörden, deren Suche nach Ignaz Feigenbaum und dessen Erben betreffend. Vergeblich, denn es gab keine – eine ganze Familie war zwischen 1939 und 1942 ausgelöscht worden.

Dann folgten zwei Briefe aus den Jahren 1947–1949, beide von Friedrich Mayer cand. jur. unterschrieben.

Voller Entsetzen überflog sie die Briefe, die im typischen Friedrich-Ton klagten und juristisches Halbwissen einstreuten.

An das Badische Landesamt für Kontrolliertes Vermögen.
VO120 Aktenzeichen.

Freiburg, 11. April 1948

Bezüglich der von Ihnen genannten Immobilie gebe ich zur Kenntnis, dass ich als Käufer für viele Schäden selbst aufkommen musste und dementsprechend investiert habe. Die Rechnungen liegen diesem Schreiben bei. Von einem angemessenen Preis zu sprechen spottet jeder Beschreibung, da ich ja der Geschädigte bin. Gleichfalls habe ich Herrn Ignaz Feigenbaum mehrfach aufgefordert, sich diesbezüglich zu äußern.

Hochachtungsvoll
Friedrich Mayer cand. jur.

Denselben Ton trug auch der zweite Beschwerde- und Recht-
fertigungsbrief. Ein Behördenbescheid über eine von Friedrich Mayer vorgenommene Restitutionszahlung schloss die
Angelegenheit juristisch ab. Miriams Urgroßvater hatte in den
späten Vierzigerjahren die Differenz zwischen Einheitswert
und tatsächlich bezahltem Preis in Höhe von insgesamt dreitausend Mark leisten müssen.

Aber mit solchen Kleinbeträgen war nicht nur Friedrich
Mayer davongekommen.

Was schwerer wog und Miriam zusetzte, war der Inhalt des
letzten Blatts der Akte, eine Sterbeurkunde von Ignaz Feigenbaum, ausgestellt im Konzentrationslager Gurs in Südfrankreich.

*Monsieur Ignaz Feigenbaum, né le 23 Juin 1880 à Fribourg de na-
tionalité allemande, a été au Camp de Gurs le 14 Janvier 1940, date de
son décès.*

Date de son décès – Datum seines Ablebens.

Ignaz Feigenbaum war am 14. Januar 1940 gestorben. Er
war sechzig Jahre alt geworden.

Tränen der Wut und Hilflosigkeit stiegen Miriam in die
Augen. Feigenbaum hatte unmöglich auf Friedrichs Briefe
antworten können, denn sie hatten ihn nie erreicht. Zu diesem Zeitpunkt war Ignaz Feigenbaum bereits ermordet
worden.

Wie Miriam die anschließende Besprechung mit ihrem vorgesetzten Literaturprofessor für das kommende Wintersemester durchstand, war ihr ein Rätsel. Immer wieder gingen
ihr die Nacht in der Gartenlaube und ihr Aufenthalt im
Staatsarchiv durch den Kopf. Die zwitschernden Vögel am
Morgen, Klaras und ihre Schritte auf dem Schotterweg, der

Geruch von alter, gelagerter Pappe. Die Nachricht von Ignaz Feigenbaums Tod.

»Frau Schilling.«

Wie aus der Ferne hörte sie die Stimme des Professors.

»Aber Sie machen das ja nicht zum ersten Mal.«

Nicht zum ersten Mal?

Sie hatte nicht zugehört. Sie nickte und zwang sich ein Lächeln ab. Dann schob er ihr drei Masterarbeiten über den Tisch, und Miriam verstand. Bis Anfang des Wintersemesters hatte sie die Zweitgutachten für ihn zu erstellen. Sie bedankte sich, stand auf und verabschiedete sich zerstreut.

Als sie sich an der Tür noch einmal umdrehte, sah sie, wie er sie nachdenklich fixierte.

»Entschuldigen Sie bitte, Herr König, falls ich wortkarg und unkonzentriert war«, sagte sie stockend. »Bei mir war in der Familie einiges los in letzter Zeit. Sie bekommen die Zweitgutachten pünktlich. Schöne Ferien.«

Sie strich mit der flachen Hand über die gebundenen Masterarbeiten.

»Ja, wir alle haben unsere Familienthemen«, erwiderte er freundlich und setzte ein Lächeln auf. »Schöne Ferien auch für Sie.«

Dann lief sie nach Hause. Weil ihr Fahrrad einen Platten hatte, war sie heute zu Fuß unterwegs. Das Auto stand in der Habsburger Straße in der Nähe von Pias Wohnung, so wie vereinbart.

Miriam ging über den Münsterplatz, bog in die enge Buttergasse ein und steuerte das Traditionsgeschäft Tee-Peter an, das seine Kaffeebohnen in riesigen Jutesäcken hortete. Zu ihrer Überraschung kam sie sofort dran.

»Das Übliche, Frau Schilling? Freiburger Mischung?«

Sie nickte irritiert, schüttelte dann den Kopf, denn plötzlich verursachte ihr der Geruch von frisch gemahlenen Kaffeebohnen Übelkeit. Hinter sich hörte sie das grelle Geräusch des riesigen Mahlwerks.

Die Verkäuferin sah sie abwartend, freundlich an.

»Ingwerplätzchen«, sagte Miriam. »Ich hätte gern Ingwerplätzchen.«

Miriam hasste Ingwerplätzchen, aber Pia mochte sie.

Dann trat sie zum Regal mit dem Porzellan und griff nach einer Jumbo-Tasse mit dem Motiv eines grellgrünen Papageis mit rotem Schnabel. An der Kasse kaufte sie zudem noch einen ausgedienten Jutesack. Kopflos legte sie ihre Einkäufe auf die Theke, sah der Verkäuferin beim Einpacken zu, bezahlte und lief zerstreut nach Hause.

In ihrer Wohnung ließ sie den Rucksack im Flur zu Boden gleiten. Dann legte sie sich aufs Sofa und folgte mit den Augen den Bewegungen des Muschelmobiles.

Erst jetzt spürte sie das ganze Ausmaß ihrer Erschöpfung.

In was für eine Familie war sie hineingeboren worden? Friedrich Mayer gehörte zu den sogenannten Ariseuren, jenen Schnäppchenjägern, die aus der Not und dem Leid der jüdischen Mitbürger Kapital geschlagen hatten, und Miriam lebte in genau diesem Kapital, würde es eines Tages erben. Damit nicht genug: Ihr Urgroßvater fühlte sich sogar lange nach 1945 noch im Recht, hielt sich für den Ausgebeuteten, klagte die Franzosen, das *System* und den Rest der Welt an.

Miriam trug keine Schuld daran, aber sie fühlte die Last und die Pflicht einer Nachgeborenen zur Auseinandersetzung mit jenem dunklen Teil ihrer Familiengeschichte bis in die Knochen.

Wie hatte Bertolt Brecht die heikle Thematik in seinem Gedicht *An die Nachgeborenen* eingefangen?

> *Ihr, die ihr auftauchen werdet aus der Flut*
> *In der wir untergegangen sind*
> *Gedenkt*
> *Wenn ihr von unseren Schwächen sprecht*
> *Auch der finsteren Zeit*
> *Der ihr entronnen seid.*

Es gab keinen Trost, nur die unterdrückten Wahrheiten von zwei Generationen ihrer Familie.

Der Schlafentzug der Nacht in der Gartenlaube holte sie mit Wucht ein, und Müdigkeit legte sich wie ein Stein auf sie. Vor Erschöpfung dämmerte sie weg.

Mitten in der Nacht erwachte sie auf dem Sofa. Sie taumelte ins Bad, putzte sich die Zähne und schlüpfte in ihren Schlafanzug. In der Küche brühte sie sich einen Kamillentee, das Getränk ihrer Kindheit. Im Gegensatz zu anderen Kindern hatte Miriam Kamillentee immer geliebt. Der Kinderschuh aus Klaras Bericht fiel ihr ein und entzündete unmittelbar den Schmerz in ihr, denn es handelte sich um *ihren* Schuh, ihre symbolische Beteiligung an der Geschichte. Sie fand den Begriff *Stellvertreterschmerz* und fragte sich, wo sie das gelesen hatte.

Mit einer Tasse stand sie irgendwann am Fenster ihrer Dachschräge und sah hinaus.

Der Mond hing als Sichel am Himmel. Eine Katze überquerte die Straße.

Claude kam ihr in den Sinn – ihr gemeinsames Scheitern, die für Miriam befreiende Trennung. Das lag nun zwei Jahre zurück, und immer noch blieb Miriam zurückhaltend, sobald ein Mann auch nur ein verhaltenes Interesse an ihr und ihrem Leben signalisierte.

Manche Töchter wollten in einer bestimmen Entwicklungsphase ihre Väter heiraten. Wie viele Mädchen war auch Miriam lange davon überzeugt gewesen, ihren Großvater eines Tages zu heiraten und für immer mit ihm zusammenzubleiben. Edi, der ihr all die Jahre ein Vater gewesen war. Wie sie ihn geliebt hatte und es immer noch tat. War man Toten gegenüber nachgiebiger? Wie ging es mit ihr und ihrer Großmutter weiter? Klaras Schweigen stülpte sich wie eine schwere Glocke über Miriams dreiundvierzig Lebensjahre.

Bisher mochte der Schock sie geschützt haben, jetzt bekam sie die ganzen Auswirkungen zu spüren, wie während einer Ausnüchterung nach der anfänglichen Milderung durch Alkohol.

Sie lief ins Schlafzimmer, ließ die Rollos herunter und legte sich ins Bett. Es folgte ein unruhiger Schlaf mit wirren Träumen, deren Botschaft sie nicht entschlüsseln konnte.

Nur eine Sequenz erschloss sich ihr unmittelbar: Edi, der in ihrer alten Wohnung in der Gresserstraße stand und einen Topf sprudelndes Wasser vom Herd zog. Jeder hätte sich bei dem Manöver die Finger verbrannt, nicht Edi.

Auch Edi war nicht makellos.

Am nächsten Tag klingelte das Telefon. Wie gelähmt hörte Miriam die Stimmen auf dem Anrufbeantworter. Lotte, Patrick, dann Pia.

»Ich weiß nicht, was in Saint-Malo oder sonst wo passiert

ist, Miriam. Du gehst nicht ans Telefon, beantwortest keine Nachricht. Melde dich bitte. Ich mache mir Sorgen. Du weißt hoffentlich, dass ich nicht lockerlasse. Ruf mich an!«

Miriam löschte Pias Nachricht, genau wie all die anderen.

KLARA

31

»Was sollen wir nur tun?«, fragte Lotte, ließ sich von Edi ihre Jacke abnehmen und hielt die Hände an die Wangen. »Was wollen die denn von mir? Um 11 Uhr habe ich einen Termin auf dem Polizeipräsidium. Sie haben mich heute Morgen angerufen.«

»Komm herein«, sagte Edi und führte sie sanft in die Küche.

Klara stand von der Eckbank auf und umarmte ihre Schwester.

»Es tut mir so unendlich leid. Ich habe das nicht gewollt. Es ist mir einfach rausgerutscht.«

»Ich weiß, Lotte«, sagte Klara und streichelte mechanisch den Arm ihrer Schwester. »Das weiß ich doch.«

Edi rückte den Stuhl für Lotte zurecht und bedeutete ihr, Platz zu nehmen. Der Tisch war karg gedeckt: drei Tassen und Instantkaffee, den es bei den Schillings sonst nur beim Camping gab. Zucker, Milch, Löffel. Auf dem Herd kochte das Wasser.

Edi nahm den Kessel, stellte ihn auf ein Tischgitter und setzte sich an den Kopf der Tafel.

»Wir müssen unsere Aussagen abstimmen«, sagte er und warf einen Blick auf seine Uhr. Dann ließ er die Jalousien bis zur Hälfte herunter, gab Pulver in die Tassen und goss sie mit heißem Wasser auf. Er schob jedem von ihnen seine Tasse zu.

»Das, was wirklich geschehen ist, darf niemals verlautbar werden. Es hängt zu viel dran.«

Lotte zog die Augenbrauen zusammen.

Klara seufzte und rührte mechanisch in ihrer Tasse.

»Es hängt zu viel dran«, wiederholte Klara wie ein Echo.

»Niemand hat gestern Abend gestritten. Niemand.«

Edis Stimme klang wie die eines Richters, der ein Urteil verkündete.

»Aber«, fing Lotte zögernd an. »Ich kann alles auf mich nehmen. Schließlich war ich es. Euch trifft keine Schuld.«

Klara und Edi seufzten gleichzeitig und gaben Milch und Zucker in den heißen Kaffee.

»Damals«, sagte Edi zögerlich. »Damals, als Klara und ich geheiratet haben, da habe ich eidesstattlich versichert, ich sei der Kindsvater. In Henriettes Geburtsurkunde stand: *Vater unbekannt*. Im Familienbuch bin ich als leiblicher Vater von Henriette eingetragen.«

»Aber ihr kanntet euch doch noch gar nicht, als Hetti …«

Lotte verstummte und senkte die Augen.

»Wir haben es für das Kind gemacht«, sagte Klara stockend.

»Und um eventuelle Ansprüche aus Frankreich abzuwehren, falls sich dieser Pascal meldet.«

»Ansprüche?«

»Der Kindsvater. Klara hat damals bei den französischen Behörden vorgesprochen. Klara hatte Angst, dass Pascal ihr das Kind wegnehmen könnte.«

Lotte nahm einen kräftigen Schluck aus ihrer Tasse und verbrannte sich dabei den Mund. Sie drückte ein Taschentuch gegen ihre Lippen.

»Es war richtig, Henriettes französische Spuren zu verwischen. Der Vater war über alle Berge, was hätte ich denn tun sollen?«, fragte Klara verzweifelt und nahm ihre Tablette mit einem Schluck Wasser.

Gleich würde die Wirkung wieder nachlassen. Sie brauchte diese Nebelwand zwischen ihrem Fühlen und der Welt.

»Ich bin Rechtspfleger, Lotte. In meinem Beruf darf ich es mir weniger als jeder andere leisten, das Recht zu brechen. Ich habe vor fünfundzwanzig Jahren gegenüber den Behörden gelogen. Und werde es noch einmal tun. Gleich bei meiner Aussage im Polizeipräsidium.«

»Du hast was?«, fragte Lotte. »Vor fünfundzwanzig Jahren?« Es klang, als habe sie die Wörter verschluckt.

»Weil jetzt ein Strafverfahren über uns schwebt.«

»Über uns?«

»Über Klara und mir, Lotte.«

»Aber was habt ihr denn …?«

»Wir wollen Miriam behalten, Lotte. Versteh doch! Norberts Eltern könnten versuchen, das Sorgerecht für Miriam zu bekommen. Wir müssen einen Schlussstrich ziehen.«

Lotte sah von Klara zu Edi und wieder zurück, während Edi ihr den juristischen Sachverhalt erläuterte.

Klara konnte ihrer Schwester ansehen, dass sie verstanden hatte. Begreifen tat sie es nicht.

»Natürlich werde ich sagen, es gab keinen Streit. Ich war

gar nicht dabei. Ich bin ja vorher nach Hause gegangen. Ich muss nur die Wahrheit sagen.«

Lotte lachte kurz auf und pustete in ihre Tasse, aus der die Flüssigkeit schwappte, so sehr zitterte sie.

»Genau das sagst du, Lotte. Und was war vorher?«

»Wir haben gegessen und über Basel gesprochen. Norberts neue Stelle. Hettis Studium. Wir haben, wie jedes Jahr, die Apfelernte gefeiert. Ich hatte ganz schön was intus.« Sie schluckte und fuhr sich durchs Haar. »Drei Gläser Wein. Henriette hat von Basel erzählt. Ach, und Miriam hat versucht, Blumen zu gießen. Wie geht es Miriam?«

Lotte fing an zu weinen.

Edi schob seine Hand zu ihr hinüber und tätschelte sie. »Gut, sie schläft. Und jetzt du, Klara, wie ging es weiter, nachdem Lotte weg war?«, fragte er zärtlich.

»Wir haben uns verabschiedet. Norbert saß am Steuer, Hetti neben ihm. Miriam hat geweint. Also bin ich ins Häuschen, habe sie beruhigt und gewartet, bis sie aufhörte. Dann sind wir mit der Kleinen nach Hause gefahren. Am nächsten Tag wollten sie wiederkommen und Miriam abholen.«

Klara hörte ihre eigene Stimme. Sie klang fremd, der Inhalt wie auswendig gelernt.

»Und weshalb hat Miriam geschrien?«, fragte Edi.

Klara sah ihn überrascht an.

»Nur für den Fall, dass es dafür Zeugen gibt, draußen in der Gartenlaube.«

»Sie schreit immer beim Abschied. Das Kind kann nicht anders.«

»Das stimmt allerdings«, bestätigte Lotte. »Das ist die reine Wahrheit. So wahr ich hier sitze.«

Edi nickte und streichelte Klaras Hand. »Genau so ist es gewesen. Der Streit wird mit keinem Wort erwähnt. Es gab ihn nicht.«

»Es ist gar nichts passiert«, stammelte Klara und starrte ins Leere.

Lotte schüttelte den Kopf. »Nichts ist passiert.«

»Sie werden sehr genau nachfragen, Lotte. Deshalb ist es wichtig, dass ihr euch die Abläufe immer wieder klarmacht. Geht den Abend in Gedanken durch. Alle Gespräche, bis auf die Sache mit der Adoption, das mit Hettis Freunden, der unglückliche Anlass zu allem. Wir haben über Basel, das Theater und die Universität gesprochen. Über Miriams Fort-schritte beim Gehen. Beim Abschied hat Miriam geschrien. Norbert saß am Steuer und war nüchtern. Klara hat das Kind beruhigt. Dann sind sie gefahren. Wir bleiben ganz nah an der Wahrheit. Habt ihr das verstanden?«

Beide Frauen nickten, dann hielt Klara inne.

»Die Sache mit der Bremsspur geht mir nicht aus dem Kopf«, sagte sie unvermittelt. »Glaubst du, Hetti hat sich das Leben nehmen wollen?«

Das Wort *Leben* blieb ihr fast im Hals stecken.

Lotte, die gerade ihre Kaffeetasse an die Lippen setzte, hielt abrupt inne, riss fragend die Augen auf und stellte die Tasse zurück, ohne den Blick von Edi abzuwenden.

»Selbstmord? Wer sagt denn so was?«

»Um diese Frage geht es auch bei den Ermittlungen. Am Unfallort haben sie keine Bremsspuren gefunden«, erklärte Edi. Tränen stiegen ihm in die Augen. Er stützte die Ell-bogen auf dem Tisch ab und wischte sich mit beiden Hän-den übers Gesicht. »Entweder ist sie absichtlich an einen Baum gefahren, oder sie ist eingeschlafen. Ein Streit zwischen den beiden würde die Selbstmordtheorie stützen. Und dann sind die Behörden ganz schnell bei uns, bei dem Anlass des Streits. Deshalb ist es so wichtig, den Deckel draufzuhalten. Sonst fliegt uns alles um die Ohren. Die ganze Scheiße.«

Klara zuckte zusammen. Dieses Wort hatte sie noch nie aus Edis Mund gehört.

Er räusperte sich.

»Wenn wir das widerlegen, bleibt nur noch Alkohol am Steuer als Delikt. Hat jemand von euch eine Ahnung, wie viel Hetti getrunken hat?«

»Zwei Flaschen waren leer«, sagte Lotte. »Daran kann ich mich erinnern. Ich hatte drei Gläser davon. Mindestens.«

»Klara?«, fragte Edi.

Sie zuckte die Achseln. »Eins?«, fragte sie unsicher.

»Und was ist mit dir, Edi?«, wollte Lotte wissen.

»Auch nur eins und dann noch ein Glas Bier. Wenn ich fahren muss, trinke ich nie mehr, ihr kennt mich doch. Bleiben etwa drei Gläser übrig für Hetti.«

Klara schluchzte.

Lotte schüttelte energisch den Kopf. »Niemals. Niemals. So ist Hetti nicht. Das tut sie nicht. Nein.«

»Ich bin mir sicher, dass sie am Steuer eingeschlafen ist«, sagte Edi mit zitternder Stimme. »Sie war viel zu stark. Nein, es war kein Selbstmord. Es war Schicksal. Einfach Schicksal.«

»Schicksal«, wiederholte Lotte und putzte sich die Nase. »Aber ich bin schuld.«

»Wenn, dann tragen wir alle Schuld«, sagte Klara. »Es war eine Lüge mit der Vaterschaft, und die Wahrheit kam ans Licht.«

Fortan würde in Klaras Vorstellung Wahrheit, Tod und Lüge im Zusammenhang mit dem Verlust ihres einzigen Kindes zu einer konfusen Allianz verschmelzen, so sehr, dass sie in den folgenden Jahren das Geheimnis um Hettis Tod tief in sich begrub.

»Niemand ist schuld«, sagte Edi und wischte mit der flachen Hand über den Tisch. »Du hast Miriam das Leben gerettet, Klara.«

Klara stutzte.

Alle schwiegen.

Hatte sie eine Ahnung gehabt und deshalb so vehement darauf bestanden, Miriam bei sich zu lassen? Nicht auszudenken, sie hätte in einer einzigen Nacht beide Kinder verloren.

Edi nahm mit seiner rechten Hand Klaras, mit der linken Lottes und drückte sie. Mit starrem Blick sah er auf die beiden freien Hände der Schwestern. Vorsichtig schob Lotte ihre zu Klara, ergriff sie, und ein Kreis schloss sich.

Edis Stimme durchdrang die Stille.

»Wir müssen jetzt alles zusammenhalten, das Vergangene und die Gegenwart. Denkt an Miriam, an ihre Zukunft. Noch unsere Aussagen, dann ist es vorbei. Alles, alles hängt von unserer Verschwiegenheit ab. Miriam lebt, und das ist uns ein großer Trost. Geht in euch, wenn wir gleich im Präsidium sind. Denkt daran, was wir besprochen haben, erst dann antwortet. Es hängt zu viel dran.«

Es hängt zu viel dran.

Dann standen sie auf, und Lotte lief direkt zum Polizeipräsidium, wo eine halbe Stunde später Edi und Klara eintrafen. Ihre Aussagen wurden aufgenommen.

Kurz nachdem sie wieder ihr Zuhause erreicht hatten, rief Lotte an.

»Es ist gut gegangen«, flüsterte sie. »Ich glaube, ich hab alles richtig gemacht.«

»Danke, Lotte«, sagte Edi und legte den Hörer auf.

»Du hast dem Kind das Leben gerettet«, sagte Edi, als er zu Klara zurückkehrte, die stumm vor einem randvollen Teller Nudelsuppe saß. »Du hast Bärenkräfte entwickelt, als du die Beifahrertür aufgehalten hast. Ich habe dich noch nie zuvor so erlebt.«

Beifahrertür. Bärenkräfte. Was redete Edi da?

Nach dem Mittagessen ging Klara ins Schlafzimmer und zog die Bettdecke bis über die Nase.

Dort verharrte sie lange, stand nur widerwillig auf, wenn Edi sie aufforderte und ihr zu essen gab oder ein Bad für sie einlaufen ließ. Sie nahm ihre Tabletten ein und verweigerte ihr Lieblingsgetränk, frisch gebrühten Kaffee mit Bohnen vom Tee-Peter. Die Freiburger Mischung.

Allmählich ließ die Wirkung des Valiums nach, die Nebelwand zwischen ihr und der Welt wurde dünner, durchlässiger, aber sie bot immer noch Schutz vor dem unerträglichen Schmerz und erstickte alles Lebendige in ihr.

Die Bombennacht von Freiburg kam zurück wie eine Welle. Die vielen herumirrenden Kinder aus dem Waisenhaus, die durch die zerstörten Straßen wie Traumwandler gegangen waren. Glühwürmchen. Die Rechercheoffiziere, die Wöchnerinnenstation im St. Elisabeth, das unbeschreibliche Glück der Geburt. Ihre Flucht nach Konstanz, das Mansardenzimmer, eine Modenschau, eine zersprungene Flasche Wein, ihre Scham. Die ersten Schritte ihrer Tochter.

Ein Balanceakt, den jetzt Klara durchlebte.

Wie sehr hatte sie um ihr Kind gekämpft und den Kampf

siebenundzwanzig Jahre später an einem Baum am Notschrei verloren.

Es war falsch, wenn die Kinder vor den Eltern gingen, gegen jede Natur.

»Wie hat sie ausgesehen?«, fragte sie eines Morgens unvermittelt, als Edi ihr Grießbrei mit Apfelmus und Tee ans Bett brachte.

Er blickte sie verständnislos an.

»Du hast sie identifiziert, unser Kind. Wie hat sie ausgesehen?«

Edi setzte sich ans Bett und nahm ihre Hand in seine.

»Wie ein Engel. Als schliefe sie. Wie ein Engel hat sie ausgesehen, Liebes.«

Es gab Tage, an denen Miriam viel weinte.

Klara vernahm Edis Flüstern, wenn er das Kind beruhigte und durch die Wohnung trug. Nacht für Nacht legte er Miriam zwischen sie beide in ihr Bett. Manchmal erwachte sie von Miriams Atem, den sie an ihrem Hals spürte, so dicht lag sie bei ihr.

Edi ließ sich drei Monate von seinem neuen Posten als Rechtspfleger beim Zivilgericht Freiburg beurlauben, um ausschließlich für seine Frau und Enkelin da zu sein.

An jedem Morgen tapste Miriam an Edis Hand mit zunehmend sicheren Schritten zu Klara ins Schlafzimmer, kletterte auf ihr Bett und lächelte sie an.

»Omi«, sagte sie eines Tages. »Omi.«

»Kinder vergessen schnell«, sagte Edi lächelnd zu Klara.

Klara drückte das Kind an sich. Es fühlte sich wie einst nach der Geburt von Henriette an. Sie atmete den Duft der Kinderhaut ein, und mit einem Anflug von Dankbarkeit registrierte sie, dass Miriam anders roch als damals Hetti. Das war ein großes Geschenk.

Dann, eines Tages, Klara wusste nicht, wie oft es draußen hell oder dunkel geworden war, wie häufig die Müllabfuhr gekommen und gegangen war, aber auf einmal klang das Geräusch der Müllschlucker vertrauter, und ein Hauch von Normalität drang zu ihr durch.

Aus der Küche strömte der Duft von frisch gemahlenem Kaffee.

»Miriam braucht dich«, sagte Edi durch einen Spalt des Nebelvorhangs zwischen ihr und der Welt, als sie unsicher im Morgenmantel die Küche betrat.

Miriam spielte mit ihrem Teddy auf dem Boden und streckte die Arme nach ihr aus.

»Omi. Arm.«

Sie nahm das Kind und drückte es an sich. Dann sah sie dabei zu, wie Edi eine Packung Tabletten in den Müll warf. Auf einem kleinen Haufen lagen neben der Kaffeekanne aus Emaille halbierte und gedrittelte Kapseln des Wundermittels, das ihr den ersten Schmerz gedämpft hatte.

Aber es war wie bei allem, das man aus der Hand gab. Irgendwann verlor man die Kontrolle. Wenn sie Herrin ihrer Entscheidungen bleiben wollte, dann musste sie den Abschied von Henriette ohne Hilfsmittel vollziehen. Nicht einmal Edi konnte ihr dabei helfen. Sie musste den Schmerz aushalten.

»Wir schleichen das Teufelszeug langsam aus«, sagte Edi fachmännisch.

»Ich hätte gerne eine Tasse Kaffee«, sagte Klara, als gebe sie eine Bestellung auf. Miriams zarte Wimpern streiften ihre Wange. »Freiburger Mischung. Frisch gemahlen.«

Sie setzte das Kind ab und ging zur Eckbank.

»Wie wunderbar, das ist ein gutes Zeichen«, erwiderte Edi,

flitzte wie ein Kellner zum Küchenbüfett, holte eine Tasse heraus, schob den Stuhl, der Klara im Weg stand, zur Seite und machte eine einladende Handbewegung.

»Freiburger Mischung von Tee-Peter, frisch gebrüht, für Sie exklusiv, gnädige Frau. Wir werden uns doch um unseren neuen Gast kümmern, kleines Fräulein, nicht wahr?«

Er sah seine Enkelin augenzwinkernd an, schüttelte ein Küchenhandtuch aus und wischte damit theatralisch über den Tisch.

Miriam kicherte hinter vorgehaltener Hand, und ihre Korkenzieherlocken hüpften dabei auf und ab.

Geistesabwesend nahm Klara den ersten Schluck.

Der Kaffee schmeckte bitter wie ihre Trauer. Sie gab Zucker hinein, immer mehr, aber der Schmerz ließ sich nicht ausschleichen. Im Gegenteil, er kehrte zurück, langsam, stark, intensiv und nachhaltig.

Wenige Wochen später kam vom Gericht die Mitteilung, die Staatsanwaltschaft habe die Akte geschlossen. Henriettes Promillewert war unter der zulässigen Höchstgrenze von 0,8 gelegen, und man ging von einem Sekundenschlaf der Fahrerin aus.

Das war keine Straftat, sondern eine schicksalhafte Tragödie.

Noch im selben Jahr verkaufte Klara ihre Schneiderwerkstatt und widmete sich ganz der Erziehung ihrer Enkelin.

Das Jugendamt hatte dem Ehepaar Schilling als Rechtsnachfolger Henriettes die zweijährige Miriam zugesprochen. Norberts Eltern akzeptierten die Entscheidung, brachen aber daraufhin den Kontakt zur Familie Schilling ab.

»Sie wird vergessen«, sagte Edi, wenn Miriam hin und wieder Mama zu Klara sagte. »Kinder in diesem Alter vergessen schnell.«

Diesmal würde Klara eine nahezu perfekte Mutter sein. Diesmal würde sie keinen Fehler machen und die schreckliche Wahrheit für sich behalten.

Es konnte so schnell gehen, und alles Vertraute stürzte einen Abhang am Notschrei hinunter.

MIRIAM

32

Freiburg,
Juli 2018

Miriam wusste nicht, wie lange sie sich eingeigelt hatte und ob Stunden oder Tage vergangen waren, aber an einem heißen Sommertag klingelte es Sturm. Kurz darauf klopfte es an ihre Wohnungstür.

Miriam öffnete einen Spalt und schluckte, als sie Pia sah.

Ihre Freundin wich einen Schritt zurück.

»Locke! Was ist nur mit dir los? Möchtest du mich nicht reinlassen?«

In der Tür konnte sie Pias Finger sehen, die den Rahmen umklammerten. Die Kette des Einbruchsschutzes spannte. Miriam schüttelte den Kopf.

»Nein. Es geht nicht. Ich kann dich nicht reinlassen.«

Pia verstummte. Dann blickte sie zu Boden und scharrte mit einem Fuß.

»Du kannst nicht heißt, du willst nicht?«

»Ich halte es nicht aus, Pia. Bitte.«

Sie hielt sich die Hand vor den Mund.

Pia machte einen tiefen Seufzer und warf den Kopf in den Nacken. Es entstand eine lange Pause.

Miriam überlegte, ob sie die Tür schließen sollte, aber Pias Finger umklammerten immer noch den Rahmen.

»Gut, dann setze ich mich jetzt hier vor deine Tür, bis du so weit bist. Ich bleibe. Du kannst dich drinnen verbarrikadieren oder dich hier zu mir setzen. Es ist mir egal. Ich werde nicht weichen, mich nicht wegschicken lassen. Du bleibst drin, ich draußen. Wir reden oder schweigen. Du bestimmst. Wäre das ein akzeptabler Vorschlag?«

»Das ist ja lächerlich«, sagte Miriam angespannt und ließ sich neben der Tür mit dem Rücken an der Wand zu Boden gleiten. Sie zog die Beine an die Brust und umklammerte ihre Knie mit den Unterarmen.

Schweigend verharrten die Freundinnen, nur eine angelehnte Tür trennte sie. Sie konnte sogar Pias Atem hören. Unten ging die Haustür auf und zu, Kinderstimmen hallten durchs Treppenhaus, und mehrfaches Klingeln an verschiedenen Türen war zu hören.

Es schien eine Ewigkeit zu vergehen, bis Pia anfing zu sprechen.

»Was war los? Erzähl mir doch einfach zunächst das Schöne. Wie ist Saint-Malo?«

Saint-Malo – was hatte sie damit verbunden, welche Träume, Hoffnungen hatte sie dort zurückgelassen?

Stockend begann Miriam ihre Geschichte zu erzählen, jene, die gar nichts mit Saint-Malo zu tun hatte und dennoch ohne ihre Suche nach ihrem leiblichen Großvater womöglich niemals ans Licht gekommen wäre. Klaras und Edis Geheimnis, Lottes Versprecher, die Folgen. Die Zusammenfassung dessen, was ihr Klara in der Gartenlaube berichtet hatte.

Erst jetzt beim Sprechen wurde ihr das Ausmaß ihrer Verstrickung bewusst. In der Gartenlaube hatte sie nur zugehört.

»Ich wusste das mit dem Verkehrsunfall, aber ich kannte die Umstände nicht. Anscheinend habe ich eine nicht unbedeutende Rolle gespielt.«

»Du warst zwei Jahre alt, Miriam! Da ist man kein Täter, nur Opfer.«

Opfer – das klang nach der falschen Kategorie, aber ihr fiel auf Anhieb auch keine passendere ein.

»Ich muss geschrien haben wie am Spieß. Meine Großmutter hat mir das Leben gerettet.«

»Genau betrachtet, haben Klara und du zusammengearbeitet. Du hast sie gewarnt, und sie hat gehandelt. Du trägst keine Schuld am Tod deiner Eltern, hast du das verstanden?«

Sie hatte es gehört, mehr nicht. Miriam bemühte sich, Pias Gedankengang nachzuvollziehen, aber er tröstete sie nicht.

Sie spürte, wie ihr Tränen die Wangen hinabliefen, und wischte sie mit dem Handrücken weg.

»Deine Großmutter hat dir das Leben gerettet.«

Miriam nickte. »Trotzdem fühle ich Leere. Eine unendliche Leere. Ich habe das Gefühl, keine Nähe ertragen zu können.«

»Vielleicht aus Angst, dass dir dasselbe passiert wie damals? Das ist tief in dir drin, nicht wahr? Wenn ich Nähe zulasse, dann verliere ich den Menschen, dem ich nahe bin. Das muss wie ein Glaubenssatz in deinen Knochen stecken.«

»Ja«, schluchzte Miriam, zog ein Papiertaschentuch aus ihrer Schlafanzughose und putzte sich die Nase. »Aber das war ja noch nicht alles. Ich war im Staatsarchiv. Gestern Morgen.«

»Du hast die Akte gesehen? Die von Friedrich? Erzähl!«

Pia schien plötzlich hellwach, ihr professionelles Interesse gab Miriam ein wenig Sicherheit und holte sie für einen Augenblick aus ihrem Schneckenhaus heraus.

»Es ist die Akte von Ignaz Feigenbaum«, korrigierte Miriam. »Mein Urgroßvater Friedrich Mayer hat die Not eines jüdischen Mitbürgers beim Hauskauf ausgenutzt. Er war ein Profiteur der Arisierung.«

Jetzt seufzte Pia laut.

»Hat man Nachfahren von Feigenbaum gefunden?«

»Es gibt keine. Er und seine ganze Familie wurden ausgelöscht.«

»Das ist schrecklich, Miriam, aber auch am Verhalten deines Urgroßvaters bist du unschuldig. Vor allem sind es zwei verschiedene Dinge, der Unfall deiner Eltern und Friedrich Mayers seltsames Rechtsverständnis.«

»Manchmal bin ich wütend auf meine Mutter, weil sie mich verlassen hat«, presste Miriam zwischen den Zähnen hervor. »Für Friedrich empfinde ich inzwischen beinahe Mitleid und sehe die Not hinter seinen armseligen Handlungen.«

Die Tränen schossen ihr erneut in die Augen, und sie bemühte sich, sie herunterzuschlucken.

»Alles, was du fühlst, ist richtig, Locke. Es gibt keine falschen Gefühle, nur falsche Schlussfolgerungen. Hadere mit deinem Schicksal, sei wütend auf deine Mutter und bemitleide Friedrich. Und dann, eines Tages ...«

Erneut putzte Miriam ihre Nase.

»Musste er einen Ausgleich bezahlen?«

»Lächerliche dreitausend Mark.«

»Es stimmt, mit Gerechtigkeit hat das wenig zu tun, aber da ist Friedrich Mayer nicht der Einzige, der als Sieger vom Feld ging und nicht als Verlierer.«

Gerechtigkeit. Sieger. Verlierer. Welche Begriffe wurden dem geschehenen Unrecht gerecht? Welche ihrer eigenen Not?

»Und dann ... eines Tages?«, fragte Miriam.

»Wie?«

»Wie geht dein Satz von gerade eben weiter?«

»Eines Tages versöhnst du dich mit allem.«

Schweigen. Nur der Atem der Freundinnen war zu hören. Ein Stockwerk weiter unten öffnete sich eine Tür und fiel laut ins Schloss. Jemand eilte die Stufen hinab.

»Weißt du, Miriam, ich versuche mir vorzustellen, wie es für deine Großmutter gewesen sein muss, damals. Sie hatte ein Kind verloren und musste unsägliche Angst haben, ihr zweites Kind, das du ja irgendwie warst und bist, auch zu verlieren. Womöglich wegen einer bürokratischen Schwachsinns-Verordnung der staatlichen Behörden.«

Miriam überlegte. Diesen Aspekt hatte sie in der Tat noch nicht bedacht. Sie hätte sonst wo landen können. In einem Heim, bei einer Pflegefamilie.

»Klara hatte sogar Angst, dass nach der Geburt meiner Mutter noch mal die Rechercheoffiziere der Franzosen ins Krankenhaus kommen und ihr Kind in eine Pouponnière stecken. Und das im Jahr 1949«, sagte Miriam.

»Und auch damals hat sie gelogen, nicht wahr?«

»Vater unbekannt, trug sie in die Geburtsurkunde damals ein, ja«, nickte Miriam gedankenverloren.

»Und diese Lüge geht doch in Ordnung, oder? Also ich kann sie verstehen.«

»Das war ja auch was anderes. Weißt du, was meine Tante Inge früher immer gesagt hat?«

»Was?«

»*Notlügen sind erlaubt.* Meine Familie hatte schon immer klare Vorstellungen von erlaubten oder unverzeihlichen Lügen. Das ist meine Familie, Pia!«

»Nicht besser und nicht schlechter als die meisten.«

Miriam lachte kurz auf.

»Bei der großen Lüge hing Edi mit drin«, sagte Pia nachdrücklich. »Falls deine Großmutter die Wahrheit hatte sagen *wollen*, hätte sie einen riesigen Loyalitätskonflikt gehabt. Und dein Großvater Eduard hätte womöglich seine Stelle verloren. Ein Rechtspfleger, der einen Meineid leistet, wäre untragbar gewesen.«

»Es hängt zu viel dran.«

»Wie bitte?«, fragte Pia.

»Das sind die Worte, die Edi immer wieder gesagt haben muss. Das hat Lotte vor einer Woche zu meiner Großmutter gesagt, und Klaras Erinnerung kam praktisch schlagartig zurück. Dieser Satz war der Trigger, den ich im Übrigen auch zu Beginn meiner Suche von Tante Lotte zu hören bekam. Meine geliebte Großmutter triggert bei Worten.«

»Er stimmt ja auch, trifft das Problem sehr genau.«

»Ja, das tut es wohl.«

»Wie geht es dir jetzt?«, fragte Pia flüsternd.

»Leer. Ich fühle mich leer, traurig, wie eine Vollwaise. Ich bin eine Vollwaise. Als würde ich erst jetzt den Verlust meiner Eltern durchleben.«

Miriam spürte Pias Blick durch den Türspalt. Sie sahen einander in die Augen. Die Kette des Türschlosses spannte.

»Genau das, glaube ich, hat Klara geahnt. Dass dieser Schmerz dich einholt, sobald alles ans Licht kommt. Was ist mit deinem Lieblingsspruch an der Uni? *Die Wahrheit wird euch freimachen.* Tröstet er dich?«

»Er stimmt nicht«, sagte Miriam. »Die Wahrheit macht dich nicht frei, sondern kaputt.«

»Das tut sie nicht, und das weißt du auch. Irgendwo hab ich mal einen interessanten Satz gelesen: *Der Verstand vergisst, der Körper nicht.*«

Miriam kippte den Kopf zur Seite.

»Wie schön das klingt. Manchmal erinnere ich einen Geruch oder eine Umarmung, irgendetwas sehr Intimes zwischen meiner Mutter und mir.«

Miriam hörte Geraschel und sah durch den Türspalt einen Schatten.

»Tröstet dich denn das?«, fragte Pia.

»Vielleicht.«

Pia war aufgestanden.

»Warte auf mich. Ich komme zurück, in spätestens einer Stunde. Du könntest inzwischen ein Bad nehmen.«

»Ein Bad, im Hochsommer?«

Miriam rieb sich die Schläfen.

»Lauwarm, kalt, egal. Ich finde, du solltest etwas Rituelles tun, verstehst du? Nimm deinen Lieblingsduft und wirf die doppelte Dosis ins Wasser. Wir treffen uns in einer Stunde wieder hier«, sagte Pia, und Miriam hörte ihre sich entfernenden Schritte auf der Treppe.

»Du musst nicht wiederkommen«, stammelte sie, aber das hörte Pia längst nicht mehr.

Miriam schloss die Tür mit dem Fuß und blieb einfach sitzen. Irgendwann stand sie auf, holte sich einen frischen Schlafanzug aus dem Stapel Bügelwäsche, ging ins Bad und stellte sich unter die Dusche.

Pia würde ja doch wiederkommen.

Sie schrie kurz auf, als sie sich mit eiskaltem Wasser

abspritzte. Dann begann sie damit, ihren Körper mit einem Peeling zu reinigen, das nach Minze duftete. Sie rubbelte so lange, bis ihre Haut brannte.

Pia lag falsch. Ein Vollbad besaß nichts Rituelles, sie wollte nicht in ihrem eigenen Dreck liegen, mit geöffneten Poren ihr eigenes Gift aufnehmen, lieber würde sie Schicht für Schicht von sich abtragen, bis sie zu ihren Wurzeln vorgedrungen war. Dort, wo der Schmerz saß.

Der Körper vergisst nicht.

Mit geschlossenen Augen hielt sie ihr Gesicht dem Wasserstrahl entgegen. Die sonst so belebende Minze schien sie unmittelbar zu ermüden. Beim Abtrocknen registrierte sie ihre gerötete Haut. Dann schlüpfte sie in den frischen, zerknitterten Schlafanzug, kämmte sich die Haare und cremte ihr Gesicht ein. Sie fühlte sich nicht neu, nicht sauber, aber anders.

Ihre Haut erinnerte sich an eine frühe Kindheit, das Baden und Haarewaschen am Samstagabend in der freistehenden Wanne in der Gresserstraße, wo sie aufgewachsen war.

»Wir hatten hier schon Mitte der Sechziger eines der ersten Bäder in der Oberau«, hatte Edi stolz verkündet, nachdem er eine Badewanne gegenüber dem Waschbecken hatte aufstellen lassen.

Das Baden wurde fortan zu einer Art Abschluss der Woche, eine zuverlässige Größe, ein familiäres Ritual, das stets einen penetranten Duft nach den Nadelhölzern eines halben Sommerwalds in die ganze Wohnung transportierte und pünktlich um Viertel nach acht vor dem Fernseher endete.

Unter der Woche wurde Miriam Abend für Abend vorgelesen, bis sie selbst lesen konnte.

Samstag war Familienfernsehtag.

Für Miriam bildete jenes Ereignis den Erwachsenentag, denn dann durfte sie bis elf Uhr abends aufbleiben und sich gemeinsam mit ihren Großeltern *Am laufenden Band* ansehen. Sie erinnerte sich noch gut an Edis kleine Sticheleien.

»Gib es zu, Klara, ein bisschen bist du doch verliebt in den Herrn Carrell, oder zumindest in seinen Akzent, was meinst du, Miriam? Gefällt er deiner Omi?«

Regelmäßig winkte Klara ab, und alle lachten. Meistens schlief Miriam gegen halb zehn ein und wurde dann ins Bett getragen.

Sie suchte ein Wort für diese warme Erinnerung und fand den Begriff Geborgenheit. Ja, der Körper erinnerte sich, aber zuverlässiger war, wenn Körper und Verstand dieselbe Erinnerung teilten.

Nach einer Weile läutete es, und Miriam ging zur Tür. Sie hörte Pias Schritte auf den Stufen nach oben kommen, ließ die Tür halb geöffnet und trat einige Schritte zurück.

Pia betrat die Wohnung.

Miriam blieb auf Abstand stehen, beäugte sie kritisch.

»Darf ich?«, fragte Pia.

Miriam nickte.

»Hast du gebadet?«

»Geduscht«, gab sie kurz zur Antwort.

Mit einer Einkaufstüte aus Packpapier lief Pia in Richtung Küche. Miriam folgte ihr langsam und sah ihr dabei zu, wie sie den Inhalt auspackte. Kaffee, Milch und drei Sorten Beeren vom Markt.

Dann öffnete Pia die Balkontür.

»Setz dich doch. Ich mach uns jetzt erst mal Kaffee. Oh, du hast Ingwerplätzchen für mich besorgt«, sagte sie lebhaft, als sie das Päckchen entdeckte. »Das ist ja lieb von dir. Die vom Tee-Peter sind die besten.«

Sie schob sich eines davon in den Mund und legte das Päckchen auf ein Tablett.

Miriam blieb unschlüssig stehen, während Pia Wasser aufsetzte, zwei Tassen nahm, Zucker, Milch und Löffel.

»Der wird dir guttun«, sagte sie fachmännisch.

Mit Schwung kippte sie das Pulver direkt aus der Packung in den Papierfilter.

Miriam hätte die Löffel genau abgezählt.

Sie warf einen Blick hinaus. In der Villa nebenan eilte jemand die Stufen zum Eingang hinauf. Im angrenzenden Garten spielten Kinder, und die Kirchturmuhr schlug.

Eines der unerträglichsten Dinge am persönlichen Unglück war, dass das Leben um einen herum einfach weiterging.

Pia spülte die Beeren unter fließendem Wasser, gab sie in eine Glasschüssel und zeigte sie fragend Miriam.

»Etwas frisches Obst oder soll ich kochen?«

Sie schüttelte den Kopf.

»Beeren sind gut.«

Dann erfüllte der Duft von frisch gebrühtem Kaffee den Raum. Miriam lief hinüber ins Wohnzimmer, ließ sich aufs Sofa fallen und rollte sich ein.

Über ihr bewegte sich das Muschelmobile.

»Milch, ohne Zucker«, sagte Pia kurz angebunden, als sie den Raum betrat. Sie stellte ihr eine Tasse hin. »Vorsicht, heiß.«

Miriam nahm sich ein Kissen, drückte es an ihren Bauch und schloss die Augen.

»Noch einen winzigen Satz zu Ronan Pasqual, Locke? Du hast ihn mit keinem Wort erwähnt.«

Miriam öffnete die Augen.

Pia stand ans Fenster gelehnt und wartete.

»Weil ich mir noch nicht im Klaren über ihn bin. Eine harte Nuss mit einem bemerkenswerten Innenleben.«

»Darunter kann ich mir was vorstellen.«

»Er sagt: Die Menschen ändern sich nicht, sie entfalten sich nur.«

»Wo er recht hat, hat er recht. Magst du ihn?«

»Ich könnte ihn vielleicht mögen.«

»Mag er dich?«

»Er könnte – vielleicht.«

»Das klingt gut. Sogar sehr gut.«

Pia setzte sich in den Ohrensessel und betrachtete die Papageientasse in ihrer Hand.

Plötzlich erinnerte sich Miriam daran, wie sie diese vor einigen Tagen gekauft hatte.

»Was ist denn das für ein hässliches Teil?«

Mit ausgestrecktem Arm hielt Pia die Tasse von sich weg und fing lauthals an zu lachen.

»Ein Frustkauf«, antwortete Miriam schüchtern und lächelte zum ersten Mal seit Tagen. »Ich hätte auch noch einen Jutesack für dich, wenn du magst.«

Der Schmerz war nicht weg, auch nicht die Traurigkeit darüber, was geschehen war, aber die Aussicht auf Linderung weitete sich in ihr, zaghaft wie der Türspalt zwischen den beiden Freundinnen, der zu einem Tor geworden war.

Eine Ahnung streifte sie: Man vermochte mit seinen Blessuren weiterzuleben. Die Intensität, mit der sie einen einholten, war nicht berechenbar, genauso wenig wie der Zeitpunkt, wann genau sie einen heimsuchten.

Es gab keinen anderen Weg, als sich dem Schmerz zu stellen.

»Ist nicht dein Ernst! Jutesack? Ein Büßergewand?«, riss Pia sie aus ihren Gedanken.

Jetzt lachte Miriam laut heraus, setzte sich auf und nahm einen kräftigen Schluck Kaffee.

»Danke, Pia«, sagte sie leise. »Danke.«

33

Dinard,
August 2017

Heute Abend würden sie ihn abholen. Er selbst hatte auf dem Umzug bestanden. Trotzdem hatte seine Familie lange so getan, als müsse sie Überzeugungsarbeit leisten.

Mit neunundachtzig Lebensjahren, seiner Vergesslichkeit und der regelmäßigen Medikamenteneinnahme war es Zeit fürs Altersheim.

In modernen Zeiten nannte man das Seniorenresidenz.

Sein Fischerhäuschen lag in einer engen Bucht bei Dinard mit Blick auf die erhabene Festung seiner Heimatstadt Saint-Malo.

»In der Maison de retraite wird es dir gut gehen, Papa!«

Die Worte seiner Schwiegertochter klangen in ihm nach wie ein verstimmtes Klavier, gefolgt vom verlegenen Blick seines Sohnes. Hektisch hatte Patrick angefangen, das Geschirr vom Tisch zu räumen, was er sonst nie tat. Tiefe Scham hatte sich wie ein Schatten auf sein Gesicht gelegt. Vater und Sohn waren ein Leben lang wie Kameraden füreinander eingestanden. Nach außen hatte er es lange nicht zugegeben, aber insgeheim musste er seiner Schwiegertochter Claire recht geben – das Alleinsein war zu kompliziert geworden, und überall lauerten Gefahren.

»Wir machen uns wirklich große Sorgen um dich, Papa.«

Er hatte stumm genickt und mit den Augen jede Bewegung Patricks verfolgt. Große Sorgen? War es wirklich so schlimm? Ihm mochten ein paar Zusammenhänge, einige Details wie die Begleichung von Rechnungen, pünktliche Geburtstagswünsche, Geldgeschenke oder die Regulierung des Backofens entfallen sein, aber zwischen Fremd- und Selbstfürsorge konnte er immer noch glasklar unterscheiden.

Mit dem fast zweihundert Jahre alten Häuschen würde er das letzte Stück Eigenständigkeit aufgeben. Umso wichtiger war es, sich die Unabhängigkeit des Geistes zu bewahren. Deshalb sortierte er seine Erinnerungen täglich.

Es gelang ihm nicht immer.

Wie lange hatte er hier gelebt? Einige Tage, Wochen, Jahre? Ein ganzes Leben.

Als Kind hatte er im Fischerhaus gespielt und war mit dem Großvater im Morgengrauen hinaus aufs Meer gefahren. Dieser hatte die besten Tapas der Welt zubereiten können, eine kulinarische Vorliebe aus seiner ursprünglichen Heimat im äußersten Süden Spaniens. Ronan hatte diese Familientradition an seinen Sohn und dessen Kinder weitergegeben.

»Der Geschmackssinn vergisst nie, woher du kommst«, hatte der *Alte* immer zu sagen gepflegt.

Sein Großvater hatte ihm die Immobilie noch zu Lebzeiten vermacht, nachdem Ronans Bruder im Krieg gefallen war.

Ronans einziger Sohn besaß ein eigenes Haus in Saint-Malo. Seine Enkelin lebte in Paris, der jüngste Enkel würde bald in Rennes studieren. Patrick hatte ihm hoch und heilig versprochen, dieses Fischerhäuschen niemals aus der Hand zu geben.

Aber Ronan wusste auch so, dass Patrick genau wie er solche unermesslichen Werte respektieren und pflegen würde.

In all den Jahren war er immer wieder hierhergekommen, um alleine zu sein, bis er nach dem Tod seiner Frau ganz hier eingezogen war. Kurz darauf hatte es mit den überhöhten Zuckerwerten angefangen. Trauerzucker, hatten die Ärzte diagnostiziert und ihm Medikamente verordnet, als gäbe es Tabletten und Spritzen gegen die Trauer, die Einsamkeit, gegen die Blessuren des Lebens.

Er nahm einen Schluck Rotwein, stellte das Glas auf den Tisch und warf einen Blick hinaus aufs Meer.

Der Abendhimmel war von roten Schlieren durchzogen.

Langsam schwoll das Meer an. Das tat es seit Jahrtausenden mit der Zuverlässigkeit eines Uhrwerks, im täglich sich wiederholenden Rhythmus. Bald würde der Mond die Landschaft in ein unvergleichliches Licht tauchen und mehr Wasser als sonst in die schmale Bucht drücken.

Nur bei Vollmond konnten die starken Gezeitenkräfte eine sogenannte Springflut auslösen. Mit etwas Glück gab es dann eine Gezeitenwelle. Vor der Kraft und der Unberechenbarkeit des Wassers hatte er schon immer Respekt gehabt. Auch der Mond war nicht zu unterschätzen.

Siehst du das Licht der Gezeiten?

Er wusste noch genau, wie er hier in diesem Fischerhäuschen als junger Bursche mit Inbrunst gezeichnet und sein erstes Gedicht verfasst hatte. Weder die spätere Leitung des Bauunternehmens seines Vaters noch die harte Aufbauarbeit in seiner Stadt nach dem Krieg hatten es vermocht, die Poesie aus seinem Herzen zu vertreiben.

Sein Großvater war kein sehr belesener Mann gewesen, aber einer mit Herzensbildung, der die künstlerischen Neigungen seines Enkels stets respektiert hatte.

Dank der Voraussicht seines Großvaters war dieses Stückchen Erde weder einem Immobilienhai noch privaten Investoren zum Opfer gefallen. Sein Großvater hatte sein ganzes Geld für den Kauf des Geländes ausgegeben, um das Einfache gegen Profitgier und Fremde zu schützen.

Der naturverbundene Fischer hatte um die Natur der Menschen gewusst.

Mit den Armen stützte sich Ronan am Tisch ab, stand auf und trat ins Haus.

Sein Blick ging durch den von alten Holzbalken getragenen Raum. Ein Tisch, drei Stühle, ein altes, durchgesessenes Sofa, eine moderne Küchenzeile, einen Herd, den man befeuern konnte, und für die kalten Tage einen Elektroofen.

Früher hatte der Großvater auf diesem Küchentisch seinen Fang ausgelegt und abends gebratenen Fisch serviert. Wo seit hundert Jahren eine Leiter nach oben zur Dachkammer führte, würde schon bald die übernächste Generation eine Treppe hochziehen, in der Schräge Fenster einbauen, den Boden auf den Balken abstützen und erweitern.

Patrick hatte ihm erklärt, dass man das dann Galerie nannte.

Für ihn blieb es ein Dachboden mit Spitzdach, an dem sich der bretonische Wind rieb.

Er setzte seinen Fuß auf die erste Sprosse der Leiter, umklammerte mit seinen Händen das Gerüst und hievte sich nach oben. Seine Enkel hatten ihm verboten hinaufzugehen.

Er verzog das Gesicht, etwas erstaunt darüber, wie viel Kraft das Überschreiten eines Verbots kostete.

Sein Atem ging schnell. Er warf einen Blick hinunter. Mehr als die Hälfte der Sprossen hatte er geschafft.

Oben gab es kein Licht. Geduckt und mit eingezogenem Kopf, leuchtete er mit einer Taschenlampe die verstaubte Dachkammer aus. In der Schräge waren die Wände nicht höher als einen Meter vierzig. Ein kleiner Schrank war noch übrig geblieben, alles andere hatte er bereits entsorgen lassen. Er stand in jener Ecke, wo laut der Umbaupläne seines Sohnes ein modernes Bad entstehen sollte.

Ein Badezimmer in einem Fischerhaus!

Als er den Schrank öffnete, quietschten die Holztüren. In einem Fach befand sich ein Schuhkarton.

Plötzlich fiel ihm wieder ein, wonach er gesucht hatte. Ein diffuses Gefühl, hier oben etwas vergessen zu haben, das mit ihm zu tun hatte, hatte ihn noch ein letztes Mal hinaufgeführt. Er nahm den Karton heraus, öffnete ihn und sah in seinem Inneren ein Bündel Briefe.

Mit Wucht kam seine Erinnerung zurück: seine Jugend, eine Liebe in Deutschland. Der Duft einer Sommernacht. Die Sehnsucht nach dem Meer.

Er klemmte das Bündel unter den Arm und ging vorsichtig die Leiter hinunter. Unten angekommen, legte er die Briefe auf den Küchentisch, setzte seine Brille auf und entzifferte stirnrunzelnd die Adresse.

Seine Schrift hatte sich nicht verändert. Vielleicht waren die Schwünge der Großbuchstaben etwas verhaltener geworden, aber noch immer schrieb er akkurat und ausufernd. Damals wie heute zeigte das Schriftbild seine Großzügigkeit, seinen Weitblick, seine Schwäche für Träumereien.

Es war immer und immer wieder dieselbe Adresse, geschrieben in seiner eigenen Handschrift.

An Fräulein Klara Mayer, Freiburg.

Wie lange war das her?

Er rechnete nach und überschlug sieben Jahrzehnte.

Irgendwann musste er die Briefsammlung wie ein verliebtes Mädchen mit einer ausgefransten Geschenkschleife zusammengebunden haben.

Ein Lächeln legte sich auf sein Gesicht. Es folgte ein zurückliegender Schmerz, einer, der den bitteren Beigeschmack von Versäumnissen trug.

Was war aus seinen Träumen geworden?

Wo war die Zeit geblieben?

Ihm war, als hätte jemand in seinem Kopf eine Filmrolle bereitgestellt, das Licht gelöscht, den Motor angeworfen. Er saß als einziger Zuschauer in einem leeren Kinosaal, und ein Projektor warf gesprenkelte Lichtblitze durch die Dunkelheit auf die Leinwand seines Lebens.

Er hatte nicht alles vergessen.

Eine zerstörte Stadt in Deutschland kannte er aus Fotos. Die ersten Bilder von Freiburg nach dem Krieg speisten sich nicht aus seinen Erinnerungen, sondern aus Dokumenten.

Manchmal drohten die Dinge in seinem Kopf durcheinanderzugeraten.

Einem Wunder gleich hatten die Bombeneinschläge das Münster Freiburgs verschont, es blieb nahezu unversehrt, aber es war umgeben von zerstörten Straßen und Gebäuden.

1948 war er schließlich als junger Mann nach Freiburg gekommen, zu einer Zeit, da der Wiederaufbau in vollem Gange war und die ersten Franzosenbauten entstanden. Sein Deutsch war durch seine elsässische Mutter gut, und er lernte schnell hinzu.

»Guten Tag, Fräulein«, sprach er in Gedanken.

Auch seine Heimatstadt war dem Erdboden gleichgemacht worden. Nur weil der deutsche Kommandant von Saint-Malo sich geweigert hatte zu kapitulieren, als der Krieg für die Boches längst verloren gewesen war. Noch heute war seine Stadt stolz darauf, sie nahezu originalgetreu wiederaufgebaut zu haben.

Seine Gedanken schweiften zurück nach Freiburg.

Wo hatte er sie zum ersten Mal gesehen? Wann genau war ihm ihr Herz zugeflogen, das seine ihr?

»Bonjour, Mademoiselle. Je m'appelle Pasqual.«

Pasqual – jeder in seiner Einheit hatte ihn immer nur beim Nachnamen genannt.

Er schloss die Augen, um nach einem Detail in seinem Gedächtnis zu suchen. In seiner Erinnerungskette fehlte ein Glied. Ein winziges Detail, ohne das er nicht weiterkam.

Er nahm die Briefe, ging mit ihnen hinaus vor die Tür und setzte sich. Vielleicht würde er darin Antworten finden.

EMPFÄNGER UNBEKANNT VERZOGEN, der Stempel war über der Anschrift noch deutlich zu lesen.

Vom Meer her roch es nach Algen, Fisch und Salz. Möwen segelten lautlos über dem aufbrausenden Meer. Bald würde das Wasser seinen Höchststand erreicht haben.

Weit draußen sprühte das Licht Funken.

Er nahm einen Schluck Rotwein und löste mit einem Anflug von Wehmut den Knoten. Die Tinte war verblasst, genau wie seine Erinnerungen. Er zählte insgesamt fünf Briefe.

Vorsichtig öffnete er den ersten Briefbogen. Das Papier war so trocken, dass es an den Knickstellen zu brechen drohte.

Ronan las seine Zeilen, als wären es die eines Fremden. Er beschloss, sie nach dem Lesen zu verbrennen.

Nur ein selbst verfasstes Gedicht legte er zur Seite für seine Unterlagen.

Nach siebzig Jahren war es Zeit, auch dieses Kapitel endgültig abzuschließen.

Gedankenverloren warf er einen Blick übers Meer auf seine Heimatstadt.

Der Himmel über Saint-Malo glühte.

MIRIAM

34

Freiburg, Saint-Malo,
September 2018

»Deine Großmutter ist dabei, Flüge nach Frankreich zu buchen«, sagte Lotte zur Begrüßung vorwurfsvoll beim Öffnen der Tür.

Sie nahm Miriam am Handgelenk und zog sie in ihre Wohnküche.

Dort saß Klara und lächelte zufrieden. Miriam rollte die Augen und ging zu ihr.

»Du möchtest fliegen, Omi? Was ist passiert?«

Auf dem Tisch lag das Brettspiel Mensch ärgere Dich nicht. Lotte setzte sich wieder und nahm den Würfel.

Miriam küsste ihre Großmutter auf die Wange, die sie ihr entgegenhielt.

»Ich fliege zu deinem Großvater.«

»Mein Großvater ist tot«, sagte Miriam, nahm sich einen Schokoladenkeks und lehnte sich gegen die Fensterbank.

»Ich besuche Ronan und Patrick. Sie haben uns eingeladen.«

Klara schob eine Karte über den Tisch in Miriams Richtung,

auf der die Familie Pasqual herzlich zu einem kleinen Familienfest nach Saint-Malo einlud.

»Das ist nett«, sagte Miriam, nachdem sie einen Blick darauf geworfen hatte. »Möchtest du denn hin, Omi? Bist du sicher? Die Reise wäre ziemlich strapaziös.«

»Ja«, sagte Klara und tippte mit dem roten Hütchen drei Felder ab. Nun brauchte sie noch genau einen Punkt, um einzuparken.

»Es wäre gut, wenn du mitfährst, Miriam«, sagte Lotte, die mit Argusaugen Klaras Bewegungen auf dem Spielbrett verfolgte. »Vielleicht könnt ihr fahren? Mit dem Zug? Fliegen ist nicht gut für dein Herz, Klara.«

Miriam setzte sich und dachte angestrengt nach.

Lotte nahm den Würfel, bildete mit ihren Händen einen Hohlraum und schüttelte sie, während sie einen vielsagenden Blick aufsetzte.

»Fünf«, triumphierte Lotte und fuhr mit dem grünen Hütchen ins Ziel.

»Also gut«, sagte Miriam nach einer Pause und sah dabei zu, wie Klara eine Zwei würfelte. »Ich bin auf dem Laufenden mit meiner Vorbereitung des Wintersemesters. Eine Woche kann ich mir noch freinehmen. Die Bretagne ist weit, knapp tausend Kilometer von hier entfernt. Wir könnten in zwei Etappen fahren, einmal übernachten und würden eine Woche bleiben. Kannst du dir das vorstellen, Omi?«

Klara nickte. »Ja. Mit dir sowieso.«

Lotte hielt inne. Ihre Augen gingen von Klara zu Miriam und wieder zurück.

»Was meinst du, Tante Lotte?«

»Meine Schwester gibt sowieso keine Ruhe, bevor sie nicht getan hat, was sie tun muss.«

Klara tätschelte die Hand ihrer Schwester.

»Dann kläre ich mit Pia, ob ich Jonathan II so lange haben kann«, überlegte Miriam laut und warf einen Blick auf den neben dem Kühlschrank hängenden Kalender. »Wie wäre Samstag?«

»Gut«, sagte Klara und klatschte in die Hände. »Ich hätte gern ein Ferienhaus direkt am Meer. Keine Kompromisse.«

»Keine Kompromisse«, sagte Miriam und lächelte.

Samstag um acht Uhr morgens ging es los. Sie waren bis Chartres gefahren, hatten dort übernachtet, vorzüglich gegessen und befanden sich einen Tag später am frühen Nachmittag auf der Route Nationale in Richtung Bretagne.

»In einer Dreiviertelstunde sind wir da«, sagte Miriam und warf Klara einen verstohlenen Seitenblick zu. Sie spürte förmlich, wie Klaras Anspannung wuchs.

Je näher sie ihrem Ziel kamen, desto stiller wurde sie.

»Unser Ferienhaus liegt direkt am Strand von Saint-Malo, Omi. Ich habe Patrick versprochen, dass ich heute Abend anrufe, nachdem wir uns eingerichtet und etwas ausgeruht haben.«

Miriam hatte lange überlegt, wie ihr Großvater auf Klara reagieren würde, wo er ja schon mit ihr nicht zimperlich umgegangen war.

Aber ihre Großmutter konnte einiges aushalten, und zudem war es ihre Angelegenheit, ihre Verantwortung.

»Lass uns bitte eine Pause machen«, bat Klara kurz vor Saint-Malo. In der Ferne war auf einer Anhöhe die stolze Festungsstadt bereits zu sehen. Klara lehnte ihren Kopf gegen die Nackenlehne des Twingo.

Miriam steuerte den nächsten Parkplatz an, wo es einige Schatten spendende Bäume mit Bänken gab.

Sie stiegen aus und packten ihren Proviant aus. Zwei Wasserflaschen, einige Madeleines und Servietten.

»Ich hätte ihn suchen können«, sagte ihre Großmutter plötzlich unvermittelt und setzte ihre Sonnenbrille auf.

»Du hast damals an die Behörden geschrieben, Briefe an Ronan hinterlassen. Was hättest du sonst tun können?«

Klara sah ihre Enkelin eindringlich an.

»Das, was *du* getan hast.«

Miriam putzte ihre Finger an einer Serviette ab und schüttelte den Kopf.

»Nein. Wir haben heute völlig andere Zeiten. Unsere digitale Welt macht eine solche Suche viel leichter. Ohne den Hinweis von Pierre Dubois stünden wir nicht da, wo wir heute stehen, Omi. Du darfst dir keine Vorwürfe machen.«

»*Ich* hätte damals nach Saint-Malo fahren können.«

Miriam nahm einen kräftigen Schluck aus ihrer Wasserflasche und stellte sie auf den Steintisch vor ihnen.

»Anfang der Fünfzigerjahre, mit einem Säugling? Omi, wo denkst du hin! Die Deutschen haben überall verbrannte Erde hinterlassen und Hass gesät. Glaub mir, willkommen wärst du in Frankreich nicht gewesen, und ob du Ronan gefunden hättest, steht auf einem ganz anderen Blatt.«

»Das stimmt allerdings. Es gab damals nämlich noch eine andere Hürde. Ich hätte ein Visum gebraucht.«

»Hättest du eines bekommen, 1949?«

»Wohl kaum. Die Amerikaner gaben den deutschen Frauen ein Visum, wenn ein schriftliches Eheversprechen eines amerikanischen Soldaten vorlag. Womöglich machten das die Franzosen auch so. Ich hatte nichts Schriftliches. Ronan wusste ja nicht einmal von seinem Kind, und er hat mir zu keinem Zeitpunkt die Ehe versprochen. So weit waren wir noch nicht.«

Miriam nickte zustimmend und trank einen großen Schluck Wasser. Klara biss von einer Madeleine ab und betrachtete die Bäume, durch die der Wind strich.

»Ich finde, man riecht das Meer«, sagte sie nach einer langen Pause.

Miriam nahm einen tiefen Atemzug.

»Ja, das finde ich auch«, sagte sie und betrachtete ihre Großmutter.

Sie trug einen dunkelblauen Hosenanzug aus Leinen, der von der langen Fahrt völlig zerknittert war, und eine weiße Bluse. Mit ihrem dezenten Make-up und dem gepflegten Kurzhaarschnitt ihres schönen grauen Haars waren ihr die Reisestrapazen nicht anzusehen.

Ihre Blicke trafen sich.

»Frag schon«, sagte Klara. »Ich sehe dir an, dass du fragen willst.«

»Hoffentlich gibt es in unserem Ferienhaus ein Bügeleisen. Wir müssen deinen Anzug unbedingt bügeln«, sagte Miriam.

Klara blickte an sich hinab. Die Abdrücke des Anschnallgurts zeichneten sich quer von der rechten Schulter bis zur linken Hüfte ab.

»Leinen knittert edel«, sagte sie und bemühte sich, die Falten glatt zu streichen.

Miriam seufzte. »Warum hast du geschwiegen, Omi? Warum?«

»Sie war nicht angeschnallt«, antwortete Klara abwesend, und ihr ganzer Schmerz verdichtete sich noch einmal in diesem Satz. »Wusstest du das? Sie ist aus dem Wagen herausgeschleudert worden. Deshalb haben sie auch nach dir gesucht. Dein Schuh war gefunden worden, und man dachte, auch du hingst irgendwo in den Bäumen.« Klara schluckte und wischte sich die Tränen aus den Augenwinkeln. Dann strich sie Miriam über die Wange. »Mein Kind.«

»In den Siebzigerjahren sah man es noch nicht so eng mit der Anschnallpflicht«, erwiderte Miriam wie in Trance.

Was geschah hier gerade? Miriam kannte die schrecklichen Fakten. Nicht noch einmal, flehte sie innerlich, bitte, nicht noch einmal.

»Warum, Omi? Wäre es nicht auch für dich leichter gewesen, du hättest dich ausgesprochen?«

Klara winkte ab.

»Du ahnst nicht, wie viel ich darüber gesprochen habe. Mit Profis und solchen, die sich dafür hielten. Leute, die anscheinend was von Verlust verstanden. Es reißt dir bei vollem Bewusstsein das Herz aus dem Leib. Der Boden unter deinen Füßen bricht weg, und ein brennender Himmel fällt auf dich herab. Jeder Weltuntergang muss milder sein.«

Miriam suchte nach einem Papiertaschentuch in ihrer Hosentasche.

»Es hing zu viel dran, Liebes. Das war das Problem. Je mehr Jahre verstrichen, desto schwieriger wurde es.«

Miriam rang um Fassung. Die Worte vom brennenden Himmel klangen in ihr nach.

»Das kann ich sehr gut verstehen. Großpapas Beruf, sein ganzes Selbstverständnis. Seine Fallhöhe war groß. Er hat alles aus Liebe zu dir, meiner Mutter und mir getan.«

»Seine Fallhöhe war groß, aber ich befand mich im freien Fall. Am Ende war Henriette nicht sein leibliches Kind.«

»Freier Fall«, wiederholte Miriam.

Klara wischte sich die Hände an einer Serviette ab, stützte sich am Steintisch ab und stand auf. »Bist du so weit?«

»Ja«, sagte Miriam und stellte die Reste zurück in den Korb. »Auf nach Saint-Malo. Eine tolle Stadt, Omi. Eine sehr eindrucksvolle Stadt.«

Klara murmelte im Weggehen etwas Unverständliches, und Miriam las es in ihrer ganzen Körperhaltung, hörte es aus dem Tonfall ihrer Stimme: Ihrer Großmutter ging es nicht um irgendwelche Sehenswürdigkeiten. Auch nicht um das smaragdfarbene Meer, mit dem einst ein Versprechen verbunden gewesen war. Klara hatte nach ihrem verbalen Ausrutscher angefangen aufzuräumen, und hier in der Bretagne lag das letzte Stück Arbeit vor ihr.

Miriam folgte ihr in einiger Entfernung zum Wagen und beobachtete sie.

Obwohl Klara wie eine Traumwandlerin unterwegs war, zeigten ihre Schritte Entschlossenheit, als wüsste ihr Körper mehr als ihr Verstand und als würde er sie zum Ziel bringen.

Der Verstand vergisst, der Körper nicht.

MIRIAM

35

Dinard,

September 2018

Am nächsten Tag war es so weit. Pünktlich parkte Miriam ihren Wagen beim Kieswerk von Dinard und stellte den Motor aus. Klara saß mit geschlossenen Augen neben ihr. Miriams Erinnerung von vor drei Monaten, als sie das erste Mal hier gewesen war, kam zurück, und einen Augenblick hielt sie hinter dem Steuer inne.

War es wirklich schon so lange her? Es erschien ihr wie gestern, trotzdem war so viel geschehen.

Nach einer Weile öffnete Klara die Augen und sah Miriam herausfordernd an. »Ich bin bereit.«

Miriam stieg aus, ging hinüber zur Beifahrerseite, öffnete die Tür und reichte Klara die Hand.

»Du siehst großartig aus, Omi.«

Klara, die ihren frisch gebügelten Leinenanzug trug, hievte sich mit Miriams Hilfe vom Sitz und blieb stehen.

Lange sah sie hinaus aufs Meer, während sie ihren Strohhut aufsetzte.

»Es ist da hinten«, sagte Miriam und zeigte auf das letzte

Häuschen. »Oder vorn«, ergänzte sie lachend. »Je nachdem, von wo aus man es betrachtet. Du wirst sehen, es sieht genauso aus wie auf der Tuschezeichnung.«

»Es liegt so nah am Meer«, sagte Klara überrascht.

Miriam nickte.

»Und er wird da sein?«

»Ja, das wird er. Er erwartet dich.«

Der Weg bis zum Fischerhäuschen erschien Miriam als der längste, den sie je gegangen war. Tausend Fragen gingen ihr durch den Kopf, aber keine einzige betraf sie selbst. Nicht mehr.

Ihre Großmutter musste diesen Weg allein gehen. Das wurde Miriam klar, je näher sie dem Häuschen kamen.

Gemeinsam liefen sie bis vor die Tür. Klara sah Miriam Hilfe suchend an. Miriam stellte sich dicht neben sie und verschränkte die Hände hinter ihrem Rücken. Von innen hörte man Geräusche. Musik. Das Radio lief, oder eine Musikanlage spielte alte französische Chansons.

Leise klang die Stimme von Charles Trenet: *La mer*.

Sanft schloss sich ein Kreis.

Klara lächelte. Dann holte sie tief Luft und klopfte gegen die Tür. Man hörte das Knarren des Holzbodens von innen.

Miriam trat einen kleinen Schritt zurück.

Ronan Pasqual öffnete. Er trug eine beigefarbene Hose und einen hellblauen Pullover, das Haar gepflegt zurückgekämmt.

»Ich dachte schon, du kommst nie«, sagte er in einem Tonfall, als lägen zwischen damals und heute nur wenige Augenblicke.

Er küsste Klara rechts und links auf die Wange.

»Danke für dein wunderschönes Gedicht«, sagte sie.

Ihre Stimme zitterte.

»Hat eine Weile gedauert, bis es dich erreicht hat«, gab er in perfektem Deutsch mit starkem Akzent zurück, und in seiner Stimme schwang zu Miriams Überraschung Leichtigkeit mit, kein Bedauern, keine Anklage, vielmehr ein Hauch von Demut und Akzeptanz.

»Nicht meine Schuld«, erwiderte Klara und strahlte ihn an.

Nach einem kurzen Zögern lächelte er zurück.

Miriam war, als habe jener Mann, den sie jetzt erst anfing kennenzulernen, ein tiefes Wissen von sich und den Zusammenhängen und als vermöge er, großzügig über die Launen des Schicksals hinwegzusehen.

»Nun, du warst schon immer eine sehr gründliche Leserin«, sagte er augenzwinkernd an Klara gerichtet.

Er hielt die Tür auf und reichte Klara seine Hand wie zum Tanz. Klara legte ihre in seine und trat über die Schwelle ein.

Miriam kämpfte mit den Tränen.

Klara wirkte wie ein junges Mädchen. Das Traumwandlerische würde niemals von ihr abfallen. Klara schwebte in vielen Momenten ihres Lebens über dem Boden.

Miriam registrierte den Tisch, auf dem einladend eine Flasche Rosé, eine Wasserkaraffe, eine große Auswahl an Tapas und Geschirr standen. Sie erinnerte sich, wie sie das erste und einzige Mal mit Patrick dort gesessen war, verwirrt, vorsichtig die Absichten des anderen abschätzend. Ihrer beider Fragen, ein stilles Zutrauen, ihre Neugier.

»Möchtest du nicht hereinkommen, mein Kind?«, durchbrach Ronan ihre Gedanken.

Mein Kind! Miriam hielt inne und lächelte dann.

»Ihr habt euch sicherlich viel zu erzählen«, erwiderte sie

kopfschüttelnd, strich sich die Haare hinter die Ohren und drehte sich um. »Bis später«, rief sie im Weggehen.

Sacht fiel die Tür ins Schloss.

Sie steckte die Hände in die Taschen ihrer Windjacke und ging los.

In der Ferne war die stolze Festung von Saint-Malo zu sehen, jene Stadt, die nach dem Krieg wiederauferstanden war. Mit unterirdischen Wunden zwar, aber genau diese mussten sie und ihre Bewohner gestärkt haben.

Das Rauschen des Atlantiks vermischte sich mit dem facettenreichen Pfeifen des Windes, den es nur auf diesem Flecken Erde gab. Er konnte kantig sein, forsch oder sanft.

Heute schien er zu Klaras Ankunft gut gelaunt und blies Miriam die Haare aus dem Gesicht.

Die Luft roch nach Algen.

Einen Augenblick war ihr, als sei die Welt hier und jetzt im Lot, als schlösse sich eine Lücke in ihrem Herzen, die sie jahrzehntelang wie einen Phantomschmerz gespürt, aber nicht hatte benennen können.

Für ihre Großmutter fand das lose Band eines langen Lebens seinen Anschluss, und für Miriam lockerte sich wie von selbst ein Knoten. Was zurückblieb, war ein ungeahntes Gefühl der Befreiung.

Sie schirmte ihre Augen mit einer Hand ab und blickte hinaus aufs Meer.

Unmerklich füllte sich die Bucht mit Meerwasser. Die Wellen schwappten ans Ufer und wurden von einer unsichtbaren Kraft wie in einem Sog zurückgezogen.

Am Horizont zog ein großer Vogelschwarm auf, um sich sogleich in alle Himmelsrichtungen aufzulösen.

Miriam sah ihm lange nach.

Verhielt es sich mit den Begegnungen unseres Lebens ähnlich?

Edi war die große Liebe in Klaras Lebens gewesen, Ronan ihre erste und der Vater ihrer Tochter.

Wahrscheinlich war Miriam ein wenig das Produkt von all diesen Begegnungen. Vielleicht hatte Klaras Schweigen Miriams Liebe zu den Worten immer wieder aufs Neue beflügelt.

Das Leben versetzte Schrammen und Wunden, manche so tief, dass man schreien wollte vor Schmerz, aber trotzdem konnte man weitermachen, Abschied nehmen, sich für Neues öffnen und sich selbst annehmen, wie man war.

Man entfaltet sich, würde Ronan sagen.

Je weiter sich Miriam entfernte, desto kleiner wurde das Fischerhäuschen, während die Umgebung wuchs, bis alles zu einem Bild verschwamm.

Es gab kein Bedauern, keine Reue, kein Hadern mit Gott.

Draußen, wo das Meer still war, warf ein Fischer sein Netz aus.

Dieses Bild hätte Edi gefallen.

EPILOG

Dinard,

September 2018

Durch die geöffneten Fenster des Fischerhäuschens hört Klara das Meeresrauschen. Das Wasser schimmert smaragdfarben, und die Wellen glitzern wie flüssiges Silber. Wenn sie die Augen schließt, hat sie das Gefühl, noch einmal jung zu sein. Jung, aber mit dem Wissen und den Erfahrungen einer Frau, hinter der ein langes, erfülltes Leben liegt.

Der Duft des Meeres, das Farbenspiel und das Plätschern der Wellen überfluten ihre Sinne. Ihr Blick streift die Wand mit den Tuschezeichnungen, die genauso aussehen wie jene, die sie in Freiburg in einem schlichten Goldrahmen hinter einem anthrazitfarbenen Passepartout aufgehängt hat.

Ronan folgt ihren Augen. Eines hat sich in siebzig Jahren zwischen ihnen nicht geändert: Sie können zusammen schweigen, die Stille miteinander teilen.

»Patrick sagte, du hättest meine Zeichnung aufbewahrt«, sagt er irgendwann leise, in seinem perfekten Deutsch mit dem starken Akzent von einst. Er fährt sich mit den Händen über sein schlohweißes Haar.

»Ich war selbst überrascht. Miriam hat sie gefunden. In einer Zigarrenkiste meines Vaters. Auf gewisse Weise hat diese Zeichnung das Kind hierhergeführt.«

Das Kind.

Für einen Moment streift sie der Gedanke an eine für Ronan fremde Gemeinsamkeit, eine verpasste Chance. Sein Kind, das er nie hat kennenlernen können. Sie hat ihm Fotos mitgebracht und wird sie ihm geben, wenn er das möchte.

Als habe er ihre Gedanken an verpasste Chancen erraten, berichtet er von seinem Versuch, Klara zu finden, am Tag seiner überstürzten Abreise an einem Frühlingstag in Freiburg im Jahr 1949.

»Ich habe eine Nachricht für dich auf einen Kassenzettel geschrieben und ihn in euren Briefkasten geworfen.«

Einen Kassenzettel.

Sie fragt nicht, was darauf stand, weil die Botschaft auch so ohne Umweg ihr Herz erreicht und sie traurig macht.

Manchmal vermögen Worte nicht auszudrücken, was wir fühlen.

Mit geschlossenen Augen sucht sie den Anfang ihrer Reise, vor vielen Wochen in einem Krankenbett. Ihre Suche nach lebenswichtigen Worten für ihre Geschichte.

Je m'appelle Klara.

Gehen Zusammenhänge verloren, wenn wir sie nicht weitergeben? Was nutzt alles Erlebte, Gefühlte ohne Verlautbarung?

»Es ist gut, dass Miriam hierherkam«, sagt Ronan. »Sie hat so vieles von deinem Wesen.«

Klara öffnet die Augen. Seine Worte klingen versöhnlich, freundschaftlich, ohne jeden Vorwurf.

Er nippt an seinem Glas, und ein Lächeln geht über sein gebräuntes Gesicht.

»Sie kam, bevor ich alles vergessen habe.«

Sie sehen einander in die Augen, und für einen Moment ist Klara in dem Économat im Stühlinger, ein Kohlkopf kullert über den Boden, Winterkälte strömt in den Raum, und ein junger Mann hebt das Gemüse auf.

Mademoiselle!

»Am Ende geht nichts verloren«, sagt seine sonore Stimme. »Auch unsere Erinnerungen nicht. Es ist wie mit den Sternschnuppen. Ich habe meine Briefe an dich verbrannt, aber in meinem Herz bleibt doch jede Zeile stehen. Du bist ein wichtiger Teil meines Lebens.«

Sie schluckt. Eine Welle der Wärme erfasst und tröstet sie.

»Du sagst es genauso, wie ich es empfinde. Aber es ist so viel passiert. Wo soll ich nur anfangen?«

Sie wirft ihm einen verzweifelten Blick zu, und er streicht kurz über ihren Handrücken. Da weiß sie: Sie wird ihm nichts erklären müssen. Es geht um das Jetzt und darum, sich mit seinem eigenen Schicksal zu versöhnen.

»Lass das Aber, Klara. Wir sitzen einander heute gegenüber. Das ist ein großes Geschenk. Ich hätte nie gedacht, dass ich dich noch einmal wiedersehe. Und doch ist es so gekommen.«

Eine lange Reise zieht vor Klaras innerem Auge vorbei: ihre frühen Jahre in Freiburg, die Zeit des Aufbaus und Wirtschaftswunders in Konstanz. Die standesamtliche Hochzeit mit Edi. Ihre gemeinsamen Jahre in der Gresserstraße, gefolgt von ihrem letzten Zuhause in Littenweiler mit Lotte. Hettis Einschulung. Miriams Einschulung. Miriams Promotionsfeier in der Alten Aula der Universität. Henriette. Eduard.

Miriam. Saint-Malo. Die Smaragdküste. Ein Apfelbaum in der Laube.

Sie beide hatten ein gutes Leben – trotz alledem.

Siehst du das Licht der Gezeiten?

»Ich hatte schon immer ein Bild von der Smaragdküste. Du hast mir damals davon erzählt.«

»Und? Ist sie so wie in deiner Vorstellung?«

»Noch viel schöner«, sagt Klara, bemüht um eine deutliche Aussprache, aber sie weiß: Er versteht sie – so oder so.

Siehst du, wie es am Horizont flirrt, sanft über die Felsen streicht und mit jeder Brandung neu entfacht?

»Weißt du, was das Schönste am Angeln ist?«, unterbricht er ihre Gedanken, und seine Stimme wird federleicht.

Leise und lebendig erzählt er von dem Naturschauspiel, und seine Worte nehmen sie mit hinaus aufs offene Meer, sie glaubt, den sanften Wind zu spüren, schmeckt das Salz und hört die Stille.

»Die Magie der Einsamkeit, der völligen Verbundenheit mit der Natur. Du tuckerst vor Sonnenaufgang mit deinem Boot hinaus aufs Wasser, während die Welt noch schläft. Manchmal spürst du die aufkommende Flut bis in die Knochen.«

»Was möchtest du mir damit sagen?«

»Dass die Natur stärker ist als wir. Wir müssen uns ihr beugen, nicht umgekehrt.«

Er blickt ihr in die Augen, und sie entdeckt die Wärme von einst in ihnen.

»Ja«, sagt sie nachdenklich und sieht wieder aufs Meer. »Wir haben nicht alles in der Hand.«

»Es ist schön, dass du hier bist, Klara Schilling«, erwidert er, nimmt die Weinkaraffe und schenkt mit Schwung beide Gläser nach.

»Nimm dir noch eines der Tapas, ma chère. Sie sind eine Hommage an die Heimat meines Urgroßvaters. Habe ich dir eigentlich jemals von ihm erzählt?«

Draußen sprüht das Meer Funken.

SCHLUSSWORT

Dieser Roman ist eine fiktive Erzählung. Alle Figuren sind frei erfunden. Als ich die Zeitzeugin Lilly Heinzle im Sommer 2020 kennenlernte, war die Rohfassung meines Romans bereits fertig. Es erwies sich als ein glücklicher Zufall, dass Lilly Heinzle genau wie die Figur Klara Schilling Schneiderin von Beruf gewesen war, und ich fragte sie, ob ich sie als Zeitzeugin interviewen könne. Lilly Heinzle willigte sofort ein, das gesamte Interview ist hier im Anschluss abgedruckt. Als begeisterte Leserin war es ihr größter Wunsch, sie würde die Endfassung des Romans noch erleben. Lilly Heinzle starb am 24. September 2020. Ihr verdanke ich wertvolle Hinweise zum Zeitgeschehen und unvergesslich bereichernde Gespräche, gespickt mit Anekdoten ihrer Kindheit. Lilly Heinzle wird mir als couragierte »Nachkriegsfrau« und kluge, lebensbejahende Gesprächspartnerin in Erinnerung bleiben.

Bettina Storks,
Ludwigshafen am Bodensee,
September 2020

INTERVIEW MIT DER KONSTANZER ZEITZEUGIN
LILLY HEINZLE (1930–2020)

Lilly Heinzle, Jahrgang 1930, hat ihr ganzes Leben in Konstanz verbracht und war Schneiderin von Beruf. Sie hat das Erscheinen des Romans »Klaras Schweigen« leider nicht mehr erlebt. Umso wertvoller sind ihre Zeitzeugen-Berichte, die ich in einigen Gesprächen mit ihr festhalten konnte. Das nachfolgende Interview mit Lilly Heinzle habe ich im Sommer 2020 geführt.

Welches Kindheitsereignis ist Ihnen von Ihrer Heimatstadt Konstanz besonders in Erinnerung geblieben?
Von meinem Fenster aus hatte ich sozusagen direkte Seesicht und konnte den Bau der Rheinbrücke beobachten. Das Hotel Insel hatte eine separate Anlegestelle, und jeden Tag konnte ich sehen, wie der Bau fortschritt. Das hat mich als Kind unglaublich fasziniert.

Haben Sie Erinnerungen an den Krieg, an die Bombardierungen?
Ja! Die Altstadt von Konstanz wurde ja nicht verdunkelt. Wegen der Nähe zur Schweiz haben die Verantwortlichen darauf gesetzt, dass Konstanz aus der Luft von dem nebenliegenden schweizerischen Ort Kreuzlingen nicht zu

unterscheiden ist. Die Rechnung ging auf. Keine einzige Bombe fiel auf Konstanz. Aber man wusste nicht, ob es gut gehen würde. Bei Alarm flüchtete man in die Luftschutzkeller der Stadt. Wir hörten die Bomben vom gegenüberliegenden Friedrichshafen oder dem benachbarten Singen. Das sind Städte am Bodensee, die komplett zerstört worden sind.

Sie sind Schneiderin von Beruf gewesen. Haben Sie bestimmte Erinnerungen an Ihre Lehrzeit in Konstanz?
Es war schon immer mein Wunschberuf, und ich habe meinen Abschluss sehr ehrgeizig vorangetrieben. Der Krieg war ja zu Ende, als ich Gesellin war, und ich wurde von meinem Betrieb übernommen. Ich erinnere mich, dass wir oft aus zwei Kleidungsstücken eines machen mussten. Überhaupt hat man alten Stoff verwertet, denn es gab ja noch nicht viel. Alles wurde in Kleidung umgewandelt. Leintücher, Vorhänge und Tischdecken. Außerdem haben wir sehr schöne und edle Kleidung für die Frauen der französischen Besatzer von Konstanz angefertigt. Die konnten sich das wohl damals leisten.

Die Fünfzigerjahre sind geprägt vom sogenannten Wirtschaftswunder. Kam das auch bei Ihnen und Ihrer Familie an?
Uns erreichten Luxusgüter erst viel später. Wir haben noch lange in einem Zuber im Keller von Hand gewaschen. Einmal pro Woche war Waschtag, und wir Kinder halfen selbstverständlich mit. Erst in den Sechzigerjahren gab es schließlich auch bei uns eine Waschmaschine und später sogar einen Fernseher.

Womit wurden Sie vor der Währungsreform bezahlt?
Vor der Währungsreform, aber auch noch später wurden
wir oft mit Naturalien bezahlt. Der Meister meines Betriebs
hatte gute Beziehungen zu Bauern. Das war in dieser Zeit
Gold wert. Die Entlohnung bestand auch nicht selten aus
Stoff, der gleichfalls sehr begehrt war. Wir haben uns dann
eine Bluse oder einen Rock genäht und waren zufrieden.

Wir waren denn die Arbeitszeiten?
Auf jeden Fall ganz anders als heute. Wir hatten eine 60-
Stunden-Woche und mussten samstags bis 12 Uhr arbeiten.
Der Sonntag war dann zur Freizeit und für die Familie da.

Erinnern Sie sich an die Versorgungslage in Konstanz in den 1950er-
Jahren?
Gefühlt war nach der Währungsreform von heute auf morgen alles da. Ob man sich das allerdings leisten konnte,
stand auf einem anderen Blatt. Nie vergessen werde ich
die kleinen Bouchons, die es in der Schweiz gab, meist an
einem Kiosk. Das sind kleine, verpackte, mundgerechte
Schokoladenstücke für unterwegs. Bei einem Sonntags-
ausflug in die nahe gelegene Schweiz gab es immer ein
Bouchon für jeden.

In Konstanz haben französische Soldaten das Stadtbild geprägt,
was noch heute an den Franzosenbauten sichtbar ist. Wie haben
Sie als junges Mädchen die Franzosen wahrgenommen?
Ich erinnere mich gut und gerne an sie. Ihnen verdanken
wir die legendären Modenschauen, die in erster Linie für
die französischen Ehefrauen der Soldaten veranstaltet wurden. Die Frauen wirkten vornehm und waren immer sehr

elegant gekleidet. Ich hatte als junges Mädchen anfangs das Gefühl, dass die Franzosen uns weit überlegen waren. Aber mit der Zeit verwischte sich dieser Abstand. Wir Schneiderinnen liebten die Modenschauen, weil wir nach der Veranstaltung übrig gebliebenes Essen mitnehmen durften.

LITERATURNACHWEISE:

Theodor Fontane, *Gesammelte Werke, Aufbau Verlag Berlin, Bibliothek Deutsche Klassiker.*
Anthony Doerr, *Alles Licht, das wir nicht sehen. Roman, C. H. Beck.*
Friedrich Schiller, *Kabale und Liebe, Reclam, Universal-Bibliothek.*
Bertolt Brecht, *Werke, Suhrkamp.*

Bettina Storks

Von Freiburg nach Südfrankreich, 1965:

Über den Mut zum Widerstand und die Rettung vieler jüdischer Kinder.

ISBN 978-3-453-36117-1
eBook 978-3-641-28103-8

Leseprobe unter **www.heyne.de**